A CASA DOURADA

Obras de Salman Rushdie publicadas pela Companhia das Letras

A Casa Dourada
O chão que ela pisa
Cruze esta linha
Dois anos, oito meses e vinte e oito noites
A feiticeira de Florença
Os filhos da meia-noite
Fúria
Haroun e o Mar de Histórias
Joseph Anton
Luka e o Fogo da Vida
Oriente, Ocidente
Shalimar, o equilibrista
O último suspiro do mouro
Vergonha
Os versos satânicos

SALMAN RUSHDIE

A Casa Dourada

Romance

Tradução
José Rubens Siqueira

Copyright © 2017 by Salman Rushdie
Todos os direitos reservados

Grafia atualizada segundo o Acordo Ortográfico da Língua Portuguesa de 1990, que entrou em vigor no Brasil em 2009.

Título original
The Golden House

Capa
Victor Burton

Imagens de capa
Céu: *Beira-mar em Egmond-aan-Zee*, Jacob van Ruisdael, *c*. 1675, óleo sobre tela, 53,7 x 66,2 cm. Galeria Nacional de Londres; Fachada: extraída de *Design in Civil Architecture*, v. 1: *Elevational Treatments*, 1ª ed., A. E. Richardson e Hector O. Corfiato. Londres: English Universities Press, 1948. Todos os direitos reservados. Reproduzido mediante acordo com Philosophical Library Inc. <philosophicallibrary.com>; Prédios: *Elements from NYC Central Park, Early Snow*, Shelby Rodeffer. © 2018 by Anderson Design Group, Inc. Reproduzido com permissão de ADGstore.com

Preparação
Ana Cecília Agua de Melo

Revisão
Arlete Sousa e Jane Pessoa

Dados Internacionais de Catalogação na Publicação (CIP)
(Câmara Brasileira do Livro, SP, Brasil)

Rushdie, Salman
    A Casa Dourada : romance / Salman Rushdie ; tradução José Rubens Siqueira. — 1ª ed. — São Paulo : Companhia das Letras, 2018.

    Título original: The Golden House.
    ISBN 978-85-359-3148-8

    1. Ficção indiana (Inglês) I. Título.

18-17428   CDD-823

Índice para catálogo sistemático:
1. Ficção indiana em inglês 823
Iolanda Rodrigues Biode – Bibliotecária – CRB-8/10014

[2018]
Todos os direitos desta edição reservados à
EDITORA SCHWARCZ S.A.
Rua Bandeira Paulista, 702, cj. 32
04532-002 — São Paulo — SP
Telefone: (11) 3707-3500
www.companhiadasletras.com.br
www.blogdacompanhia.com.br
facebook.com/companhiadasletras
instagram.com/companhiadasletras
twitter.com/cialetras

Para Alba e Francesco Clemente
cuja amizade e acolhimento
me levaram a conhecer os Jardins

"*Me dá uma moeda de cobre que te conto uma história de ouro.*"
Pregão dos contadores de histórias da Roma antiga, segundo Plínio.

"*Nossa era é essencialmente trágica, por isso nos recusamos a aceitá-la tragicamente. O cataclismo aconteceu, estamos entre ruínas, começamos a construir novos pequenos habitats, para ter novas pequenas esperanças. É um trabalho bem difícil: agora não existe nenhuma estrada tranquila para o futuro; mas damos a volta, ou passamos por cima dos obstáculos. Temos de viver, apesar dos muitos céus que desabaram.*"
D. H. Lawrence, *O amante de lady Chatterley*

"*La vie a beaucoup plus d'imagination que nous.*"
François Truffaut

PARTE I

1

No dia da posse do novo presidente, quando nos preocupávamos que ele pudesse ser assassinado ao desfilar de mãos dadas com sua esposa excepcional por entre os vivas da multidão, e quando tanta gente estava à beira da ruína econômica logo depois da explosão da bolha imobiliária, e quando Isis ainda era uma deusa mãe egípcia, chegou de seu país distante a Nova York um rei não coroado de setenta e tantos anos com seus três filhos sem mãe para tomar posse do palácio de seu exílio, comportando-se como se não houvesse nada de errado com o país, com o mundo ou com sua própria história. Ele começou a governar seu bairro como um imperador benevolente, embora, apesar de seu sorriso encantador e de sua habilidade ao tocar seu violino Guadagnini de 1745, ele exsudasse um odor pesado, barato, o cheiro inconfundível de perigo crasso e despótico, o tipo de aroma que nos alerta: cuidado com esse sujeito, porque ele pode ordenar a sua execução a qualquer momento, se você estiver usando uma camisa desagradável, por exemplo, ou se ele quiser ir para a cama com sua mulher. Os oito anos seguintes, os anos do quadragésimo quarto presidente, foram também os anos do domínio cada vez mais desordenado e alarmante sobre nós do homem que se chamava de Nero Golden, que não era um rei de fato, e ao final de cujo mandato houve um incêndio imenso — e, metaforicamente, apocalíptico.

O velho era baixo, podia-se dizer até atarracado, usava o cabelo, ainda quase todo escuro apesar da idade avançada, esticado para trás de forma a acentuar seu bico de diabo. Tinha olhos pretos e penetrantes, mas o que se notava primeiro — ele sempre arregaçava as mangas da camisa para garantir que notassem — eram os antebraços grossos e fortes como os de um lutador, que terminavam em mãos grandes, perigosas, cheias de grossos anéis de ouro cravejados de esmeraldas. Poucas pessoas ouviram algum dia ele elevar a voz, porém não se tinha nenhuma dúvida de que dentro dele espreitava uma grande força vocal que era melhor não provocar. Vestia roupas caras, mas havia nele uma qualidade ruidosa, animal, que fazia pensar na Fera do conto de fadas, pouco à vontade em vestes humanas. Todos nós que éramos seus vizinhos tínhamos bastante medo dele, embora ele fizesse imensos e desastrados esforços para ser sociável e receptivo, ao apontar a bengala agitada para nós e insistir, em momentos inconvenientes, que as pessoas fossem até ele para coquetéis. Sempre inclinado para a frente, parado ou andando, como se lutasse constantemente contra um vento forte que só ele sentia, um pouco dobrado a partir da cintura, mas não muito. Era um homem poderoso; não, mais que isso — um homem profundamente apaixonado pela ideia de si mesmo como poderoso. A bengala era mais decorativa e expressiva do que funcional. Quando caminhava pelos Jardins dava toda a impressão de tentar ser nosso amigo. Com frequência estendia a mão para agradar nossos cachorros, ou afagar os cabelos de nossos filhos. Mas crianças e cães recuavam ao seu toque. Às vezes, ao olhar para ele, eu pensava no monstro do dr. Frankenstein, um simulacro de humano que fracassava totalmente em expressar qualquer humanidade real. Sua pele era couro marrom e o sorriso cintilava com obturações de ouro. Sua presença era brusca e não totalmente civilizada, mas ele era imensamente rico e, portanto, claro, era aceito; mas no geral, em nossa comunidade de artistas, músicos e escritores urbanos, não era popular.

Devíamos ter imaginado que um homem que assumira o nome do último dos monarcas de Roma da linha júlio-claudiana e depois se instalou numa *domus aurea* estava admitindo publicamente sua loucura, transgressão, megalomania e iminente destruição, ao mesmo tempo que dava risada de tudo isso; que tal homem desafiava o destino, estalava os dedos debaixo da Morte que se aproximava, e dizia: "Se quiser, pode, sim, me comparar com aquele monstro que encharcava cristãos com óleo e acendia para iluminar seu jardim à noite! Que tocava a lira enquanto Roma ardia (não existiam violinos de fato na época)! Eu me chamo Nero, sim, da casa de César, último dessa linhagem sangrenta, e faço disso o que bem quiser. Eu simplesmente adoro meu nome". Ele sacudia sua maldade diante de nossos narizes, se divertia com isso, nos desafiava a observá-la, desprezava nossa capacidade de compreensão, convencido de sua habilidade de derrotar facilmente qualquer um que se levantasse contra ele.

Ele chegou à cidade como um daqueles monarcas europeus destronados, chefes de famílias destituídas que ainda usavam como último nome os honoríficos grandiosos *da Grécia, da Iugoslávia* ou *da Itália* e que tratavam o lamentável prefixo *ex* como se não existisse. Suas maneiras diziam que ele não era ex-nada; era majestoso em tudo, nas camisas de colarinhos engomados, nos punhos, nos sapatos ingleses sob medida, no modo de avançar para portas fechadas sem reduzir o passo, sabendo que abririam para ele; também em sua natureza desconfiada, devido à qual ele realizava reuniões diárias individuais com seus filhos para perguntar a eles o que os irmãos diziam a seu respeito; e em seus carros, seu gosto por prostitutas, uísque, *devilled eggs* e seu lema sempre repetido — favorito de governantes absolutistas desde César até Haile Selassie — que a única virtude que vale a pena é a lealdade. Ele mudava de celular com frequência, não dava o número a quase ninguém e não atendia quando tocava. Não permitia a entrada de jornalistas e fotógrafos em sua casa, mas em seu círculo regular de pôquer havia dois homens que estavam sempre lá, libertinos de cabelo grisalho, vistos no geral vestidos com jaquetas de couro havana e gravatas listradas de cores vivas, muito suspeitos de terem matado suas esposas ricas, embora num caso não tenha sido feita nenhuma acusação e, noutro, a acusação não colou.

Quanto à sua esposa ausente, ele calava. Em sua casa de muitas fotografias, cujas paredes e aparadores de lareira eram povoados por estrelas do rock, premiados com o Nobel e aristocratas, não havia nenhuma imagem da sra. Golden, ou seja lá como ela se chamava. Era muito claro que havia alguma desgraça implícita, e fofocávamos, vergonhosamente, sobre o que podia ser, imaginávamos a dimensão e a ousadia das infidelidades dela, conjurando-a como alguma espécie de ninfomaníaca de alta classe, sua vida sexual mais flagrante que a de qualquer estrela do cinema, seus desvios sabidos por absolutamente todo mundo, exceto o marido, cujos olhos, cegos de amor, continuavam a adorá-la como acreditava que ela fosse, a esposa amorosa e casta de seus sonhos, até o dia terrível em que os amigos dele lhe contaram a verdade, vieram em grande número contar a ele, e como ele se enfureceu!, como os injuriou! chamou-os de mentirosos e traidores, e foi preciso que sete homens o segurassem para impedir que agredisse aqueles que o forçaram a olhar a verdade, e ele por fim a encarou, aceitou, expulsou-a de sua vida e proibiu que jamais voltasse a ver os filhos. Mulher má, dissemos uns aos outros, e nos consideramos experientes, a história nos satisfez e assim a deixamos, mais preocupados de fato com nossas próprias questões e interessados nos assuntos de N. J. Golden só até certo ponto. Viramos as costas e continuamos com nossas vidas.

Como estávamos errados.

2

O que é uma vida boa? Qual o seu oposto? São perguntas às quais dois homens nunca darão a mesma resposta. Nestes nossos tempos covardes, negamos a grandeza do Universal e reforçamos e glorificamos nossas intolerâncias locais, de forma que não conseguimos concordar a respeito de muita coisa. Nestes nossos tempos degenerados, a tendência dos homens se limita a vaidade e ganho pessoal — indivíduos vazios, bombásticos, para os quais nada que favoreça seus propósitos mesquinhos é interditado —, eles se colocarão como grandes líderes e benfeitores, que agem pelo bem comum e chamam todos os que se opõem a eles de mentirosos, invejosos, gentinha, burros, *malandros* e, numa total inversão da verdade, de desonestos e corruptos. Estamos tão divididos, tão hostis uns com os outros, tão conduzidos pela hipocrisia e pelo desprezo, tão perdidos no cinismo, que chamamos nossa pompa de idealismo, tão desencantados com nossos líderes, tão dispostos a zombar das instituições de nosso estado que a própria palavra *bondade* se esvaziou de sentido e precisa, talvez, ser deixada de lado por algum tempo, como todas as outras palavras envenenadas, *espiritualidade*, por exemplo, *solução final*, por exemplo, e (ao menos quando aplicada a arranha-céus e batatas fritas) *liberdade*.

Mas naquele dia frio de janeiro de 2009, quando o enigmático septuagenário que vimos a conhecer como Nero Julius Golden chegou a Greenwich Village numa limusine Daimler com três filhos homens e nenhum sinal visível de uma esposa, ele era pelo menos firme quanto à valorização da virtude e à distinção entre ações certas e erradas. "Em minha casa americana", ele disse aos filhos atentos, dentro da limusine no caminho do aeroporto para a nova residência, "a moralidade será a regra de ouro." Ele não esclareceu se queria dizer que a moral era a riqueza suprema, ou se a riqueza determinava a moralidade, ou se ele, com seu novo nome brilhante, seria o único juiz do certo e do errado, e os Julii mais jovens, por prolongado hábito filial, não pediram esclarecimentos. (Todos eles preferiam o plural imperial *Julii* a *Golden*: não eram homens modestos!) O mais novo dos três, um indolente de vinte e dois anos com o cabelo que descia em belas cadências até os ombros e o rosto de um anjo raivoso, tinha, porém, uma pergunta. "O que nós vamos responder", ele perguntou ao pai, "quando quiserem saber de onde viemos?" O rosto do velho entrou em um estado de veemência escarlate. "Isso eu já respondi antes", exclamou. "Responda dane-se essa história de identidade. Responda que somos cobras que trocamos de pele. Responda que acabamos de mudar de Carnegie Hill para o centro da cidade. Responda que nascemos ontem. Responda que nos materializamos por mágica, ou que chegamos do bairro Alfa Centauro numa espaçonave escondida no rabo de um cometa. Diga que somos de nenhum lugar, de qualquer lugar, de algum lugar, que somos seres imaginários, fraudes, reinvenções, formas cambiantes, o que quer dizer, americanos. Não conte o nome do lugar de onde viemos. Nunca diga esse nome. Nem a rua, nem a cidade, nem o país. Não quero ouvir esses nomes de novo."

Emergiram do carro no velho coração do Village, na Macdougal Street, um pouco abaixo da Bleecker, perto de um café italiano dos velhos tempos que de alguma forma ainda resistia; e ignorando os carros que buzinavam atrás deles e a mão suplicante estendida por pelo menos um mendigo imundo, deixaram a limusine parada no meio da rua enquanto tiravam com toda a calma a bagagem do porta-malas — até o velho insistiu em carregar sua própria valise — e a levaram ao grandioso edifício Beaux-Arts no lado leste da rua, a antiga mansão Murray, que a partir de então seria conhecida como a Casa Dourada. (Só o filho mais velho, que não gostava de ficar ao ar livre, usava óculos muito muito escuros, e tinha uma expressão ansiosa, parecia estar apressado.) Assim chegaram como pretendiam ficar, independentes, com um indiferente dar de ombros às objeções dos outros.

A mansão Murray, o mais grandioso de todos os edifícios dos Jardins, ficara desocupada durante muitos anos, exceto por uma administradora ítalo-americana incrivelmente ríspida e sua assistente e amante igualmente altiva, embora muito mais jovem. Muitas vezes especulamos sobre a identidade do proprietário, mas as ferozes guardiãs do prédio se recusavam a satisfazer nossa curiosidade. No entanto, era uma época em que muitos dos super-ricos do mundo compravam propriedades sem nenhuma outra razão além de possuí-las e deixavam residências vazias soltas pelo planeta como sapatos descartados, então concluímos que algum oligarca russo ou xeique do petróleo devia estar envolvido e, dando de ombros nós também, nos acostumamos a tratar a casa vazia como se não estivesse ali. Havia uma outra pessoa ligada à casa, um faz-tudo hispânico de natureza afável, chamado Gonzalo, empregado pelos dois dragões de guarda para cuidar do lugar e, às vezes, quando tinha um tempinho livre, arriscávamos convidá-lo a nossas casas para arrumar defeitos da instalação elétrica ou do encanamento, ajudar a limpar a neve de nossos telhados e entradas, nas profundezas do inverno. Esses serviços ele realizava com um sorriso em troca de pequenas somas de dinheiro vivo dobrado discretamente em sua mão.

Os Jardins do Distrito Histórico Macdougal-Sullivan — para citar seu nome completo, sonoro demais — era o espaço destemido, encantado, em que vivemos e criamos nossos filhos, um local de alegre retiro do mundo desencantado, temível além de seus limites, e não nos desculpávamos por amá-lo ternamente. As casas de estilo neoclássico originais da Macdougal e Sullivan, construídas nos anos 1840, foram reformadas para o estilo neocolonial nos anos 1920 por arquitetos que trabalhavam para um certo sr. William Sloane Coffin, que vendia móveis e tapetes, e foi nessa época que fundiram os quintais para formar os Jardins comunitários, limitados ao norte pela Bleecker Street, ao sul pela Houston e reservado ao uso particular dos moradores cujas casas davam de fundos para eles. A mansão Murray era uma extravagância sob muitos aspectos, grandiosa demais para os Jardins, uma construção agradável, um marco, construída originalmente para o importante banqueiro Franklin Murray e sua esposa Harriet Lanier Murray entre 1901 e 1903 pela firma de arquitetura Hoppin & Koen, que, para abrir espaço, demolira duas das casas originais erigidas em 1844 pelo espólio do comerciante Nicholas Low. Foi projetada à maneira do renascimento francês para ser ao mesmo tempo extravagante e moderna, um estilo em que Hoppin & Koen tinham considerável experiência, adquirida na École de Beaux-Arts e, posteriormente, no período em que trabalharam para McKim, Mead & White. Como ficamos sabendo depois, Nero Golden a possuía desde o começo dos anos 1980. Há muito corria pelos Jardins o boato de que o proprietário ia e vinha para passar talvez dois dias por ano na casa, mas nenhum de nós jamais o viu, embora às vezes houvesse à noite luzes acesas em mais janelas que o normal e, muito raramente, uma sombra contra uma cortina, de forma que as crianças locais decidiram que o lugar era assombrado e mantinham distância.

Era esse o lugar cujas amplas portas de entrada ficaram abertas naquele dia de janeiro enquanto a limusine Daimler expelia os homens Golden, pai e filhos. Parado no portal, o comitê de recepção, as duas damas dragão, que haviam preparado tudo para a chegada do chefe. Nero e seus filhos passaram para dentro e encontraram o mundo de mentiras que habitariam dali em diante: não uma residência ultramoderna, absolutamente nova para uma rica família estrangeira dela tomar posse gradualmente, à medida que se desenvolvia sua nova vida, suas ligações com a nova cidade se aprofundavam, suas experiências se multiplicavam — não! —, mas sim um lugar onde o Tempo havia parado por vinte anos ou mais, o Tempo mirava à sua maneira indiferente as gastas cadeiras Biedermeier, tapetes a desbotar lentamente e abajures de lava dos anos 1960, e olhava ligeiramente divertido os retratos pintados por todas as pessoas certas do eu mais jovem de Nero Golden com figuras da cidade, René Ricard, William Burroughs, Deborah Harry, assim como líderes de Wall Street e famílias antigas do Social Register, portadores de nomes consagrados como Luce, Beekman e Auchincloss. Antes de comprar esse lugar, o velho tinha sido dono de um grande loft boêmio de pé-direito alto e novecentos metros quadrados de área, na esquina da Broadway com a rua Great Jones, e em sua remota juventude deixavam que ele frequentasse as franjas da Factory, ocupando, ignorado e agradecido, o canto dos meninos ricos com Si Newhouse e Carlo De Benedetti, mas isso foi muito tempo atrás. A casa continha memorabilia daquela época e das últimas visitas dele nos anos 1980 também. Grande parte da mobília estava armazenada, e o reaparecimento desses objetos de uma vida anterior tinha o aspecto de uma exumação, insinuando uma continuidade que a história dos moradores não possuía. Portanto, a casa sempre nos pareceu uma espécie de bonita falsificação. Murmurávamos uns aos outros algumas palavras de Primo Levi: "Este é o fruto mais imediato do exílio, do desenraizamento: a prevalência do irreal sobre o real". Nada havia na casa que apontasse suas origens, e os quatro homens permaneciam obstinadamente relutantes em se abrir sobre o passado. Inevitavelmente vazavam coisas, e acabamos descobrindo a história deles, mas antes disso todos tínhamos nossas próprias hipóteses acerca de sua história secreta, envolvendo nossas ficções em torno das deles. Muito embora fossem todos de compleição mais para o claro, do filho mais novo pálido como leite ao coriáceo velho Nero, ficava evidente para todo mundo que não eram convencionalmente "brancos". Seu inglês era imaculado, com sotaque britânico, quase certamente tinham formação Oxbridge, de forma que de início concluímos incorretamente, a maioria de nós, que a Inglaterra multicultural era o país que não podia ser mencionado, e Londres a cidade multirracial. Podiam ser libaneses ou armênios, ou sul-asiáticos londrinos, conjeturávamos, ou mesmo de origem europeia mediterrânea, o que explicaria suas fantasias romanas. Que horríveis agravos tinham sido cometidos contra eles lá, que terríveis desprezos suportaram para chegarem ao ponto de renegar sua própria origem? Bem, bem, para a maioria de nós isso era assunto particular deles e estávamos dispostos a parar por aí, até não ser mais possível parar. E quando chegou esse momento, entendemos que estávamos nos fazendo as perguntas erradas.

O fato de a charada de seus nomes adotados recentemente chegar a funcionar, e durante dois mandatos presidenciais inteiros, de esses personagens americanos inventados vivendo em seu palácio de ilusões serem tão inquestionavelmente aceitos por nós, seus novos vizinhos e conhecidos, nos revela mais da própria América e mais da força de vontade com que eles ocupavam suas identidades camaleônicas, tornando-se, aos nossos olhos, tudo o que diziam ser. Em retrospecto, só se pode ponderar sobre a vastidão do plano, a complexidade dos detalhes que tinham de ser cuidados, os passaportes, as carteiras de identidade estaduais, as carteiras de motorista, os números do seguro social, o plano de saúde, as falsificações, os acordos, as propinas, a mera dificuldade de tudo e a fúria ou talvez o medo que conduziam todo o magnífico, elaborado, tortuoso esquema. Conforme descobrimos depois, o velho havia elaborado essa metamorfose durante talvez quinze anos, antes de pôr o plano em ação. Se soubéssemos disso, teríamos entendido que havia algo muito vasto escondido. Mas não sabíamos. Eles eram simplesmente o rei autocriado e seus *soi-disant* príncipes, que viviam na joia arquitetônica do bairro.

A verdade é que eles não pareciam tão estranhos para nós. Na América, as pessoas são chamadas de todo tipo de coisas — em todo o catálogo telefônico, na época em que existiam catálogos telefônicos, predominava o exotismo de nomenclatura. Huckleberry! Dimmesdale! Ichabod! Ahab! Fenimore! Portnoy! Drudge! Sem falar de dezenas, centenas, milhares de Gold, Goldwater, Goldstein, Finegold, Goldberry. Os americanos também decidiam constantemente como queriam se chamar e quem gostariam de ser, despindo suas origens Gatz para se tornar encamisados Gatsbys e correr atrás de sonhos chamados Daisy ou talvez simplesmente América. Samuel Goldfish (outro menino de ouro) transformou-se em Samuel Goldwyn, os Aertzoon se tornaram Vanderbilts, os Clemens se tornaram Twain. E muitos de nós, como imigrantes — ou nossos pais, nossos avós — escolheram deixar para trás seu passado exatamente como os Golden escolhiam agora, estimulando nossos filhos a falar inglês, não a antiga língua do antigo país; a falar, vestir-se, agir, *ser* americano. O passado enfiamos num porão, descartamos, perdemos. E em nossos filmes e revistas em quadrinhos — nas revistas em quadrinhos em que nossos filmes se transformaram — não celebramos todos os dias, não *homenageamos* a ideia da Identidade Secreta? Clark Kent, Bruce Wayne, Diana Prince, Bruce Banner, Raver Darkhölme, nós amamos vocês. A identidade secreta pode ter sido um dia uma ideia francesa — Fantômas, o ladrão, e também *le fantôme de l'Opéra* — mas hoje tem raízes profundas lançadas na cultura americana. Se nossos novos amigos queriam ser Césares, aceitávamos isso. Tinham excelente gosto, excelentes roupas, excelente inglês, e não eram mais excêntricos que, digamos, Bob Dylan ou qualquer outro que um dia morou aqui. De forma que os Golden foram aceitos porque eram aceitáveis. Eles eram americanos agora.

Mas finalmente as coisas começaram a se desvendar. Estas foram as causas de seu declínio: uma disputa entre irmãos, uma inesperada metamorfose, a chegada na vida do velho de uma mulher jovem, linda e determinada, um assassinato (mais de um assassinato). E muito longe, no país sem nome, finalmente, algum respeitável trabalho de inteligência.

3

Esta é a sua história não contada, seu planeta Krypton explodido: uma história de chorar, como as coisas mantidas em segredo geralmente são.

O grande hotel junto ao porto era adorado por todos, mesmo os pobres demais para sequer entrar por suas portas. Todo mundo tinha visto o interior em filmes, em revistas de cinema, em seus sonhos: a escadaria famosa, a piscina cercada por beldades de maiô ao sol, os corredores cintilantes de lojas, inclusive alfaiatarias sob medida que conseguiam imitar seu terno favorito numa tarde, assim que você escolhesse a lã ou gabardine. Todo mundo sabia dos funcionários para quem o hotel era como a própria família, que dedicavam ao hotel o respeito devido a um patriarca e que faziam todos os que entravam em seus salões se sentirem como reis e rainhas. Era um lugar para receber estrangeiros, sim, claro, de suas janelas os estrangeiros olhavam o porto, a bela baía que tinha dado nome à cidade sem nome, e se deslumbravam com o grande número de transatlânticos oscilando diante deles, barcos motorizados, veleiros e embarcações de

24

cruzeiro de todo tamanho, forma e cor. Todos sabiam a história do nascimento da cidade, que os ingleses a desejaram precisamente pela beleza de seu porto, que tinham negociado com os portugueses para casar a princesa Catarina com o rei Carlos II e, como a pobre Catarina não era bonita, o dote tinha de ser danado de bom, principalmente porque Carlos II tinha bom olho para uma moça bonita, de forma que a cidade foi parte do dote, e Carlos casou com Catarina e depois a ignorou pelo resto da vida, mas os britânicos instalaram ali sua Marinha, embarcaram num grande esquema de conquista de terras para agregar as Sete Ilhas, construíram lá um forte, depois uma cidade e em seguida o Império Britânico. Era uma cidade construída por estrangeiros, portanto era certo que os estrangeiros fossem bem-vindos naquele grandioso palácio que era o hotel que dava para o porto, razão principal para a existência da cidade. Mas não era só para estrangeiros, era um edifício romântico demais para isso, de paredes de pedra, cúpula vermelha, encantado, com lustres belgas brilhando acima das pessoas, e nas paredes e nos pisos quadros, móveis e tapetes de todas as partes daquele gigantesco país, o país de que não se podia dizer o nome e, portanto, se você fosse um rapaz desejoso de impressionar seu amor de alguma forma, arranjaria dinheiro para levá-la ao salão que dava para o mar, e a brisa marítima acariciaria seus rostos, vocês tomariam chá ou limonada, comeriam sanduíches de pepino, bolo e ela adoraria você porque a levou ao coração mágico da cidade. E talvez no segundo encontro você pudesse levá-la ao restaurante chinês do andar de baixo e isso selaria o trato.

Os grandes da cidade, do país, do mundo dominaram o velho grande hotel depois que os britânicos foram embora — príncipes, políticos, estrelas de cinema, líderes religiosos, os rostos mais famosos e mais bonitos da cidade, do país, do mundo se acotovelavam por um lugar em seus corredores — e ele passou a ser um símbolo da cidade que não se pode dizer o nome tanto quanto a torre Eiffel, o Coliseu ou a estátua do porto de Nova York cujo nome era A *Liberdade Ilumina o Mundo*.

Havia um mito de origem sobre o velho grande hotel em que quase todo mundo na cidade cujo nome não pode ser dito acreditava, embora não fosse verdade, um mito de liberdade, de derrubada dos imperialistas britânicos exatamente como os americanos haviam feito. Dizia a história que, nos primeiros anos do século XX, um distinto velho cavalheiro que usava um fez, por acaso era o homem mais rico do país cujo nome não pode ser dito, tentou uma vez visitar um outro velho grande hotel no mesmo bairro e foi impedido de entrar por conta de sua raça. O distinto velho cavalheiro balançou a cabeça devagar, afastou-se, comprou um terreno substancial mais adiante na rua e construiu nele o melhor e mais grandioso hotel jamais visto na cidade cujo nome não pode ser dito no país que não pode ser identificado, e num breve período de tempo levou à falência o hotel que havia impedido sua entrada. O hotel então se tornou, na mente das pessoas, um símbolo de rebelião, de vencer os colonizadores com suas próprias regras, de expulsá-los para o mar, e mesmo quando estava conclusivamente comprovado que nada disso acontecera de fato, nada mudou, porque um símbolo de liberdade e vitória é mais poderoso que os fatos.

Passaram-se cento e cinco anos. Então, em 23 de novembro de 2008, dez atiradores portando armas automáticas e granadas de mão partiram de barco de um país vizinho hostil para o oeste do país cujo nome não pode ser mencionado. Levavam nas mochilas munição e narcóticos fortes: cocaína, esteroides, LSD e seringas. No trajeto para a cidade cujo nome não pode ser mencionado, eles sequestraram um barco de pesca, abandonaram a embarcação original, levaram dois botes para bordo do barco pesqueiro e disseram ao capitão para onde rumar. Quando estavam perto da costa, mataram o capitão e embarcaram nos botes. Posteriormente, muita gente se perguntou por que a guarda costeira não os tinha visto ou tentado interceptá-los. O litoral devia ser bem guardado, mas naquela noite ocorreu alguma falha. Quando os botes atracaram, em 26 de novembro, os atiradores se dividiram em pequenos grupos e se encaminharam para os alvos escolhidos, uma estação ferroviária, um hospital, um cinema, um centro judaico, um café popular e dois hotéis cinco estrelas. Um deles era o hotel descrito acima.

O ataque à estação ferroviária começou às 21h21 e durou uma hora e meia. Os dois atiradores dispararam indiscriminadamente e morreram cinquenta e oito pessoas. Eles deixaram a estação e acabaram encurralados perto de uma praia da cidade, onde um foi morto e o outro capturado. Nesse meio-tempo, às 21h30, outra equipe de matadores explodiu um posto de gasolina e depois começou a atirar nas pessoas que apareciam nas janelas do centro judaico. Em seguida, atacaram o centro em si e sete pessoas morreram. Dez pessoas morreram no café. Ao longo das quarenta e oito horas seguintes talvez trinta pessoas tenham morrido no outro hotel.

O hotel adorado por todos foi atacado por volta de 21h45. Os hóspedes na área da piscina foram mortos primeiro e em seguida os atiradores foram para os restaurantes. Uma moça que trabalhava no Sea Lounge, onde rapazes levavam suas namoradas para impressioná-las, ajudou muitos hóspedes a escapar por uma porta de serviço, mas quando os atiradores invadiram a sala ela própria foi morta. Lançaram granadas e seguiu-se uma farra de assassinatos durante o que veio a ser um cerco de três dias. Do lado de fora, havia equipes de televisão, uma multidão e alguém gritou: "O hotel está pegando fogo!". Saltavam chamas das janelas do último andar e a famosa escadaria também estava queimando. Dentre os encurralados pelo fogo que morreram queimados estavam a esposa e os filhos do gerente do hotel. Os atiradores tinham plantas dos andares do hotel e essas plantas eram mais exatas que as das forças de segurança. Eles usaram as drogas para permanecerem acordados e o LSD — que não é um psicoestimulante — combinado com outras drogas (que eram) para gerar nos matadores um frenesi assassino, e eles davam altas risadas ao matar. Do lado de fora, as equipes de TV mostravam os hóspedes que escapavam e os matadores assistiam a televisão para descobrir por onde os hóspedes escapavam. Ao final do cerco, mais de trinta pessoas tinham morrido, muitas delas funcionários do hotel.

Os Golden, com o nome original que abandonaram, moravam no bairro mais exclusivo da cidade, numa comunidade murada na colina mais exclusiva, numa grande casa moderna com vista para as mansões art déco que contornavam a baía Back, na qual o sol vermelho mergulhava todas as noites. Podemos imaginá-los lá, o velho, ainda não tão velho, e os filhos também mais novos, o frouxo primogênito grande, brilhante, desajeitado, agorafóbico, o do meio com suas escapadas noturnas e retratos de sociedade, o menino mais novo com o escuro e a confusão dentro dele, e parece que a brincadeira de se darem nomes clássicos foi estimulada durante muitos anos pelo velho, assim como ele os ensinou desde os primeiros dias que não eram pessoas comuns, que eram Césares, que eram deuses. Os imperadores romanos e depois os monarcas bizantinos eram conhecidos por árabes e persas como *Qaisar-e-Rúm*, Césares de Roma. E se Roma era Rúm, então eles, os reis dessa Roma oriental, eram Rumi. Isso levou ao estudo do místico e sábio Rumi, também conhecido como Jalaluddin Balkhi, cujas citações o pai e os filhos atiravam para todo lado como bolas de tênis, *o que você busca está bus-*

cando você, você é o universo em movimento estático, seja notório, desenvolva seu próprio mito, venda sua inteligência e compre espanto, acenda sua vida, procure aqueles que abanem suas chamas e, se deseja a cura, deixe-se ficar doente, até se cansarem de suas panaceias e começarem a inventá-las para rirem entre eles, *se quer ficar rico, faça-se pobre, se alguém procura você, é quem você procurava, se quer ficar direito, fique de ponta-cabeça.*

Depois disso, não eram mais Rumi e se tornaram os Julii latinizados, filhos de César que eram ou viriam a ser Césares por seu próprio direito. Eram uma família antiga que afirmava poder identificar seus ancestrais até Alexandre, o Grande, que segundo Plutarco era filho do próprio Zeus — de forma que eram ao menos iguais aos júlio-claudianos que alegavam ser descendentes de Iulus, filho do piedoso Enéas, príncipe de Troia e, portanto, da mãe de Enéas, a deusa Vênus. Quanto à palavra *Caesar*, tinha ao menos quatro origens possíveis. Teria o primeiro Caesar matado um *caesai* — a palavra moura para elefante? Teria cabelo farto na cabeça — *caesaries*? Teria olhos cinzentos, *oculis caesiis*? Ou seu nome viria do verbo *caedere*, cortar, porque nasceu por operação *cesariana*? "Não tenho olhos cinzentos, e minha mãe me deu à luz do jeito normal", disse o velho. "Meu cabelo, que ainda existe, ficou mais ralo; também não matei nenhum elefante. Dane-se o primeiro César. Escolhi ser Nero, o último."

"Quem somos nós então?", perguntou o filho do meio. "São meus filhos", o patriarca disse, com um encolher de ombros. "Escolham seus próprios nomes." Depois, quando chegou a hora de partir, eles descobriram que o pai tinha mandado fazer documentos de viagem para eles com os novos nomes, e não se surpreenderam. Ele era um homem que fazia as coisas.

E aqui, como se numa velha fotografia, está a esposa do velho, uma mulher pequena e triste com o cabelo grisalho preso num coque desfeito e a lembrança de sacrifício autoimposto nos olhos. A esposa de César: que tinha de estar acima de qualquer suspeita, sim, mas também presa na pior posição do mundo.

Na noite de 26 de novembro, algo aconteceu na grande casa, uma discussão de algum tipo entre César e a esposa. Ela pediu a Mercedes e o motorista e saiu da casa em aflição, a fim de buscar consolo entre seus amigos, e foi assim que ela se viu sentada no Sea Lounge do hotel que todo mundo adorava, comendo sanduíches de pepino com limonada fresca pesadamente açucarada, quando os atiradores alucinados irromperam, rindo de alegria, com os olhos girando e pássaros psicodélicos voando em torno de suas cabeças, e começaram a atirar para matar.

E sim, o país era a Índia, claro, a cidade era Bombaim, claro, a casa parte da luxuosa colônia Walkeshwar no morro Malabar e, sim, claro, tratava-se dos ataques terroristas muçulmanos promovidos pelo Lashkar-e-Taiba do Paquistão, o "Exército dos Justos", primeiro na estação antes conhecida como Victoria Terminus ou VT, e atualmente, como tudo mais em Bombaim/Mumbai, rebatizada em honra do herói-príncipe mahratta, Shivaji — e depois no Leopold Café em Colaba, no Oberoi Trident Hotel, no cinema Metro, no hospital Cama and Albless, na casa judaica Chabad, no palácio Taj Mahal Palace e Tower Hotel. E, sim, depois de terminados os três dias de cercos e batalhas, a mãe dos dois meninos Golden mais velhos (da mãe do mais novo teremos mais a dizer posteriormente) contava entre os mortos.

Quando o velho ficou sabendo que sua esposa estava presa dentro do Taj, seus joelhos cederam e ele teria caído pela escada de mármore de sua casa de mármore, do living de mármore para o terraço de mármore abaixo, se não houvesse um criado bem próximo para ampará-lo, mas criados por perto sempre havia. Ele ficou de joelhos, o rosto enterrado nas mãos, o corpo sacudido por soluços tão altos e convulsivos que parecia que uma criatura escondida no fundo dele estava tentando escapar. Durante todo o tempo que duraram os ataques ele ficou em posição de oração no alto da escada de mármore, recusou-se a comer ou dormir, batendo no peito com o punho como uma carpideira profissional num funeral, culpando a si mesmo. Eu não sabia que ela ia para lá, exclamava, devia saber, por que deixei que ela fosse? Naqueles dias, o ar da cidade parecia escuro de sangue mesmo ao meio-dia, escuro como um espelho, e o velho se via refletido nele e não gostava do que via; e foi tal a força de sua visão que seus meninos também viram, e depois que chegou a má notícia, a notícia que acabou com toda a vida deles até aquele ponto, os passeios de fim de semana na pista de equitação com representantes das grandes famílias antigas de Bombaim e os novos-ricos também, o squash, o bridge, a natação, o badminton e o golfe no Willingdon Club, as *starlets* de cinema, o hot jazz, que tudo isso se foi para sempre afogado debaixo do mar de morte, eles concordaram com o que o pai disse que queria agora, que era deixar sua casa de mármore para sempre e a cidade fragmentada em disputas em que ela se encontrava, e todo o país sujo, corrupto e vulnerável também, tudo deles que o pai agora de repente, ou talvez não tão de repente, detestava, concordaram em obliterar cada detalhe do que tinha sido para eles e de quem tinham sido ali e o que tinham perdido: a mulher cujo marido gritara com ela e assim a lançara à sua condenação, cujos dois filhos a tinham amado e que uma vez havia sido tão duramente humilhada pelo enteado que tentara se matar. Iam fazer tábula rasa do passado, assumir novas identidades, atravessar o mundo e serem outros, diferentes do que eram. Escapariam do histórico para o pessoal, e no Novo Mundo o pessoal seria tudo o que buscariam e tudo o que esperariam, seriam isolados, individuais e sozinhos, cada um faria seu próprio acordo com o dia a dia, com a história externa, com o tempo externo, em privado. Não ocorreu a nenhum deles que sua decisão nascera de um colossal sentido de poder, essa noção de que podiam simplesmente sair do ontem e começar amanhã como se não fossem parte da mesma semana, de mudar para além de memória, raízes, língua, raça para a terra do *self-made self*, que é um outro jeito de dizer América. Como a ofendemos, à dama morta, quando em nossos murmúrios atribuíamos sua ausência de Nova York à infidelidade. Era a ausência dela, a sua tragédia, que dava sentido à presença de sua família entre nós. Ela era o sentido dessa história. Quando morreu Popeia Sabina, a mulher do imperador Nero, ele queimou um suprimento de dez anos de incenso árabe em seu funeral. Mas no caso de Nero Golden nem todo o incenso do mundo conseguiria encobrir o mau cheiro.

O termo legal *benami* parece quase francês, *ben-ami*, e leva o desavisado a acreditar que pode significar "bom amigo", *bon ami*, ou "bem-amado", *bien aimé*, ou algo do gênero. Mas a palavra é efetivamente de origem persa e sua raiz não é *ben-ami*, mas *bé-námi*. *Bé* é um prefixo que quer dizer "sem" e *nám* significa "nome"; portanto, *benami*, "sem nome" ou anônimo. Na Índia, transações benami são compras de propriedades nas quais o comprador ostensivo, em cujo nome se adquire a propriedade, é apenas uma fachada, usado para esconder o verdadeiro dono da propriedade. Em gíria antiquada, o benami seria chamado de testa de ferro.

Em 1988, o governo da Índia aprovou um Decreto de (Proibição de) Transações Benami que tornava essas compras ilegais e, ao mesmo tempo, possibilitava que o Estado recuperasse propriedade "mantida benami". Porém, restaram muitos buracos. Uma das maneiras que as autoridades encontraram para tapar esses buracos é a instituição do sistema *Aadhaar*. *Aadhaar* é um número de identificação do seguro social de doze dígitos atribuído a todos os cidadãos indianos pela vida toda, e é de uso obrigatório em todas as transações de propriedade e financeiras, o que permite rastrear eletronicamente o envolvimento do cidadão em transações desse tipo. Porém, o homem que conhecemos como Nero Golden, cidadão americano há mais de vinte anos e pai de cidadãos americanos, estava claramente livre das regras. Quando aconteceu o que aconteceu e tudo veio à tona, ficamos sabendo que a Casa Dourada era propriedade de uma dama de certa idade, a mesma dama que servia como a mais velha das duas fidedignas confidentes de Nero, e não existia nenhum outro documento legal que se pudesse encontrar. Mas o que aconteceu realmente aconteceu e depois disso até as paredes que Nero havia construído com tanto cuidado desmoronaram e a plena e assustadora dimensão da criminalidade dele surgiu à nossa frente nua, à luz da verdade. Isso foi no futuro. Por ora, ele era simplesmente N. J. Golden, nosso rico e — conforme descobrimos — vulgar vizinho.

4

No quadrilátero secreto e gramado dos Jardins, eu engatinhei antes de andar, andei antes de correr, corri antes de dançar, dancei antes de cantar e cantei e dancei até aprender a quietude, o silêncio e a me manter imóvel, ouvindo o coração dos Jardins, cintilante de vaga-lumes nas noites de verão, e me tornei, ao menos em minha própria opinião, um artista. Para ser preciso, um pretenso autor de filmes. E em meus sonhos um cineasta, até, na grandiosa formulação de antigamente, um *auteur*. Estava me escondendo por trás da primeira pessoa do plural e posso voltar a fazer isso, mas vou conseguir me apresentar. Eu sou. Mas de certa maneira não sou tão diferente dos meus personagens, que também se autoescondiam — a família cuja chegada ao meu trecho da floresta me forneceu o grande projeto que eu vinha procurando com crescente desespero. Se os Golden estavam pesadamente empenhados em apagar seu passado, então eu, que havia me incumbido de ser o cronista deles — e talvez o *imaginador* deles, um termo inventado para os criadores de atrações nos parques temáticos Disney —, sou por natureza auto-oculto. O que mesmo Isherwood disse no começo de *Adeus a Berlim?* "Sou uma câmera com o obturador aberto, bem passiva, que registra, não pensa." Mas isso foi naquela época, e esta é a era das smart câmeras que pensam tudo sozinhas. Talvez eu seja uma smart câmera. Eu registro, mas não sou exatamente passivo. Eu penso. Altero. É possível que até invente. Ser um imaginador, afinal de contas, é muito diferente de ser um literato. O quadro de Van Gogh de uma noite estrelada não parece uma fotografia de uma noite estrelada, mas mesmo assim é uma grande representação de uma noite estrelada. Digamos apenas que eu prefiro a pintura à fotografia. Eu sou uma câmera que pinta.

Me chamem de René. Sempre gostei do fato de o narrador de *Moby Dick* efetivamente nunca nos contar seu nome. "Me chamem de Ishmael" serviria na "realidade", o que quer dizer que no miúdo Factual que fica de fora do grande Real do romance, ele podia se chamar, ah, qualquer coisa. Podia ser Brad, ou Trig, ou Ornette, ou Schuyler, ou Zeke. Podia até se chamar Ishmael. Não sabemos e portanto, igual a meu grande antepassado, eu me abstenho de dizer francamente a vocês, meu nome é René. "Me chamem de René": é o melhor que posso fazer.

Continuemos. Meus pais eram ambos professores universitários (vocês notam no filho a herança de um tom professoral?) que compraram nossa casa perto da esquina da Sullivan com a Houston no período jurássico, quando as coisas eram baratas. Apresento os dois a vocês: Gabe e Darcey Unterlinden, casados há muito tempo, não apenas respeitados acadêmicos como professores queridos e, assim como o grande Poirot (ele é fictício, mas não se pode ter tudo na vida, como disse Mia Farrow em *A rosa púrpura do Cairo*)... belgas. Belgas há muito tempo, me apresso a esclarecer, americanos desde sempre, Gabe insistia estranhamente em um curioso, pesado e em grande parte inventado sotaque pan-europeu, Darcey confortavelmente ianque. Os professores jogavam pingue-pongue (desafiaram Nero Golden quando souberam do gosto dele pelo jogo e ele derrotou totalmente os dois, embora fossem ambos bastante bons). Eles citavam poesia um para o outro. Eram fãs de baseball, ah, risonhos viciados em reality shows de televisão, amantes de ópera, e planejavam constantemente e em conjunto sua jamais escrita monografia sobre a modalidade, que se chamaria *A mocinha sempre morre*. Adoravam sua cidade por causa da diferença entre ela e o resto do país. "Roma non é Itália", meu pai me ensinou, "e Londrres non é Inglaterra, Parris non é Frrança, e isto aqui, onde estamos agorra, isto non é Estados Unidos da Amérrica. Isto é Nova Yorrk."

"Entre a metrópole e o interior", minha mãe acrescentava sua nota de rodapé, "sempre ressentimento, sempre alienação."

"Depois de 11 de setembrro, Amérrica finge amarr a gente", dizia meu pai. "Quanto durra isso?"

"Não muito, porra", minha mãe completava o pensamento dele. (Ela falava palavrões. Dizia que não sabia que usava. Que simplesmente escapavam.)

"É uma bolha, como todo mundo fala agorra", meu pai dizia. "Como no filme de Jim Carrey, só que expandida parra tamanho cidade grande."

"*O show de Truman*", minha mãe esclarecia, atenciosa. "E nem mesmo a cidade inteira está na bolha, porque a bolha é feita de dinheiro e a distribuição do dinheiro não é uniforme."

Nisso eles diferiam da opinião comum de que a bolha era composta por atitudes progressistas, ou melhor, afirmavam, como bons pós-marxistas, que o liberalismo era gerado pela economia.

"O Bronx, Queens, talvez non tanto na bolha", meu pai dizia. "Staten Island *definitivamente* forra da bolha."

"Brooklyn?"

"Brooklyn. É, talvez na bolha. Partes do Brooklyn."

"Brrooklyn é ótimo...", meu pai dizia, e em uníssono terminavam sua velha piada favorita e muito repetida: "... mas fica no Brrooklyn".

"O negócio é que nós gostamos da bolha, e você também", meu pai dizia. "Nós non querremos morrer em estado republicano e você — você se acabava morrendo, porr exemplo, no Kansas, onde eles não acrreditam na *evoluçon*." "De certa forma, Kansas recusa mesmo a teoria de Darwin", minha mãe divagava. "O que prova que nem sempre o mais apto sobrevive. Às vezes é o menos apto que sobrevive." "Mas non é só caubóis malucos", meu pai dizia e minha mãe embarcava. "Nós não queremos morar na *Califórnia*." (Nessa altura, a bolha deles ficava confusa, tornava-se tanto cultural como econômica, costa direita versus costa esquerda, Biggie-não-Tupac. Eles pareciam não se importar de suas posições serem contraditórias.) "Enton isso que você é", meu pai queria que eu soubesse. "O rapaz na bolha." "Este é um momento de milagre e assombro", minha mãe dizia. "E não chore, baby, não chore, não, porra."

Tive uma infância feliz com os professores. No coração da bolha estavam os Jardins e os Jardins davam um coração à bolha. Fui criado em encantamento, livre do mal, num casulo de seda liberal urbana, e isso me deu uma coragem inocente embora eu soubesse que fora do encantamento mágico os sombrios moinhos de vento do mundo estavam à espera do bobo quixotesco. (Porém, "a única desculpa para o privilégio!", meu pai me ensinou, "é fazer algo de útil com ele".) Fui à escola na Little Red e à faculdade em Washington Square. Uma vida inteira contida numa dúzia de quarteirões. Meus pais tinham sido mais aventureiros. Meu pai foi para Oxford com uma bolsa Fulbright e, depois que terminou, junto com um amigo britânico, numa Mini Traveller, ele atravessou a Europa e a Ásia — Turquia, Irã, Afeganistão, Paquistão, Índia — naquele já mencionado período jurássico em que os dinossauros rondavam pela terra e era possível fazer uma viagem dessas sem perder a cabeça. Quando voltou para casa, estava farto do vasto mundo e se tornou, ao lado de Burrows e Wallace, um dos três grandes historiadores da cidade de Nova York, coautor, com esses dois cavalheiros, do clássico *Metropolis* em muitos volumes, a história definitiva da cidade de Superman, onde nós todos vivíamos e onde o *Planeta Diário* chegava à porta toda manhã, onde, muitos anos depois do velho Supa, o Homem-Aranha veio a residir, em Queens. Quando eu caminhava com ele pelo Village, ele apontava onde ficara um dia a casa de Aaron Burr, e uma vez, diante do cinema multiplex da Segunda Avenida com a rua 32, ele me contou a história da Batalha de Kips Bay e como Mary Lindley Murray havia salvado os soldados americanos de Israel Putnam em retirada com um convite para o general britânico William Howe parar a busca e ir tomar chá em sua grandiosa residência, Inclenberg, no alto do que passaria a ser conhecido como Murray Hill.

Minha mãe também tinha sido intrépida a seu modo. Quando jovem, trabalhou na saúde pública com dependentes de drogas e em fazendas de subsistência na África. Depois que eu nasci, ela estreitou seus horizontes e se tornou primeiro uma especialista em educação da primeira infância e, por fim, professora de psicologia. Nossa casa na Sullivan Street, no canto oposto dos Jardins em relação à mansão dos Golden, era cheia da agradável parafernália acumulada ao longo de suas vidas, tapetes persas gastos, estátuas africanas entalhadas em madeira, fotografias, mapas e gravuras das primeiras cidades "Nova" na ilha de Manhattan, ambas Amsterdam e York. Havia um canto dedicado a belgas famosos, um desenho original de Tintin pendurado ao

38

lado de uma serigrafia de Diane von Furstenberg e a famosa foto da produção de Hollywood da bela estrela de *Bonequinha de luxo*, com sua piteira longa, um dia conhecida como miss Edda van Heemstra, depois a muito amada Audrey Hepburn; e abaixo dessas, a primeira edição das *Mémoires d'Hadrien*, de Marguerite Yourcenar, numa mesinha ao lado de fotografias de meu xará Magritte em seu estúdio, do ciclista Eddy Merckx e de Dominique, a freira cantora. (Jean-Claude Van Damme não tinha lugar ali.)

Apesar desse pequeno nicho de belgiana, eles não hesitavam em criticar seu país de origem quando se perguntava a respeito. "O rei Leopoldo II e o Estado Livre do Congo", minha mãe dizia. "O pior colonialista de todos os tempos, a maior voracidade de toda a história colonial." "E hoje em dia", meu pai acrescentava, "Molenbeek. Centrro eurropeu de fanatismo islâmico."

No lugar de honra do aparador da lareira da sala de estar, um bloco de haxixe com décadas de idade, nunca usado, ainda embrulhado no pacote original de celofane barato e marcado com o selo oficial de qualidade do governo do Afeganistão e uma imagem da lua. No Afeganistão, na época do rei, o haxixe era legalizado e vendido com três preços e embalagens com controle de qualidade, Afghan Gold, Silver e Bronze. Mas o que meu pai, que nunca fora adepto da canabis, mantinha no lugar de honra do aparador era algo ainda mais raro, algo legendário, quase oculto. "Afghan Moon", meu pai dizia. "Se você usa isso, abrre o terceirro olho na glândula pineal no centrro da testa e você fica clarrevidente, pouca coisa é segrredo prra você."

"Então por que você nunca usou?", perguntei.

"Porrque mundo sem mistérrio é igual quadrro sem sombrra", disse ele. "Verr demais não mostrra nada."

"O que ele quer dizer", minha mãe acrescentou, "é que (a) acreditamos em usar nossas mentes, não em explodi-las e (b) provavelmente está adulterado, ou *batizado* como os hippies diziam, com algum horrível alucinógeno e (c) é possível que eu fosse protestar veementemente. Não sei. Ele nunca fez esse teste comigo." *Os hippies*, como se ela não tivesse nenhuma lembrança dos anos 1970, como se nunca tivesse usado jaqueta de pele de carneiro, uma bandana ou sonhado em ser Grace Slick. Para sua informação, não existia Afghan Sun. O sol do Afeganistão era o rei, Zahir Shah. E aí vieram os russos, depois os fanáticos e o mundo mudou. Mas Afghan Moon... isso me ajudou no momento mais sombrio de minha vida, e minha mãe não tinha mais como protestar.

E havia livros, inevitavelmente, livros como uma doença, infestando cada canto de nossa casa surrada e feliz. Eu me tornei escritor porque era inevitável com esses antepassados, e talvez tenha escolhido o cinema em vez de romances e biografias porque sabia que não conseguiria competir com os velhos. Mas até os Golden se mudarem para a casa grande na Macdougal, na diagonal oposta à nossa, minha criatividade pós-graduação tinha estacionado. Com o ilimitado egotismo da juventude, eu começara a imaginar um filme poderoso, ou uma sequência de filmes estilo *Decálogo*, a respeito de imigração, transformação, medo, perigo, racionalismo, romantismo, mudança de sexo, a cidade, covardia e coragem; nada menos que um retrato panorâmico de minha época. Meu estilo preferido seria algo que eu chamava em particular de Realismo Operístico, meu assunto o conflito entre o Eu e o Outro. Estava tentando fazer um retrato ficcional de meu bairro, mas era uma história sem força motriz. Meus pais não tinham o heroísmo fatal de protagonistas devidamente operístico-realistas; nem nossos outros vizinhos. (Bob Dylan havia se mudado fazia muito.) Meu celebrado professor de estudos cinematográficos, um cineasta-superstar-afro-america-no-de-boné-de-baseball-vermelho me disse francamente quando leu meus primeiros roteiros. "Muito bem-feitinho, cara, mas cadê o sangue? É sossegado demais. Cadê o motor? Quem sabe você devia fazer um disco voador pousar nesses benditos Jardins. Quem sabe devia explodir um prédio. Fazer alguma coisa acontecer. Fazer um pouco de barulho." Eu não sabia como. E então os Golden chegaram e foram meu disco voador, meu motor, minha bomba. Sentia a excitação do jovem artista cujo tema chegou como um presente na correspondência do feriado. Senti gratidão.

É tempo de não ficção, meu pai me disse. "Talvez parrar de inventarr coisas. Perrgunte em qualquerr livrrarria", ele disse, "é os livrros do balcon de non ficçon que vendem e os de histórria inventada ficam lá parrados." Mas isso era no mundo dos livros. No cinema, era a época dos super-heróis. Para não ficção, tínhamos as polêmicas de Michael Moore, *O grande êxtase do entalhador Steiner*, de Herzog, *Pina*, de Wim Wenders, alguns outros. Mas o dinheiro grande estava na fantasia. Meu pai admirava e me recomendou o trabalho e as ideias de Dziga Vertov, o documentarista soviético que detestava drama e literatura. Seu estilo cinematográfico, Kino-Olho ou Ciné-Olho, visava nada menos que a evolução da humanidade a uma forma de vida livre de ficção, "de um cidadão estabanado através da poesia da máquina para o perfeito homem elétrico". Whitman teria gostado dele. Talvez o eu-sou-uma-câmera Isherwood também. Eu, porém, resistia. Deixei as formas superiores para meus pais e Michael Moore. Eu queria inventar o mundo.

Uma bolha é uma coisa frágil e muitas vezes, à noite, os professores conversavam preocupados sobre a explosão dela. Eles se preocupavam com o politicamente correto, com sua colega na televisão a quem uma aluna de vinte anos berrara ofensas a uma distância de dez centímetros por causa de uma discordância sobre o jornalismo do campus, com um colega em outra reportagem de televisão insultado porque não quis proibir fantasias de Pocahontas na noite de Halloween, com outro colega forçado a se afastar de pelo menos um seminário porque não havia preservado suficientemente o "espaço seguro" de uma aluna contra a intrusão de ideias que essa estudante considerou muito "pouco seguras" para enfrentar com sua jovem mente, com seu colega que recusou a petição de um estudante para remover uma estátua do presidente Jefferson do campus de sua faculdade devido ao fato censurável de Jefferson ter possuído escravos, com o colega acusado violentamente por estudantes com histórias familiares de cristianismo evangélico por ter pedido que lessem uma história em quadrinhos de uma cartunista lésbica, com o colega forçado a cancelar uma produção de *Monólogos da vagina* de Eve Ensler porque, ao definir as mulheres como pessoas com vaginas, discriminavam pessoas identificadas como mulheres que não possuíam vaginas, com seus colegas que resistiam aos esforços de estudantes para "desempoderar" muçulmanos apóstatas porque suas posições eram ofensivas a muçulmanos não apóstatas. Eles se preocupavam porque os jovens estavam se tornando favoráveis à censura, favoráveis a proibições, favoráveis a restrições, como aconteceu isso?, eles me perguntavam, esse estreitamento da mentalidade jovem americana, estamos começando a temer pelos jovens. "Não você, claro, meu bem, quem ia ter medo de você", minha mãe me tranquilizava, ao que meu pai contrapunha: "Medo *porr* você, sim. Com essa barrba trrotskysta que você insiste em usarr fica parrecendo alvo de picarreta. Evite Cidade do México, prrincipalmente bairro Coyoacán. Esse meu conselho".

42

À noite, eles se sentavam em poças de luz amarelada, livros no colo, perdidos em palavras. Pareciam figuras de uma pintura de Rembrandt, *Dois filósofos meditando*, e eram mais valiosos que qualquer pintura; talvez membros da última geração de sua espécie e nós, nós que somos pós, que viemos depois, lamentaremos não ter aprendido mais a seus pés.

Sinto tanta falta deles que nem sei dizer.

5

O tempo passou. Arrumei uma namorada, perdi, arrumei outra, perdi também. Meu roteiro cinematográfico secreto, amante mais exigente, não gostou de minhas tentativas equivocadas de relacionamentos com seres humanos, emburrou e se recusou a revelar seus segredos. O final dos meus vinte anos chegava a todo vapor e eu, como o herói desfalecente de um filme antigo, jazia indefeso atravessado nos trilhos. (Meus pais literários 'sem dúvida preferiram que eu me referisse à cena culminante nos trilhos de trem de *A mais longa jornada*, de Forster.) Os Jardins eram meu microcosmo, e todos os dias eu via as criaturas de minha imaginação olhando para mim das janelas das casas tanto na Macdougal como na Sullivan, de olhos fundos, implorando para nascer. Eu tinha retalhos delas todas, mas a forma da obra me escapava. No número xx da Sullivan Street, no primeiro andar, com acesso pelo jardim, eu havia colocado meu diplomata birmane — eu devia dizer myanmarense — U Lnu Fnu, das Nações Unidas, seu coração profissional partido pela derrota na mais longa batalha pelo posto de secretário-geral com vinte

44

e nove votações consecutivas sem vencedor, que ele perdeu no trigésimo round para o sul-coreano. Por meio dele, eu pretendia explorar a geopolítica, dramatizar a pressão de alguns dos regimes mais autoritários do mundo para a ONU proibir a concessão de ofensa religiosa, resolver definitivamente a irritante questão do uso do veto americano em defesa de Israel e organizar uma visita da própria Aung San Suu Kyi aos Jardins Macdougal-Sullivan. Eu sabia também a história das mágoas pessoais de U Lnu Fnu, a perda de sua mulher para o câncer, e desconfiava que, desequilibrado pela dupla derrota em sua vida íntegra, ele pudesse deslizar da probidade e acabar arrasado por escândalo financeiro. Quando eu pensava nisso, o homem de olhos fundos da janela do número XX da Sullivan sacudia a cabeça desapontado e retirava-se para as sombras. Ninguém queria ser o bandido da história.

Minha comunidade imaginária era um bando internacional. No número OO da Macdougal Street vivia outro indivíduo solitário, um argentino-americano a quem eu tinha dado o nome temporário de "sr. Arribista". Sobre ele, qualquer que viesse a ser o seu nome, Mario Florída, talvez, ou Carlos Hurlingham, eu tinha este tratamento:

Arribista, o cidadão novo, mergulha no grande país — "seu" país, ele se deslumbra — como faz um homem que chega ao prometido oceano depois de uma longa jornada pelo deserto, mesmo não tendo nunca aprendido a nadar. Ele confia que o oceano vai sustentar seu peso; e sustenta. Ele não se afoga, não imediatamente.

E também isto, que precisava ser ampliado:

A vida inteira, Arribista foi um pino quadrado tentando se encaixar num buraco redondo. Será este, até que enfim, o buraco quadrado para ele se encaixar direito ou terá ele, durante suas longas jornadas, se arredondado? (Neste caso, então, sua jornada ficaria sem sentido, ou pelo menos no final ele teria se encaixado bem onde começara. Ele preferia a imagem do buraco quadrado, e o sistema de malha das ruas da cidade parecia confirmar essa realidade.)

E talvez fosse devido a meus fracassos românticos que Arribista, assim como o cavalheiro da ONU, foi abandonado pela mulher que ele amava:

Sua esposa também é uma ficção. Ou, muitos anos antes, ela atravessara do fato para a fantasia, quando o abandonara por outro homem, mais jovem, mais bonito, sob todos os aspectos um melhoramento diante do pobre Arribista, que é, como ele bem sabe, em todos os atributos de que gostam as mulheres — aparência, conversa, gentileza, simpatia, honestidade — apenas medianamente dotado. L'homme moyen sensible, que procura as frases feitas inexatas como essa para descrevê-lo. Um homem vestido de velhas palavras conhecidas, como se fosse tweed. Um homem sem qualidade. Não, isso não é verdade, Arribista corrige a si mesmo. Ele tem qualidade, relembra a si mesmo. Para começar, tem, quando perdido num fluxo de consciência, a tendência a se denegrir, e nesse aspecto é injusto consigo mesmo. Na realidade, ele chega bem próximo de uma excelente pessoa, excelente à maneira de seu novo país, que celebra a excelência, que rejeita a "síndrome do ressentimento". Arribista é excelente porque se fez excelente. Ele se deu bem; muito bem. É rico. A sua é uma história de sucesso, a história de seu muito considerável sucesso. É uma história americana.

E assim por diante. Os aristocratas sicilianos imaginários da casa dos Jardins diretamente em frente à casa dos Golden — provisoriamente Vito e Blanca Tagliabue, barão e baronesa de Selinunte — ainda eram misteriosos para mim, mas eu estava apaixonado por sua ancestralidade. Quando os imaginei ao sair para uma noitada, sempre no pico da moda, para um baile no Museu Metropolitan, ou para a estreia de um filme no Ziegfeld, ou para a nova exposição de um novo artista jovem na mais nova galeria do West Side, eu pensava no pai de Vito, Biaggio, que

num dia quente, perto da costa sul da Sicília, ligeiramente bronzeado e no auge da vida, passeia pela vastidão da propriedade de sua família, que atendia pelo nome de Castelbiaggio, levando sua melhor espingarda pelo cano com a arma apoiada no ombro direito. Usa chapéu de sol de aba larga por cima de um guarda-pó cor de vinho, culote cáqui bem usado e botas de caminhada engraxadas até brilharem como o sol do meio-dia. Tem excelente razão para achar que a vida é boa. A guerra na Europa terminou, Mussolini e sua companheira Clara Petacci foram pendurados em ganchos de açougue e a ordem natural da vida está voltando. O barone percorre suas fileiras de parreiras escoradas, carregadas de uvas, como um comandante examinando suas tropas, depois avança rapidamente através de floresta e de rio, morro acima e vale abaixo, depois acima outra vez, na direção de seu local favorito, um pequeno promontório bem acima de suas terras, onde pode se sentar de pernas cruzadas como um lama tibetano e meditar sobre a excelência da vida enquanto olha o horizonte distante sobre o mar cintilante. É o último dia de sua vida como homem livre, porque um momento depois ele descobre um invasor com um saco cheio sobre o ombro a atravessar seu território e sem hesitar ergue a espingarda e mata o sujeito com um tiro.

E depois disso seria revelado que o jovem morto é parente de um don da máfia local, e o don mafioso determina que Biaggio também tem de morrer para pagar por seu crime, e então haveria agitação, protestos e delegações da autoridade política local e da Igreja também, observando que um don da Máfia matar o nobre local seria, bem, extremamente visível, extremamente difícil de ignorar, seria mais problemático para o don da Máfia do que confortável para ele, então pelo bem de sua própria paz talvez ele devesse esquecer esse assassinato. E por fim o don da Máfia cede,

eu sei tudo sobre o barone Biaggio, hmm, sobre sua suíte no Grand Hotel et Des Palmes em Palermo — qual será? suíte 202 ou 204, ou talvez ambas? —, ele vai para lá para festas ou prostitutas, hmm?, o que é bom, é nosso lugar, nós vamos lá pelas mesmas razões e então, se ele vai lá hoje e fica lá pelo resto da porra da vida, nós não vamos matar o babaca, mas se ele tentar botar o pé fora do hotel devia lembrar que os corredores estão cheios de gente nossa e que as putas trabalham para nós também, e antes que o pé dele toque o chão da praça fora do prédio ele vai estar morto, a cabeça ensanguentada com a bala na testa vai chegar no chão antes da porra do sapato. Hmm? Hmm? Fala isso para ele.

Nos roteiros e tratamentos para os roteiros que levo na cabeça do mesmo jeito que Peter Kien no *Auto-da-fé* de Canetti leva bibliotecas inteiras, o "barão na suíte" fica prisioneiro no Grand Hotel et Des Palmes, Palermo, Sicília, até o dia de sua morte, quarenta e quatro anos depois, ele continuou festejando e recebendo putas lá, comida e bebida trazida para ele todos os dias da cozinha e adega de sua família, seu filho Vito foi concebido lá em uma das pouco frequentes visitas de sua mui sofredora esposa (mas nascido onde sua mui sofredora esposa preferia, em seu quarto em Castelbiaggio), e quando ele morreu seu caixão saiu pela porta da frente, pés primeiro, cercado por uma guarda de honra composta pela maior parte dos funcionários do hotel e diversas prostitutas. — E Vito, desiludido com Palermo, com a Máfia e com seu pai também, cresceu e fez de Nova York seu lar, decidido a levar uma vida oposta à de seu pai, absolutamente fiel à esposa Blanca, mas se recusava a passar uma única noite preso sozinho com ela e os filhos em casa.

* * *

Temo que possa ter dado ao leitor uma impressão desnecessariamente pobre de meu caráter. Não gostaria que você pensasse em mim como um sujeito indolente, irresponsável, um peso para meus pais, ainda precisando arranjar um emprego de verdade depois de três décadas de vida na terra. A verdade é que, tanto então como agora, eu raramente saía e saio à cidade à noite, e levantava e levanto cedo de manhã apesar de sofrer de insônia a vida inteira. Eu era também (e continuo) membro ativo de um grupo de jovens cineastas — nós todos nos formamos juntos — que, sob a liderança de uma dinâmica produtora-roteirista-diretora indo-americana chamada Suchitra Roy, já realizara uma porção de vídeos de música, conteúdo digital exclusivo para a Condé Nast e *Wired*, documentários que passaram na PBS e na HBO, e três bem recebidos filmes de longa-metragem de financiamento independente lançados em salas de exibição (todos três selecionados para o Sundance e SXSW, e dois receberam o Prêmio do Público) nos quais convencemos atores de primeira linha a trabalhar por cachês simbólicos: Jessica Chastain, Keanu Reeves, James Franco, Olivia Wilde. Apresento este breve CV agora para que o leitor possa se sentir em boas mãos, nas mãos de um contador de histórias digno de crédito e não inexperiente, à medida que minha narrativa adquire características cada vez mais sensacionais. Também apresento meus colegas de trabalho porque a crítica corrente deles a este meu projeto pessoal era e continua sendo valiosa para mim.

Durante todo aquele longo e quente verão, nós nos encontrávamos para almoçar em nosso restaurante italiano favorito na Sexta Avenida, logo abaixo da rua Bleecker, sentados numa mesa de calçada com substanciosos chapéus de sol e protetor solar fator 50, e eu contava a Suchitra o que estava fazendo e ela fazia as perguntas difíceis. "Entendo que você quer que o seu 'Nero Golden' seja algo como um homem misterioso, tudo bem, acho que isso está certo", ela me disse. "Mas qual a questão que esse personagem coloca para nós, que a história deve abordar afinal?" Imediatamente eu soube a resposta, embora não tivesse admitido totalmente nem mesmo para mim até aquele momento. "A questão", respondi, "é a questão do mal." "Nesse caso", ela disse, "mais cedo ou mais tarde, e mais cedo é melhor, a máscara tem de começar a cair."

Os Golden eram a minha história e outros podiam roubá-la. Oportunistas podiam furtar o que era meu pelo direito divino do eu-cheguei-primeiro, do direito de grileiro do esta-terra-é-minha. Fui eu que escavei essa terra por mais tempo, me vendo, quase, como um pós A. J. Weberman — Weberman, o *soi-disant* "lixeirólogo" do Village dos anos 1970, que escarafunchava o lixo de Bob Dylan para descobrir os sentidos secretos de suas letras e os detalhes de sua vida privada, e embora eu nunca tenha chegado a esse ponto, pensei nisso, confesso, pensei em atacar o lixo dos Golden como um gato em busca de uma espinha de peixe.

Este é o tempo em que vivemos, em que os homens escondem suas verdades, talvez até de si mesmos, e vivem na mentira, até as mentiras revelarem essas verdades de maneiras impossíveis de prever. E agora que tanta coisa é escondida, agora que vivemos nas superfícies, em apresentações e falsificações de nós mesmos, quem busca a verdade tem de pegar sua pá, romper a superfície e procurar o sangue debaixo. Mas a espionagem não é fácil. Assim que se instalaram em sua casa luxuosa, o velho ficou obcecado pelo medo de ser espionado por investigadores da verdade; ele contava com pessoal de segurança para varrer a propriedade em busca de aparelhos de escuta, e quando discutia questões de família com os filhos, era na "linguagem secreta" deles, as línguas do velho mundo. Ele tinha certeza de que estávamos todos xeretando seus negócios; e é claro que estávamos, do jeito inocente de fofoca de cidadezinha, de acordo com o instinto de gente comum em torno da bomba d'água da aldeia ou do bebedouro, tentando juntar pedaços novos no quebra-cabeça de nossas vidas. Eu era o mais inquisitivo de todos nós, mas com a cegueira de sua tola obsessão Nero Goldman não via isso, e pensava que eu era — muito inexatamente — um inútil irrelevante que não tinha encontrado um jeito de fazer fortuna e podia portanto ser deixado de lado, que podia ser apagado de seu campo de visão e ignorado; o que servia maravilhosamente a meus propósitos.

Havia uma possibilidade que confesso não me ocorreu, nem a nenhum de nós, mesmo em nossa época desconfiada, paranoica. Dado o seu aberto e generoso consumo de álcool, sua tranquilidade na presença de mulheres sem véu e sua evidente abstinência da prática de qualquer grande religião do mundo, nós nunca suspeitamos que eles pudessem ser... ah, nossa!... muçulmanos. De origem muçulmana, ao menos. Meus pais é que concluíram isso. "Na era da informação, meu bem", minha mãe me disse, com justificado orgulho quando terminaram de trabalhar em seus computadores, "o lixo de todo mundo está exposto para todos e só precisa saber procurar."

Pode parecer uma inversão geracional, mas, em nossa casa, eu era o analfabeto de internet enquanto meus pais eram supertecnológicos. Eu mantinha distância das mídias sociais e comprava "exemplares físicos" do *Times* e do *Post* toda manhã na bodega da esquina. Meus pais, porém, viviam dentro de seus desktops, tinham avatares Second Life desde que o outro mundo entrou on-line e eram capazes de encontrar a "proverbial e-gulha no e-palheiro", como dizia minha mãe.

Foram eles que começaram a desvendar o passado dos Golden para mim, a tragédia de Bombaim que os tinha levado para o outro lado do mundo. "Não foi ton difícil", meu pai explicou como se falasse com um simplório. "Esses non son gente discrreta. Se uma pessoa é bem conhecida, uma busca de imagem dirreta prrovavelmente funciona." "Tudo o que nós tivemos de fazer", disse minha mãe, com um sorriso, "foi ir direto até a porta de entrada." E me entregou uma pasta. "Está aqui a informação, meu bem", ela disse, com seu melhor sotaque de detetive durão. "Material comovente. Mais fedido que lenço de encanador. Não é de admirar que tenham querido deixar tudo para trás. É como se o mundo deles tivesse quebrado igual Humpty Dumpty. Não conseguiram remendar, então foram embora e vieram para cá, onde gente quebrada é uma dúzia de treze. Eu entendo. É triste. Enviaremos o relatório de despesas para sua avaliação."

Nesse ano, alguns diziam que o novo presidente era muçulmano, houve toda aquela merda da certidão de nascimento rasurada, e nós não íamos cair na armadilha para elefante do fanatismo. Nós sabíamos de Muhammad Ali e de Kareem Adbul-Jabbar e nos dias depois que os aviões bateram nos prédios concordamos, todos dos Jardins, em não culpar os inocentes pelos crimes dos culpados. Lembrávamos do medo que fizera motoristas de táxi colocarem bandeirinhas em seus painéis e grudar decalques de God Bless America nos vidros divisórios, e os ataques a siques de turbante nos envergonham pela ignorância de nossos conterrâneos. Vimos rapazes com suas camisetas de Não Tenho Culpa Sou Hindu, não os culpamos e ficamos envergonhados por eles sentirem a necessidade de usar mensagens sectárias para garantir a própria segurança. Quando a cidade se acalmou e voltou à sua rotina, sentimos orgulho de nossos concidadãos de Nova York por sua sanidade e portanto, não, não íamos ficar histéricos por causa dessa palavra agora. Tínhamos lido os livros sobre o profeta e o Talibã e tal e não fingimos saber tudo, mas eu assumi o encargo de me informar sobre a cidade de onde vinham os Golden e cujo nome eles não queriam dizer. Durante longo tempo, seus cidadãos se orgulharam da harmonia intercomunal, e muitos hindus de lá não eram vegetarianos e muitos muçulmanos comiam carne de porco, era um lugar sofisticado; seus escalões superiores eram seculares, não religiosos, e mesmo agora, quando essa idade de ouro desaparecia no passado, eram na realidade os extremistas hindus que oprimiam a minoria muçulmana, de forma que a minoria tinha de ser bem--vista, não temida. Eu olhava os Golden e via cosmopolitas, não fanáticos, assim como meus pais, e deixamos as coisas por aí, e nos sentimos bem ao agir assim. Fomos discretos com o que descobrimos. Os Golden estavam fugindo de uma tragédia terrorista e de uma triste perda. Deviam ser acolhidos, não temidos.

Mas eu não podia negar as palavras que tinham saído de minha boca em resposta ao desafio de Suchitra. A *questão é a questão do mal.*

Não sabia de onde tinham vindo essas palavras ou o que significavam. O que eu sabia é que ia procurar a resposta à minha maneira tintinesca, poirotesca, pós-belga, e que quando a encontrasse, teria encontrado a história que decidira ser minha e só minha para contar.

6

Era uma vez um rei malvado que fez seus três filhos saírem de casa e depois os manteve prisioneiros em uma casa de ouro, as janelas seladas com persianas de ouro e as portas bloqueadas com pilhas de lingotes americanos, sacos de dobrões espanhóis, baús de louis d'or franceses, baldes de ducados venezianos. Mas no fim os filhos se transformaram em aves que pareciam serpentes emplumadas, saíram voando pela chaminé e se libertaram. Assim que se viram ao ar livre, porém, descobriram que não podiam mais voar e caíram dolorosamente na rua, onde ficaram feridos e perplexos na sarjeta. Juntou-se uma multidão que não sabia se adorava ou temia as aves-serpentes caídas, até que alguém atirou a primeira pedra. Depois disso, a saraivada de pedras matou rapidamente todos os três mutantes e o rei, sozinho em sua Casa Dourada, viu todo seu ouro em todos os seus bolsos todas as suas pilhas todos os seus sacos todos os seus baldes começarem a brilhar mais e mais até que pegaram fogo e queimaram. A deslealdade de meus filhos me matou, ele disse enquanto as chamas subiam em torno dele. Mas essa não é a única versão da história. Em outra, os filhos não escapam e morrem no incêndio junto com o rei. Numa terceira variante, eles se assassinam uns aos outros. Numa quarta, matam o pai, tornando-se simultaneamente parricidas e regicidas. É até possível que o rei não fosse totalmente mau ou tivesse algumas nobres qualidades assim como muitas horrendas. Em tempos de realidades amargamente contestadas, não é fácil concordar sobre o que está realmente acontecendo, ou aconteceu, sobre *qual é o caso*, muito menos quanto a moral e sentido desta ou de qualquer outra história.

O homem que se chamava de Nero Golden velava-se, em primeiro lugar, por trás de línguas mortas. Era fluente em grego e latim e tinha obrigado seus filhos a aprendê-las também. Eles às vezes conversavam na língua de Roma ou Atenas, como se fossem línguas cotidianas, assim como em alguns da miríade de vocabulários de Nova York. Antes, em Bombaim, ele lhes dissera: "Escolham seus nomes clássicos", e em suas escolhas podemos ver que as pretensões dos filhos eram mais literárias, mais mitológicas que os anseios imperiais de seu pai. Eles não queriam ser reis, embora o mais novo, note-se, envolveu-se em divindade. Tornaram-se Petronius, Lucius Apuleius e Dionysus. Depois que fizeram as escolhas, seu pai usou sempre seus nomes escolhidos. O taciturno, complicado Petronius se tornou, na voz de Nero, Petro ou Petrón, o que fazia com que soasse como uma marca de gasolina ou tequila ou, por fim e para sempre, Petya, o que o despachava da antiga Roma para os mundos de Dostoiévski e Tchékhov. O segundo filho, animado, mundano, um artista e homem urbano, insistiu em escolher o próprio apelido. "Me chamem de Apu", pediu, desafiando a objeção do pai ("Não somos bengalis!"), e não atendia a nenhum outro nome, até o diminutivo pegar. E o mais novo, cujo destino seria o mais estranho de todos, tornou-se simplesmente "D".

É para os três filhos de Nero Golden que vamos agora voltar nossa atenção, com uma pausa apenas para dizer que todos os quatro Golden, em um momento ou outro, insistiam enfaticamente que seu deslocamento para Nova York não era um exílio, nem uma fuga, mas uma escolha. O que podia muito bem ser verdade para os filhos, mas, como veremos, no caso do pai, a tragédia pessoal e as necessidades privadas podem não ter sido suas únicas motivações. Podia haver gente de quem ele precisasse se colocar fora de alcance. Paciência: não vou revelar todos os meus segredos de uma vez.

O dândi Petya — com roupas conservadoras, mas invariavelmente elegantes — tinha algumas palavras de seu xará Gaio Petrônio, descrito por Plínio, o Velho, Tácito e Plutarco como o *arbiter elegantiarum* ou *elegantiae arbiter*, o árbitro da elegância na corte de Nero, gravadas numa placa de bronze acima da porta de seu quarto: "Deixa tua casa, ó jovem, e busca plagas estranhas. O distante Danúbio deve conhecer-te, o frio vento norte, o imperturbável reino de Canopus e os homens que observam o novo nascimento de Febo ou o seu poente". Era uma estranha escolha de citação, uma vez que o mundo exterior o assustava. Mas um homem pode sonhar e em seus sonhos ser diferente do que é.

Eu os via nos Jardins diversas vezes por semana. Fiquei mais próximo de uns que de outros. Mas conhecer as pessoas reais não era a mesma coisa que trazê-las à vida. Nessa altura, eu começara a pensar: simplesmente escreva o que vier. Feche os olhos e passe o filme na sua cabeça, abra os olhos e anote. Mas primeiro eles tinham de deixar de ser meus vizinhos, que viviam no Factual, e se tornar meus personagens, vivos no Real. Decidi começar onde eles começaram, com seus nomes clássicos. Para ter algumas pistas sobre Petronius Golden li o *Satíricon* e estudei a sátira menipeia. "Criticar atitudes mentais" era umas das minhas anotações para mim mesmo. "Melhor que satirizar indivíduos." Li as poucas peças de sátiros existentes, *Ciclopes*, de Eurípides, os fragmentos sobreviventes de *Pescadores à rede*, de Ésquilo, e *Perseguidores de sátiros*, de Sófocles, assim como o "remake" moderno de Tony Harrison, *Os perseguidores de Oxirrinco*. Esse material do mundo antigo ajudava? Sim, na medida em que me conduzia para o burlesco e o vulgar e para longe da elevação da tragédia. Eu gostei dos sátiros sapateadores da peça de Harrison e anotei: "Petya — mau dançarino, tão absolutamente descoordenado que as pessoas o acham engraçado". Havia também um possível recurso de trama aí, porque tanto em *Pescadores* como em *Perseguidores* os sátiros topam com bebês mágicos — Perseu na primeira peça, Hermes na segunda. "Reserve a possibilidade de introduzir crianças com poderes sobrenaturais", escrevi em meu caderno e ao lado, à margem, "??? ou — NÃO". Portanto, eu não tinha clareza não só sobre a história e sobre o mistério em seu cerne, mas também sobre a forma. Será que o surreal, o fantástico, devia ter uma função? Naquele momento, eu não tinha certeza. E as fontes clássicas ao mesmo tempo confundiam e ajudavam. As peças de sátiros, para afirmar o óbvio, eram dionisíacas, sua origem encontrava-se provavelmente em rústicas homenagens ao deus. Bebida, sexo, música, dança. Então, na minha história, sobre quem elas lançariam mais luz? Petya "era" Petronius, mas Dionísio era seu irmão... em cuja história a questão do sexo — ou gênero, para evitar a palavra que sua amante, a notável Riya, tanto abominava — seria central... tomei nota. "Os personagens dos irmãos serão sobrepostos até certo ponto."

Quanto a Apu, voltei ao *Asno de ouro*, mas em minha história a metamorfose seria o destino de outro irmão. (A sobreposição de irmãos outra vez.) Fiz, no entanto, uma nota valiosa. "Uma 'história de ouro', no tempo de Lucius Apuleius, era uma figura de linguagem que denotava uma anedota, um conceito maluco, algo que era evidentemente falso. Um conto de fadas. Uma mentira." E quanto ao bebê mágico: em lugar do meu "??? ou — NÃO" anterior tenho de dizer que, sem a ajuda de Ésquilo ou Sófocles, a resposta acabou sendo *SIM*. Haveria um bebê na história. Mágico ou amaldiçoado? Leitor: você decide.

A triste e brilhante estranheza do homem que chamamos de Petya Golden ficou clara para todo mundo desde o primeiro dia, quando, à débil luz da tarde de inverno, ele se plantou sozinho num banco nos Jardins, um homem alto, como uma ampliação de seu pai, de corpo grande e pesado, com os olhos escuros e agudos do pai que pareciam interrogar o horizonte. Usava um terno cor de creme debaixo de um pesado sobretudo de tweed espinha de peixe, luvas e cachecol alaranjado, com uma imensa coqueteleira e um frasco de azeitonas a seu lado no banco, um cálice de martíni na mão direita e enquanto estava ali sentado em monológica solidão, o hálito pairando fantasmagórico no ar de janeiro, ele simplesmente começou a falar em voz alta, explicando para ninguém em particular a teoria, que ele atribuía ao cineasta surrealista Luis Buñuel, de por que o dry martíni perfeito era igual à Imaculada Conceição de Cristo. Tinha talvez quarenta e dois anos na época e eu, dezessete anos mais novo, me aproximei cautelosamente dele pelo gramado, pronto para ouvir, instantaneamente apaixonado, como limalhas de ferro são atraídas pelo ímã, como a mariposa adora a chama fatal. Ao me aproximar, vi na luz do crepúsculo que três crianças dos Jardins tinham parado a brincadeira, abandonado balanços e o trepa-trepa para observar aquele homem grande e estranho que falava sozinho. Não faziam ideia do que o louco recém-chegado estava falando, mas mesmo assim gostavam de seu desempenho.

"Para fazer o dry martíni perfeito", ele dizia, "você precisa pegar um cálice de martíni, pôr uma azeitona dentro dele e encher até a borda com gim, ou, segundo a nova moda, com vodca." As crianças riram da maldade dessa conversa alcoólica. "Então", disse ele, com o indicador esquerdo espetado no ar, "deve colocar uma garrafa de vermute perto do cálice numa tal posição que um único raio de sol atravesse a garrafa e atinja o cálice de martíni. Então, você bebe o martíni." Ele deu um gole relaxado em seu cálice. "Aqui tem um que eu preparei antes", ele disse num esclarecimento para as crianças que então correram embora, rindo com deliciada culpa.

Os Jardins eram um espaço seguro para todas as crianças cujas casas tinham acesso a ele, de forma que elas corriam por ali desacompanhadas. Houve um momento, depois da conferência sobre o martíni, em que algumas mães da vizinhança ficaram preocupadas com Petya, mas não havia por que se afligirem com ele; crianças não eram o vício de sua escolha. Essa honra ele reservava à bebida. E seu estado mental não era perigoso para ninguém além dele mesmo, embora pudesse ser desconcertante para os que se ofendiam com facilidade. A primeira vez que ele encontrou minha mãe, disse: "Você deve ter sido uma moça bonita, mas agora está velha e enrugada". Nós, Unterlinden, estávamos passeando de manhã nos jardins quando Petya, com seu sobretudo, cachecol e luvas, foi se apresentar a meus pais e foi isso que ele disse? Foi sua primeira frase depois de "olá"? Eu me controlei e abri a boca para protestar, mas minha mãe pôs a mão em meu braço e sacudiu a cabeça, gentilmente. "É", ela respondeu, "vejo que você é um homem que fala a verdade."

"Tenho o espectro": eu nunca tinha ouvido o termo antes. Acho que sob muitos aspectos eu tinha sido uma espécie de inocente, e autismo para mim não era muito mais que Dustin Hoffman em *Rain Man* e outros chamados cruelmente de "sábios idiotas" que recitavam listas de números primos e desenhavam de cabeça mapas incrivelmente detalhados de Manhattan. Petya, segundo minha mãe, estava no alto do espectro autista. Ela não tinha certeza se ele sofria de HFA, autismo altamente funcional, ou AS, que era Asperger. Hoje em dia, Asperger não é mais considerado um diagnóstico separado, absorvido pelo espectro numa "escala de severidade". Mas na época, apenas poucos anos atrás, a maioria das pessoas era tão ignorante como eu e quem sofria de Asperger era muitas vezes colocado numa caixa de descarte marcada "louco". Petya Golden podia ser atormentado, mas não era de forma alguma louco, nem chegava perto disso. Era um ser humano extraordinário, vulnerável, dotado, incompetente.

Fisicamente desastrado, às vezes, quando agitado, era desastrado de boca também, balbuciava, gaguejava e se enfurecia com a própria inépcia. Ele tinha também a memória mais retentiva que jamais encontrei. Você podia dizer o nome de um poeta, "Byron", por exemplo, e ele embarcava em vinte minutos de *Don Juan* com os olhos fechados. "Quero um herói: incomum necessidade,/ se todo ano e mês produz um muito fino,/ que depois de encher jornais com vulgaridade/ o tempo descobre que não era genuíno." Ele disse que, em busca de heroísmo, tinha tentado ser um comunista revolucionário na universidade (Cambridge, que ele abandonou sem seu diploma de arquitetura devido a seu estado), mas admitiu que não tentou o suficiente para ser um dos bons e, além disso, havia a desvantagem de sua riqueza. E também o seu estado dificilmente produzia boa organização e confiabilidade, de modo que ele não daria um bom recruta, e de qualquer forma seu maior prazer não estava na revolta, mas na argumentação. Nada lhe dava mais prazer do que contradizer todo mundo que apresentava uma opinião e depois arrasar o indivíduo à submissão usando sua reserva aparentemente inesgotável de conhecimento enigmático e detalhado. Era capaz de discutir com um rei sobre sua coroa, ou com um pardal sobre uma migalha de pão. E também bebia demais. Quando sentei para beber com ele nos Jardins uma manhã — ele começava a beber no café da manhã —, tive de jogar a bebida numa planta quando ele estava distraído. Era impossível acompanhar seu ritmo. Mas as quantidades industriais de vodca que ele consumia pareciam não ter nenhum efeito sobre aquele cérebro com defeito de instalação, mas mesmo assim prodigioso. Em seu quarto, no andar superior da Casa Dourada, ele era banhado por luz azul, cercado por computadores, e era como se esses cérebros eletrônicos fossem seus iguais efetivos, seus amigos mais verdadeiros, e o mundo de jogos em que ele penetrava através daqueles monitores era seu mundo real, enquanto o nosso era a realidade virtual.

Seres humanos eram criaturas que ele tinha de suportar, com as quais nunca se sentia à vontade.

O mais difícil para ele — naqueles primeiros meses antes de encontrarmos as respostas para nós mesmos, que acabei revelando a ele ter encontrado, para deixá-lo à vontade, o que não funcionou — era evitar revelar os segredos de família, seus nomes verdadeiros, suas origens, a história da morte de sua mãe. Bastava lhe fazer uma pergunta direta e ele respondia com sinceridade, porque seu cérebro impossibilitava que mentisse. Mas por lealdade aos desejos do pai, ele conseguiu encontrar um jeito. Treinou locuções de escape: "Não vou responder essa pergunta" ou "Talvez você deva perguntar a outra pessoa", declarações que sua natureza conseguia aceitar como verdade e portanto permitir que as fizesse. Às vezes, é verdade, ele deslizava perigosamente perto da traição. "Quanto a minha família", ele disse um dia, sem nenhum propósito, como era seu jeito (a conversa dele era uma série de bombas randômicas que caíam do céu azul de seu pensamento), "pense na loucura ininterrupta que ocorria no palácio durante a época dos doze Césares, o incesto, o matricídio, os envenenamentos, a epilepsia, os bebês mortos, o fedor do mal e, claro, é preciso considerar o cavalo de Calígula. Caos, meu caro, mas quando o romano na rua olhava o palácio, o que via?" Aqui uma pausa astuta, dramática, e então: "Ele via o palácio, meu caro. Via a porra do palácio, inamovível, imutável, *ali*. Lá dentro, os poderosos estavam trepando com as tias e cortando fora os paus dos outros. Fora, claro que a estrutura do poder continuava inalterada. Nós somos assim, papa Nero e meus irmãos. Por trás das portas fechadas da família, nós admitimos livremente, é o inferno lá dentro. Lembre de Edmund Leach e suas palestras Reith. 'A família com sua estreita privacidade e vergonhosos segredos é a fonte de todas as nossas insatisfações.' Verdadeira demais no nosso caso, meu amigo. Mas no que diz respeito ao romano na rua, nós cerramos fileiras. Formamos uma porra de um *testudo* e marchamos em frente".

Qualquer outra coisa que se dissesse a respeito de Nero Golden — e quando eu terminar, muito terá sido dito, muita coisa horripilante —, era inquestionável a devoção por seu primogênito. Muito claramente, em algum sentido, Petya iria permanecer sempre parte criança, caindo imprevisivelmente em loucos percalços. Como se AS não bastasse, na época em que veio viver entre nós, ele estava bem mal da agorafobia. É interessante que os Jardins comunais não o assustavam. Isolados da cidade em todos os quatro lados, de alguma forma eram considerados, naquele estranho espelho quebrado de sua mente, como sendo "lugar fechado". Mas ele raramente saía à rua. Então, um dia, decidiu desafiar seus moinhos de vento mentais. Desprotegido, enfrentou seu ódio pelo mundo indefeso, desafiou a si mesmo a superar seus demônios e mergulhou no metrô sem nenhum sentido. A família entrou em pânico com seu desaparecimento, e poucas horas depois houve um telefonema da delegacia de polícia de Coney Island que o mantinha numa cela porque, atemorizado num túnel, ele começou a criar uma considerável perturbação e quando um segurança subiu a bordo na estação seguinte, Petya passou a xingá-lo de burocrata bolchevique, comissário político, agente do estado secreto e foi algemado. Só a chegada da grande, grave, apologética limusine de Nero salvou o dia. Ele explicou o estado do filho e, excepcionalmente, foi escutado; Petya foi liberado sob custódia do pai. Isso aconteceu e, depois, coisas piores também. Mas Nero Golden jamais esmorecia, procurava constantemente pelas terapias mais avançadas e fez o melhor por seu filho primogênito. Quando se faz o cômputo final, isso deve pesar muito na balança da justiça, para o lado dele.

O que é heroísmo em nosso tempo? O que é vilania? Quanta coisa esquecemos, se não sabemos mais a resposta a essas perguntas. Uma nuvem de ignorância nos cegou e nessa névoa a mente estranha, fragmentada de Petya Golden brilhava devidamente como um farol maníaco. Que presença ele podia ter sido! Porque nasceu para ser um astro; mas havia uma falha no programa. Era brilhante na conversa, sim; mas era como toda uma caixa de fios cheia de redes de talk-shows que pulava de canais com frequência e sem avisar. Ele estava sempre muito alegre, mas seu estado lhe causava uma dor profunda, porque ele tinha vergonha de sua disfunção, de não conseguir melhorar, de obrigar seu pai e um bando de médicos a mantê-lo funcional e remontá-lo quando se fragmentava.

Tanto sofrimento, tão nobremente suportado. Pensei em Raskólnikov. "Dor e sofrimento são sempre inevitáveis para uma grande inteligência e um coração profundo. Creio que os grandes homens de verdade têm grande tristeza na terra."

Uma noite de verão — foi durante o primeiro verão dos Golden entre nós — eles deram uma festa brilhante que transbordou de sua mansão para os gramados que todos compartilhávamos. Contrataram os melhores publicitários e organizadores de festas, de forma que uma seleção considerável de "todo mundo" compareceu, uma boa proporção de penetras ousados assim como nós, os vizinhos, e nessa noite Petya estava inflamado, olhos cintilantes, murmurando como um regato. Assisti enquanto ele girava e piruetava em seu terno Saville Row em meio e em torno de *starlet*, cantor, dramaturgo, prostituta e os caras do dinheiro discutindo a crise financeira asiática, todos impressionados com seu domínio de termos como "Tom Yum Gung", o termo tailandês para crise, sua capacidade de discutir o destino de moedas exóticas, o colapso do baht, a desvalorização do renminbi, e a opinião que tinha sobre se o financista George Soros havia ou não provocado o colapso da economia da Malásia ao vender o ringgit a preço baixo. Talvez só eu — ou o pai dele e eu — notei o desespero por trás dessa performance, o desespero de uma mente incapaz de se disciplinar e, portanto, decaindo no carnavalesco. Uma mente aprisionada em si mesma, cumprindo uma sentença perpétua.

Nessa noite, ele falou e bebeu sem parar, e todos que estávamos lá levaríamos fragmentos dessa conversa em nossas memórias pelo resto da vida. Que conversa louca e extraordinária! Não havia limite para os assuntos que ele abordava e usava como saco de pancadas: a família real britânica, particularmente a vida sexual da princesa Margaret, que usava uma ilha caribenha como seu boudoir privado, e a do príncipe Charles que queria ser o tampão de sua amante; a filosofia de Espinosa (de que ele gostava); as letras de Bob Dylan (ele recitou inteira "Sad-Eyed Lady of the Lowlands", com tanta reverência como se emparelhasse com "La Belle Dame Sans Merci"); a partida de xadrez

Spassky-Fischer (Fischer tinha morrido no ano anterior); o radicalismo islâmico (ele era contra) e o liberalismo frouxo (que apaziguava o islã, disse ele, e portanto era contra também); o papa, que ele chamava de "Ex-Bento"; os romances de G. K. Chesterton (ele era fã de *O homem que era quinta-feira*); o quanto eram desagradáveis os pelos no peito masculino; o "tratamento injusto" de Plutão, recentemente rebaixado para o status de "planeta anão" depois que um corpo celeste maior, Eris, foi descoberto no Cinturão de Kuiper; as falhas da teoria dos buracos negros de Hawkins; a fraqueza anacrônica do colégio eleitoral americano; a burrice de estudantes contra o colégio eleitoral; a sexualidade de Margaret Thatcher; e os "vinte e cinco por cento de americanos" — na extrema direita do espectro político — "que eram confirmadamente loucos".

Ah, mas havia também sua adoração pelo *Monty Python's Flying Circus*! E de repente ele ficava afogueado e tropeçava para encontrar as palavras certas, porque um dos convidados do jantar, membro de uma proeminente família de proprietários de teatros da Broadway, trouxera como acompanhante o Python Eric Idle, que havia então voltado à fama graças ao sucesso de *Spamalot* na Broadway e que chegou exatamente quando Petya estava expondo à escultora serenamente elegante Ubah Tuur (sobre a qual muito mais será dito dentro de um momento) o seu horror por musicais em geral; ele isentava apenas *Oklahoma!* e *West Side Story* e nos brindava com fragmentos idiossincráticos de "I Cain't Say No" e "Gee, Officer Krupke" ao explicar que "todos os outros musicais eram uma merda". Quando ele viu o Python parado ali, atento, ruborizou intensamente e se corrigiu, incluindo o musical do sr. Idle entre os abençoados, e levou o grupo a entoar em coro "Always Look on the Bright Side of Life".

Porém, sua quase gafe arruinou seu humor. Ele enxugou o suor da testa, correu para dentro de casa e desapareceu. Não voltou para a festa; e então, bem depois da meia-noite, quando a maioria dos hóspedes tinha ido embora e só uns poucos moradores locais tomavam o ar quente da noite, as janelas do quarto de Petya no último andar da Casa Dourada se abriram e o homem grande subiu no peitoril, oscilando, bêbado, vestido com um sobretudo preto comprido que o deixava parecendo um estudante revolucionário da era soviética. Em seu estado agitado, sentou-se pesadamente no peitoril, com as pernas penduradas, e gritou para o céu: "*Estou aqui sozinho! Estou aqui por minha causa! Estou aqui por causa de ninguém! Estou aqui absolutamente por mim mesmo!*".

O tempo parou. Nós, no jardim, ficamos paralisados, olhando para cima. Os irmãos dele, que estavam nos Jardins entre nós, pareciam tão incapazes de se mexer como nós. E foi o pai, Nero Golden, quem chegou silenciosamente por trás dele, agarrou-o num forte abraço e caiu com o filho para dentro do quarto. Foi Nero que apareceu à janela e, antes de fechá-la, acenou uma furiosa dispensa.

"Nada para ver aqui. Senhoras e senhores, nada para ver. Boa noite."

Durante algum tempo depois daquela coisa-parecida-com--tentativa-de-suicídio, Petya Golden teve dificuldade para sair de seu quarto fechado com cortina, iluminado pela luz de uma dúzia de monitores e por uma enormidade de abajures com pálidas lâmpadas azuis e no qual passava noite e dia, praticamente sem dormir, ocupado com seus mistérios eletrônicos, inclusive jogos de xadrez com anônimos e-adversários na Coreia e no Japão, e, como descobrimos depois, lançou-se num curso intensivo da história do desenvolvimento dos video games, entendeu os programas de jogos de guerra concebidos nos anos 1940 para rodar nos primeiros computadores digitais, Colossus e ENIAC, depois passou com desdém por *Tennis for Two, Spacewar!* e os primeiros jogos de fliperama, pela era de *Hunt the Wumpus* e *Dungeons & Dragons*, saltando as banalidades de *Pac-Man, Donkey Kong, Street Fighter* e *Mortal Kombat* e foi além, passou por *SimCity, World of Warcraft* e pelas subjetividades mais sofisticadas de *Assassin's Creed* e *Red Dead Redemption*, e depois a níveis de sofisticação que nenhum de nós pode adivinhar; assistiu as vulgares ficções da *reality television*; subsistia com sanduíches de queijo Double Gloucester grelhados que ele próprio preparava em um fogãozinho elétrico, sentindo-se, esse tempo todo, profundamente enjoado consigo mesmo e com o fardo que tinha de carregar. Então seu clima interno mudou e ele passou ao ódio por si mesmo e pelo mundo, em particular pela figura de autoridade representativa do mundo, seu pai. Uma noite, naquele verão, a insônia, minha amiga constante, me expulsou da cama por volta das três da manhã, pus uma roupa e saí para os Jardins comunais para tomar o ar quente da noite. As casas estavam todas dormindo; todas menos uma. Na residência dos Golden, a luz estava acesa em uma única janela do segundo andar, a sala que Nero Golden usava como escritório. Não vi a silhueta do velho, mas a de Petya, com os ombros largos e o corte de cabelo reto no alto da cabeça, foi fácil de reconhecer. O surpreendente era a extrema animação da figura silhuetada, os braços em movimento, o peso mudando de uma perna para outra. Ele se voltou ligeiramente, e vendo seu quase perfil, entendi que estava gritando de raiva.

Eu não conseguia ouvir nada. As janelas do escritório eram bem à prova de som. Alguns suspeitavam que eram de vidro à prova de bala de dois centímetros de espessura, hipótese à qual a imagem silenciosa de Petya gritando emprestava muita credibilidade. Por que Nero Goldman sentia necessidade de janelas à prova de bala? Nenhuma resposta para isso; os ricos de Nova York sentem necessidade de se proteger de maneiras imprevisíveis. Em minha família de acadêmicos, adotamos um ar de interesse divertido quando deparamos com as excentricidades de nossos vizinhos, o pintor permanentemente vestido com pijama de seda, o editor de revista que nunca tirava os óculos escuros independente da hora, e assim por diante. Então, vidro à prova de bala, nada de mais. De certa forma, o silêncio acentuava a força do desempenho histérico de Petya Golden. Sou admirador do cinema expressionista alemão em geral e da obra de Fritz Lang em particular, e de repente, as palavras "Dr. Mabuse" surgiram inadvertidamente em minha cabeça. Naquele instante, deixei de lado o pensamento, porque estava mais preocupado com outra consideração: talvez Petya estivesse realmente perdendo a cabeça, não apenas metaforicamente, mas de fato. Talvez por trás do autismo e da agorafobia houvesse uma perturbação de fato, uma insanidade. Resolvi observá-lo com mais cuidado daí em diante.

Sobre o que seria a discussão? Não havia como saber; mas para mim parecia uma expressão do selvagem protesto de Petya contra a vida em si, que tinha lhe dado uma cartada tão pobre. No dia seguinte, o velho chegou a ser visto pensativo num banco dos Jardins, sentado lá como pedra, silencioso, imóvel, inacessível, com trevas no rosto. Muitos anos depois, quando soubemos de tudo, me lembro de ter pensado no grande filme de Lang *Dr. Mabuse, o jogador* naquela noite de verão nos Jardins debaixo da janela iluminada, silenciada, de Nero Golden. O filme, claro, é sobre a carreira de um gênio do crime.

Nenhuma pista dos dramáticos acontecimentos da festa dos Golden jamais chegou aos jornais (ou aos sites de fofocas, ou a qualquer dos outros megafones digitais nascidos com a nova tecnologia). Apesar do alto índice de celebridades na lista de convidados, apesar dos garçons circulantes que podiam ser tentados pelo dinheiro fácil oferecido por um indecente telefonema, o código de silêncio sob o qual viviam os Golden parecia se fechar em torno de todos que entravam em sua presença, de forma que nem um murmúrio de escândalo jamais escapou do poderoso campo de força de *omertà* quase siciliana. Nero havia contratado os membros mais poderosos da tribo de publicitários da cidade, cuja tarefa mais importante não era obter, mas eliminar publicidade; e então o que aconteceu dentro da Casa Dourada continuou em grande parte dentro da Casa Dourada.

Acredito agora que Nero Golden sabia em seu coração que sua performance como nova-iorquino sem passado duraria pouco. Acho que sabia que no fim o passado não seria negado, que viria a ele, e se imporia. Acho que ele usou sua imensa capacidade de bravata para protelar o inevitável. "Sou um homem racional", ele informou aos convidados do seu jantar na noite em que Petya desmoronou. (Ele tinha um fraco por discursos autoelogiosos.) "Um homem de negócios. Se me permitem dizer, um grande homem de negócios. Acreditem. Ninguém entende de negócios melhor do que eu, permitam que eu diga. A América agora está muito preocupada com Deus para o meu gosto, muito envolvida em superstições, mas não sou esse tipo de homem. Esse tipo de coisa atrapalha o comércio. Dois mais dois são quatro, esse sou eu. O resto é asneira e palavrório. Quatro mais quatro, oito. Se a América quer ser o que a América é capaz de ser, o que ela sonha ser, precisa virar as costas para Deus e olhar para a nota de dólar. O negócio da América são os negócios. É nisso que acredito." Era tal a sua ousada (e muito repetida) declaração de capitalismo pragmático que incidentalmente me confirmou que nós, os Unterlinden, tínhamos razão a respeito de sua natureza irreligiosa; e no entanto ele estava, eles todos estavam, nas garras de uma imensa fantasia: a ideia de que os homens não seriam julgados por quem foram um dia e pelo que tinham feito um dia, bastando apenas que escolhessem ser diferentes. Eles queriam se afastar das responsabilidades da história e ser livres. Mas a história é o tribunal ao qual todos os homens, mesmo imperadores e príncipes, terão de comparecer no final. Penso em Longfellow parafraseando o romano Sexto Empírico: os moinhos de Deus moem devagar, mas moem muito fino.

7

Lucius Apuleius Golden, também conhecido como Apu, o segundo rapaz Golden pseudônimo — por alguma razão, embora já tivesse quarenta e um anos, a palavra *rapaz* cabia melhor que *homem* —, era só um ano mais novo que seu irmão Petya, os aniversários a menos de doze meses um do outro, o signo zodiacal de ambos (gêmeos) o mesmo. Era um homem bonito, infantil, com uma perversa malícia caprina no sorriso, um riso alegre irresistivelmente combinado a uma pretensa melancolia constante e um sempre cambiante monólogo de lamentação, no qual catalogava seus fracassos com mulheres à porta das toaletes de casas noturnas movimentadas (seu jeito de disfarçar uma longa lista de sucessos nessa área). Usava o cabelo cortado rente à cabeça — uma concessão à calvície que chegava —, enrolava-se num volumoso xale pashmina e já não se dava com seu irmão mais velho. Ambos afirmaram, em conversas separadas comigo, que tinham sido próximos em criança, mas o relacionamento entre eles se desgastou quando ficaram mais velhos por causa dos temperamentos inconciliáveis. Apu, um explorador da cidade, em busca de tudo o que ela tinha para oferecer, não tinha nenhuma consideração pelas "questões" de Petya. "Esse meu irmão idiota", ele me disse quando, como ocorria às vezes, saímos para beber, "morre de medo de tudo." E continuou: "Ele devia tomar cuidado. Nosso pai despreza a fraqueza e não quer nem que ela chegue perto. Se ele resolve que você é um fraco, você morreu para ele. Está morto pra caralho". Então, como se tivesse acabado de ouvir o que tinha dito, ouvido o som da couraça rachar, ele voltou atrás e se corrigiu. "Não ligue para o que eu disse. Bebi demais e é só o jeito da gente falar. Nós falamos muita bobagem. Não quer dizer nada."

Para mim esse discurso era inveja. Nero Golden era, como todos podíamos ver, profundamente cuidadoso e solícito com seu primogênito psicologicamente ferido. Talvez Apu não recebesse do patriarca a atenção que tão abertamente desejava. (Muitas vezes me perguntei por que os quatro Golden continuavam todos vivendo debaixo do mesmo teto, principalmente quando ficou claro que eles não se davam bem, mas quando ganhei coragem para perguntar a Apu o porquê, recebi nada mais que respostas alegóricas, cifradas, mais próximas de *As mil e uma noites* ou *O diamante do tamanho do Ritz* do que de qualquer coisa que se pudesse chamar de verdade. "Nosso pai", ele podia responder, "é quem sabe onde está escondida a caverna do tesouro, a que responde às palavras *abre-te, sésamo*. Então nós ficamos, porque estamos tentando encontrar o mapa." Ou "A casa, sabe, foi construída literalmente em cima de uma massa subterrânea de ouro puro. Cada vez que precisamos pagar por alguma coisa, simplesmente vamos ao porão e raspamos um pedacinho". Era como se a casa exercesse algum poder sobre todos eles — a casa genealógica ou a casa real, às vezes era difícil separar as duas. Por alguma razão consistente, eles se sentiam amarrados uns aos outros, mesmo que seus sentimentos reais uns pelos outros se deteriorassem ao longo do tempo até a franca hostilidade. Os Césares em seu palácio, toda a vida deles um grande jogo, dedicados à sua dança da morte.)

A avidez de Apu pela América era onívora. Eu me lembrava que evidentemente ele e Petya teriam estado aqui antes, homens muito mais jovens, instalados com os pais no loft da Broadway durante as férias da faculdade, muito provavelmente sem saber nada sobre a casa benami à distância de uma pequena caminhada que seu pai estava preparando para o futuro distante. Como Apu deve ter prosperado sexualmente naquela cidade muito mais nova, mais audaciosa! Não era de admirar que estivesse contente por voltar.

Logo depois de sua chegada ele me pediu para contar sobre a noite de novembro em que Barack Obama foi eleito presidente. Nessa noite, eu tinha estado num bar esportivo em Midtown onde uma bem conhecida matriarca da sociedade do Upper East Side, uma republicana, dava uma festa da noite da eleição com um produtor de cinema nitidamente democrata do centro da cidade. Às onze da noite, quando a Califórnia se declarou e empurrou Obama pela linha de chegada, a sala explodiu de emoção e me dei conta de que, assim como todos, eu não havia conseguido acreditar que o que estava acontecendo realmente acontecia, mesmo quando os números indicaram claramente a vitória de Obama algumas horas antes. A possibilidade de mais uma eleição fraudada não estava longe de nossos pensamentos, então o alívio se misturou ao entusiasmo quando a maioria se mostrou definitiva; *não podem roubar isso agora*, eu disse a mim mesmo e senti lágrimas escorrendo pelo rosto. Quando olhei para Apu depois de contar isso, vi que ele estava chorando também.

Contei a ele que depois do grande momento no bar esportivo, andei pelas ruas metade da noite, fui ao Rockefeller Center e à Union Square, para observar as multidões de jovens como eu radiantes com a certeza de que, talvez pela primeira vez na história, eles tinham mudado o curso do país com sua ação direta. Eu bebia o otimismo que fluía à nossa volta, e como uma pessoa literária devidamente pessimista, formulei este pensamento: "E agora, claro, ele vai nos decepcionar". Não sentia orgulho por isso, eu disse, mas essas palavras é que me vinham à mente. "Você já é tão desencantado, enquanto eu sou um sonhador", Apu disse, ainda chorando. "Mas aconteceram coisas horríveis comigo e minha família. Nada de terrível jamais aconteceu com você ou a sua."

Graças a meus pais, nessa altura eu sabia algo sobre as "coisas horríveis" de Apu — mas ficava intrigado com suas lágrimas. Será que este quase recém-chegado à América já estava a tal ponto imbuído do novo país que o resultado de uma eleição o fazia chorar? Teria ele já se vinculado com o país em sua juventude e agora sentia renascer aquele amor havia muito perdido? Suas lágrimas eram de um sentimental ou de crocodilo? Afastei essa pergunta e pensei: quando o conhecer melhor terá sua resposta. E assim dei mais um passo para me tornar um espião ocasional; eu já tinha certeza absoluta, nesse momento, de que eram pessoas que valia a pena espionar. Quanto ao que ele disse a meu respeito, não era totalmente exato, porque eu estava, de maneira geral, tomado pelo fervor inicial da presidência de Obama, mas era presciente porque, com o passar dos anos, minha alienação do sistema aumentou e, oito anos depois, quando gente mais nova que eu (a maioria jovem, branca e com formação universitária) expressava seu desejo de rasgar esse sistema e jogá-lo fora, eu não concordava, porque um gesto grandioso desse tipo parecia a expressão da mesma mimada suntuosidade que seus proponentes diziam odiar, e quando eram feitos gestos assim eles invariavelmente levavam a algo pior do que aquilo que

74

havia sido descartado. Mas eu percebia, eu entendia a alienação e a raiva, porque grande parte delas era minha também, mesmo que terminasse num ponto diferente, mais cauteloso, gradualista e, aos olhos da geração seguinte à minha, desprezível no espectro (político).

Ele tinha tendências místicas, atraído por tudo que era espiritual, mas, como eu disse, no geral escondia de nós sua paixão, embora não houvesse razão para esconder, porque os nova-iorquinos eram tão apaixonados quanto ele por sistemas de crença estranhos. Ele encontrou uma feiticeira, uma mãe de santo em Greenpoint, e em seu atravancado terreiro a acompanhava na adoração de seu orixá favorito (uma divindade menor) e é claro também do criador supremo, Olodumaré. Mas ele lhc era infiel, muito embora ela o instruísse na feitiçaria, e com igual entusiasmo acompanhava um cabalista da rua do Canal chamado Idel, que era um adepto dos usos da proibida Cabala Prática, que buscava, através do uso de magia branca, afetar e mudar a esfera do próprio divino, e do mundo também. Ele foi também avidamente, levado por amigos que achavam sedutora sua avidez, ao mundo do budismo judaico e meditava ao lado da crescente coorte de "BuJus" da cidade — compositores clássicos, estrelas de cinema, iogues. Ele praticava ioga estilo mysore e se tornou mestre no tarô, estudou numerologia e livros comprados em antiquários que exploravam a magia negra e davam instruções referentes à construção de pentágonos e círculos mágicos dentro dos quais o mago amador estaria seguro ao lançar seus encantamentos.

Logo ficou claro que ele era um pintor excepcionalmente dotado, com uma facilidade técnica tão grande quanto a de Dalí (embora melhor utilizada), figurativo numa época de conceitualismo, suas figuras masculinas e femininas, muitas vezes nuas, contidas ou contendo, cercadas ou cercando, os ícones simbolistas de seus estudos arcanos, flores, olhos, espadas, copas, sóis, estrelas, pentagramas e órgãos sexuais masculinos e femininos. Não demorou muito e ele tinha um estúdio perto da Union Square, fazia vívidos retratos de *le tout* Nova York, as damas da elite (sim, sobretudo damas, embora alguns notáveis rapazes também) que adoravam se despir para ele e ser pintadas num mundo luxuriante de alto significado espiritual, envoltas em tulipas ou nadando em rios do Paraíso ou do Inferno, antes de voltar para os templos de Mammon em que viviam. Devido a seu notável controle técnico, ele desenvolveu uma rápida fluência de estilo, o que significava que era capaz de concluir um retrato em um dia, e isso também o fez querido do pessoal da vida agitada. Sua primeira exposição individual foi em 2010, com curadoria da Bruce High Quality Foundation num espaço emergente de Chelsea, e buscou em Nietzsche o seu título, *O privilégio de ser dono de mim mesmo.* Ele começou a ser um artista famoso ou, como dizia com uma espécie de cínica e cômica modéstia, "famoso em vinte quarteirões".

A América transformou os dois, Petya e Apu — a América, esse eu dividido —, polarizando-os como a América foi polarizada, as guerras da América, externas e internas, tornando-se as guerras deles também; mas no começo, se Petya chegou a Nova York como um polímata que bebia demais, com medo do mundo, para quem viver era uma adversidade constante, Apu veio como o artista romântico sóbrio e metropolitano promíscuo, flertando com tudo o que era visionário, porém com uma clareza de visão que lhe permitia ver as pessoas nitidamente, como mostravam seus retratos: o pânico nos olhos da viúva rica em declínio, a ignorância vulnerável na postura do campeão de boxe sem as luvas, a coragem da bailarina com sangue nas sapatilhas como a Irmã Feia que cortou os artelhos para espremer o pé no sapato de vidro de Cinderela. Seus retratos eram tudo, menos bajuladores; podiam ser muito duros. No entanto as pessoas corriam para sua porta com gordos cheques nas mãos. Ser feito por Apu Golden, pregado à tela dele, passou a ser desejável, valioso. Tornou-se uma coisa. Nesse meio-tempo, longe de seu estúdio, ele percorria vorazmente a cidade, abarcando-a toda como um jovem Whitman, os undergrounds, os clubes noturnos, as centrais elétricas, as prisões, as subculturas, as catástrofes, os cometas em chamas, os jogadores, as fábricas moribundas, as *dancing queens*. Ele era a antítese de seu irmão, um glutão agoráfilo, e veio a ser considerado uma criatura mágica, que escapou de um conto de fadas, embora ninguém soubesse dizer ao certo se ele era encantado ou condenado.

Vestia-se com muito mais extravagância que seu irmão mais velho e mudava de estilo frequentemente. Usava lentes de contato de muitas cores, às vezes cores diferentes em cada olho, e até o fim eu não soube qual a cor natural de seus olhos. Suas roupas abarcavam todas as modas do planeta. Num capricho, ele abandonava o xale pashmina e vestia no lugar um dishdasha árabe, um dashiki africano, a veshti do sul da Índia, as camisas coloridas da América Latina ou, às vezes, num clima discreto-Petya, a gravidade abotoada de um terno de tweed inglês de três peças feito sob medida. Ele podia ser visto na Sexta Avenida com uma saia maxi ou um kilt. Essa mutabilidade confundia muitos de nós a respeito de sua orientação, mas por tudo que sei ele era convencionalmente heterossexual; embora seja verdade que era uma espécie de gênio da compartimentagem, mantinha diferentes grupos de amigos em caixas seladas, e ninguém de uma caixa sabia da existência de outros contêineres diferentes. Então é possível que ele tivesse uma vida secreta além das fronteiras do sexo hétero, talvez até promíscua. Mas em minha opinião é improvável. Conforme veremos, ele não era o irmão Golden para quem a identidade de gênero constituía uma questão. Em suas explorações místicas, porém, ele certamente desenvolveu uma série de afiliações peculiares, ocultistas, que não gostava de discutir. Mas agora que tudo é conhecido posso começar a reconstruir aquela vida que ele mantinha escondida.

Tínhamos o cinema em comum e gostávamos de passar as tardes de fins de semana no IFC Center ou no Film Forum assistindo *Era uma vez em Tóquio*, ou *Orfeu negro*, ou *O discreto charme da burguesia*. Foi por causa do cinema que ele abreviou seu nome para ecoar o imortal Apu de Ray. Seu pai foi contra, ele me confessou. "Ele diz que somos romanos, não bengalis. Mas essa preocupação é dele, não minha." Nero Golden achava divertidos nossos encontros para o cinema. Quando eu ia buscar Apu, ele às vezes estava esperando no pequeno quintal que dava para os Jardins comunais, virava-se para olhar para a casa e rugia: "Apuleius! Sua namorada chegou!".

Uma última observação a respeito de seu nome: ele falava com admiração do autor do século II de *O asno de ouro*. "O cara herdou um milhão de sestércios do pai na Argélia e ainda escreveu uma obra-prima." E a respeito do nome do irmão mais velho assim como do seu: "Se Petya é o sátiro, ou mesmo o ícone do sátiro, eu sou definitivamente a porra do burro". (Depois, um encolher de ombros indiferente.) Mas tarde da noite, depois de tomar alguns drinques, ele invertia a ideia. O que me parecia mais adequado; porque, para falar a verdade, dos dois, ele era o sátiro com priapismo enquanto o pobre Petya era muitas vezes o asno de orelhas compridas.

Na noite da festa dos Golden nos Jardins, Petya e Apu conheceram a mulher somali e os laços que mantinham o clã unido começaram a se romper.

Ela foi levada à reunião por seu galerista, que agora era

também, mas não com exclusividade, o de Apu: um cintilante malandro grisalho chamado Frankie Sottovoce, que ganhara notoriedade na juventude ao pintar com spray as letras NLF com trinta centímetros de altura em uma das três pinturas monumentais de ninfeias de Claude Monet no Museu de Arte Moderna, para protestar contra a guerra do Vietnã, como reverberação do ato do vândalo desconhecido que, no mesmo ano, 1974, riscara com letras de sessenta centímetros IRA no canto inferior direito da *Adoração dos magos* de Peter Paul Rubens na capela do King's College, em Cambridge, ato pelo qual Sottovoce, quando, vaidoso de sua pessoa mais jovem de ativista radical de esquerda, também assumiria a improvável responsabilidade. As pinturas foram restauradas facilmente, o IRA perdeu a guerra, os vietcongues ganharam a deles e o galerista seguiu em frente numa bem-sucedida carreira, descobriu e promoveu com sucesso, entre muitos outros, a escultora de metal cortado Ubah Tuur.

Ubah significa "flor" ou "botão" em somali e é escrito às vezes como *Ubax*, sendo o "x" em somali um som de garganta que gargantas anglófonas se esforçam para fazer, uma fricativa faríngea sem voz. Daí "Ubah", uma concessão simplificada à incompetência faríngea não somali. Ela era linda do jeito que as mulheres do Chifre são bonitas, pescoço longo e graciosa de braços, com um vestido longo de verão, ela pareceu a Petya uma árvore florida debaixo de cujos galhos ele poderia descansar, curado por sua sombra refrescante, pelo resto da vida. A certa altura da noite ela cantou: não o canto ululante somali que ele esperava emergir daqueles lábios ricos, mas a famosa ode de Patti Smith ao amor em si, cheia de escuridão e desejo, com sua reconfortante e traiçoeira repetição de *can't hurt you now can't hurt you now...* e quando ela terminou, ele estava perdido. Correu na direção dela e estacou na sua frente, perdido. Dominado por sua repentina onda de amor impossível, indizível, ele começou a balbuciar à sua recém-descoberta garota dos sonhos sobre isto e aquilo, poesia e física subatômica, a vida privada das estrelas de cinema, e ela escutou, séria, aceitou aquele curto-circuito de *non sequiturs* como se fosse totalmente natural, e ele se sentiu, pela primeira vez na vida, compreendido. Então ela começou a falar e ele ouviu, mesmerizado, um mangusto para a cobra dela. Depois, ele era capaz de repetir *ipsis litteris* cada palavra que saiu daquela boca perfeita.

Ela contou que o começo de sua obra foi inspirado pelos artistas primitivos que tinha conhecido numa visita ao Haiti, que cortavam tambores de óleo ao meio, achatavam as duas metades e então, com as ferramentas mais simples — martelos e chaves de fenda —, recortavam e batiam em complexas figuras rendadas de ramos, folhagem e pássaros. Ela conversou com Petya durante um longo tempo sobre o uso que fazia de um maçarico para cortar aço e ferro em um rendilhado complexo e mostrou no celular imagens de sua obra: restos de carros e tanques destruídos (bombardeados?) que viravam as mais delicadas formas filigranadas, o metal penetrado pelo ar modelado e que adquiria um aerado todo próprio. Ela falou na linguagem do mundo das artes plásticas, *guerra de símbolos, oposições desejáveis*, o jargão altamente abstrato de quem era do meio, ao descrever sua busca por *imagens empáticas que criem um equilíbrio assim como um choque contrastando ideais e materiais* e examinou também *o absurdo de ter posturas extremistas opostas, como um lutador com um tutu de bailarina*. Ela era uma oradora brilhante, carismática e quase incompreensivelmente rápida, passava a mão no cabelo e agarrava a cabeça ao falar; mas no fim ele explodiu (o autismo o forçou a dizer a verdade): "Desculpe, mas não entendo nada do que você está dizendo".

Imediatamente ele odiou a si mesmo. Que tipo de idiota, com as palavras "eu te amo" presas na garganta, oferecia a sua brilhante amada desdém em vez de adoração? Agora ela ia odiá-lo, teria toda razão para isso, e a vida dele ficaria sem sentido, amaldiçoada. Ela olhou para ele um longo momento, depois explodiu numa risada curativa. "É um mecanismo de defesa", ela disse. "A pessoa se preocupa em não ser levada a sério se não tiver teoria suficiente, principalmente se a pessoa é uma mulher. Na verdade, o meu trabalho fala bem claramente por si mesmo. Eu aplico beleza no horror e quero perturbar você, fazer você pensar. Venha até Rhinebeck e dê uma olhada."

Eu agora tenho certeza — à medida que monto o quebra-cabeça da Casa Dourada e tento reconstruir minha lembrança da sequência exata de acontecimentos daquela noite importante, anotando quando me voltam — que foi nesse ponto da noite que as coisas começaram a dar errado para Petya, quando o seu desejo de aceitar o convite de Ubah efetivamente entrou em conflito com os demônios que o obrigavam a temer o mundo exterior. Ele fez um gesto estranho com ambos os braços, meio desamparado, meio raivoso, e imediatamente começou um solilóquio com uma rápida série de inconsequências sobre qualquer coisa que lhe passasse pela cabeça angustiada. Seu humor ficou mais sombrio à medida que expunha vários tópicos, até chegar afinal à questão dos musicais da Broadway e do quanto desprezava a maioria deles. Então veio o desastrado episódio com Python e seu desaparecimento para dentro da casa, depois sua angústia no peitoril da janela. O amor, em Petya, nunca estava longe do desespero.

Durante todo esse verão, ele ficou triste, trancado em seu quarto banhado em luz azul, jogando e (como descobrimos depois) criando jogos de computador de imensa complexidade e beleza, a sonhar com aquele rosto assombrado por trás de uma máscara protetora e com a chama de cortar metal em movimento na mão dela enquanto criava fantasia e delicadeza do metal bruto. Ele pensava nela como uma espécie de super-herói, sua deusa do maçarico, e queria acima de tudo estar com ela, mas temia a jornada, um Príncipe atormentado demais para ser capaz de buscar sua desaparecida Cinderela. Também não podia telefonar para ela e dizer o que sentia. Ele era como um continente de errante loquacidade que continha uma zona interditada de paralisia oral. E, no fim, foi Apu que ficou com pena dele e se ofereceu para ajudar. "Vou alugar um carro com janelas escuras", declarou. "Vamos conseguir *acesso* para você."

Apu jurou, depois, que essa tinha sido sua única motivação: fazer Petya atravessar a fronteira de seu medo e lhe dar uma chance com a moça. Mas talvez não estivesse dizendo a verdade.

E então Petya criou coragem, fez o telefonema, e Ubah Tuur convidou os irmãos para um fim de semana e foi compreensiva a ponto de dizer para ele: "Tem uma boa cerca sólida em torno da propriedade inteira, então talvez você possa pensar que é um espaço fechado, como os seus Jardins comunais. Se você conseguir contornar isso, posso te mostrar o trabalho que está ao ar livre, além do que está no estúdio".

À última luz do dia, com o macacão de trabalho sujo, o cabelo preso de qualquer jeito debaixo de um boné de baseball dos Yankees usado de trás para a frente, a máscara protetora recém-removida pendurada no braço: sem nem tentar, ela era um arraso. "Venha, quero que veja isto aqui", ela disse, pegou a mão de Petya e o levou através da terra crepuscular juncada com suas formas intrincadas, como a armadura de renda de deuses imensos, como os detritos de um campo de batalha retrabalhados por elfos de dedos luminosos e, sem reclamar, ele acreditou na existência da cerca que não podia ver à luz que morria, nem mesmo com a luz da lua cheia a brilhar no alto; ela contornou a casa de fazenda baixa em que morava, levou-o entre a casa e a cocheira onde ela trabalhava e disse: "Olhe!". E ali, ao pé da terra, onde ela descia íngreme, estava o rio a correr, o largo e prateado Hudson que tirou o fôlego dele. Durante um longo momento, ele nem pensou na cerca, não perguntou se estava fechado em segurança ou perigosamente exposto ao assustador tudo do mundo, e quando começou a perguntar: "Tem..." e sua mão começou a tremer, ela a segurou com firmeza e disse: "O rio é o muro. Este é um lugar seguro para todos nós". E ele aceitou o que ela disse, não sentiu medo, ficou ali parado olhando a água até que ela levou os irmãos para dentro da casa, para jantar.

Ele recuperou a loquacidade na cálida luz amarela da cozinha, comeu o frango com curry de manga que ela ofereceu, o adocicado em luta em seu palato com as especiarias berberes misturadas ali. Mas enquanto ele falava e falava sobre seu entusiasmo pelo mundo dos video games, intercalando os relatos dos últimos jogos com recitais de poemas de rio sob a influência do rio brilhante, a atenção dela se dispersou. A noite prolongou-se, o roteiro da visita foi jogado fora e Ubah Tuur sentiu uma onda inesperada crescer dentro dela; uma traição. Como você não é casado?, ela perguntou a Petya. Um homem como você, você é um bom partido. Mas quando disse isso os olhos dela deslizaram para Apu. Que estava *sentado perfeitamente imóvel*, ele me disse, *sem fazer nada*, mas depois Petya o acusou de *murmurar, você murmurou alguma coisa, filho da puta, usou magia negra com ela*, enquanto ele, Petya, tentava responder a Ubah, as palavras atropeladas, um longo tempo atrás, sim, alguém, mas desde então a espera, a espera por um imperativo emocional, e ela conversava com ele, mas olhava para o irmão, Então, agora, você encontrou o imperativo emocional, flertando, mas os olhos em Apu, e ele, segundo Petya, murmurava, embora ele próprio tenha sempre negado para mim que tivesse murmurado.

Eu sei o que você fez, seu rato, Petya guinchou depois, deve ter colocado alguma coisa na comida dela também, os temperos disfarçaram o gosto, alguma entranha de galinha do mal que conseguiu com a sua feiticeira de Greenpoint, e os murmúrios, o que você dizia, uma feitiçaria, uma feitiçaria.

E Apu, sério, piorou as coisas. Cadê o filho preferido do papai agora? Que tal dois mais dois é quatro? Quatro mais quatro, oito? Eu não fiz nada. Nada.

Você trepou com ela, Petya gemeu.

Bom, é. Isso eu fiz. Desculpe.

Pode ter sido um pouco diferente. Eu não estava lá. Pode muito bem ter acontecido que o geralmente loquaz Petya ficou calado a noite inteira, silenciado pelo amor, e o vivido e mundano Apu monopolizou a conversa e a mulher. Pode ser que ela, Ubah, considerada universalmente como uma mulher afável e elegante, nem sempre impetuosa, tenha se surpreendido nessa ocasião por ceder à volúpia pelo irmão errado, o colega artista, o astro ascendente, o galanteador, o sedutor. As motivações do desejo são obscuras mesmo para o desejoso, o que deseja e o desejado. *Eu traio sim/ o que mais nobre tenho ao meu corpo traio*, bardo de Avon, Soneto 151. E então sem pleno conhecimento do porquê e do para quê, infligimos feridas mortais àqueles que amamos.

Uma casa escura. Tábuas do piso que rangem. Movimentos. Não é preciso ensaiar o melodrama banal do ato. De manhã, a culpa no rosto de ambos os culpados tão fácil de ler como uma manchete. O grande, pesado Petya, o ágil, barbeado Apu, a mulher entre eles como uma nuvem de tempestade. Nada a explicar, ela disse. Aconteceu. Acho que vocês dois devem ir embora.

E então Petya, prisioneiro de seu medo do mundo no carro alugado do irmão com vidros escurecidos, tremeu de fúria humilhada, emasculada, no banco de trás, três horas de silencioso horror ao voltarem para a cidade. Em momentos assim, os pensamentos de um homem podem começar a se voltar para o assassinato.

84

8

Dezoito anos depois que Apu nasceu, o velho teve um envolvimento extraconjugal, não tomou cuidado e aconteceu uma gravidez que escolheu não ser abortada porque, em sua opinião, era sempre ele que tinha de fazer as escolhas. A mãe era uma mulher pobre cuja identidade não se tornou conhecida (uma secretária? uma prostituta?) e em troca de certa consideração financeira deu a criança para ser criada como filho do pai, deixou a cidade e desapareceu da história de seu bebê. Assim, igual ao deus Dionísio, o menino nasceu duas vezes, uma vez de sua mãe e de novo no mundo de seu pai. Dionísio, o deus, era sempre um forasteiro, um deus da ressurreição e da chegada, "o deus que vem". Era também andrógino, "homem feminino". O fato de esse ser o pseudônimo que o filho mais novo de Nero Golden escolheu para si mesmo na brincadeira de escolher nomes clássicos revela que ele sabia algo de si mesmo antes de ter consciência disso, por assim dizer. Embora na época as razões que deu para sua escolha tenham sido, em primeiro lugar, Dionísio ter se aventurado por toda a Índia, e de fato o mítico monte Nysa, onde ele nasceu, pode ter sido localizado no subcontinente; em segundo lugar, por ele ser uma divindade do prazer sensual, não apenas Dionísio mas, em sua encarnação romana, também Baco, deus do vinho, do desregramento, do êxtase, tudo coisas — Dionysus Golden disse — que pareciam divertidas. No entanto, ele logo anunciou que preferia não ser conhecido pelo nome divino completo e escolheu como pseudônimo a simples, quase anônima letra única, "D".

Sua integração na família não foi nada fácil. Desde o começo, teve relações difíceis com seus irmãos. Durante toda a infância, se sentiu excluído. Chamavam-no de Mowgli e uivavam comicamente para a lua. Sua mãe loba era alguma puta da selva; a deles era a mãe loba de Roma. (Nessa altura, parece que eles tinham decidido ser Rômulo e Remo, embora Apu depois negasse isso para mim, ou melhor, sugerisse que essa ideia tinha sido da cabeça de D e não dele.) Eles já dominavam latim e grego quando do D ainda estava aprendendo a falar e usavam essas línguas secretas para excluí-lo de suas conversas. Posteriormente, ambos negaram isso também, mas admitiram que o jeito como ele entrou na família e também a diferença de idade criaram sérias dificuldades, questões de lealdade e afeto natural. Agora, como jovem, D Golden quando em companhia dos irmãos alternava entre a subserviência e a raiva. Era claro que ele precisava amar e ser amado; havia nele uma onda de emoção com que precisava banhar as pessoas, e ele esperava que, na volta da maré, banhasse a ele. Quando esse tipo de apaixonada reciprocidade não acontecia, ele estourava, protestava e se recolhia. Tinha vinte e dois anos quando a família tomou posse da Casa Dourada. Às vezes ele parecia mais maduro que sua idade. Outras vezes, comportava-se como uma criança de quatro anos.

Quando, em criança, criou coragem e perguntava ao pai e à madrasta sobre a mulher que lhe dera a vida, o pai simplesmente erguia as mãos e saía da sala. A madrasta foi ficando zangada. "Saia!", ela gritou num dia fatídico. "Era uma mulher sem importância. Foi embora, ficou doente e morreu."

Como era ser Mowgli, nascido de uma mulher sem importância, cruelmente expulsa por seu pai e que depois na escuridão lá fora tinha morrido uma das miríades de mortes dos pobres esquecidos? Depois, quando se rompeu o código de silêncio, ouvi de Apu uma história chocante. Houve um tempo em que o relacionamento do velho com sua mãe passou por dificuldades. Ele se encolerizava com ela e ela gritava de volta. Eu me endireitei na cadeira e prestei atenção porque era a primeira vez em minhas conversas com os Golden que a mulher sem rosto, sem nome, a esposa de Nero — desde a Antiguidade uma função muito malfadada — entrou em cena, abriu a boca; e porque, segundo a história, Nero tinha ofendido e gritado com ela e ela ofendera e gritara de volta. Esse não era o Nero que eu conhecia, no qual a força da raiva era mantida sob controle, emergindo apenas na forma de bombástica autoglorificação.

De qualquer forma: depois da explosão, a família se dividiu em dois campos. Os meninos mais velhos ficaram do lado da mãe, mas Dionysus Golden ficou firmemente junto ao pai e convenceu o patriarca de que sua esposa, mãe de Petya e Apu, não tinha condições de cuidar da casa. Nero chamou a mulher e ordenou que entregasse as chaves; depois disso, durante algum tempo, era D quem dava instruções, encomendava mantimentos e decidia que comida seria preparada nas cozinhas. Era uma humilhação pública, uma desonra. O sentido da própria honra estava, para ela, ligado àquele aro de metal, o majestoso O de sete centímetros de diâmetro do qual pendiam talvez vinte chaves, grandes e pequenas, chaves da despensa, de baús do porão, cheios de lingotes de ouro e outros arcanos dos ricos e de vários outros nichos secretos por toda a mansão onde ela escondera só ela sabia o quê: velhas cartas de amor, joias do casamento, xales antigos. Era o símbolo de sua autoridade doméstica, seu orgulho e autorrespeito que estavam pendurados ali junto com as chaves. Duas semanas depois que recebeu a ordem de entregar o chaveiro, a senhora da casa, deposta, atentou contra a própria vida. Pílulas engolidas, ela foi encontrada por Apu e Petya caída ao pé da escada de mármore, veio uma ambulância. Ela agarrara o pulso de Apu e os homens da ambulância disseram, por favor, venha conosco, ela estar agarrada a você é importante, está agarrada à vida.

Na ambulância, os dois paramédicos fizeram os papéis de tira bom, tira ruim — vaca idiota assustando a família desse jeito, acha que a gente não tem nada melhor pra fazer, nós temos de cuidar de coisas sérias, feridos de verdade, emergências que não são voluntárias, a gente devia deixar a senhora morrer. — Não, coitada dela, não seja tão duro, ela deve estar muito triste, tudo bem, dona, nós vamos cuidar da senhora, as coisas vão melhorar, toda nuvem tem sua barra de prata. — Dane-se a barra de prata, ela não tem nem uma nuvem, olhe só a casa dela, o dinheiro dela, esse pessoal pensa que é dono da gente. — Não ligue pra ele, dona, ele é assim mesmo, nós estamos aqui pra cuidar da senhora, está em boas mãos agora. Ela tentou murmurar alguma coisa, mas Apu não conseguiu distinguir as palavras. Ele sabia o que os dois estavam fazendo, tentavam impedi-la de deslizar para a inconsciência e depois, quando fizeram a lavagem estomacal que ele teve de assistir por causa da garra em seu pulso, quando recobrou a consciência numa cama de hospital, ela disse a ele: "A única coisa que eu tentei dizer na ambulância foi: Meu filho, por favor dê um soco no nariz desse grosso".

Ela voltou para casa numa espécie de triunfo porque evidentemente retomou sua posição como chefe da casa, e o filho traidor que não era seu filho implorou seu perdão e ela disse que o perdoava, mas de fato nunca perdoou, durante o resto da vida mal falava com ele. Ele tampouco desejava de fato o seu perdão. Ela havia chamado sua mãe de mulher sem importância e merecia tudo o que ele lhe impusera. Depois disso, os irmãos bateram a porta emocional na cara dele, e disseram que era sorte dele não serem homens violentos. Ele engoliu o orgulho e pediu o perdão deles também. Que não veio rápido. Mas com o passar dos anos, uma cordialidade reservada cresceu aos poucos entre eles, uma breve interação que as pessoas de fora tomavam erroneamente por amor fraterno não expresso, mas que não era nada mais que tolerância mútua.

Perguntas não feitas pairavam no ar, mistérios não solucionados: por que o rapaz que cresceu para se tornar D Golden queria tão desesperadamente administrar a casa a ponto de humilhar sua madrasta para satisfazer seu desejo? Seria para provar que ele fazia parte? Ou seria, o que pode muito bem ter sido, para vingar a mulher morta que lhe deu a vida?

"Não sei", respondeu Apu, com desdém, quando eu perguntei a ele. "Quando quer, ele chega a ser um bostinha fora de série."

A partir de seu agudo senso de diferença enraizado em sua ilegitimidade, D Golden construiu uma espécie de elitismo nietzschiano para justificar seu isolamento. (Ao considerar os homens Golden, sempre se encontra a sombra do *Übermensch*.) "Como pode haver um 'bem comum'?", ele citava o filósofo nos Jardins. "O termo contradiz a si mesmo: tudo o que é comum tem sempre pouco valor. No fim tem de ser como é e sempre foi: grandes coisas ficam para os grandes, abismos para os profundos, nuances e estremecimentos para os refinados e, em resumo, tudo o que é raro para os raros." Isso me pareceu nada mais que pose juvenil; apenas poucos meses mais velho que eu, reconhecia nele meu próprio fraco por filosofar. D era de fato bem adepto de poses, um tipo de Dorian Gray, esguio, ágil, beirando o efeminado. Sua autoimagem — de que só ele, de toda sua tribo, tinha a capacidade de grandeza, só ele tinha a profundidade de caráter para mergulhar profundamente na tristeza, só ele era raro — parecia bem abertamente defensiva na origem. Mas eu sentia muita compaixão por ele; tinha recebido uma dura cartada e nós todos construímos nossas defesas, não é?, e talvez nem saibamos contra o que as estamos construindo, qual força acabará por atacá-las e destruir nossos pequenos sonhos.

Algumas vezes fui com ele ouvir música. Havia uma cantora de cabelo vermelho de que ele gostava, chamada Ivy Manuel, que fazia uma apresentação semanal tarde da noite na rua Orchard, às vezes com uma tiara na cabeça para provar que era uma rainha. Cantava versões cover de "Wild is the Wind", "Famous Blue Raincoat" e "Under the Bridge" antes de passar para algumas canções próprias e D, sentado na frente dela numa mesinha redonda de ferro preto, fechava os olhos e oscilava a Bowie e Cohen, punha sua própria letra na canção dos Chili Peppers. Às vezes, sinto que ainda não nasci, às vezes, sinto que não quero nascer. Ivy Manuel era sua amiga porque, disse ele — e não era brincadeira —, todas as garotas hétero que encontrava queriam dar em cima dele, mas Ivy era lésbica, então podiam ter uma amizade verdadeira. Ele era o mais bonito de todos os Golden, como qualquer espelho mágico confirmaria prontamente, e podia ser o mais sedutor de todos também. Todos nós, das casas dos Jardins, fomos vítimas de sua franqueza cheia de mágoa, e no resto do bairro ele também se tornou depressa uma figura. Declarava ficar perturbado com a atenção. Em todo lugar que vou, as pessoas olham para mim, ele disse, tem sempre alguém olhando, como se eu fosse alguém, como se esperassem alguma coisa de mim. Se manca, Ivy disse para ele, ninguém quer merda nenhuma de você. Ele sorriu e baixou a cabeça em fingidas desculpas. O charme era seu disfarce, assim como o de Apu; por baixo da superfície ele ruminava, muitas vezes triste. Desde o começo, era ele o que tinha em si a mais escura escuridão, mesmo saindo para o mundo como um sol, com uma cabeça coberta de cabelo branco de tão loiro. O cabelo escureceu para castanho e os céus de sua personalidade se turvaram também, havia frequentes espirais que mergulhavam na melancolia.

Ivy não dava grande importância a sua sexualidade, como musicista não gostava de rótulos. "Não tenho problema em dizer o que eu sou, mas não acho que isso tenha nada a ver com minha música", ela disse. "Gosto de quem eu gosto. Não quero que as pessoas deixem de escutar minha música por causa disso e não quero que as pessoas escutem minha música por causa disso." Mas seu público era pesadamente feminino, uma porção de mulheres mais o rapaz charmoso que não queria que olhassem para ele e eu.

Todos os Golden contavam histórias sobre si mesmos, histórias nas quais informações essenciais sobre suas origens eram ou omitidas ou falsificadas. Eu as ouvia não como "verdade", mas como indicações de caráter. Os contos que um homem conta sobre si mesmo o revelam de formas que os fatos não conseguem. Eu considerava essas anedotas "dicas" de jogadores de cartas, os gestos involuntários que entregam uma cartada — esfregar o nariz quando as cartas são boas, tocar o lóbulo da orelha quando são ruins. O bom jogador observa todos à mesa para descobrir suas dicas. Era assim que eu tentava observar e ouvir os Golden. Porém uma noite quando fui com D à boate da rua Orchard ouvir Ivy Manuel cantar o ch-ch-ch-ch de Bowie e o *don't-it-always-seem-to-go* de Mitchell, além de uma estranha e engraçada canção de ficção científica dela mesma chamada "O Exterminador", sobre a utilidade das viagens no tempo para potenciais salvadores da espécie humana, e depois sentei para beber cerveja com os dois no salão vazio, deixei passar a dica mais óbvia de todas. Acho que foi Ivy quem levantou a questão cada vez mais complexa do gênero e D respondeu com uma história da mitologia grega. Hermafroditus era filho de Hermes e Afrodite por quem uma ninfa chamada Salmacis se apaixonou profundamente e pediu a Zeus que unisse os dois em um único corpo no qual ambos os sexos permanecessem manifestos. Na época, achei que era um jeito de ele dizer o quanto se sentia próximo de Ivy Manuel, como os dois estavam unidos para sempre como amigos. Mas ele estava me revelando coisas mais estranhas, e eu não soube ouvir; coisas sobre ele mesmo.

A questão da metamorfose é que ela não é fortuita. Filomela, atacada por seu cunhado Tereus, estuprada e com a língua cortada, voou para longe dele como rouxinol, livre, e com a mais doce voz canora. Assim como na história de Salmacis e Hermafroditus, os deuses permitem que corpos se transformem em outros corpos sob a pressão de necessidades desesperadas — amor, medo, liberação, ou a existência dentro de um corpo de uma verdade secreta que só pode ser revelada por sua mutação.

Ele levava sempre no bolso três dólares de prata para poder jogar os antigos hexagramas chineses de adivinhação. Cinco linhas quebradas imutáveis e uma linha inteira imutável em cima. "Vinte e três", ele disse, "está certo", e guardou as moedas. Eu não sabia nada do *I Ching*, mas essa noite, mais tarde, procurei os hexagramas no Google. Na era das ferramentas de busca qualquer informação está a apenas um movimento. O hexagrama 23 se chama "desintegração", descrito como o hexagrama da separação. O trigrama interno significa "abalo" e "trovão".

"Vamos para casa", ele disse, e nos deixou sem olhar para trás.

Deixei que fosse. Não vou atrás de gente que indica que não quer mais minha companhia. E talvez minha própria sensibilidade tenha atrapalhado meu entendimento; porque só muito tempo depois pensei que talvez houvesse outras razões além de vaidade, narcisismo e timidez para seu medo de ser observado.

Sempre no começo alguma dor a aplacar, alguma ferida a curar, algum vazio a preencher. E sempre no final o fracasso — a dor incurável, a ferida não cicatrizada, o remanescente vazio melancólico.

Quanto à pergunta sobre a natureza da bondade que fiz no começo desta narrativa, posso dar ao menos uma resposta parcial: a vida da jovem que se apaixonou por Dionysus Golden uma tarde na calçada da Bowery e ficou ao lado dele e o envolveu naquele amor inabalável ao longo de tudo o que veio em seguida — essa é, para mim, uma das melhoras definições de uma vida boa que encontrei em minha existência relativamente curta, relativamente limitada. *"Le bonheur écrit à l'encre blanche sur des pages blanches"*, nos diz Montherlant — a felicidade escreve com tinta branca em páginas brancas — e a bondade, eu acrescentaria, é tão esquiva para se pôr em palavras quanto a alegria. Mas devo tentar; porque o que esses dois encontraram e a que se apegaram foi nada menos que isso — a felicidade criada pela bondade, sustentada por ela também, diante de extraordinárias contrariedades. Até que a infelicidade a destruiu.

Desde o dia em que a conheceu — ela estava usando camisa branca e saia lápis preta, fumando um cigarro francês sem filtro na calçada da frente do Museu da Identidade — ele entendeu que não havia por que manter segredos dela, porque ela conseguia ler sua mente tão claramente como se houvesse uma série de notícias iluminadas a passar pela testa dele.

"Ivy disse que devíamos nos encontrar", ele disse. "Achei que era uma bobagem."

"Nesse caso, por que você veio?", ela perguntou, e virou a cabeça com um ar entediado.

"Queria ver você, ver se eu queria ver você", ele disse. Isso a interessou, mas vagamente ao que parecia.

"Ivy me contou que sua família é exilada de algum jeito que você não gosta de comentar", ela disse. Os olhos vastos como o mar. "Mas agora que está parado aqui, vejo que você, pessoalmente, talvez seja um exilado de si mesmo, desde o dia em que nasceu, quem sabe." Ele franziu a testa, evidentemente incomodado. "E como você sabe disso?", perguntou, seco. "É uma curadora de museu ou uma xamã?"

"Tem um tipo específico de tristeza", ela respondeu e tragou seu Gauloise, parecida com Anna Karina em *Pierrot le fou*, "que revela a alienação de um homem de sua própria identidade."

"Essa obsessão moderna pela identidade me revolta", ele disse, talvez enfático demais. "É um jeito de estreitar a gente até sermos como alienígenas uns para os outros. Já leu Arthur Schlesinger? Ele se opõe à perpetuação da marginalização através da afirmação das diferenças." Ele estava usando capa de chuva e um chapéu de aba estreita porque o verão estava chegando, mas ainda não totalmente, como uma mulher a fazer falsas promessas de amor.

"Mas é isso que nós somos, todos nós, alienígenas." O ligeiro encolher de ombros e uma sugestão de amuo. "A questão é passar a ser mais preciso quanto ao tipo de alienígena que escolhemos ser. E li, sim, esse homem branco, velho, hétero e morto. Você devia dar uma olhada na obra de Spivak sobre essencialismo estratégico."

"Quer tomar um uísque em algum lugar?", ele perguntou, ainda soando irritado ao perguntar, e ela continuou a olhar para ele como alguém um pouco simples necessitado de assistência inteligente. As meias dela tinham costuras pretas na parte de trás das pernas. "Agora não", ela disse. "Agora você devia entrar e aprender sobre o novo mundo."

"E depois disso?"

"Depois disso, continua não."

Passaram essa noite juntos no apartamento dela na Segunda Avenida. Havia tanta coisa para conversar que não fizeram sexo, que era supervalorizado, ele disse. Ela não discutiu, mas anotou mentalmente. De manhã, ele desceu para comprar para ela croissants, café, uísque, cigarros e o jornal de domingo. As chaves ficavam em cima de uma mesinha de mogno no hall, uma espécie de caixa com pernas, não uma antiguidade, mas uma boa reprodução. Ele ergueu a tampa e viu a arma pousada numa almofadinha de veludo vermelho, um revólver Colt de cabo de madrepérola, provavelmente uma boa reprodução também. Ele o pegou, girou o cilindro, encostou a ponta ativa na têmpora. Depois, ele disse que não apertou o gatilho, mas ela estava olhando pela porta do quarto aberta e ouviu o clique da agulha batendo na câmera. "Encontrei as chaves", ele disse. "Vou buscar o café da manhã."

"Não derrame nada", ela gritou para ele. "Não quero sujeira no tapete do hall."

Riya era o nome dela. Uma garota e tanto. Só três ou quatro anos mais velha que ele, mas já ocupava uma posição sênior no Museu, além de cantar canções de amor na rua Orchard e confeccionar sua própria moda *indie* com renda antiga e seda preta, muitas vezes com motivos florais de brocado, com temas orientais, estilos chinês e indiano. Ela era meio indiana, meio sueco-americana, seu longo sobrenome escandinavo, Zachariassen, um bocado grande demais para bocas americanas, então assim como ele era D Golden, ela era Riya Z.

O alfabeto é onde começam todos os nossos segredos.

"Entre e aprenda sobre o novo mundo." Havia um museu para Nativos Americanos na Bowling Green, havia o Museu Americano na rua Mulberry, havia o Museu Polonês Americano em Port Washington, e havia dois museus para os judeus, no norte e no centro da cidade e estes eram museus da identidade muito obviamente, só que o MoI — o Museu da Identidade — buscava um lance maior, seu carismático curador, Orlando Wolf, estava em busca da identidade em si mesma, a poderosa força nova no mundo, já tão poderosa quanto qualquer teologia ou ideologia, identidade cultural, identidade religiosa, nação, tribo, seita e família, era um campo multidisciplinar que crescia rapidamente, e no coração do Museu da Identidade estava a questão da identidade do eu, que começava no eu biológico e avançava muito além dele. A identidade de gênero dividia como nunca antes na história humana, gerava vocabulários totalmente novos que tentavam captar as novas mutabilidades.

"Deus está morto e a identidade preenche o vazio", ela disse a ele na porta da área do gênero, os olhos tomados pelo brilho de empenho no verdadeiro crente, "mas acontece que os deuses eram transgressores do gênero desde sempre."

Seu cabelo preto era curto, rente à cabeça. "Belo corte", ele disse.

Estavam parados em meio a potes, sinetes e estátuas de pedra da Acádia, Assíria e Babilônia. "Plutarco diz que a Grande Mãe era uma divindade intersexual — os dois sexos presentes nela, ainda não separados."

Talvez se alugassem um velho conversível, vermelho e branco, com rabo de peixe, pudessem sair para viajar, talvez atravessar toda a América. "Você já viu o oceano Pacífico?, ele perguntou. "É provável que seja uma decepção, como todo o resto."

Continuaram andando. O Museu era escuro, pontuado por

objetos muito iluminados, como exclamações num mosteiro. "Esses objetos da Idade da Pedra podem ser sacerdotisas transgênero", ela disse. "Você devia prestar muita atenção. É tão importante para as pessoas cis como para a comunidade MTF."

A palavra o levou de volta à infância; de repente, estava estudando latim de novo, com feroz atenção, para destruir o poder de seus irmãos de o excluírem ao usar a língua secreta de Roma. "Preposições que vão para o acusativo", ele disse. "*Ante, apud, ad, adversus/ circum, circa, citra, cis./ Contra, erga, extra, infra.* Nada, não. Gália Cisalpina e Transalpina. Entendo. Os Alpes agora dividem os sexos."

"Não gosto dessa palavra", ela disse.

"Qual palavra?"

"Sexo."

Ah.

"De qualquer forma, Deus não está morto", ele disse. "Não na América, pelo menos."

MTF era masculino para feminino, *FTM* era vice-versa. Ela agora despejava palavras em cima dele, *gênero fluido, bi gênero, agênero, trans* com um asterisco: *trans**, a diferença entre *mulher* e *feminina, não conformismo de gênero, estranheza de gênero, não binário* e, da cultura nativa americana, *dois espíritos*. A deusa frígia Cibele tinha servidores MTF chamadas gallas. Na sala africana, a okule MTF e o agule FTM da tribo lugbara, as amazonas transexuais de Abomé, a rainha Hatshepsut com roupa de homem e barba postiça. Na sala da Ásia, pararam diante de uma figura de pedra de Ardhanarishvara, o deus meio-mulher. "Da ilha Elefanta", ele disse, e bateu as mãos na boca. "Você não me ouviu dizer isso", ele disse com genuína ferocidade.

"Eu ia te mostrar os figurinos *fanchuan* do crossdressing das óperas chinesas ", ela disse, "mas talvez já baste por hoje."

"Tenho de ir", ele disse.

"Aceito aquele uísque agora", ela replicou.

No café da manhã seguinte, sentada em lençóis brancos comendo um croissant, fumando um cigarro e com outro copo de uísque na mão, ela murmurou baixinho, "eu sei o nome do país que você não quer falar", ela disse, "sei também o nome da cidade de que você não quer falar". Ela sussurrou as palavras no ouvido dele.

"Acho que estou apaixonado por você", ele disse. "Mas quero saber por que você tem uma arma na mesinha do hall."

"Para matar homens que acham que estão apaixonados por mim", ela respondeu. "E talvez me matar também, mas isso eu ainda não resolvi."

"É só não contar para meu pai o que você sabe", ele disse, "que talvez não tenha de tomar essa decisão."

Fechei os olhos e passei o filme na minha cabeça. Abri os olhos e anotei. Depois, fechei os olhos de novo.

9

Eis Vasilisa, a garota russa. Ela é marcante. Pode-se dizer que é surpreendente. Tem cabelo escuro comprido. O corpo também é longo e excepcional; ela corre maratonas e é uma ótima ginasta, especializada na fita da ginástica rítmica. Diz que em sua juventude chegou perto da equipe olímpica russa. Tem vinte e oito anos. Sua juventude era quando tinha quinze. Seu nome completo é Vasilisa Arsenyeva. Sua região de origem é a Sibéria e ela afirma ser descendente do grande explorador Vladimir Arsenyev em pessoa, que escreveu muitos livros sobre a região, inclusive um que veio a ser um filme de Kurosawa, *Dersu Uzala*, mas essa linha de ascendência não é confirmada porque Vasilisa, como você verá, é uma mentirosa brilhante, dotada nas artes do engano. Ela diz que cresceu no coração da floresta, a imensa floresta da *taiga* que cobre boa parte da Sibéria, e que sua família era da tribo nanai, cujos membros homens trabalhavam como caçadores, caçadores com armadilhas e guias. Ela nasceu no ano da Olímpiada de Verão de Moscou e sua heroína, quando cresceu, era a grande ginasta Nelli Kim, meio coreana, meio tártara.

Sessenta e cinco países, inclusive os Estados Unidos, boicotaram esses jogos de Moscou, mas na profundeza da floresta ela estava distante da política, embora tivesse ouvido falar da queda do Muro de Berlim quando tinha nove anos. Ela estava feliz porque tinha começado a olhar umas revistas, queria ir para a América, ser adorada e mandar dólares americanos para sua família.

Foi isso que ela fez. Escapou da gaiola. Ei-la na América, na cidade de Nova York e também, de quando em quando, na Flórida, e é muito admirada, ganha dinheiro com o trabalho que fazem os belos. Muitos homens a desejam, mas ela não está procurando um mero homem. Ela quer um protetor. Um tsar.

Eis Vasilisa. Ela possui uma boneca mágica. Quando, em criança, uma antiga Vasilisa foi mandada pela madrasta malvada para a casa de Baba Yaga, a bruxa que devorava crianças, que vivia no coração do coração da floresta, foi a boneca mágica que a ajudou a escapar para que pudesse começar a busca por seu tsar. Assim diz a história. Mas há os que contam diferente, que dizem que Baba Yaga de fato devorou Vasilisa, ela a engoliu do jeito que engolia todos, e quando o fez, a bruxa velha e feia adquiriu toda a beleza da jovem — ela se transformou, externamente, na imagem escrita e escarrada de Vasilisa, a Bela, embora tenha permanecido por dentro a bruxa de dente afiado, Baba Yaga.

Eis Vasilisa em Miami. Ela está loira agora. Está a ponto de encontrar seu tsar.

No inverno de 2010, poucos dias antes do Natal, os quatro Golden, alertados pelas ameaçadoras previsões do tempo e acompanhados por Fuss e Blather, as duas assistentes de confiança de Nero, e por mim, voaram do aeroporto Teterboro para o sul, a bordo do que eu não sabia até Apu me contar que era conhecido por usuários regulares de tal aeronave como um JP, e assim escapamos da grande nevasca. Na cidade que deixamos para trás, logo todo mundo estava reclamando da lentidão dos tratores de neve e havia alegações de uma desaceleração deliberada em protesto contra os cortes de orçamento do prefeito Bloomberg. Cinquenta centímetros de neve caíram no Central Park, noventa centímetros em partes de Nova Jersey, e mesmo em Miami foi o dezembro mais frio jamais registrado, mas isso queria dizer apenas dezesseis graus de mínima, o que não era realmente tão frio. O velho alugara um grupo de apartamentos numa grande mansão de uma ilha particular na pontinha de Miami Beach e ficamos bem aquecidos quase todo o tempo. Petya gostou da ilha; como único ponto de contato com o continente só o que havia era o porto de balsa, e não admitiam que ninguém de fora pisasse no solo encantado, a menos que recomendado pelos residentes. Pavões, tanto aves quanto humanos, circulavam por ali sem medo de serem observados por olhos inadequados. Os ricos expunham seus joelhos e seus segredos e ninguém nunca os revelava. Então Petya conseguiu se convencer de que a ilha era um espaço fechado e seu medo do exterior retirou-se a rosnar para as sombras.

— Ah, você não sabe também o que é um JP? Jato Particular, meu querido. Seja bem-vindo.

Apu — o sociável Apu, não meu sombrio contemporâneo, D — tinha me convidado para ir com eles e "vá", minha mãe me disse, mesmo sabendo que eu estaria longe de casa para as festas, "aproveite, por que não?". Eu não sabia na época que eu nunca mais poderia dar as boas-vindas junto com meus pais ao fictício bebê Jesus, nem ao real Ano-Novo. Eu não podia adivinhar o que ia acontecer, mas sinto profundo arrependimento.

Apu estava em seu elemento, envolvendo a rica salada de bilionários russos da ilha e seduzindo suas mulheres a posar para retratos, de preferência com pouca roupa. Eu ia atrás dele como seu cão fiel. As esposas dos bilionários não notavam minha presença. O que era ótimo; invisibilidade era uma condição à qual eu estava acostumado e a qual eu preferia, quase todo o tempo.

D Golden: tinha trazido Riya com ele e os dois estavam envolvidos um com o outro e se mantinham quase todo o tempo sozinhos. E os servidores serviam — o cortejo cortejava — a srta. Fuss fuçava e sua acompanhante mais nova a srta. Blather blaterava — e a estada dos Golden correu bem tranquila. Eu, seu Tintin domesticado, também estava contente. E na noite de Ano-Novo a ilha realizou uma festa muito próspera para seus prósperos residentes, com os caros fogos de artifício de sempre, lagostas de primeira classe, música muito bem cuidada e Nero Golden anunciou a intenção de ir para a pista.

Descobri que o velho era um bom dançarino. "Você devia ter visto o aniversário de setenta anos dele", Apu me disse. "Todas as garotas bonitas fazendo fila para esperar sua vez, e ele dançou valsa, tango, polca, jive, e deitava e girava todas elas. Dançar junto, não os rebolados de discoteca, nem os braços erguidos, nem os pulos de nossa época degradada." Agora que sei os segredos de família, consigo colocá-lo mentalmente no grande terraço sobre o mar na casa da família na Colônia Walkeshwar e visualizar as beldades da elite da sociedade de Bombaim felizes em seus braços. Enquanto sua preterida e marginalizada esposa — vou continuar a chamá-la de "Popeia Sabina" para acompanhar as preferências júlio-claudianas da família — observava reprovadoramente, mas calada pelos cantos. Ele agora estava mais velho, passara dos setenta e quatro anos, mas não havia perdido o equilíbrio nem a habilidade. Mais uma vez havia mulheres jovens à espera para rodopiar e curvar-se. Uma delas era Vasilisa Arsenyeva, cujo lema na vida viera de Jesus Cristo, no Evangelho segundo São Mateus, capítulo quatro, versículo dezenove. "Vinde comigo e eu vos farei pescadores de homens." Seu timing era excelente. Quando soou o Ano-Novo, à meia-noite ou hora enfeitiçada, ela lançou sua isca fatal. E assim que começou a dançar com ele, ninguém mais teve chance. Ela foi o fim da fila.

Essa é Vasilisa. Ela está dançando com seu tsar. Tem o braço em torno dele, e é isto que diz o seu rosto: não vou largar nunca. Mais alta que ele, ela se curva ligeiramente para que sua boca fique junto ao ouvido dele. O ouvido dele se inclina para sua boca, para entender o que ela está dizendo. Essa é Vasilisa. Ela põe a língua na orelha dele. Fala numa linguagem sem palavras que todo homem consegue entender.

A casa Vanderbilt é o coração da ilha. Rebobina: aqui está William Kissam Vanderbilt II em seu iate de duzentos e cinquenta pés, fazendo um acordo de troca com o construtor Carl Fisher. O iate em troca da ilha. E um aperto de mãos. Aqui está Bebe Rebozo, acusada na época de Watergate de ser o "caixa de Nixon", juntando-se a um grupo que comprou a ilha do sujeito que comprou a ilha do sujeito que comprou a ilha de Vanderbilt. A ilha tem história. Tem um observatório. Tem, como já foi dito, pavões. Tem discrição. Tem golfe. Tem classe.

E nessa fria temporada de férias na casa Vanderbilt, depois do baile de Ano-Novo no belo piso de parquê instalado entre árvores engalanadas com fileiras de luzes, tochas acesas, música ao vivo, mulheres com suas joias, guardas de segurança guardando as joias e os homens que compraram as joias admirando sua propriedade, a ilha tem também um muito comentado caso amoroso inverno-primavera, novembro-abril. Meu dinheiro pela sua beleza. E um aperto de mãos.

O Ano-Novo é para dançar, e quando a música termina,

ela ordena a Nero, vá para casa e durma, quero você descansado para quando nós começarmos de fato. E ele obedientemente vai para sua cama como um bom menino, com os filhos olhando, perplexos. Isso não está acontecendo de verdade, dizem os rostos deles. Ele não vai cair nessa. Mas é tal sua autoridade que nenhum deles fala nada. Na noite seguinte, ele esvazia o apartamento que alugou para si e suas duas assistentes, expulsa empregados e família para as outras três acomodações alugadas, nas quais há dormitórios de sobra. Fica sozinho no sétimo andar, acima das copas das palmeiras, da pequena meia-lua de praia, da água clara além. O jantar — coquetel de camarão, frios, saladas de abacate e couve-galega, uma cesta de frutas, tiramisu para sobremesa — foi entregue por uma lancha a motor de um fino restaurante no lado sul do rio Miami e servido na mesa de jantar. Há gelo, caviar, vodca e vinho. Na hora exata, nem um minuto mais cedo ou mais tarde, ela chega à porta dele, embrulhada para presente em ouro, com um laço nas costas do vestido para que ele possa desembrulhá-la com facilidade.

Eles concordam que não querem comer nada.

Eis Vasilisa, a Bela, se entregando a seu tsar.

Na primeira noite e na segunda noite, as primeiras duas noites do novo ano, ela demonstra suas habilidades, faz com que ele veja a qualidade do que está em oferta, não apenas física, mas emocionalmente. Ela... e aqui eu recuo e me detenho, envergonhado, *prufrockado* num súbito *pudeur*, porque afinal como posso presumir? Devo dizer que as conheci todas, que a via como uma névoa amarela esfregando as costas, esfregando o focinho, devo dizer, lambendo a língua nos cantos da noite dele? Ouso eu, e ouso? E quem sou eu afinal? Não sou o príncipe. Um lorde acompanhante, deferente, contente por ser útil. Quase, às vezes, o Bobo... Mas deixando de lado a poesia, mergulhei fundo demais para parar agora. Já a imagino. Talvez ajoelhada ao lado dele na cama. Sim, ajoelhada, penso. E pergunta, era isso que você queria? Ou isto? É isto que você quer?

Ele é o rei. Ele sabe o que quer. E: tudo o que você quiser, ela diz, quando quiser, é seu. E na terceira noite, eles discutem negócios. Não é nenhum choque para ele. Isso facilita as coisas. Negócios são sua zona de conforto. Ela tira um cartão impresso, do tamanho de um cartão-postal, com boxes para marcar. Vamos ver os detalhes, ela diz.

Evidentemente, não posso ficar na casa da Macdougal. É a casa de sua família, para você e seus filhos. E eu não sou sua esposa, então não sou família. Então você pode escolher (a) uma residência no West Village, pela conveniência e facilidade de acesso ou (b) no Upper East Side, um pouco mais distante, um pouco mais discreta. Muito bem, (b) é minha preferência também. Então, o tamanho do apartamento, dois quartos no mínimo, não? e talvez mais um como estúdio artístico? O.k., pense um pouco. Passemos ao carro e deixo isso inteiramente por sua conta (a) uma Mercedes conversível, (b) uma BMW série 6, (c) uma SUV Lexus. Ah, (a), que bom, te amo. Surge a questão de onde terei contas, (a) Bergdorf, (b) Barneys, (c) os dois acima. Fendigucciprada, nem precisa dizer. Equinox, Soho House Every House, veja você a lista. A questão de uma quantia mensal. Tenho de me comportar de maneira que combine com você. Veja as categorias, dez, quinze, vinte. Eu recomendo generosidade. É, em mil dólares, querido. Perfeito. Você não vai se arrepender. Eu serei perfeita para você. Falo inglês, francês, alemão, italiano, japonês, mandarim e russo. Faço esqui, esqui aquático, corro e nado. A flexibilidade da minha juventude de ginasta, isso eu mantenho. Nos próximos dias, eu vou saber satisfazer você melhor do que você mesmo sabe, e se for preciso equipamento para isso, se for preciso construir um quarto, um quarto para nós, vamos chamar de *playroom*, vou garantir que seja feito imaculadamente e com a maior discrição. Nunca vou olhar para outro homem. Nenhum outro homem vai me tocar nem vou tolerar propostas ou observações inadequadas. Você merece e deve ter exclusividade e é sua, eu juro. Isso é tudo por ora, mas tem uma outra questão para depois.

É a questão do casamento, ela diz, baixando a voz a seu nível mais rouco e sedutor. Como sua esposa, eu terei honra e posição. Só como sua esposa terei isso de verdade e completamente. Até então, sim, estou contente, sou a mais leal das mulheres, mas minha honra é importante para mim. Você compreende. Claro. Você é o homem mais compreensivo que conheci.

10

Repito: fui muito fundo para parar agora. Tenho de continuar imaginando, tenho de continuar o *peep show*, pôr outra moeda/ no *nickelodeon*. Sim: em minha imaginação é um filme agora. Tela panorâmica, preto e branco.

Os três filhos de Nero Golden, PETYA, APU e D, dois consideravelmente mais velhos que o novo amor de seu pai e o terceiro apenas quatro anos mais novo, ficam coletivamente perdidos. Apesar de todas as suas diferenças, é uma questão familiar vital, e eles se reúnem para discutir, mas não acham fácil formular uma estratégia. Reúnem-se longe dos apartamentos alugados, parados num grupo fechado na pequena praia da ilha, que está vazia por conta do tempo frio fora de estação, da baixa temperatura, do vento forte, das nuvens agitadas, da ameaça, logo cumprida, de chuva forte, gelada. Estão de chapéu, casaco e cachecol, parecem intelectuais de uma conspiração tcheca parados no litoral da Boêmia, estreitamente vigiados, como trens. Apesar da carranca dos dois homens mais velhos, RYA Z está ali com D, agarrada nele como se pudesse ser soprada embora se se soltasse. RIYA tem a mesma idade de Vasilisa. D fez esses cálculos, mas não mencionou nada.

A câmera os observa em close-ups extremos até falarem, mas corta para planos gerais quando ouvimos suas vozes.

PETYA

*(ele expressa suas preocupações teoricamente,
como é o seu jeito atrapalhado, inexorável)*
O ponto crucial da vida de uma grande pessoa é a escolha entre fazer o que é certo e o que ela quer fazer. Abraham Lincoln, que era um lutador eficiente e gostava de uma boa peleja, talvez tivesse preferido passar seu tempo na quadra em vez de começar uma guerra na qual cerca de dois por cento da população morreu, mais ou menos seiscentas e vinte mil pessoas, mas era o certo a fazer. Sem dúvida Marie Curie teria preferido passar mais tempo com a filha em vez de ser morta pela radiação de raio X, mas adivinhe qual atividade ela escolheu. Ou veja o caso do Mahatma Gandhi, que quando jovem mostrou gosto por se vestir num terno britânico sob medida que era bem melhor que uma tanga. No entanto, a tanga, em termos políticos...

APU

(interrompe o que poderia se tornar um longo catálogo)
Então evidentemente nosso pai devia saber que é melhor não sair correndo atrás de uma, vou evitar a palavra aqui, uma ginasta russa.

A câmera circula e circula em plano fechado em torno deles na areia que voa, ligeiramente acima de suas cabeças, focando abaixo como um drone de monitoramento.

D

Ele vai casar com ela. Esse é o plano. Ela não vai afrouxar e ele não vai resistir.

PETYA

Na eventualidade de um casamento, surgem diversas questões legais. O status de parente próximo será problematizado, também o executor de um testamento em vida e a questão mais ampla da herança. Uma incerteza precisa ser discutida também quanto a onde eles podem se casar, as diferenças entre as leis da Flórida e as do estado de Nova York.

APU

Nosso pai não é bobo. Pode estar, no momento, bobo por ela, mas nas questões essenciais ele não é bobo. Fez acordos financeiros a vida inteira. Ele vai ter o bom senso de fazer um acordo pré-nupcial férreo.

PETYA

(*sua voz sobe num gemido, espelhando o som do vento que cresce*)
Quem vai falar com ele a respeito?

(pausa)

Eu não consigo.

(pausa)

Ele não vai gostar.

APU

Devemos falar todos juntos.

D

(*dá de ombros, prepara-se para se afastar*)
Estou me lixando para o dinheiro. Deixem o velho fazer o que ele quer.

Ele e RIYA se voltam para sair.

RIYA

(*em extremo close-up, para APU e PETYA*)
Vocês já pensaram na possibilidade de ela deixar seu pai feliz e real-

mente encontrar amor por ele no coração? Mas mesmo que ela esteja fingindo, isso ainda pode ser bom. As coisas são boas quando reduzem a quantidade de desgraça global, ou a quantidade de injustiça, ou ambas. Então se ela diminuir a infelicidade dele mesmo por um breve tempo, mesmo de modo fraudulento, isso conta como bom.

Eu vejo a vida que ele proporcionou para vocês. Ele é como um teto e vocês se abrigam debaixo dele. Se afastem dele e vocês são colhidos pela tempestade, vocês todos, mas agora ele está ali. Está ali até não estar mais. Mas ele não é só uma casa onde vocês moram. Ele é um homem e tem as necessidades de um homem, de desejar e ser desejado. Por que vocês querem negar seu pai? Acham que só por causa do calendário isso para? Vou dizer uma coisa. Por mais velho que você seja, não para nunca.

PETYA

(*repete, tímido, saltando tristemente enquanto a chuva cai*)

Não para nunca, não para nunca, não para nunca, não para nunca, não para nunca, não para nunca, não para nunca, não para nunca, não para nunca, não para nunca, não para nunca, não para nunca, não para nunca, não para nunca, não para nunca, não para nunca...

O aguaceiro começa para valer. Água na lente da câmera. Fusão para branco.

11

Eis a melhor amiga de Vasilisa, sua personal trainer de fitness, e seu nome é, digamos, Masha. Masha é miúda, menor que Vasilisa, mas muito forte, lésbica e também, inevitavelmente, loira. Masha quer ser atriz de cinema. Quando Nero Golden fica sabendo disso, diz: "Querida, com essa ambição, você tem o tamanho certo, mas está na Costa errada".

O velho prolongou sua estada na ilha, a família e o séquito também vão ficar, mas houve um novo arranjo nas acomodações. Vasilisa mudou-se para o apartamento de Nero com sua amiga e personal trainer de fitness e todas as outras pessoas foram relocadas para outros espaços. Ninguém fica satisfeito, a não ser Nero, Vasilisa e Masha. Então, na noite em que as damas se mudam, Nero as leva para jantar. Há bons lugares para comer na ilha, mas Nero quer o melhor, e o melhor exige pegar seu carro esportivo Bentley com Vasilisa a seu lado e Masha encolhida no bando de trás e ir na balsa até o famoso restaurante italiano no qual ele encomendou a comida não consumida da noite do primeiro encontro. No famoso restaurante italiano, as damas, em seu entusiasmo, bebem doses de vodca demais; Nero, no posto de motorista, se controla. Quando os três voltam à ilha, as damas estão rindo alto e se comportando sedutoramente, o que, para Nero, está muito bem. De volta ao apartamento, ele toma duas doses de vodca. Mas, então, uma estranha mudança de rumo. A personal trainer se encosta em Vasilisa, a Bela, e a beija na boca. E Vasilisa corresponde. E então um silêncio na sala enquanto as duas damas se abraçam, Nero Golden se senta numa poltrona, assiste, nem remotamente excitado, chocado, sentindo-se um bobo, e mais ainda quando as duas damas se levantam sem registrar sua presença, apagam a luz da sala como se ele não estivesse ali, entram no quarto dele — no quarto dele! — e fecham a porta.

Na ausência delas, é o descuido ao apagar a luz que primeiro o enraivece. Na casa dele! Na presença dele! Como se ele não fosse nada nem ninguém! A raiva lhe revela seu tremendo erro. Ele se vê como um velho iludido, e então seu orgulho se ergue e exige que ele volte a seu verdadeiro eu, o homem poderoso, o titã financeiro, o ex-magnata da construção e do ferro, chefe de família, o colosso ereto no pátio de sua Casa Dourada, o ex e futuro rei. Ele se levanta, deixa as duas mulheres no quarto fazendo o que quiserem e caminha firme para a porta de entrada do apartamento.

Junto à porta, há um pequeno armário no qual, numa estante acima dos casacos pendurados, existe uma pequena valise de couro. O velho sempre acreditou na mutabilidade das coisas; sempre soube que por mais sólido que possa parecer o solo debaixo dos pés, a qualquer momento pode se transformar em areia movediça e sugá-lo para baixo. Estar sempre preparado. Ele estava preparado para a grande mudança de Bombaim para Nova York e está preparado para essa partida menor agora. Pega a mala de pernoite, certifica-se de que as chaves do outro apartamento estão no bolso da calça onde deviam estar e sai silenciosamente. Não bate a porta. Ele sabe que no apartamento vizinho, onde Petya dorme ao lado de uma pequena nuvem de ajudantes, há um quartinho de empregada que está desocupado. Nero não precisa de luxo agora. Precisa de uma porta para fechar, com uma cama atrás e isso basta. De manhã, resolverá o que precisa ser resolvido, e então terá toda a sua força. Sua cabeça estará de novo no controle do coração. Ele entra no quarto de empregada, tira o paletó, a gravata, os sapatos, não se importa com o resto, e depressa adormece.

Ele a subestimou. Ele avaliou incorretamente tanto a própria vulnerabilidade como a determinação dela. Debaixo de toda sua força há solidão, e ela fareja isso como um cão de caça fareja a caça ferida. Solidão é fraqueza e esta é Baba Yaga na pele de Vasilisa, a Bela. Se quiser, ela o devora. Ela pode devorá-lo agora mesmo.

Está acordado? Ah, meu querido, eu sinto muito. Estou tão envergonhada. Estava bêbada, desculpe. Não tenho cabeça boa para álcool. Sinto muitíssimo. Eu sempre soube que ela tinha uma queda por mim, mas nunca achei que. Mandei ela embora, nunca mais vamos ver Masha de novo, juro para você, ela está fora da minha vida, ela não existe mais. Por favor, me perdoe. Eu te amo, por favor me perdoe dessa vez e nunca mais vai ter de me perdoar. Eu vou me redimir de cem maneiras, você vai ver, minha tarefa diária vai ser fazer você esquecer isso e perdoar. Eu estava bêbada então fiquei um pouco curiosa, nem gosto de mulheres, não sou desse jeito, nem gostei, na verdade eu apaguei, dormi, e quando acordei claro que fiquei horrorizada, meu Deus, o que foi que eu fiz, esse homem que foi todo bondade comigo, peço desculpas do fundo do coração, beijo seus pés, lavo seus pés com minhas lágrimas e seco com meu cabelo, cheguei a pensar por cinco segundos que aquilo podia te excitar, foi uma bobagem, bobagem provocada pela bebida, eu sinto muito, quando fico bêbada posso ficar um pouco irresponsável, um pouco louca, por isso é que eu nunca mais vou ficar bêbada, a não ser que você queira que eu beba, só se você me quiser um pouco louca e irresponsável em seus braços, então será meu prazer completo te agradar assim, perdoe, aceite a minha vergonha e o meu humilde pedido de desculpas, onde você está, deixe eu ir ao seu encontro. Deixe eu te ver só mais um momento para me desculpar pessoalmente, e então se me disser para ir embora, eu irei, terei merecido isso, eu sei, mas não me faça ir embora sem ter uma chance de te dizer pessoalmente que me desculpe, eu fiz uma coisa errada, muito errada, mas estava bêbada e peço que me veja parada na sua frente envergonhada, e talvez possa encontrar no seu coração o perdão para mim, e ver em mim todo o amor toda a gratidão todo o amor na sua frente e só por isso você pode me deixar entrar, pode não fechar a porta na minha cara, pode ver a verdade nos meus olhos e me perdoar, e se não fizer isso, eu não tenho nenhum direito, baixo a cabeça, vou embora e você nunca mais me verá, nunca mais verá minha vergonha nua, nunca verá meu corpo tremendo e soluçando de vergonha na sua frente, nunca me verá, eu nunca mais poderei tocar você de novo, tantas coisas, nunca mais, mas talvez, como você é um grande homem, você me deixe ficar, precisa ser um grande homem para perdoar, e isto não foi nada, um erro, uma bobagem, e você é capaz de ver isso e me deixar ficar, mas deixe eu ir até você, irei agora, do jeito que estou, aonde você estiver, se quiser que me ajoelhe nua na sua porta, eu faço isso, faço qualquer coisa, só me deixe ir aonde você estiver, só me deixe ir.

Então esse é o momento. Ele pode desligar o telefone, cessar as perdas, libertar-se. Ele viu quem ela é, a máscara caiu e ela se revelou, todas as suas palavras não conseguem fazer com que ele desveja o que viu ou dessinta o que sentiu quando elas apagaram a luz e entraram no quarto dele — no quarto dele! — e fecharam a porta. Ele pode sc afastar.

Ela apostou tudo o que tinha em sua única cartada: que ele estaria disposto a desver o que vira, dessentir o que sentira. Que ele iria querer acender a luz, abrir a porta do quarto e encontrá-la ali dentro, sozinha, à espera. Que ele iria contar a si mesmo essa história, a história de amor verdadeiro, e entrar na história.

Ele não desliga, mas ouve. Volta ao apartamento onde ela está esperando. E claro que ela oferece suas desculpas de muitas formas, e muitas dessas formas são agradáveis a ele, mas só na superfície. Por baixo desse verniz está a verdade, que é que ela agora sabe o poder que tem, sabe que no relacionamento deles ela é e sempre será a mais forte, e que não há muita coisa que ele possa fazer a respeito.

A *Bela Dama Ingrata te encantou*.

MONÓLOGO DE V. ARSENYEVA A RESPEITO DE AMOR E CARÊNCIA

Por favor. Não peço compaixão por minha origem pobre. Só quem nunca foi pobre acha que existe algo compassivo na pobreza, e para esse ponto de vista a única reação adequada é o desprezo. Não vou me demorar a descrever as dificuldades de minha família embora fossem muitas. Havia o problema da comida, o problema da roupa, o problema do aquecimento, mas de alguma forma não havia nunca nenhum problema quanto à suficiência de bebida para meu pai, posso dizer super-suficiência. Em meus anos de juventude, mudamos da cidade de Norilsk perto do antigo gulag Norillag que é claro foi fechado há uns sessenta anos, mas deixou para trás a cidade que os prisioneiros construíram originalmente. Aos doze anos, descobri que a cidade era proibida a todos os não russos e portanto também não era fácil sair dela. Assim eu entendi a opressão comunista e também, depois, a opressão não comunista, mas não tenho interesse em discutir. Também o alcoolismo de meu pai. A pobreza é um estado repulsivo e não conseguir escapar dele também é repulsivo. Felizmente eu me destaquei em todas as coisas tanto físicas como mentais e assim consegui vir para a América e sou grata por isso mas sei também que minha presença aqui é fruto de meu próprio esforço então não tenho de agradecer a ninguém. Deixo o passado para trás e sou eu mesma neste lugar, usando estas roupas, agora. O passado é uma mala de papelão quebrada cheia de fotografias de coisas que não quero mais ver. De abuso sexual também não vou falar embora também tenha ocorrido. Houve um tio e, depois do divórcio de meus pais, o namorado de minha mãe. Eu fecho a mala. Se mando dinheiro para minha mãe é para dizer, por favor, mantenha a mala fechada. Também para meu pai agora as contas do hospital por causa do câncer. Mando dinheiro, mas não tenho relações. Caso encerrado. Agradeço a Deus ser bonita porque me permite deixar a feiura fora da minha vida. Meu foco é à frente, cem por cento. Meu foco é o amor.

O que as pessoas chamam de amor, dizem os cínicos, é, na verdade, carência. O que as pessoas chamam de para sempre, segundo os cínicos sem amor, é na verdade aluguel. Eu fico acima dessas considerações, que são baixas. Acredito no meu bom coração e em sua capacidade para um grande amor. Carência existe, isso é claro, mas tem de ser satisfeita, essa é a precondição sem a qual o amor não pode nascer. É preciso aguar o solo para que a planta possa crescer. Com um grande homem é preciso se adaptar à sua grandeza, e ele por sua vez será grande em sua bondade e chegará a um acordo, e isso é normal, é, pode-se dizer, aguar o solo. Sou uma pessoa realista, então sei que é preciso construir uma casa primeiro para poder viver nela. Primeiro construir uma casa sólida, depois uma vida feliz dentro dela, para sempre. Esse é o meu jeito. Sei que os filhos dele têm medo de mim. Temem talvez pelo pai, talvez por eles mesmos, mas pensam apenas na casa, e não na vida dentro dela. Não pensam no amor. A casa que estou construindo é a casa do amor. Eles deviam entender isso, mas se não entenderem vou continuar a construção mesmo assim. Sei que eles chamam a casa de a Casa Dourada, mas o que isso quer dizer se não existe amor em todos os cômodos, em cada canto de cada cômodo? O amor é que é dourado, não o dinheiro. Eles nunca careceram de nada, esses filhos, de que careceram? Vivem dentro de um encantamento mágico. O autoengano deles é muito grande. Eles dizem que amam o pai, mas confundem carência com amor. Precisam dele. Amam o pai? Terei de ver mais provas disso antes de responder. Ele deve ter amor na vida, enquanto pode.

Aquele com a bruxa, ele deve entender: seu pai é o mago de sua vida. Aquele com a garota estranha, ele deve entender: seu pai é sua identidade. Aquele com a cabeça danificada, ele deve entender: seu pai é seu anjo.

O medo deles é por causa da herança. Eles deviam entender três coisas. Em primeiro lugar, é certo que depois de dar meu amor a esse homem, eu seja jogada na rua? Claro que não, portanto é preciso prover, isso é evidente. Em segundo lugar, assinei um acordo relativo à nossa relação que ele me deu para assinar, do jeito que ele quis, sem discutir, essa é a minha confiança, essa a minha amorosa confiança. Então eles estão bem protegidos e não precisam ter medo de mim. Em terceiro lugar, o que eles mais temem é a vinda de um irmão ou irmã. Temem meu útero. Temem o desejo de meu útero de ser preenchido. Eles nem sabem se o pai ainda é capaz de ser pai, mas têm medo. Quanto a isso, ignoro. Precisam entender que sou uma pessoa com grande disciplina comigo mesma. Sou o general de mim mesma e meu corpo o soldado de infantaria que obedece ao que o general ordena. Neste caso, eu entendo o que ele disse, o homem que eu amo. Ele foi claro. Na idade dele não está preparado para voltar ao começo de ser pai, de ter um bebê, o choro, a merda, ter um filho que não verá adulto. Isso ele disse. Essa cláusula está no acordo que assinei. Assinei eliminar o bebê. Assim instruí meu corpo, meu útero. Não haverá bebê com este homem que eu amo. Nosso amor é o bebê, e esse bebê já nasceu e o alimentamos. Isso ele deseja fazer e eu também, o desejo dele é também o meu. Isto é amor. É assim que o amor triunfa sobre a carência. Aqueles filhos com toda a sua carência, eles que aprendam amor com seu pai, e comigo.

MONÓLOGO DE BABA YAGA NA PELE DE ARSENYEVA

Espero meu momento. Eu sento, cozinho, fio, de olhos baixos fico em silêncio e deixo que ele fale. Está bem assim. Espero meu momento.

Tudo é uma estratégia. Essa é a sabedoria da aranha. Tecer silenciosa, silenciosa. Deixar a mosca zunir. Antes de comer a mosca e vestir sua pele eu estava em cima do fogão em minha cabana, minha cabana numa coxa de galinha, e esperei, e eles vieram a mim, tornaram-se minha comida, e no fim ela veio também, a que eu queria, e em vez de engolir a ela eu mergulhei dentro dela e deixei que me engolisse. Não importa o que parece! Eu a devorei mesmo tendo deixado que ela me devorasse. É um truque digestivo especial: uma dominação reversa do alimentador pelo alimentado. E portanto adeus, cabana coxa de galinha na floresta! Adeus para sempre, sórdido cheiro russo! Agora estou perfumada, vestida em beleza, meus olhos por trás dos olhos dela, meus dentes por trás dos dentes dela.

Tudo o que ela faz é falso, cada palavra uma mentira, porque eu estou aqui dentro dela, puxando as cordinhas, tecendo a trama de suas palavras e atos em torno da pequena mosca, o velho bobo. Ele acredita que ela o ama! Ha ha ha ha ha! Quá-quá-quá! Essa é boa, é sim.

Veja como vou viver agora! Os carros, a culinária, as peles. Nada de voos comerciais mais! Odeio voos comerciais quase tanto quanto voar em coxas de galinha ou cabos de vassoura. Eu cuspo em voos comerciais. Me veja passar pela General Aviation como uma rainha! Embarco no meu JP e todos à minha volta rastejam, procuram minha aprovação, meu conforto, minha alegria, minha tranquilidade. Sinta a maciez de minha cama e a qualidade do equipamento de exercícios. Tenho um novo personal trainer. Nada de sexo com ele! Cuidado! Essa foi quase.

No mundo tradicional, é sabido que para a fêmea da espécie a metamorfose é mais fácil que para o macho. Uma mulher deixa a casa do pai, despe seu nome como uma pele velha e põe o nome do marido como um vestido de noiva. Seu corpo muda e se torna capaz de conter e depois expelir outros corpos. Estamos acostumadas a ter gente dentro de nós, ditando nossos futuros. Talvez a vida de uma mulher ganhe seu sentido através dessas metamorfoses, esse engolir e expelir, mas para o homem é o contrário. O abandono do passado torna um homem sem sentido. O que esses homens Golden estão fazendo então ao fugir para a falta de sentido, para o absurdo? Qual força é tão poderosa a ponto de afastar esses homens do significado de suas vidas? São ridículos agora. Um exilado é um homem oco que tenta preencher sua masculinidade outra vez, um fantasma em busca da carne e osso perdidos, um navio em busca de uma âncora. Esses homens são presas fáceis.

— O quê? O que aquele idiota diz? O filho mais novo? "Este é um tempo de muitas metamorfoses, muitos gêneros, e o mundo está mais complexo do que você imagina, Coxa-de-Galinha, Mulher-Aranha!" É isso que tenta me dizer, quando me encara, pendurado no braço de sua amante *Nouvelle Vague?* Veremos, queridinho. Vamos ver como funcionam as coisas e quem vai rir por último, fumando um cigarro no fim do mundo. Você é Dionísio e, eu admito, um pouco esquisito, mas eu sou Baba Yaga, a irmã mais esquisita de todas. Eu sou Baba Yaga, a Bruxa...

Escondo essa voz no fundo de mim, tão fundo que ela, eu mesma, consigo me convencer de que ela não consegue escutar, uma voz diferente fala, e ela conta a si mesma uma história diferente, na qual ela é virtuosa e seus atos são justificados, tanto absolutamente, por padrões morais, como empiricamente, pelos acontecimentos à sua volta. Por ele, o velho, o rei em sua Casa Dourada, quem é ele, como ele a trata, quais são seus defeitos. Mas lá está, a voz profunda que fala e a domina no nível mais profundo, o nível das moléculas de instruções, entrelaçadas nos quatro aminoácidos helicoidais de seu ser, que é também o meu. É o que eu é. É o que ela sou.

12

Foi difícil para o Golden mais jovem desistir do hábito da solidão. Ele se sentira sozinho desde seus primeiros dias, como o filho apartado de uma ligação ilícita, em parte aceito, em parte repelido nas casas grandiosas que era obrigado a chamar de lar, primeiro em Bombaim, depois em Nova York. Mesmo em grandes multidões, ele se sentira sozinho, e no entanto agora, com Riya a seu lado, era visitado por sentimentos que de início achou difíceis de identificar. Acabou encontrando as palavras. Intimidade, companheirismo. Estava se transformando em uma metade de uma entidade conjunta. A palavra *amor* soava estranha a seus lábios e língua, como um visitante de outro planeta, mas, ocupante marciana ou não, a palavra decerto pousou em sua boca e lançou raízes. *Estou amando*, ele disse a si mesmo no espelho do banheiro. Pareceu-lhe que o rosto no espelho que falava sincronizado com o seu pertencia de fato a outra pessoa, uma pessoa que ele não conhecia. Estava se transformando nessa pessoa, pensou, um eu desconhecido para ele mesmo. O amor começara a agitar nele forças que logo o transformariam, completa e irreversivelmente. Essa informação se alojou em seus pensamentos, e a ideia de *iminente transformação* começara a alterar coisas em sua cabeça, assim como a palavra *amor* havia alterado sua fala. Mas foi uma consciência que ele reprimiu por algum tempo.

Ele foi o primeiro a se mudar da casa da Macdougal Street. "Deixem o velho fazer o que ele quer", ele havia dito a seus irmãos na Flórida, mas isso não queria dizer que tivesse de ficar ali para assistir. Um dia, Vasilisa Arsenyeva chegou carregada com uma grande quantidade de bagagem cara, o que sugeria que Nero Golden podia não ser seu primeiro benfeitor. Era claro que ela já avançara além do acordo inicial, que era a não coabitação. Muito pouco tempo depois, o filho mais novo de Nero fez suas malas e partiu para Chinatown, onde Riya encontrara para eles um pequeno e limpo terceiro andar sem elevador num prédio rosa-salmão com os caixilhos das janelas realçados com tinta amarela brilhante. Abaixo deles, no segundo andar, morava Madame George Tarot Bola de Cristal Horóscopo Lê Futuro e, ao nível da rua, a Comercial Run Run e Cia. com seus patos pendurados, guarda-sóis listrados de azul e rosa sombreando as bandejas de produtos e a feroz proprietária, sra. Run, que era também dona do prédio e recusava todos os pedidos para trocar as lâmpadas do hall de entrada ou aumentar o aquecimento quando o tempo ficava frio. Riya entrou em choque com a sra. Run imediatamente, mas não queria desistir do lugar porque diante da janela da sala ficava o telhado chato do prédio vizinho, e em dias de sol eles podiam abrir a janela de correr e saltar por ela, e era como ter um quintal a céu aberto.

Começaram a se vestir igual, no inverno com roupas de couro de motociclista, óculos de aviador e bonés de Marlon Brando, e às vezes, por trás dos óculos, ele acrescentava uma sombra de olhos borrada como a dela, de forma que as pessoas achavam que eram gêmeos, ambos pálidos, ambos de aspecto físico frágil, ambos fugidos da mesma sala de cinema de arte. E na primavera ela, e também ele, exibiam cabelo preto espetado, e ela, como uma Moreau gótica, sentava no telhado com um grande violão acústico e cantava a música do amor deles: *"Elle avait des yeux, des yeux d'opale/ qui me fascinaient, qui me fascinaient"*, com um cigarro pendurado no canto da boca, *"chacun pour soi est reparti/ dans le tourbillon de la vie..."*.

Porque foi assim que o relacionamento deles evoluiu: para algo amoroso, sim, mas também áspero, mal-humorado e por culpa dele, ela dizia, porque ela estava inteira, estivera desde o começo, era uma pessoa tudo ou nada, mas ele ficava no meio do caminho.

"Eu te amo, sim, por isso é que estamos vivendo juntos, mas você não é dono de mim, sua família sabe muito sobre ser dona das coisas, mas eu não sou uma propriedade e você precisa entender minha liberdade. E além disso, tem coisas importantes sobre você que você não me conta, e eu preciso saber dessas coisas."

Quando ela falou assim uma tontura baixou sobre ele, como se o mundo inteiro estivesse voando em fragmentos, e ele tinha muito medo do mundo fragmentado e o que isso significava, a canção estava certa, a vida era um turbilhão, *un tourbillon*. Mas ele tinha contado tudo a ela, argumentou, tinha despejado os segredos de família a ela como uma criança na primeira confissão. "Eu nem sei por que concordei com o que o velho queria", ele disse. "Viver aqui, vir para cá, mudar de identidade, tudo. Não foi minha mãe quem morreu no hotel. Não foi nem ninguém de quem eu gostasse. Não sei quem foi minha mãe, ela desapareceu, então é como se ele tivesse matado minha mãe há muito tempo. Ou como se um mandachuva da Z-Company tivesse matado."

"Isso é o quê, Z-Company?"

"É a máfia", ele disse. "Z é do chefão, Zamzama Alankar. Não é um nome verdadeiro."

Ela deu de ombros. "Quer saber por que eu tenho uma arma na gaveta? Vou contar. É como uma novela de TV ruim. Meu pai, Zachariassen, ficou bêbado e matou minha mãe quando eu estava passando o dia de Ação de Graças em casa, então saí correndo na rua gritando por socorro para a polícia, ele atirou em mim quando eu estava correndo e gritou eu te encontro, vou caçar você. Nessa altura, ele já estava totalmente pirado. Ele era piloto da Northwest, mas depois da fusão com a Delta, a companhia aérea queria reduzir custos e ele foi despedido por causa das alterações de humor, começou a beber, ficou pior e virou uma pessoa assustadora. Estava vivendo com minha mãe em Mendota Heights, Minnesota, que é um subúrbio rico de primeira classe de Minneapolis-Saint Paul, acima das posses dele. Minha mãe era órfã, os pais tinham morrido e deixado dinheiro para ela, então ela comprou a casa e o carro, eu cresci lá e fui a uma boa escola, mas depois que ele perdeu o emprego eles começaram a brigar. Nessa altura, eu tinha acabado a faculdade, fiz a Tufts com bolsa de estudos e vários empregos, e estava trabalhando aqui na cidade, então depois do assassinato, saí de Mendota Heights bem depressa e encerrei para sempre esse capítulo. Só que guardei a arma. Ele foi para a cadeia por um milhão de anos, sem possibilidade de comutação ou remissão da pena, mas eu não vou me livrar da arma."

Ela tocou mais um pouco o violão, mas não cantou.

"Então a minha história triste é melhor que a sua", ela disse, por fim. "E eu te digo por que você concordou com o plano louco de seu pai. Você concordou porque lá, de onde você veio, você não tinha liberdade de ser quem precisa ser, de se transformar em quem precisa se transformar."

"E o que é isso?"

"É o que eu estou esperando você me dizer."

* * *

É nisso que ela insiste desde que ele contou o que fez com a madrasta, a humilhação, o quase suicídio dela. Você é uma pessoa amorosa, eu vejo isso, ela diz, mas não consigo entender como pôde chegar tão baixo.

Eu acho, ele diz, que o ódio pode ser um elo familiar tão forte como o sangue, ou o amor. E quando eu era mais novo estava cheio de ódio, era o elo que me ligava a minha família, e por isso eu fiz o que fiz.

Não basta, ela disse. Tem mais.

A limusine chega a um depósito em Bushwick, onde ela precisa inspecionar alguns artefatos do sul da Ásia que ofereceram ao Museu da Identidade. Venha, ela insiste, pelo menos dois deles são sobre a visita de Dionísio à Índia, então você vai se interessar. Ela não confia no revendedor. Ela recebeu a papelada certificando que os itens foram exportados legalmente da Índia, mas pode-se obter ilegalmente esses documentos. Nos velhos dias, antes do Decreto de Antiguidades e Tesouros Artísticos da Índia, ela diz, era na verdade mais difícil contrabandear porque as pessoas não sabiam direito a quem pagar propina. Mas desde 1976, os exportadores sabem com quais inspetores contar, então é mais tranquilo. A questão da proveniência complica as aquisições. Mesmo assim, vale a pena olhar.

Há uma pintura de Dionísio cercado por panteras e tigres que não tem interesse. A outra peça é uma tigela de mármore em torno da qual foi entalhado um cortejo triunfal, e é algo especial, uma multidão arrebatada de sátiros, ninfas, animais e no centro o deus. Veja como ele é feminino, ela diz. Exatamente no gênero borderline, quase não dá para dizer se é uma deusa ou um deus. Seu olhar para D é penetrante ao falar, uma pergunta não formulada nos olhos, e ele recua.

O quê?, ele pergunta. O que é isso? O que você quer?

Isto aqui quase com certeza é uma exportação não autorizada, ela diz ao revendedor e devolve a tigela. A documentação não é convincente. Não podemos comprar.

Estão no carro a caminho de casa. Um reparo na pista na entrada da ponte de Manhattan reduz o trânsito a um rastejar. Qual é, ela diz, você não veio me ver por acaso, não apareceu simplesmente no MoI porque tinha zero interesse no que a gente faz lá. E talvez tenha alguma coisa em você que quer morrer, alguma parte de você que não quer mais viver, e por isso você empurrou sua madrasta até as portas da morte. Isso é o que você precisa me contar. Por que queria ocupar o lugar dela? Qual parte de você queria ser ela, a mãe, a dona de casa, com as chaves da família, encarregada das tarefas domésticas? Por que esse impulso era tão imperativo que você fez uma coisa tão extrema? É, eu preciso saber tudo a respeito. Mas antes de mim, você é que precisa saber.

Me deixe descer do carro, ele diz. Pare a porra do carro.

É mesmo, ela responde sem erguer a voz, vai descer do carro? Pare esta porra de carro fodido.

Depois, ele achou difícil lembrar da briga, só lembrava das sensações que as palavras dela provocaram, a explosão em seu cérebro, a vista turva, o coração disparado, o tremor causado pelo evidente absurdo das acusações dela, o insulto do equívoco de seu ataque. Ele queria invocar um juiz todo-poderoso para declarar a culpa dela, mas não havia nenhum olho no céu observando os dois, nenhum anjo relator a ser invocado. Ele queria que ela pedisse desculpas. Droga. Ela tinha de se desculpar. *Profusamente.*

Ele voltou furioso à casa da Macdougal Street, não disse nada a ninguém, envolto numa tempestade que alertava todos a deixarem-no em paz. Riya e ele não se falaram durante quatro dias. No quinto dia, ela telefonou, com o tom da adulta equilibrada que era. *Venha para casa. Eu quero companhia na cama. Quero... Zzzzzz Company.*

Ele começou a rir, não conseguiu se controlar, e então foi fácil dizer desculpe, desculpe, desculpe.

Vamos conversar a respeito, ela disse.

Estava sentada no chão, lendo um livro. Na estantezinha do apartamento em Chinatown, ela possuía sete livros, algumas obras famosas — de Juan Rulfo, Elsa Morante e Anna Akhmatova — outras menos elevadas, *Ovos verdes e presunto, Crepúsculo, O silêncio dos inocentes* e *A caçada ao Outubro Vermelho*. Ela havia escolhido ler Akhmatova.

Ouvirás trovões e lembrarás de mim,
e pensarás: ela queria tormentas.
A borda do céu será duro carmesim
e teu peito, como era então, será chamas.

"Quando termino um livro", ela disse, "ele também termina comigo e segue em frente. Deixo num banco em Columbus Park. Talvez os chineses que jogam cartas ou go não queiram meu livro, os nostálgicos chineses que se inclinam lamentosos para a estátua de Sun Yat-sen, mas tem os casais que saem da prefeitura com suas certidões de casamento e estrelas nos olhos, passeando um minuto entre os ciclistas e as crianças, sorrindo com a consciência de seu amor recém-legalizado, e imagino que possam gostar de encontrar o livro, um presente da cidade para marcar seu dia especial, ou o livro pode gostar de descobrir os noivos. No começo, eu simplesmente dava meus livros. Comprava um livro novo, dava um velho. Sempre guardei sete. Mas aí comecei a perceber que outros estavam deixando livros onde eu tinha deixado os meus e pensei, esses são para mim. Então agora eu renovo minha biblioteca com os presentes ao acaso de estranhos desconhecidos, e nunca sei o que vou ler em seguida, espero que os livros sem teto chamem: você, leitora, você é para mim. Não escolho mais o que leio. Eu vago pelas histórias descartadas da cidade."

Ele ficou parado na porta, contrito, sem jeito. Ela falou sem erguer os olhos da página. Ele sentou ao lado dela, as costas contra a parede. Ela se inclinou para ele, só um pouquinho, só até os ombros se tocarem. Ela estava com os braços cruzados, as mãos abraçando os ombros. Ela esticou um dedo e tocou o braço dele.

"Se você fumasse cigarros", ela disse, "teríamos alguma coisa em comum."

Corte.

"O dia seguinte", ele diz. É o dia seguinte, um dia no tempo presente. "Cá estamos, no dia seguinte", ele diz. "Amanhã, um dos dois dias impossíveis. Cá estamos e é amanhã."

"Sou um espírito livre", ela diz, a boca torcida em desdém, *nada de especial*, diz sua boca. "Mas você está sempre acorrentado. Tem vozes internas às quais não ouve, emoções fervendo por dentro que você suprime, e sonhos perturbadores que ignora."

"Eu nunca sonho", ele diz, "só às vezes, em outra língua, em tecnicolor, mas são sempre sonhos pacíficos. O mar ondulante, a grandeza do Himalaia, minha mãe sorrindo para mim, tigres de olhos verdes."

"Eu escuto", ela diz. "Quando não está roncando, você sempre uiva, mas não tanto como lobo, como coruja. Uhu... uhu... uhu... você é assim. Essa é a pergunta que você não consegue responder."

Estão caminhando pela Bowery e o asfalto e a calçada em torno deles estão rasgados por reparos. Uma britadeira começa a bater e é impossível ouvir o que qualquer um diz. Ele se volta para ela c mexe a boca em silêncio, sem dizer nada de fato, só abrindo e fechando a cara. A britadeira para um minuto.

"Essa é a minha resposta", ele diz.

Corte.

Estão fazendo amor. Ainda é amanhã, ainda é de tarde, mas estão ambos querendo e não veem razão para esperar escurecer. No entanto, ambos fecham os olhos. O sexo tem muitos aspectos solitários mesmo quando há uma outra pessoa presente, a quem você ama e deseja agradar. E olhar o outro não é mais exigido, uma vez que os amantes têm bastante prática em suas predileções. Seus corpos agora estão educados um no outro, cada um sabe se movimentar de modo a acomodar o movimento natural do outro. As bocas sabem como achar uma à outra. As mãos sabem o que fazer. Não há arestas; o amor deles foi amaciado.

Há uma coisa que quase sempre acontece, uma dificuldade que sempre se apresenta. Ele tem problema para conseguir manter uma ereção. Ele a acha imensamente atraente, declara isso no momento de cada fracasso, cada perda de firmeza, e ela aceita e o abraça. Às vezes, ele consegue por um momento e tenta penetrá-la, mas no momento da penetração amolece de novo e seu sexo flácido se esmaga contra o dela. Não tem importância porque eles acharam muitos outros jeitos de dar certo. A atração dela por ele é tão grande que ao primeiro toque ela chega perto do clímax, e então com toques e beijos, com o uso dos órgãos secundários (mãos, lábios, língua), ele a leva ao orgasmo até ela rir de cansado prazer. O prazer dela se torna dele também e muitas vezes nem é preciso ejacular. Ele se satisfaz com satisfazê-la.

Eles se tornam mais aventureiros um com o outro à medida que as coisas avançam, um pouco mais brutos, e isso também é muito agradável para ambos. Ela pensa, mas não diz, que a dificuldade comum com homens jovens é que eles ficam duros na hora e várias vezes, mas, como não têm paciência, autocontrole ou gentileza, acabam em dois minutos. Essas longas horas de sexo são infinitamente mais prazerosas. O que ela diz é, e ela pensou muito antes de dizer isso: é como se fôssemos duas mulheres. A sensação é de tanta segurança, tanta entrega, as duas coisas. A segunda consequência da primeira.

Pronto. Ela falou. Está dito. Ele está deitado de costas, olhando para o teto. Durante um longo momento ele não responde. Então:

É, ele diz.

Outro longo silêncio.

É o quê, ela pergunta baixinho, a mão no peito dele, os dedos o acariciam.

É, ele diz. Eu penso nisso. Penso muito nisso.

Flashback. Transição em círculo.

É o ano em que Michael Jackson tocou em Bombaim. Mumbai. *Bombaim.* No noticiário da TV homens de rosa e turbantes açafrão dançam freneticamente à música de *dhols* no aeroporto. Uma larga faixa de pano pendurada no saguão de chegadas grita NAMASTE MICHAEL NAMASTÊ DA AUTORIDADE AEROPORTUÁRIA DA ÍNDIA. E MJ de chapéu preto e blazer vermelho com botões dourados aplaude os dançarinos. *Você é o meu amor especial, Índia*, ele diz. *Deus abençoe você.* O menino D, aos doze anos, em seu quarto, assiste ao noticiário, aprende sozinho o *moonwalk*, dubla as letras das canções famosas, ele sabe todas as letras, cem por cento. Grande dia! E depois, na manhã seguinte, sentado no carro com o motorista a caminho da escola. Eles descem a colina para a Marine Drive e há um congestionamento junto à praia Chowpatty. E de repente ali está ele, o próprio MJ, caminhando entre os carros parados! Ahmeudeus ahmeudeus ahmeudeus ahmeudeus ahmeudeus. Mas não, claro que não é Michael Jackson. É uma hijra. Uma hijra como um Michael gigante com o chapéu preto e o paletó vermelho com botões dourados. Imitações baratas. Como ousa. Tire isso. Não são seus. A hijra toca a aba do chapéu com a mão direita e faz piruetas no meio do tráfego congestionado, agarra os fundilhos. A hijra leva um surrado estéreo portátil, está tocando "Bad", a hijra dubla com a cara pintada de branco e batom vermelho. É repulsivo. É irresistível. Como permitem? A hijra está bem ao lado da janela do carro dele agora, o jovem milorde a caminho da Cathedral School, dança comigo, mocinho, dança comigo. Ela grita para a janela fechada, aperta os lábios vermelhos contra o vidro. *Hato, hato*, o motorista grita, sacudindo o braço, *vá embora*, e a hijra ri, uma alta risada desdenhosa em falsete e se afasta para o sol.

Transição em círculo.

Quando você me mostrou a estátua de Ardhanarishvara eu deixei escapar, da ilha Elephanta, e depois calei a boca. Mas eu conheço, sim, o deus, de muito tempo atrás. É a junção de Shiva e Shakti, as forças do Ser e Fazer da divindade hindu, o fogo e o calor, no corpo dessa divindade única de gênero duplo. *Ardha*, meio, *nari*, mulher, *ishvara*, deus. Masculina de um lado, feminina de outro. Penso nela/nele desde que era menino. Mas depois que vi a hijra fiquei com medo. Todo mundo tem um pouco de medo das hijras, um pouco de repulsa, e eu senti isso também. Mas fiquei fascinado ao mesmo tempo, é verdade, só que com medo também pelo fato de ficar fascinado. O que eles tinham a ver comigo, esses homens-mulheres? Tudo o que eu ouvia a respeito me fazia estremecer. Principalmente *operação*. É assim que chamam, *operation*, em inglês. Tomam álcool ou ópio, mas não anestésico. O procedimento é feito por outras hijras, não por um médico, amarram um fio em torno dos genitais para conseguir um corte firme, depois com uma longa faca curva cortam fora. Deixam a área em carne viva sangrar, depois cauterizam com óleo quente. Nos dias seguintes, enquanto a ferida cicatriza, mantêm a uretra aberta com repetidas sondagens. No fim, uma cicatriz enrugada que parece e pode ser usada como uma vagina. O que isso tinha a ver comigo, nada, eu não tinha apego a meus genitais, mas isso, isso, ugh.

O que você acabou de dizer, ela interrompeu. Apego a seus genitais.

Eu não disse isso. Não é uma coisa que eu tenha dito.

Corte.

Riya está sentada no chão, lendo um livro. "Segundo os poetas santos do shaivismo, Shiva é *Ammai-Appar*, Mãe e Pai combinados. O que dizem de Brahma é que ele criou a humanidade se transformando em duas pessoas: o primeiro homem, Manu Svayambhuva, e a primeira mulher, Satarupa. A Índia sempre entendeu a androginia, o homem no corpo da mulher, a mulher no do homem."

D está em estado de grande agitação, anda de parede branca a parede branca, bate na parede quando chega a ela, dá meia-volta para ir no sentido oposto, chega à parede, bate, volta, anda, chega, bate.

Não sei o que você está tentando fazer comigo. Esse trabalho no museu está fodendo a sua cabeça. É este que eu sou. Não sou algum outro indivíduo. Este sou eu.

Riya não ergue os olhos, continua lendo em voz alta. "Poucas hijras permanecem em seu local de origem. A rejeição e a reprovação da família são responsáveis pelo desenraizamento. Ao se recriar como seres que suas famílias originais quase sempre rejeitam, as hijras geralmente assumem essas novas identidades em novos lugares, onde se formam novas famílias em torno delas e as absorvem."

Pare, ele exclama. Não estou preparado para ouvir isso. Quer me arrastar para a sarjeta? Sou o filho mais novo de Nero Golden. Está me ouvindo? O filho mais novo. Não estou pronto.

"Quando criança eu assumia modos de menina, riam de mim e me censuravam por minha feminilidade." "Muitas vezes pensei que eu devia viver como menino e tentei com todo o empenho, mas não consegui." "Nós também somos parte da criação." Ela ergue os olhos do livro, fecha-o de um golpe, põe-se de pé e vai parar na frente dele, os rostos muito próximos, o dele furioso, o dela absolutamente sem expressão e neutro.

Sabe de uma coisa?, ela pergunta. Muitas delas não fazem a *operation*. Não fazem nunca. Não é necessário. O importante é quem elas sabem que são.

Esse livro você encontrou num banco de parque?, ele pergunta. Verdade mesmo?

Ela sacode a cabeça devagar, triste. *Não, claro que não.*

Vou sair, ele diz.

Ele sai. Lá fora, a rua quente da tarde é barulhenta, espalhafatosa, fervilhante. É Chinatown.

13

Um *inseto gigantesco*. Um *monstruoso parasita*. Um *inseto parasitário*. Gregor Samsa acordou certa manhã de um sonho agitado e descobriu que havia se transformado, em sua própria cama, em um *ungeheuren Ungeziefer*. As pessoas discordam quanto à melhor tradução. A natureza exata da criatura não é especificada precisamente na história de Kafka. Talvez uma barata gigantesca. A faxineira diz que ele é um besouro rola-bosta. Ele próprio parece não ter muita certeza. Alguma coisa horrível, de qualquer forma, com uma carapaça preta e perninhas oscilantes. "Em um *ungeheuren Ungeziefer*." Não uma coisa que alguém queira ser. Uma coisa da qual todo mundo acaba se afastando horrorizado, seu patrão, sua família, até sua amada irmã, antes amorosa. Uma coisa morta, no fim, a ser removida com o lixo e jogada fora pela faxineira. Nisso é que ele está se transformando, D disse a si mesmo, numa monstruosidade, até para si mesmo.

Caminhava pelo norte da cidade, perdido nesses mórbidos pensamentos, e embora o sol brilhasse, ele tinha a sensação de estar envolto em trevas — de estar, para ser exato, brilhantemente iluminado por um holofote que o expunha aos olhares e ao julgamento de todos, mas cercado por um negro miasma que o impossibilitava de divisar o rosto de seus juízes. Só quando chegou à porta da casa de seu pai, ele se deu conta de que seus pés o tinham levado de volta à Macdougal Street. Procurou a chave no bolso e entrou, com a esperança de não ter de encarar a família. Não estava pronto para isso. Não estava em si mesmo. Se o vissem, talvez percebessem sua metamorfose escrita por todo seu corpo e gritassem horrorizados: *Ungeziefer!* Não estava pronto para isso.

Que estranho lhe pareceu agora o interior da casa! Não apenas pela razão óbvia, ou seja, que a amante de seu pai, Vasilisa Arsenyeva, embarcara num esquema de redecoração "modernizadora" radical logo que se mudou para ali, subindo assim um degrau na escala de intimidade, para o status de "amante residente". O quarto dedo de sua mão esquerda ainda estava nu, mas todos os filhos Golden concordavam que não demoraria muito para ali cintilar um diamante e, depois do diamante, uma aliança de ouro sem dúvida apareceria. Ela de fato começara a se comportar como proprietária. Toda a mansão havia sido repintanda num chique tom cinza-ostra e tudo o que era velho fora ou estava sendo substituído por coisas novas e *"high end"* — móveis, tapetes, obras de arte, lustres, abajures, cinzeiros, molduras de quadros. D pedira que não tocasse em seu quarto e ela respeitou o pedido, de forma que pelo menos alguma coisa era familiar. Mas ele sabia que sua sensação de estranhamento não tinha origem na redecoração, mas nele mesmo. Se, ao atravessar o hall e subir a escada, um presságio baixou sobre ele, uma sensação de que tudo estava para mudar e que a mudança seria uma espécie de calamidade, então o motivo de sua premonição não estava nas cortinas novas da sala, nem no brilho do novo lustre da sala de jantar, nem no tremular das novas lareiras a gás cujas chamas no inverno aqueceriam um leito de seixos que reluziriam em elegante prazer. Verdade que esse ambiente renovado não era mais o mundo tradicional, vivido, que Nero Golden criara para eles habitarem logo que chegaram. Estava dominado por uma perturbadora, falsificada alteridade que a versão antiga, também uma espécie de imitação da vida, havia de alguma forma evitado. Mas não! Não era a casa. A mudança estava nele mesmo. Ele próprio era o escuro que sentia à sua volta, ele era a força que aproximava as paredes, baixava o teto, como uma casa de filme de horror, e criava um ar de opressão e claustrofobia. A casa, para dizer a verdade, estava muito mais clara que antes. Era ele que escurecera.

Ele estava fugindo da coisa para a qual sabia estar correndo também. Ele sabia que estava chegando, mas isso não queria dizer que gostasse. Odiava aquilo, não havia como escapar, e isso criava a tempestade que o cercava agora. Ele queria entrar em seu quarto e fechar a porta. Ele queria desaparecer.

Quando penso em D nessa conjuntura crítica, me lembro de Theodor W. Adorno: "A mais alta forma de moralidade é não se sentir à vontade em sua própria casa". Sim, estar desconfortável com o conforto, intranquilo com a tranquilidade, questionar as suposições daquilo que é geralmente, e felizmente, tomado por certo, fazer de si mesmo um desafio àquilo que para a maioria das pessoas é o lugar onde elas se sentem livres de desafios; sim! Isso é moralidade elevada a um pico que poderia quase ser chamado de heroísmo. Nesse sentido, o "lar" de D Golden era um espaço ainda mais íntimo do que a casa familiar; era nada mais que seu próprio corpo. Ele era um desajustado em sua própria pele a experimentar, de forma intensa, essa variante do problema mente/corpo que adquirira importância. Seu eu não físico, sua mente, estava começando a insistir em ser o que o corpo, seu eu físico, negava, e o resultado era agonia física e mental.

A casa Golden estava silenciosa. Ele parou um momento no patamar do segundo piso diante da suíte principal de seu pai. A porta estava fechada, mas a porta do quarto ao lado, antigamente um quarto de hóspedes, agora o quarto de vestir de Vasilisa Arsenyeva, estava aberta e revelava, à luz do fim da tarde, cabides e mais cabides de vestidos brilhantes, prateleira sobre prateleira de saltos agressivamente altos. Isso vai ser um problema para mim, as palavras baixaram em sua consciência de alguma nave mãe desconhecida pairando logo fora da atmosfera além da linha Kármán, suas extremidades pedais são colossais, não posso te usar porque seus pés são grandes demais, eu te odeio porque seus pés são grandes demais. É, Fats Waller, o que você disse. E agora esses pés grandes o levaram, por vontade própria, até o centro do quarto onde o aroma de patchuli era mais forte que em qualquer outro lugar da casa, o aroma que ela trouxera para se sobrepor a todos os aromas que havia ali antes, Vasilisa Arsenyeva, silenciosa e altiva como são os gatos, deixando seu rastro por onde passava. E as mãos dele estão estendidas para aqueles vestidos, ele mergulhou o rosto nas lantejoulas perfumadas, aspirando, expirando, aspirando. O escuro em torno dele cedeu; o quarto brilhou com uma luz que podia ter sido até felicidade.

Quanto tempo ficou ali? Cinco minutos ou cinco horas? Não fazia ideia, tantas as emoções acumuladas, todo o seu ser um torvelinho de confusão, mas que bom que era, que delícia o tecido contra a face, que incrível a sensação de, de *glamour*, como podia negar isso, e o que vinha depois, qual era o próximo passo correto.

Então Vasilisa estava parada na porta, olhava para ele. "Posso ajudar em alguma coisa?", ela perguntou.

Posso ajudar, era isso mesmo?, como se aquilo fosse uma loja de departamentos e ela o acusasse de furto, tão passiva-agressiva, parada ali, tão calma e até com um ligeiro sorriso, não seja condescendente comigo, minha senhora, *posso ajudar*, não, provavelmente não. O.k., ele está no closet dela, fuçando suas roupas, é verdade, mas mesmo assim, não está certo. Ou talvez seja apenas uma questão de linguagem, talvez uma pergunta que ela aprendeu num manual, não entende de inflexões, tampouco, é literal, ela literalmente quer me ajudar e está perguntando como, não está me julgando, nem zangada, e de fato estende a mão para ajudar, não quero interpretar errado a atitude dela aqui, a situação já é suficientemente embaraçosa, mas sim, ela vem diretamente para mim, e agora me abraça, e eis outra frase de manual: "Vamos ver o que eu posso fazer por você".

Vasilisa começou a tirar coisas e segurar na frente dele, *este? este?*, ela perguntava e, tranquilizadora, "você e eu somos parecidos", disse, "na forma. Esguios, é uma palavra?" É, ele assentiu, era uma palavra. "Esguios como um salgueiro", ela continuou, ela própria satisfeita com a confirmação. "Sua mãe deve ter sido alta e magra, como uma modelo."

Ele se enrijeceu. "Minha mãe era uma puta", disse. E começou a tremer. "Ela me vendeu para meu pai e desapareceu no Putistão."

"Shh, shh", ela fez. "Shh agora. Isso é para outro dia. Agora é um momento para você. Experimente este."

"Não posso. Não quero estragar suas roupas."

"Não tem importância. Eu tenho tantas. Vá, tire a camisa, vista pela cabeça. Viu, só um pouquinho apertado. O que acha?"

"Posso experimentar aquele?"

"Pode, claro."

(Quero deixar os dois ali por um minuto, dar aos dois sua privacidade, desvio discretamente o olhar e desligo minha eu--sou-uma-câmera-de-celular, ou talvez viro para outro lado, eis o patamar, eis a escada que dá para o saguão de entrada onde, agora, depois da redecoração, o cachorro de bexigas está de guarda, a piranha preservada mostra os dentes na parede, palavras de amor em néon brilham em lívidos verde e rosa acima da porta, e eis a porta de entrada que se abre. Entra Nero Golden. O rei está de volta a seu palácio. Observo seu rosto. Ele olha em torno, incomodado. Quer que ela esteja parada ali para saudá-lo, onde está ela, não leu o que ele escreveu? Pendura o chapéu e a bengala no cabide do hall de entrada e chama.)

"Vasilisa!"

(Imagine minha eu-sou-uma-Steadicam que sobe a escada correndo agora, entra no quarto onde ela e o rapaz vestido com a roupa dela está paralisado pela voz dele e ela, Vasilisa, olha para D e entende que ele ainda tem medo do pai.)

"Ele me mata. Ele vai me matar. Ah, meu Deus."

"Não, ele não vai matar você de jeito nenhum."

Ela devolve as roupas que ele estava usando.

"Vista de volta. Vou distrair seu pai."

"Como?"

"Trago aqui para cima…"

"Não!"

"… entramos no quarto e fecho a porta. Quando me ouvir começando a fazer muito barulho, vai saber que pode sair com segurança."

"Que tipo de barulho?"

"Você com certeza é capaz de adivinhar que tipo de barulho. Não preciso ser explícita aqui."

"Ah."

Ela para na porta antes de descer para Nero.

"E D?"

"*O quê!* Quer dizer, desculpe, sim, o quê?"

"Talvez eu não seja tão completamente mil por cento uma vaca má."

"É. É. Evidente. Quer dizer. Evidente que não."

"Por nada."

"Obrigado."

Ela sorri, conspiratória. Eu devo terminar a cena aqui, um close-up fechado daquele sorriso tipo esfinge de Mona Lisa.

Mais tarde.

Ele fez as pazes com a paciente e compreensiva Riya e cá estão eles com Ivy Manuel no bar jamaicano na Houston e Sullivan tomando perigosos coquetéis, tarde da noite. Ou, reimagine: as três pessoas sentadas em torno de uma mesa redonda simples, num estúdio completamente preto, tomando seus drinques (coquetéis perigosos são aceitáveis, mesmo no Limbo), o mundo não existe a não ser por eles enquanto discutem profundas questões de linguagem e filosofia. (Referência deliberada: o filme de Jean-Luc Godard, *Le Gai Savoir*, de 1969, com Jean-Pierre Léaud e Juliet Berto. Considerado didático demais por muita gente, mas às vezes o didatismo é necessário.) No começo, D está para baixo, cita Nietzsche (autor de *Die fröhliche Wissenschaft*), faz "a pergunta schopenhaueriana: a existência pode ter algum significado? — a pergunta que exigirá dois séculos para ser completamente ouvida em toda sua profundidade". Mas aos poucos as duas mulheres o animam, encorajam, apoiam, elogiam e depois, quando ele faz um pequeno aceno de cabeça receptivo e sorri, cauteloso, apresentam a ele, pouco a pouco, o vocabulário de seu futuro, um futuro no qual o pronome *ele* deixará de ser dele. A primeira palavra, a mais importante, é *transição*. Em música, uma modulação momentânea de uma clave para outra. Em física, uma mudança de um átomo, núcleos, elétrons etc., de um estado quantum para outro, com a emissão ou absorção de radiação. Em literatura, uma passagem num texto que faz a ligação suave entre dois tópicos ou seções. No caso presente... no caso presente, o processo pelo qual uma pessoa adota permanentemente externa ou fisicamente as características do gênero com o qual se identifica, em oposição ao gênero que lhe foi atribuído no nascimento. O processo pode ou não exigir medidas como terapia hormonal e cirurgia de redesignação sexual.

"Não pense em cirurgia", as mulheres disseram. "Não deixe isso nem passar pela sua cabeça. Não estamos nem perto desse ponto ainda." (*Quando esta cena for filmada as atrizes podem decidir quem diz cada frase. Mas por ora digamos que essa é Riya quem fala, depois Ivy, e assim por diante.*)

"Você precisa elaborar quem você é. Para isso, existe ajuda profissional."

"Neste momento você pode ser TG, TS, TV, CD. O que você sentir que é certo para você." Transgênero, transexual, travesti, *cross-dresser*. "Não precisa ir nem um passo além do que você sentir que é certo."

"Para isso existe ajuda profissional."

"Antes, as pessoas punham rótulos na frente dos nomes. Como: TS Ivy, ou CD Ryia. Tinha também *Sex Change*. 'Olha, lá vem a Sex Change Sally'. Agora, todo o mundo trans amadureceu. Agora ela é só Sally ou qualquer uma. Sem complementação."

"Mas você tem de pensar nos pronomes. As palavras são importantes. Se você vai desistir de *ele*, quem entra no lugar? Você pode escolher *eles*. Se resolve que não se identifica nem com masculino nem com feminino. *Eles* é igual a identidade de gênero desconhecida. Muito discreto."

"Tem também *ze*."

"Tem também *ey*."

"Tem também *hir, xe, hen, ve, ne, per, thon* e *Mx*."

"Está vendo? Tem uma porção."

"*Thon*, por exemplo, é uma mistura de *that* e *one*."

"*Mx* fica no lugar de *Ms* e a pronúncia é *mix*. Eu gosto é dessa."

"Claro que é mais que pronomes. Algumas dessas eu te contei no Museu aquela primeira vez. As palavras são importantes. Você tem de ter certeza da sua identidade, a menos que a sua certeza seja que não tem certeza, e nesse caso talvez você seja *genderfluid*, gênero fluido."

"Ou talvez transfeminino, porque nasceu homem, se identifica com muitos aspectos da feminilidade, mas não sente de fato que é uma mulher."

"A palavra *mulher* está sendo removida da biologia. A palavra *homem* também."

"Ou, se você não se identifica nem com mulher nem com homem, talvez você seja *não binário*."

"Então, não tem pressa. Tem muita coisa para pensar."

"E muito para aprender."

"Transição é como tradução. Você está passando de uma língua para outra."

"Algumas pessoas aprendem línguas com facilidade. Para outras, é difícil. Mas para isso, existe ajuda profissional."

"Pense nos navajo. Eles reconhecem quatro gêneros. Além de masculino e feminino, tem o nádlihi, o dois-espíritos, nascido como homem, mas que assume o papel de uma mulher, e vice-versa, obviamente."

"Você pode ser o que escolher."

"A identidade sexual não é dada. É uma escolha."

D ficou calado até agora. Por fim, ele fala: "A argumentação não costumava ser o contrário? Ser gay não era uma escolha, era uma necessidade biológica? Então agora estamos afirmando que é uma escolha afinal?".

"Escolher uma identidade", diz Ivy Manuel, "não é como escolher cereal no supermercado."

"Dizer 'escolher' pode ser também um jeito de dizer 'ser escolhido'."

"Mas é uma escolha agora?"

"Para isso existe ajuda profissional. Com ajuda, a sua escolha vai ficar mais clara para você."

"Vai se tornar necessária."

"Então, aí não vai ser uma escolha?"

"É só uma palavra. Por que está tão ligado nisso? Só uma palavra."

Blackout.

14

Às sete da manhã de seu casamento, um dos dias mais quentes do verão, com alertas de tempestade nas previsões do tempo, Nero Golden foi, como sempre, jogar tênis na esquina da Quarta com Lafayette com três membros de seu fechado grupo de amigos-traço-sócios-traço-clientes. Esses homens misteriosos, cinco no total, creio, eram todos parecidos: vigorosos, acastanhados pela prolongada exposição ao caro sol de caros locais, cabelo ralo cortado rente, rosto escanhoado, queixos fortes, tórax volumoso, pernas peludas. Em suas roupas brancas esportivas pareciam um grupo de marinheiros aposentados, só que marinheiros não tinham dinheiro para os relógios que usavam; eu contei dois Rolex, um Vacheron Constantin, um Piaget, um Audemars Piguet. Ricos e poderosos machos alfa. Ele nunca os apresentou a nós, nem os convidou aos Jardins para bate-papos sociais. Eram os caras dele. Que guardava para si.

Quando perguntei aos filhos como o velho tinha feito fortuna, recebi respostas diferentes todas as vezes. "Construção". "Imobiliária." "Cofres e cofres-fortes". "Serviço de apostas on-line." "Comércio de fios." "Transportes." "Capitalismo de risco." "Indústria têxtil." "Produção de filmes." "Não se meta." "Aço." Depois que meus pais, os professores, o identificaram para mim, comecei, com a habilidade possível, a investigar discretamente a verdade ou não dessas asserções extremamente variadas. Descobri que o homem que conhecíamos como N. J. Golden tinha desenvolvido hábitos de segredo muito antes de chegar entre nós, e a rede de fachadas, procuradores e empresas-fantasma que estabelecera para proteger seus negócios da investigação do público era complexa demais para um simples jovem sonhando com o cinema, como eu, conseguir penetrar à distância. Ele tinha muitas coisas nas mãos, com a reputação de concorrente a se temer. Ele se velava em anonimato benami, mas quando fazia sua jogada, todo mundo sabia quem era o jogador. Tinha um apelido no país que não podia ser nomeado. "O Cobra." Se eu algum dia conseguir fazer um filme sobre ele, acho que talvez esse possa ser o nome. Ou talvez *King Cobra*. Mas depois da devida consideração, deixei esses títulos de lado. Eu já tinha o meu título.

A Casa Dourada.

Minhas investigações me levaram ao notório golpe 2G Spectrum, que recentemente aparecera nas manchetes do país cujo nome não pode ser dito. Parece que nesse país inominado, membros do governo sem nome haviam vendido corruptamente licenças de frequência de celular a empresas favorecidas por preços incrivelmente baixos, o que resultou em algo em torno de 26 bilhões de dólares de lucros ilícitos para as empresas assim favorecidas. Segundo a revista *Time*, que pouca gente ainda lia naquela época, a fraude ficava em segundo lugar na lista dos Dez Maiores Abusos de Poder, logo depois do caso Watergate. Li os nomes e as histórias das companhias que receberam as licenças e descobri o mesmo tipo de rede usada por Nero, um intrincado sistema de companhias pertencentes a outras companhias das quais outras companhias compravam quantidade significativa de ações. Meu melhor palpite era que Nero era a força por trás da maior dessas companhias, a Eagle Telecom, que se fundira com o negócio alemão, Verbunden Extratech, e depois vendera quarenta e cinco por cento de suas ações para a Murtasín de Abu Dhabi, que a rebatizou de Murtasín-EV Telecom. Estavam em andamento ações legais contra muitas das novas licenciadas numa série de tribunais especiais estabelecidos pelo Bureau Central de Investigação, ou CBI. Foi o meu momento "aha". Eu nunca havia acreditado que Nero fizera planos tão elaborados para deixar seu país sem nenhuma razão — ele não podia ter previsto a morte de sua esposa num ataque terrorista ao icônico velho hotel — e seu possível envolvimento com esse escândalo gigantesco fornecia uma razão muito mais convincente para ele fazer preparativos no caso de ter de sair voando do ninho. Naturalmente, não ousei confrontá-lo com minhas suspeitas. Mas meu filme imaginário, ou minha série de filmes sonhados, estava se tornando muito mais atraente; um thriller financeiro e político, ou uma série desses thrillers, com meus vizinhos no centro. Era excitante.

Casamentos sempre me fazem pensar em filmes. (Tudo me faz pensar em filmes.) Dustin Hoffman em *A primeira noite de um homem*, martelando a parede de vidro de uma igreja em Santa Barbara para roubar Katharine Ross do altar. As vovós dançando na estação chuvosa em *Um casamento à indiana*. O mau agouro do vinho derramado no vestido de casamento em *O franco atirador*. O tiro na cabeça da noiva no dia do casamento em *Kill Bill: Vol. 2*. Peter Cook realizando a cerimônia de casamento em *A princesa prometida*. O inesquecível banquete de casamento em *Terra amarela*, de Chen Kaige, em que no banquete de um casamento rural chinês, na empobrecida província de Shaanxi, servem aos convidados peixes de madeira em vez de comida de verdade, porque é impossível conseguir peixes de verdade, e num casamento é importante ter peixe na mesa. Mas quando Nero Golden se casou com Vasilisa Arsenyeva nos Jardins Históricos Macdougal-Sullivan às quatro da tarde, o que veio inevitavelmente à cabeça foi a mais célebre de todas as cenas de casamento jamais filmadas, só que dessa vez não era Connie Corleone que dançava com seu pai, dessa vez o patriarca dançava com sua própria noiva jovem, enquanto eu imaginava a rica melodia ítalo-americana escrita para a cena do filme pelo pai do diretor, Carmine Coppola, subindo e abafando a música real naquele momento nos Jardins, que, com lamentável banalidade, era uma gravação dos Beatles cantando "In My Life".

Rebobina algumas horas: depois que Nero voltou do jogo de tênis, suando pesadamente como sempre, ele era um grande transpirador, admitia francamente, "basta subir a escada e minha camisa fica ensopada", depois de tirar a camisa e se enrolar num pesado roupão preto atoalhado, convocou os três filhos para uma reunião em seu escritório. "Vocês estão com algumas perguntas na cabeça que eu quero responder", ele disse. "Em primeiro lugar, nada muda. Ainda sou pai de vocês, isso é a número um, e com relação a vocês dois, vou sempre amar a falecida mãe de vocês como antes, essa é a número dois, e quanto a você, meu filho mais novo, eu continuo a lamentar as circunstâncias, mas você sabe disso, e é meu filho tanto quanto os outros dois, essa é a número três; e portanto, status quo, vocês entendem isso. Também, para falar do que interessa: vocês todos sabem que existe um acordo pré-nupcial bem feroz que Vasilisa assinou sem protestar. Relaxem: a herança de vocês está salva. O status quo é mantido. Também, quanto a mim, depois de tantas décadas como pai de vocês todos, a ideia de mais um não é considerada. Bebê, eu disse para ela, para mim *bebê* é um palavrão. Também a isso ela não protestou. Não haverá um quarto irmão. Não haverá uma primeira irmã. Status quo. Essa promessa eu faço a vocês neste dia do meu casamento. De vocês quero apenas a aceitação de minha esposa. Ninguém vai cavar ouro aqui, nem fazer bebê que roube a herança. Eu não era obrigado a informar essas questões a vocês, mas escolhi fazer isso. Na minha idade, peço a bênção de vocês. Não é necessário, mas eu peço. Peço, por favor, que permitam a seu pai este dia feliz."

No jardim, depois que o juiz veio, fez seu trabalho e foi embora, Nero e Vasilisa eram marido e mulher e assisti aos dois dançarem de novo como tinham dançado na Flórida, e os anos caíam do velho quando se movimentava, tão ereto, tão ágil, tão leve de pés, tão atento a sua parceira, a língua da dança a sussurrar suas palavras mágicas, tornando-o jovem de novo. E ela, em seus braços, liberava a força de sua beleza, aproximava os lábios do ouvido dele, depois se curvava para trás e se afastava dele, e de novo e de novo para ele e para longe dele, no ritmo, dominando-o com o encantamento mais poderoso de todos, a sedução se chegar/se afastar; Vasilisa deixava que ele a segurasse e movimentasse, nos dizendo sem precisar dizer: não tenho medo, eu o tenho, com todo o poder feiticeiro do meu corpo, ordeno que ele me segure com tanta força entre os braços que mesmo que quisesse não conseguiria me derrubar.

Não é uma dança, pensei, é uma coroação.

Os filhos de Nero Golden observavam e aprendiam. Petya quase escondido atrás do trepa-trepa e escorregador das crianças, segurando as barras do brinquedo como se fossem barras de prisão. A certo ponto, parei ao lado dele e ele disse: "A quantidade de amor de nosso pai é finita. Ela não se expande nem contrai. Agora que a camada vai ficar mais fina, vai sobrar menos para nós". Mas toda vez que Vasilisa olhava em sua direção, ele abria um sorriso. "Melhor não antagonizar com a nova rainha", ele disse, solene, como se confidenciasse um segredo de Estado. "A qualquer momento, ela pode resolver mandar nos matar."

Seu irmão, Apu, estava debaixo de uma árvore, cercado por seu costumeiro grupo de tipos artísticos do centro da cidade, pintores, frequentadores de clubes noturnos e italianos, e, ao lado dele, fumando um cigarro atrás do outro, com seu smoking de veludo com camisa de colarinho branco de sempre, Andy Drescher, o famoso pão-duro profissional por quem ele tinha um incompreensível carinho. Andy era um ícone de Nova York que não havia publicado nada desde seus dois volumes de poesia dos anos 1980, mas de alguma forma vivia bem nos mais altos escalões da cidade, sem nenhuma fonte evidente de rendimentos, ou outros meios de sustento. Eu o imaginava morando num pequeno apartamento sem água quente nem elevador, alimentado a comida de gato direto da lata, depois espanava sua roupa de veludo e partia para as noitadas mais elegantes e sorria com desejosa resignação aos rapazes bonitos, vociferando amargamente suas celebradas reclamações. Sua lista de coisas e pessoas de quem reclamava crescia constantemente e, no momento, incluía: ir ao cinema, o prefeito Bloomberg, o conceito de casamento, tanto gay como hétero, o conceito de assistir televisão quando se podia fazer sexo, maquinarias (de todos os tipos, mas especialmente smartphones), o East Village, o painel semântico dos estúdios de designers de moda (que ele chamava de roubo organizado), turistas e escritores que publicavam livros. Ele ofendeu a pobre Riya esse dia (porém, ele ofendia *todo mundo*) ao caçoar do Museu da Identidade onde Riya trabalhava e a ideia de que a pessoa podia ser do gênero que escolhesse se assim sentisse. "Vou comprar um apartamento de dez milhões de dólares semana que vem", ele disse a Riya. "Pergunte como eu tenho dinheiro para isso." Riya caiu na armadilha e perguntou. "Ah, eu sou um transbilionário", veio a resposta. "Me identifico como rico, consequentemente sou rico."

Depois disso, Riya ficou perto de D e juntos assistiram a rainha dançarina em seu momento de triunfo, Bela girando e girando nos braços de sua amorosa Fera, e à toda volta dela, os Jardins e nós todos, convidados e não convidados, reais e fictícios, enquanto a noite chegava e as fileiras de luzes de fadas nas árvores realçavam o clima encantado de Disney; meus pais, os professores, dançaram alegremente um com o outro, sem olhos para mais ninguém, e o triste U Lnu Fnu das Nações Unidas e o sr. Arribista da Argentina, os verdadeiros aristocratas da comunidade dos Jardins, Vito e Blanca Tagliabue, barão e baronesa de Selinunte, e eu, todos nós nos reunindo alegremente uns com os outros, lubrificados a muito champanhe, com excelente comida fornecida pelo melhor serviço de bufê da cidade, nos sentimos, pelo breve momento de felicidade fora do tempo que um casamento às vezes consegue criar, felizes juntos e unidos. Até os cinco tenistas com seus relógios caros pintaram sorrisos nos rostos que não eram feitos para sorrir e acenaram com a cabeça com algo próximo a fraternidade para os outros dos Jardins e aplaudiram a dança do monarca.

Mas havia um grupo que se manteve isolado, e enquanto a música tocava, a noite chegava e aumentava a alegria, eles pareciam se fechar mais e mais, como se dissessem, mantenham distância, não fazemos parte de vocês. Esses homens com cabelo engomado ligeiramente comprido demais na parte de trás, barba por fazer estilo designer, e incômoda linguagem corporal, com smokings mal ajustados, punhos brancos da camisa sobressaindo demais da manga do paletó, homens sem mulheres, que bebiam água, refrigerante ou nada, arrastavam os pés, fumavam pesadamente, e de repente pensei: meu faro *Poderoso chefão* talvez não viesse só do fato de ter assistido à trilogia vezes demais, talvez eu estivesse descobrindo alguma coisa, porque essas pessoas podiam ser suplicantes, pessoas que tinham vindo ao grande dia do don para poder beijar seu anel. Ou (então o tropo do filme de gângster realmente me arrebatou) parecia que estavam se aquecendo. Passei o filme na minha cabeça, a repentina aparição de revólveres dos bolsos internos volumosos daqueles ternos mal cortados, sangue a borrifar de tragédia o dia do casamento.

Nada disso aconteceu. Esses cavalheiros eram do ramo hoteleiro, nos informaram, sócios do sr. Golden. Era como se dissessem que comerciavam azeite de oliva: verdade, talvez, mas talvez não toda a verdade.

O mais velho dos filhos do noivo estava junto à mesa coberta com a toalha dourada, onde bandejas de *finger food* aguardavam os famintos, e passava metodicamente pela sequência de salgadinhos. Me ocorreu uma ideia. "Oi, Petya", fui até ele e falei o mais casualmente possível, "o que você sabe sobre o 2G Spectrum?" Uma onda de confusão passou por seu rosto, talvez porque a palavra *spectrum* tivesse uma ressonância imediata diferente para ele, e talvez porque sua extraordinária memória e instinto de dizer a verdade estivessem em luta com o juramento de segredo dos Golden. Por fim, ele decidiu que o juramento não cobria essa resposta e portanto não havia embargo. "Confusões de telecomunicação", ele disse. "Quer que eu enumere as companhias envolvidas? Adonis, Nahan, Aska, Volga, Azure, Hudson, Unitech, Loop, Datacom, Telelink, Swan, Allianz, Idea, Spice, S Tel, Tata. Acrescente-se que em 2008 a Telenor comprou uma cota majoritária da companhia de telecomunicações do grupo Unitech e agora opera vinte e duas concessões como Uninor. A Datacom opera como Videocon. A companhia russa Sistema é proprietária da cota majoritária da Telelink e está mudando o nome operacional para MTS. A Swan era originalmente subsidiária do grupo Reliance. A Idea foi comprada pela Spice. A Bahrain Telecomunicações e o Grupo Sahara possuem, ambos, cotas substanciais da S Tel. Uma LIP, que quer dizer Litigação de

Interesse Público, está em andamento e logo vai chegar à Corte Suprema. Espera-se que ao menos um ministro de diversos executivos de corporações enfrentem sérios períodos na prisão. O 2G Spectrum de cinco mega-hertz é avaliado por mega-hertz..."

"Noto", eu disse, "que você não mencionou a Eagle, nem a Verbunden Extratech, nem a Murtasín."

"Citei apenas as companhias mencionadas no golpe", ele disse. "Essas corporações que você menciona não foram acusadas de nenhuma irregularidade, nem existem ações pendentes contra elas. Você está pensando em escrever um filme sobre a indiscutivelmente incrível e em parte inevitável mancha de corrupção na proliferação de telefones celulares nesse país distante? Se for isso, você deve sem dúvida fazer o papel principal. Porque você é tão bonito, sabe, René, você devia realmente ser astro de cinema."

Essa era uma coisa nova com ele esse verão. Petya decidira recentemente, contra as evidências dos olhos de todo mundo, exceto os dele, que eu era o homem mais bonito do mundo. Primeiro, ele declarou que eu era "mais bonito que Tom Cruise", depois me tornei *muito* mais atraente que Brad Pitt" e ultimamente eu era "*cem vezes* mais charmoso que aquele George Clooney". *Sic transit gloria*, Tom, Brad, George, eu pensei. Petya não estava expressando desejos homossexuais. Estava me falando do seu jeito de ver, como sempre fazia, e tudo o que eu podia fazer era agradecer.

"Algo assim", respondi. "Mas acho que não tem papel para mim."

"Ridículo", ele disse. "Escreva um imediatamente. Um papel grande. O galã romântico. Você é tão sexy, René. Estou falando sério. Você é um ídolo sexual."

Talvez casamentos despertem o romance em todos nós.

A certa altura na alegria da noite, não deixei de notar, Nero

Golden se ausentou, acendeu-se uma luz na janela de seu escritório, e os homens de smokings ruins sumiram também. Petya estava na pista de dança. Era um mau dançarino, tão absurdamente sem coordenação que as pessoas o achavam engraçado, os cinco tenistas chegaram a tentar conter seus sorrisos de macho alfa, mas felizmente, embalado pela música, Petya pareceu não ter notado. E então Vasilisa dançou com suas amigas, todas glamorosas, todas corretoras de imóveis, fazendo suas versões nova-iorquinas de danças cossacas com velas e xales, batendo palmas e erguendo alto as pernas com botas. Em vez de gorros de pele e uniformes militares, havia vestidos muito leves e pele feminina, mas ninguém reclamou, dançamos em círculo em torno das moças, batendo palmas e gritando "Hey! Hey!" quando mandavam, e tomamos os goles de vodca que nos deram e sim, a Rússia é boa, a cultura russa é ótima, que diversão russa estávamos tendo, todos nós, e então Nero Golden apareceu com traje cossaco completo, de forma que havia ao menos um gorro de pele e uma farda militar azul com galões e botões dourados, e as moças dançaram em torno dele como seu capitão, seu rei, que ele era, e ele brandia seu sabre *shashka* especial no ar acima de suas cabeças, nós todos dançamos em torno deles, bebemos e gritamos "Hey! Hey!" mais um pouco, e assim Nero e sua bela estavam casados.

Os hoteleiros com smokings ruins, porém, não voltaram.

Nessa noite, uma estranha névoa de verão penetrou nos Jardins depois da meia-noite e os deixou parecendo uma história de fantasmas japonesa, *Contos da lua vaga* talvez, ou *Kwaidan*. Os hóspedes tinham todos ido embora e os escombros da celebração tinham sido removidos pelo diligente pessoal da companhia de banquetes, a quem generosas gorjetas haviam sido distribuídas pelo próprio Nero Golden. Uma única lanterna pendia ainda do galho de uma árvore, a vela crepitando antes de apagar. Ouvi um único pio que podia ser de uma coruja, mas é possível que tenha me enganado. No céu, brilhava uma lua pálida entre nuvens que se acumulavam. Vinha vindo um furacão. Estava tudo calmo antes da tempestade.

Como uma vez antes, a insônia me expulsou da cama. Enfiei um agasalho de moletom e calça jeans, saí para o ar enevoado e imediatamente o ar ficou mais denso, eu estava sozinho no torvelinho, como se o universo tivesse desaparecido e só existisse eu. Então, ao longe, ouvi um som que se repetiu, ficou mais próximo a cada repetição. Era o som de um homem colhido em triste desgraça, a soluçar descontroladamente. Um choro de tocar o coração. Me aproximei na ponta dos pés, a curiosidade em luta com o instinto mais civilizado de respeitar a privacidade do homem que chorava. Sem confiar na névoa para me encobrir, fiz o possível para espreitar dos arbustos, um pouco envergonhado (mas, tenho de dizer, só um pouco) da vitória de meus desejos voyeurísticos. Por fim o vi e fiquei, confesso, atônito ao reconhecer o astro da noite, em torno de quem tudo havia girado, o noivo em pessoa, ajoelhado na relva úmida com seu caro pijama, batendo no peito com os punhos, ululando como uma carpideira profissional em um velório. O que poderia tê-lo levado até ali de madrugada, abandonando o leito nupcial para uivar à lua que desaparecia? Cheguei o mais perto que ousei e ouvi, ou penso ter ouvido, estas palavras: "Perdão! Eu matei vocês duas".

Devo dizer agora que não acredito nas alegações dos que têm pendores místicos ou sobrenaturais. Não tenho tempo para céu, inferno, limbo ou qualquer outro destino de férias póstumas. Não acredito que eu vá reencarnar, nem como um besouro rola-bosta nem como George Clooney ou seu sucessor na beleza. Apesar dos entusiasmos de Joyce, Nietzsche e Schopenhauer, viro as costas à metempsicose, à transmigração das almas. O filme *Tio Boonmee que pode recordar suas vidas passadas*, de Apichatpong Weerasethakul, provavelmente foi o meu favorito esse ano, mas não acredito que tio Boonmee, nem eu, tivemos qualquer encargo prévio aqui na Terra. Não estou interessado nas sementes do diabo: Damien, Carrie, o Bebê de Rosemary, vocês podem continuar guardados na estante de romances baratos. Não tenho tempo para anjos, nem demônios, nem criaturas de lagoas azuis. É por tudo isso que não consigo explicar o que vi aquela noite, e tento dizer a mim mesmo que foi uma alucinação causada por uma dose muito forte de Ambien (que não conseguiu me derrubar) seguida de uma caminhada, às tontas, pela névoa: uma espécie de pesadelo acordado. Mas a figura de Nero penitente era bem real, e o que vi, o que sei que vi, o que acho saber ter visto embora minha mente racional rejeite a ideia, foi a névoa se adensar em torno dele, como algum tipo de ectoplasma, na forma de duas figuras humanas, duas formas de mulher, paradas na frente do homem ajoelhado para ouvir seu amargo lamento. As formas não falavam, nem adquiriram forma sólida total, permaneceram borradas e indistintas, mas veio à cabeça a ideia, tão clara como se alguém tivesse dito as palavras em voz alta, que aquelas eram as duas mães de seus filhos, a esposa que morrera no Taj e a pobre mulher abandonada que entregara o filho e que, segundo a sra. Golden, tivera uma morte anônima em um dos lugares onde morrem os pobres.

Perdão. Eu matei vocês duas. Como se podia entender tal apelo feito na noite do casamento de um homem? Como sua expressão de culpa por encontrar uma nova felicidade enquanto as mortas infelizes jaziam a seus pés? Ou como sua descoberta de que o passado que assombrava tinha um domínio muito mais forte sobre suas emoções do que o raso, embora jovem e belo, presente? E onde, nesse momento, estava a nova sra. Golden, e qual a sua opinião sobre o marido choramingar para fantasmas no jardim? Era forçoso dizer que era um começo pouco auspicioso. Recuei na névoa e voltei para a cama onde, por estranho que pareça, adormeci imediatamente e dormi o sono dos justos.

Na manhã seguinte, Vasilisa anunciou uma nova fase em seu esquema de limpeza e renovação da casa de alto a baixo, fora com o velho! Bem-vindo o novo! Lâmpadas velhas por novas! E ele, o velho, aquiesceu. Mas o gesto dela não era mera redecoração de interiores. "Na Rússia", disse, "não somos idiotas a ponto de pensar que demônios não existem." Isso enquanto eu escutava (nessa altura eu era uma visita frequente e bem-vinda). "Desculpe, René, sei que você é cético, mas a realidade não é questão de escolha. Ela não se importa com minha opinião sobre o assunto. O mundo é como sempre foi. Vá a uma igreja ortodoxa na Rússia e você vai ver, levadas pela família, pessoas com o Diabo nos olhos, pessoas cheias de ódio, também indivíduos profanos, indivíduos obscenos, indivíduos com muita frieza no coração. E aí, começa. Primeiro, o padre vem com água benta, joga e recita passagens do Sagrado Evangelho em que Jesus expulsa demônios e, meu Deus, eles saem, voz de homem sai de mulher, tem corpo tremendo, chiados, gritos de vingança contra o padre e a água benta queima os diabos, sabe, e muitas pessoas fazem ruídos de animal, vaca, urso, porco. Tem vômito e gente que cai no chão. É terrível, mas bom. Nesta casa é diferente. Talvez as pessoas não estejam possuídas, mas a casa em si. Você trouxe o mal com você do país velho e agora está nas paredes, nos tapetes, nos cantos escuros e nos banheiros também. Tem fantasmas morando aqui, talvez esses de você, também coisas mais antigas, que é preciso expulsar. Se quiser ver quando o padre vem, eu permito, sei que você é um rapaz criativo em busca de inspiração, mas fique perto da Virgem Maria, e quando começar fale só as palavras da oração de Jesus. *Senhor Jesus Cristo, Filho de*

Deus, tenha piedade de mim, pecador. Não importa se você não acredita, só diga isso e as palavras vão proteger você do mal."

Recém-instalada com todas as honras no espaçoso "salão" do primeiro andar da Casa Dourada, o rosto beijado pelo forte vento que soprava dos Jardins pelas janelas francesas, um vento úmido de promessas de chuva: uma imaculada cópia antiga do ícone Feodorovskaya da Mãe de Deus, cujo original se encontrava no palácio Alexander, na capela pequena do lado esquerdo do quarto da última tsarina Románov, Alexandra, que rezava à Virgem durante horas todos os dias. Isso era surpreendente. Os filhos de Nero Golden não faziam segredo de sua falta de crença religiosa, e embora nunca o tenha ouvido falar do assunto, eu supunha que o pai sentia da mesma forma e era, de fato, a fonte, por assim dizer, do dar de ombros irreligioso deles. No entanto, essa imagem sagrada era o presente de casamento de Nero à sua jovem esposa e, agora, sem discutir, ele estava ao lado dela diante da Mãe de Deus, com mãos postas, cabeça baixa, e indicava que era hora de começar o exorcismo, todos os três Golden mais jovens tinham recebido ordens dele e estavam presentes, sérios, conforme orientados. E bem na hora ali estava um padre ortodoxo russo, uma barba debaixo de uma tenda, que começou a cantar e espargir água benta sobre todos nós, e naquele momento exato, o furacão Irene apareceu, o céu ficou negro e se abriu, raios fulminantes encheram a sala. O padre gritava em russo e Vasilisa traduzia suas palavras.

Louvado seja Deus, pois que está feito.

Diante disso, Nero Golden também exclamou alto: "Fechem as portas", seus filhos correram para as janelas francesas, e ao passo que eu entendi a ordem como uma reação prática ao vento e à chuva torrencial, Vasilisa e o padre entenderam diferente. A barba se agitou, a tenda em torno dela estremeceu, emergiram palavras russas excitadas e a nova sra. Golden, triunfante, traduziu e parafraseou: "Fechem as portas contra a chuva, mas não é preciso fechar contra os demônios, porque eles foram expulsos de meu marido e nunca mais voltarão".

Seja o que for que teve lugar naquela manhã — e sou profundamente cético quanto à autenticidade do exorcismo — é sem dúvida verdade que não houve mais caminhadas noturnas de Nero, nem choro no gramado no verão. Pelo que sei, os fantasmas das duas mulheres não apareceram mais para ele. Ou se apareceram, ele controlou seus sentimentos, virou as costas a elas e não mencionou as visitas à esposa.

Essa noite, veio de seu *sanctum* o som do violino Guadagnini tocando — apenas corretamente — a poderosamente emocional Chacona de Bach.

Na noite de segunda-feira, quando os problemas começaram, Nero Golden acompanhou sua esposa Vasilisa ao restaurante russo preferido dela no distrito Flatiron para um jantar em honra de Mikhail Gorbatchóv, que estava em visita à cidade para angariar fundos para sua instituição beneficente de combate ao câncer. Eles foram colocados na mesa de honra, ao lado do émigré bilionário com a esposa de tendências artísticas e o émigré bilionário que tinha comprado sua participação nos negócios jornalísticos justamente quando os jornais estavam saindo do negócio, mas que felizmente possuía também um time de baseball, e o émigré bilionário com uma grande cota do Vale do Silício e a esposa com uma grande cota em silício também, e nas outras mesas próximas, bilionários menores com barcos menores, times de futebol, redes de televisão e esposas que não eram tão impressionantes. Para Vasilisa Arsenyeva, a moça da Sibéria, sua presença nesse grupo de elite era prova de que sua vida finalmente valia a pena, e ela insistiu em tirar fotos de si mesma com cada um dos grandes russos (e suas esposas também, claro) para enviar a sua mãe imediatamente.

Antes de saírem de casa, quando já estava toda vestida e quase criminosamente atraente, ela se ajoelhou aos pés do marido, abriu o zíper da calça dele e o serviu lenta e habilmente, "porque", ela disse a ele, "quando um homem como você leva uma mulher como eu a uma sala como essa, ele tem de saber em que pé está com ela". Foi um raro erro de cálculo — e ela geralmente era boa em cálculos sexuais —, porque teve o efeito de deixar Nero Golden mais desconfiado, não menos, de forma que no restaurante ele observou todos os movimentos dela como um gavião cada vez mais mal-humorado, e enquanto a comida circulava, salada russa de arenque, repolho golubtsy recheado com carne, as massas ucranianas vareniki, vushka e halushky, o pelmeni de vitela, o stroganoff, a vodca aromatizada com groselhas e figos, as panquecas blinchiki, o caviar, seu ciúme foi crescendo, como se ela estivesse servindo pequenos pedaços dela mesma a todos os homens presentes, em pequenos guardanapos de papel vermelhos, para serem comidos com um garfinho de coquetel de dois dentes, como um delicioso canapé. Claro, nessa mesa top todos os homens estavam com as respectivas esposas, de forma que todos se comportavam discretamente, o bilionário com a mulher de tendências artísticas disse que ele era um homem de sorte por ter capturado "nossa Vasilisa", o bilionário com os jornais fracassados e o time de baseball bem-sucedido disse: "Ela é como nossa filha". O bilionário do Vale do Silício com a esposa de silício disse: "Deus sabe como você conseguiu Vasilisa", e fez um gesto lascivo com as mãos sugerindo algo grande dentro da calça, mas todo mundo tinha tomado muita vodca, então ninguém tencionava ofender ou se ofendia, era só conversa de homens. Mas depois de algum tempo, ele notou que ela estava acenando para pessoas do outro lado da sala, que acenavam de volta, e todas essas pessoas eram homens, em particular um homem, um homem mais para jovem, alto, musculoso, talvez quarenta anos, com cabelo estranhamente, prematuramente branco, com óculos escuros de aviador muito embora fosse noite, uma pessoa que podia ser um instrutor de tênis ou — isto, por razões óbvias, era o termo máximo de censura de Nero Goldman — um personal trainer. Ou talvez um cabeleireiro, um homossexual, o que estaria muito bem. Ou, sim, talvez outro bilionário, mais jovem que esses outros sujeitos, um que mandaria, por exemplo, construir um grande iate vermelho no estaleiro Benetti em Viareggio, Itália, e teria um carinho especial por hipercarros de um milhão e meio de dólares com nomes de deuses do vento quéchua e garotas livres para acompanhar. Era uma possibilidade que não podia ser ignorada. "Com licença", ela disse, "vou só cumprimentar meus amigos." Então ela foi, ele ficou observando, os abraços, os beijos no ar, nada impróprio, mas alguma coisa cheirava mal ali, talvez ele devesse ir inspecionar esses amigos, esses pretensos amigos. Talvez devesse olhar mais de perto aquela loira que não tinha visto direito, aquela acompanhante do sujeito, aquela loira miúda de costas para ele, podia ver a musculatura dos braços dela, sim, lembrava dela, a vaca. Talvez devesse simplesmente arrancar fora a porra da cabeça dela.

Mas então Gorbatchóv puxou conversa. "Então, sr. Golden, com a sua adorável esposa russa o senhor agora é um de nós, eu diria, e vejo que o senhor é um homem sério, então permita que eu pergunte..." Só que não era Gorbatchóv que falava, era seu intérprete, chamado talvez Pavel, que espiava por cima do ombro de Gorbatchóv como uma segunda cabeça, e falava tão imediatamente depois do ex-presidente que quase sincronizava os movimentos labiais, o que queria dizer que ou ele era o melhor e mais rápido intérprete de todos os tempos, ou estava inventando em inglês, ou então Gorbatchóv sempre dizia as mesmas coisas. Em todo caso, Nero Golden, em sua imensa e crescente irritação com o comportamento de Vasilisa, não ia permitir ser interrogado pelo convidado de honra e o interrompeu para fazer ele mesmo uma pergunta.

"Tenho sócios na cidade de Leipzig, antiga Alemanha Oriental", disse ele. "Eles me contaram uma história interessante e gostaria de ouvir seus comentários."

O rosto de Gorbatchóv ficou sério. "Qual a história?", perguntou Pavel, sua segunda cabeça.

"Durante a agitação de 1989", Nero Golden disse, "quando os manifestantes se refugiaram na Thomaskirche, a igreja de Bach, o chefe do Partido Comunista da Alemanha Oriental, Herr Honecker, queria mandar entrar a tropa com metralhadoras e matar todo mundo, e assim a revolução se acabava. Mas devido à proposta de usar o Exército contra civis, ele teve de falar com o senhor para pedir permissão, que o senhor recusou, e depois disso foi apenas questão de dias para a queda do Muro."

Nem Gorbatchóv nem sua segunda cabeça disseram uma palavra.

"Então, minha pergunta é a seguinte:", Nero Golden disse, "quando recebeu o telefonema e fizeram essa pergunta, sua recusa foi instintiva e automática... ou o senhor teve de pensar a respeito?"

"Qual o propósito dessa pergunta?", Gorbatchóv-Pavel disseram com rostos severos.

"Levantar a questão do valor da vida humana", Nero Golden respondeu.

"E qual a sua posição a respeito?" os dois Gorbatchóv perguntaram.

"Os russos sempre nos ensinaram", Nero disse, e agora não havia como não perceber sua deliberada hostilidade, "que a vida humana era dispensável quando confrontada com razões de Estado. Isso sabemos por Stálin e também pelo assassinato em Londres de Georgi Markov com o guarda-chuva de ponta envenenada e pelo envenenamento com polônio do refugiado da KGB Alexander Litvinenko. Também por esse jornalista atingido por um carro, aquele outro jornalista também falecido acidentalmente, embora essas sejam considerações secundárias. No que diz respeito ao valor humano, os russos nos mostram a estrada para o futuro. Neste ano, os acontecimentos no mundo árabe confirmam e logo vão confirmar ainda mais. Osama está morto, eu não tenho nenhum problema. Gaddafi se foi, puff, ele que vá. Mas agora vamos ver que, para os revolucionários, o fim também está próximo. A vida em si continua, ingrata para muitos. Os vivos são de pouca importância no mundo dos negócios."

A mesa silenciou. Então a segunda cabeça de Gorbatchóv falou, embora o próprio Gorbatchóv não tenha dito nada. "Georgi Markov", disse a segunda cabeça, "era búlgaro."

Gorbatchóv respondeu muito lentamente, em inglês. "Não é o local adequado para esta conversa", falou.

"Vou me retirar", Nero respondeu com um aceno de cabeça. Ergueu o braço e sua esposa se levantou imediatamente da mesa dos amigos e o seguiu até a porta. "Noitada magnífica", ele disse à sala em geral. "Nossos agradecimentos."

PLANO GERAL. RUA DE MANHATTAN. NOITE.

Um HOMEM RELATIVAMENTE JOVEM, alto, musculoso, talvez quarenta anos, com o cabelo estranhamente, prematuramente branco, óculos escuros de aviador embora seja noite, uma pessoa que pode ser um treinador de tênis ou um personal trainer, caminha com sua acompanhante, uma MULHER LOIRA miúda que aparenta ser outra personal trainer, pela Broadway, na direção da Union Square, passa a AMC Loews da rua 19, passa pela ABC Carpet, passa o terceiro, penúltimo endereço da Factory de Andy Warhol no 860 da Broadway, e depois o segundo, no edifício Decker, na rua 16. Considerando sua solidão, a ausência de seguranças, ele provavelmente não é um bilionário e não tem um grande iate vermelho, nem um hipercarro de um milhão e meio de dólares. É apenas um homem sozinho com uma moça na cidade depois do anoitecer.

Ouve-se música. Inesperadamente, é uma canção de Bollywood, "Tuhi Meri Shab Hai", e a letra é legendada. Só você é minha noite. Apenas você é o meu dia. A canção é de um filme lançado em 2006, com Kangana Ranaut. O título do filme é *Gângster*.

NARRADOR (VOZ OFF)

Segundo *The New York Times*, a taxa de homicídios nos Estados Unidos chegou a um pico alarmante nos anos 1990, mas está chegando agora a uma baixa histórica. Teme-se que a epidemia de heroína e o ressurgimento da violência de gangues possam voltar a elevar esses números em algumas cidades: Chicago, Las Vegas, Los Angeles, Dallas, Memphis. Porém, numa perspectiva mais otimista, na cidade de Nova York houve um decréscimo anual de vinte e cinco por cento.

O homem de óculos de aviador e a mulher de braços muito tonificados agora atravessam o parque, caminham entre a estátua de George Washington e a entrada da estação de metrô.

A canção continua, fica mais alta, sem necessidade de legendas:

CANÇÃO

Oh oh oh oh oh oh oh oh
Oh oh oh oh oh oh oh
Oh oh oh oh oh oh oh oh
Oh oh oh oh oh oh oh

Quando o HOMEM RELATIVAMENTE JOVEM e a MULHER LOIRA passam pela entrada do metrô, um SEGUNDO HOMEM sai dela, andando depressa, com capacete de motociclista, tira um revólver com silenciador, atira na nuca do HOMEM RELATIVAMENTE JOVEM; e quando ele cai e a MULHER LOIRA abre a boca para gritar, ele atira nela também, muito depressa, entre os dois olhos. Ela cai direto sobre os joelhos e permanece assim, cabeça baixa, ajoelhada, morta. O HOMEM RELATIVAMENTE JOVEM com o rosto para baixo diante dela. O SEGUNDO HOMEM se afasta rapidamente, mas sem correr, para a esquina da Catorze com University, passa pela zona dos jogadores de xadrez, ainda com a arma na mão. Não há jogadores de xadrez, é tarde da noite. Há, porém, um MOTOCICLISTA à sua espera. Ele joga a arma numa lata de lixo na esquina, sobe na motocicleta do homem e vão embora. Só agora, quando a motocicleta vai embora, POLICIAIS saem dos carros patrulha estacionados em torno da praça e avançam depressa para a mulher ajoelhada e o homem caído.

Corte.

INTERIOR. QUARTO DE NERO GOLDEN. NOITE.

VASILISA dorme profundamente na grande cama com a cabeceira rococó ornada de ouro. Os olhos de NERO também estão fechados. Então, num EFEITO ESPECIAL, ele "sai de seu corpo" e caminha até a janela. Seu fantasma é transparente. A câmera atrás dele vê através de seu corpo a cortina pesada que ele separa ligeiramente e olha os Jardins. O NERO "real" continua dormindo na cama.

NERO (VOZ OFF)
Declaro isto ainda em plena posse de minhas faculdades mentais. Sei que ·num momento posterior de minha história, essa sanidade mental será questionada e talvez com razão. Mas não agora, ainda não. Ainda há tempo para admitir minha tolice e aceitar também que ela revela um pobre reflexo de mim. Ter a cabeça virada com tanta facilidade por um rosto bonito. Entendo agora a profundidade do interesse pessoal dela, a frieza de seu calculismo e portanto de seu coração.

O NERO-fantasma avança calmamente até a cama, "senta-se" em cima do NERO "real", e então é apenas um NERO de olhos fechados, ao lado da esposa adormecida.

O celular dela soa no "vibrar". Ela não acorda para atender.

Ele vibra uma segunda vez e agora NERO, sem se mexer, abre os olhos.

Na terceira vez, VASILISA acorda, geme, pega o telefone.

Acorda completamente, senta na cama e, com a mão livre, agarra a face, horrorizada. Ela fala depressa ao celular, faz perguntas. Então silencia e põe o celular na mesinha.

Durante um longo momento, permanecem como estão, ela sentada com horror no rosto, ele deitado calmamente de olhos abertos, olhando o teto.

Então, lentamente, ela se volta para ele e sua expressão muda. Agora a única emoção em seu rosto é medo.

Eles nada dizem.

Corte.

PARTE II

15

DE CAMUNDONGOS E GIGANTES, PERCENTAGENS E ARTE

Apu Golden ficou sabendo de uma grande reunião de manifestantes contra a arrogância dos bancos que começara a ocupar um espaço aberto do Distrito Financeiro e quando foi olhar, de chapéu-panamá, bermuda cáqui e camisa havaiana para não se destacar demais, viu-se encantado com o caráter carnavalesco da multidão, as barbas, as cabeças raspadas, a biblioteca circulante, os beijos, os odores, os ativistas apaixonados, os velhos malucos, os cozinheiros, os jovens, os velhos. "Até os policiais pareciam estar sorrindo", ele me disse, "bom, alguns, verdade seja dita, alguns dos outros eram do tipo cro-magnon de sempre que a gente atravessa a rua para evitar contato." Ele gostou do visual e também dos aspectos literários do evento, os recitais de poesia, as placas feitas de caixas velhas de papelão, dos punhos recortados e sinais de V, e o que mais o impressionou foi o apoio dado aos manifestantes pelos mortos poderosos. "Tão incrível", ele me disse, "ver Goethe deitado entre os sacos de dormir, G.

K. Chesterton na fila da sopa, Gandhi meneando os dedos na forma de aplauso silencioso chamado *up-twinkles* — ou, de fato, claro que é Ghandi porque ninguém mais sabe escrever direito, ortografia é uma coisa tão burguesa. Até Henry Ford está lá, as palavras dele correndo pela multidão via microfone humano." Fui até lá com ele porque seu risonho entusiasmo era contagiante, e notei, com admiração, a velocidade e a precisão com que seu lápis havia captado o cenário fervilhante, e, sim, sem dúvida, ali em seus desenhos estavam os fantasmas imortais no meio da multidão, Goethe pontificando pomposamente: "Ninguém é mais desesperançadamente escravizado do que os que acreditam falsamente que são livres", e "Ghandi" recitando seu velho refrão: "Primeiro eles te ignoram, depois blá-blá-blá, depois você vence". "Ele nunca disse isso", Apu observou. "É só um meme da internet, mas o que fazer?, ninguém sabe nada, como eu disse, saber coisas é burguês também." Chesterton e Henry Ford em suas casacas pareciam incongruentes ali, mas eles também tinham um público respeitoso, seus sentimentos dirigidos diretamente ao dinheiro, por assim dizer. "Gasta-se uma quantidade enorme de engenhosidade moderna", opinava o velho G. K., "em encontrar defesas para a conduta indefensável dos poderosos", e H. Ford parado junto à sua linha de montagem exclamava: "se o povo desta nação entendesse nosso sistema bancário e monetário, acredito que haveria uma revolução amanhã de manhã". "Impressionante", disse Apu, "como a internet nos tornou filósofos, todos nós." De minha parte, gostei mais das declamações inconsistentes de um pensador anônimo que parecia motivado primordialmente pela fome. "Um dia, os pobres não vão ter nada para comer, a não ser os ricos", ele nos advertia, e em outra frase de balão de quadrinhos expressava a mesma ideia mais incisivamente. "Coma um banqueiro." Esse pensador usava uma máscara de Anônimo, com a cara branca sorridente e o bigode de Guy Fawkes popularizada pelos Wachowski em *V de Vingança*, mas, quando perguntei sobre o homem cujo rosto ele usava, admitiu que nunca tinha ouvido falar da Conspiração da Pólvora e não se lembrava do "lembre-se do 5 de novembro". Assim era essa pretensa revolução. Apu desenhava tudo.

Ele mostrou seu trabalho no espaço de Frankie Sottovoce na Bowery, um ambiente mais "áspero" que as galerias de Sottovoce em Chelsea. Era uma exposição conjunta com Jennifer Caban, a mais destacada artista-ativista desse momento argumentativo, que, a certa altura da abertura, deitou-se estendida em uma banheira cheia de dinheiro falso, e eles logo eram, ambos, aclamados e ridicularizados por seu sectarismo. Apu resistia às fotos na banheira e também ao rótulo de sectário. "Para mim, o aspecto estético está sempre em primeiro lugar", tentou argumentar, mas o zeitgeist não dava ouvidos e no fim ele se rendeu às descrições impostas a ele e à medida de celebridade política que lhe conferiam. "Talvez agora eu seja famoso em mais que vinte quarteirões", ele refletiu comigo. "Talvez agora sejam trinta e cinco ou quarenta."

Na casa da Macdougal Street a recente notoriedade *agitprop* de Apu despertou pouca atenção. O próprio Nero Golden não disse nada, nem elogiou nem censurou, mas a linha fina de seus lábios falava tanto quanto qualquer discurso. Deixou a explosão para sua esposa. Vasilisa, no chão da sala, cercada por revistas luxuosas de decoração de interiores, fez uma pausa em seu trabalho para, russamente, encher os ouvidos de Apu. "Esses mendigos na rua, fazendo barulho e sujeira, para quê? Eles acham que o poder que estão atacando é tão fraco que vai recuar diante da ralé? Eles são como rato que pisa no pé de um gigante. O gigante não sente nada e nem se dá ao trabalho de esmagar o rato. Quem liga para isso, de verdade? O rato logo foge. O que eles vão fazer quando o inverno chegar? O tempo esmaga todos.

Não precisa mais ninguém desperdiçar esforço. Além disso, eles não têm líderes, esse exército de camponeses que você adora. Não têm programa. Portanto, não são nada. São um rato sem cabeça. São um rato morto que não sabe que está morto."

Só meio de brincadeira ela jogou uma revista de luxo em cima dele. "Quem você pensa que é, sinto muito? Você acha que quando acontecer a revolução deles, vão te botar entre os noventa e nove por cento porque você fez uns desenhos? Na minha terra a gente sabe um pouco o que acontece quando chega a revolução. Você precisa se ajoelhar aos pés da madona Feodorovskaya e rezar à Virgem Maria pela nossa salvação, para não sermos assassinados num porão sem janelas pelo exército do rato sem cabeça."

Ocorrera uma mudança com Vasilisa Golden nesse momento. Às vezes, quando a luz batia em seu rosto de um determinado jeito, ela me lembrava Diane Keaton em *O poderoso chefão*, o rosto, a mente e o coração imobilizados pela necessidade diária de não acreditar no que estava bem diante de seu rosto. Mas "Kay Adams" tinha se casado com "Michael Corleone" acreditando que ele era um bom homem. Vasilisa havia se casado, por assim dizer, com o próprio personagem de Marlon Brando, portanto não tinha nenhuma ilusão quanto à falta de escrúpulos, amoralidade e segredos sombrios que são os inevitáveis *consiglieri* de homens poderosos, e quando a luz batia em seu rosto de outro jeito, ficava claro que ela não era nada como Diane Keaton. Ela era cúmplice. Ela desconfiava de um crime terrível e decidira consigo mesma deixar a suspeita de lado por causa da vida que tinha escolhido, a vida que considerava digna de sua beleza. E talvez por ter medo. Ela ainda acreditava no poder que exercia sobre ele, mas agora acreditava também no poder dele, e sabia que se tentasse medir sua força contra a dele, as consequências podiam ser... extremas. Não tinha se instalado na casa dele para enfrentar consequências extremas, e portanto sua estratégia tivera de ser alterada. Nunca havia sido uma inocente no estrangeiro. Mas depois dos tiros na Union Square ficara mais dura. Tinha mais clareza sobre o homem com quem ia para a cama e sabia que se quisesse sobreviver seriam exigidos dela certos silêncios.

DA FAMÍLIA: UM INTERROGATÓRIO

— De novo, meu senhor: por que um homem abandona sua terra, muda de nome e começa uma nova vida do outro lado do mundo? — Ora, por causa da dor, meu senhor, da morte de uma esposa querida, que o impeliu para fora de si mesmo. Por causa da dor e da necessidade de deixar para trás, e esse deixar para trás conquistado ao se despir de si mesmo. — Plausível. E no entanto não totalmente convincente. E ainda fica por perguntar de novo: e os preparativos para a partida, que foram anteriores à tragédia? É preciso dar uma explicação para isso, decerto? — Está querendo um subtexto então? Suspeita que haja trapaças, fraudes, intrigas? — Inocente até que se prove o contrário. Nenhuma acusação a esse patriarca no caso do 2G Spectrum. Isso se admite. E sem dúvida um sujeito que está fugindo da lei, tendo adotado um pseudônimo, seria muito discreto? Sem dúvida um tal sujeito não se exporia no estrangeiro, em sua nova terra? Enquanto este sujeito, cada vez mais, persistentemente e com empenho cada vez maior, não se expõe? — Sim, senhor, se expõe. O que pode, como o senhor diz, denotar inocência. Mas dá para pensar também na parábola do escorpião e do sapo. O escorpião age de acordo com sua natureza, mesmo quando é suicida agir assim. Além disso, ou à guisa de informação, ele tem um caráter atrevido, esse sujeito. Sente-se que tem certeza da própria invencibilidade, seguro na certeza da própria invulnerabilidade. Se de fato há leis que ele desobedeceu ou, como dizer isso?, pessoas que ele desagradou — pois os adversários mais perigosos não são necessariamente respeitosos à lei —, ele então tem certeza de estar fora de seu alcance. O alcance de adversários perigosos não é ilimitado. Eles podem ser perigosos em seu próprio campo, mas não é fácil para eles ir além, e nem tentam fazer isso. — Ou assim especulo eu. Não é minha área. — Mas é claro que Nero se sente cada vez mais seguro e protegido por sua crescente auto-confiança, ele continua a escorpionar, a fazer barulho, buzinar, deixando, como se diz hoje, a sua marca. — Uma palavra com muitos significados, meu senhor, inclusive estes: uma marca de identificação antigamente feita a fogo em criminosos e escravos. Um hábito, um traço ou qualidade que causa vergonha ou desgraça pública a alguém. Uma tocha. Uma espada. — Veremos qual deles se aplica neste caso.

Para continuar: no ano de eleição, 2012, ficou claro que Nero Golden não pretendia levar uma vida discreta. Das vinte e quatro iguarias de melros em que ele havia metido o dedo no curso de sua vida anterior era a empresa de construção e incorporação que lhe vinha com mais naturalidade e permanecia a mais forte para ele, de forma que a palavra GOLDEN, uma palavra dourada, de ouro colorido, em néon dourado brilhantemente luminoso, e em maiúsculas douradas, começou a ser vista em pátios de obras da cidade e fora da cidade também, e o nome do dono começou a ser falado como um novo poderoso entre as elites mais fechadas, o pequeno número de famílias e corporações que controlava a construção nesta cidade dourada, Nova York.

— Famílias, meu senhor? Quando diz família quer dizer, se posso me expressar delicadamente, *famiglie?* — Não, senhor, não completamente. A indústria em 2012 era muito mais limpa que antigamente. Nos anos 1990, as construtoras todas pertenciam à máfia e suas licitações eram absurdamente inflacionadas. Agora a influência das Cinco Famílias havia diminuído. Em algumas das obras de Nero Golden havia também trabalhadores não sindicalizados. Vinte anos antes esses trabalhadores teriam sido mortos. — Então agora o senhor fala de pessoas respeitáveis: Doronin, Sumaida, Khurana Silverstein, Stern, Feldman, os aristocratas imobiliários. — Não totalmente, meu senhor, como eu disse. A máfia sobrevive. Agora que tudo acabou e está tudo às claras, podemos apontar os acordos secretos de Golden com associados como, na Filadélfia, os descendentes de Petruchio "Chicken Little" Leone, e, em Atlantic City, Arcimboldo "Little Archie" Antonioni, e, em Miami, Federico "Crazy Fred" Bertolucci. Podemos mencionar também que na cidade de Nova York diversas torres Golden foram construídas pela Ponti & Quasimodo Concrete Co. — "P&Q" — uma operação pela qual muito se interessou Francesco "Fat Frankie" Palermo, uma pretensa figura sênior da família do crime genovesa. — Isso é de conhecimento público? — Agora, no fim do *affaire Golden* é sabido. Além disso, Nero Golden estava claramente confortável em seus acordos com esses indivíduos e as famílias por trás deles. — Confortável. — Meu senhor: reveladoramente à vontade.

Duas últimas perguntas: Chicken Little, Little Archie, Crazy Fred e Fat Frankie usam, em seus amplos queixos, barbas por fazer de designer? E será que eles têm, e usam à noite, às vezes, smokings ruins? — Sim, senhor, usam.

Cá está Nero Golden, que suspendeu seu veto à mídia e conduz o fotógrafo de uma revista de luxo gratuita por sua bela casa. (Sem mais segredos agora; em vez disso, tudo exposto.) Cá está Nero Golden, que exibe a uma outra revista dessas a sua bela esposa. Ele fala da esposa como sua inspiração, como sua estrela guia, como fonte de sua "renovação". "Sou um velho", ele diz, e talvez para homens como eu esteja na hora de diminuir o ritmo, passear de barco, pegar os tacos de golfe, inverno na Flórida, passar o bastão. Isso, até recentemente, era o que eu estava pronto a fazer, embora meus filhos, Deus sabe disso, demonstrem pouco interesse nos negócios da família. O meu mais novo, veja você, trabalha agora num clube de moças no LES, está fazendo boas obras e isso é bom, mas talvez eu precise dele também, um pouco de atenção, por favor. E depois, um artista, e depois Petya. Assim é. Mas essas questões não me preocupam mais porque sou um homem renascido. Uma mulher faz isso com a gente. Uma mulher como a sra. Golden, ela é o elixir da vida, faz o cabelo de um homem ficar preto outra vez, firma a barriga dele, põe quilômetros em suas pernas e a sua cabeça, sim, sua cabeça para negócios ela afia também como uma faca. Olhe só para ela! Você duvida de mim? Viu as fotos dela na *Playboy*? Claro que sem nenhuma vergonha, por que sentiria vergonha. Ser dona do próprio corpo, cuidar dele até estar excelente, não ver desonra na beleza, isso é liberação. Ela é o ideal da mulher liberada e também o ideal da esposa. Os dois lados da moeda. É: um homem de sorte. Com certeza. Ela é o pote de ouro, sem dúvida.

16

DO AMOR: UMA TRAGÉDIA

No dia em que meus pais morreram, eu não estava no carro. Era o fim de semana do Memorial Day e eles estavam saindo da cidade, mas eu mudei de ideia na última hora e fiquei porque Suchitra Roy queria que eu ajudasse na montagem de um vídeo para uma loja de moda italiana. Claro que eu estava apaixonado por Suchitra, todo mundo que cruzava o caminho daquele dínamo humano se apaixonava ao menos um pouquinho por ela, e durante muito tempo eu tivera muito medo de sua simples energia, a dimensão da mulher, o cabelo preto voando para trás ao vento da Sexta Avenida, a saia azul e ouro brilhando por cima dos tênis novos, os braços apontando dezenas de direções diferentes, como uma deusa hindu que consegue abarcar a cidade inteira em seu abraço... medo demais de admitir que tinha me apaixonado por ela, mas agora não havia mais dúvida a respeito e a única questão era quando eu iria contar para ela, e se iria contar. Uma voz na minha cabeça dizia *faça isso agora, idiota,* mas uma segunda voz, sempre mais forte, a voz da minha covardia, argumentava que éramos amigos havia muito tempo, que depois de certo ponto ficava impossível transmutar amizade em amor romântico, que quando se tentava fazer isso e não funcionava ficava-se sem amizade e sem amor e aí o Prufrock de Eliot me vinha de novo à cabeça, agoniado em minha própria voz interior, *será que ouso?*, e quanto à terrível e aterrorizante questão da declaração de amor, *teria valido a pena/ se ao ajeitar a almofada ou despir um xale/ ao virar à janela, alguém dissesse:/ "Não é nada disso,/ não é o que quero dizer, nada vale"*.

Decidi ficar e trabalhar com ela e, terminada a edição, sairíamos para uma cerveja e eu me declararia. Isso. Me declararia. Então não entrei no carro de meus pais e por isso estou vivo hoje. Vida e morte são ambas sem sentido. Acontecem ou não acontecem por razões que não têm peso, com as quais não se aprende nada. Não existe sabedoria no mundo. Somos todos joguetes da fortuna. Aqui está a Terra, é tão bonita e temos tanta sorte de estar aqui uns com os outros, e somos tão idiotas, o que acontece conosco é tão idiota que nem merecemos nossa sorte idiota.

Estou falando coisas sem sentido. Deixe eu contar da estrada.

A Expressway de Long Island é uma estrada cheia de histórias familiares, e quando no verão íamos para nossa casa emprestada na Old Stone Highway em The Springs — pertencente a um importantão da Universidade Columbia que desenvolvera uma forma aguda da doença de Lyme, sofrera por vários anos e não queria mais viajar ao reino do carrapato —, conferíamos todos os marcos familiares. Mineola, o cemitério de lá, eu tinha uma tia-avó e tio-avô aos quais dirigir uma póstuma reverência. Great Neck, Little Neck, despertavam ideias de Gatsby em todos nós, e embora não passássemos por Remsenburg, onde P. G. Wodehouse tinha vivido tantos anos durante seu exílio da Inglaterra no pós-guerra, sempre imaginávamos, ao passar por ali, um universo fictício em que as criações de Fitzgerald e Wodehouse se visitassem. Bertie Wooster e Jeeves poderiam se intrometer no mundo rarefeito dos Eggs, a tola Bertie pisando nos calos do sensível Nick Carraway, e Reginald Jeeves, o cavalheiro dos cavalheiros e gênio comedor de peixe e admirador de Espinosa, achava um jeito de dar a Jay Gatsby o final "viveram felizes para sempre" com Daisy Buchanan que ele desejava profundamente. Dix Hills, que meu pai num rangente esforço de pai belga invariavelmente pronunciava com sotaque francês, *Di Hills*. E eu dizia, eu sempre dizia, que me soava como o nome de uma estrela de sessão da tarde. E Wyandanch; ao passarmos por essa saída pai ou mãe inevitavelmente contava a história do cacique Montaukett ou *sachem*, que tinha esse nome e vendeu a maior parte do East End de Long Island a um inglês chamado Lion Gardiner e depois morreu na peste. Wyandanch sempre vinha à tona de novo quando chegávamos ao East End, meus pais relembravam a história de Stephen Talkhouse, descendente de Wyandanch, que caminhava oitenta quilômetros todos os dias entre Montauk, Sag Harbor e East Hampton. E entre Wyandanch e Talkouse passávamos por uma placa que nos dirigia a uma dama nativa americana inteiramente fictícia, Shirley Wading River. Na realidade, essa placa conduzia a duas comunidades distintas, uma chamada Wading River e a outra a Shirley, mas Shirley Wading River cresceu em nosso imaginário familiar. Como fãs de ficção científica nós sempre a púnhamos ao lado dos caciques pós-apocalípticos Três Bombas de Hidrogênio e Faz Muita Radiação do clássico de William Tenn de 1958 *Eastward Ho!*, e outras vezes a imaginávamos gigantesca como a mãe de Grendel ou uma espécie de *wandjina* ou ancestral estilo australiano, que dava forma à paisagem ao caminhar.

Eles ouviam rádio ao dirigir. A rádio saudade, 101.1 para música, a WNYC para voz, até o sinal sumir, e então esperavam a

Music East Hampton aparecer no marcador, sinal de que o fim de semana estava para começar, noites de rock suave e rolinhos de lagosta, que era outra piada de pai. Entre as estações de Nova York e a WEHM havia audiolivros, e nesse ano o plano deles era ouvir Homero. Eu acho — não posso ter certeza, mas acho — que quando partiram para seu fim de semana do Memorial Day tinham chegado ao Livro Quatro da *Odisseia*, a visita de Telêmaco ao palácio de Menelau no dia em que sua filha, a filha da recapturada Helena de Troia, se casa com o filho de Aquiles.

Então talvez estivessem ouvindo a passagem em que Menelau conta o dia em que Helena foi até o grande cavalo de madeira, desconfiada de que havia guerreiros gregos ali dentro, e com imenso e sedutor ardil, imitou as vozes de todas as esposas deles (eu a imagino de mão estendida, acariciando eroticamente a barriga de madeira do animal ao falar), tão sensualmente que Diomedes, o próprio Menelau e Ulisses também queriam sair de dentro do cavalo na mesma hora; mas Ulisses controlou a si mesmo e a seus companheiros, a não ser por Anticlus, que estava para gritar e o teria feito se Ulisses não *colocasse duas mãos vigorosas sobre sua boca e ali as mantivesse* e, segundo algumas versões da lenda, o estrangulasse até a morte para proteger os gregos escondidos. Sim, talvez esse momento imortal soasse aos ouvidos deles quando o cano de metal na estrada simplesmente jogado ali a porra do cano de metal caído da porra de algum caminhão que o motorista não parou não ele nem sabia não ele provavelmente não amarrou direito a carga não ele absolutamente não porra porque ali na estrada

o cano de metal

na pista de veículos pesados porque eram meus pais meus queridos e únicos e não gostavam de correr não senhor preferiam rodar com segurança na estrada sensata sem entrada nem saída a pista marcada com um losango porque não tem importância mas nessa ocasião nada segura por causa do cano de metal rolando

estou me aproximando do horror e tenho de fazer uma pausa para me recompor e talvez escrever mais depois.

Não.

Não há depois.

Agora.

O cano media dois metros e dez. Rolou na frente de outro carro que deu o que os relatos chamaram de *um toque de relance*. O cano virou, de alguma forma ficou na vertical, de modo que bateu numa ponta e outra, estilhaçou o para-brisas do carro de meus pais, atingiu meu pai na cabeça e o matou instantaneamente. O carro, fora de controle, desviou da pista de veículos pesados para a de tráfego rápido, e nas múltiplas colisões que se seguiram minha mãe também foi morta. Para conseguir tirá-los do veículo tiveram de chamar as Maxilas da Vida, mas estavam ambos mortos. Seus corpos foram levados para o Hospital da Universidade North Shore em Plainview, condado de Nassau, onde ambos foram declarados mortos ao chegar. À meia-noite, logo depois que eu havia revelado timidamente meu amor a Suchitra Roy no pub de estilo britânico da Bleecker com LaGuardia e obtivera a notícia quase inteiramente inesperada de que ela também nutria sentimentos por mim, recebi o telefonema.

Durante uma boa parte desse ano, parei de pensar completamente. Só ouvia o trovejante bater das asas gigantescas do anjo da morte. Duas pessoas me salvaram. Uma foi minha nova amada, brilhante, adorável Suchitra.

A outra foi o sr. Nero Golden.

Com sua característica meticulosidade — QUE NÃO SALVOU A VIDA DELES SALVOU?, O DESCUIDO DOS OUTROS OBLITERA NOSSO PRÓPRIO CUIDADO, O DESCUIDO DE UM CANO A PULAR QUE DESPE-

DAÇA O ROSTO DE MEU PAI, DO QUAL O MEU É UM POBRE ECO, NÓS QUE VIEMOS DEPOIS SOMOS A CONTRAFAÇÃO DOS VERDADEIROS QUE NOS PRECEDERAM E SE FORAM PARA SEMPRE, IDIOTAMENTE, SEM SENTIDO, MASSACRADOS POR UM CANO FORTUITO, OU UMA BOMBA NUM CLUBE NOTURNO OU UM DRONE — meus pais tinham deixado seus negócios bem organizados. Havia todo o necessário, cuidadosos documentos legais, cuidadosamente elaborados, que garantiam que minha condição de único herdeiro estava protegida, e havia seguro para pagar o que o estado exigia desse herdeiro e haveria uma soma em dinheiro. De forma que meu arranjo doméstico não precisava mudar por enquanto, embora provavelmente a médio prazo a casa tivesse de ser vendida. Era grande demais para mim, o valor muito alto, as despesas de manutenção e impostos de propriedade e etc. difíceis para eu satisfazer, e ET CETERA EU NÃO ME IMPORTAVA. Andava pelas ruas com raiva cega, e repentinamente era como se toda a raiva que se acumulava no ar se despejasse para dentro de mim também, eu sentia a raiva dos mortos injustamente, dos jovens alvejados numa escada enquanto negros, da criancinha atingida ao brincar com uma arma de plástico num parquinho enquanto negra, toda a morte negra diária da América, gritando que mereciam viver, e sentia também a fúria da América branca por ter de aguentar um negro na Casa Branca, e o ódio dos homofóbicos a espumar, e a raiva injuriada de suas vítimas, a ira operária de todas as vítimas das empresas Fannie Mae e Freddie Mac na calamidade habitacional, todo o descontentamento de um país furiosamente dividido, todos acreditando que estavam certos, que sua causa era justa, sua dor única, era preciso prestar atenção, prestar atenção finalmente neles e só neles, e comecei a me perguntar se éramos mesmo seres morais ou simplesmente selvagens que definem suas intolerâncias como ética necessária, como a única maneira de ser. Eu tinha sido criado por aqueles queridos belgas que se foram para acreditar que "certo" e "errado" eram ideias que vinham naturalmente ao animal humano, que esses conceitos nasciam conosco, não eram construídos. Nós acreditávamos que existia um "instinto moral": entrelaçado no DNA do mesmo jeito que, segundo Steven Pinker, o "instinto da língua". Essa era a resposta da nossa família à alegação religiosa de que as pessoas sem religião não podem ser seres morais, que só a estrutura moral de um sistema religioso, validada de alguma forma pelo Árbitro Supremo, pode dar aos seres humanos a firmeza de bem e mal. A resposta de meus pais para isso era "porcariada" ou um termo que tinham aprendido com amigos australianos e adotado alegremente: "cocô de cavalo". Moralidade vinha antes de religião, e religião era a maneira de nossos ancestrais reagirem a essa necessidade intrínseca. E se assim era, concluía-se que era perfeitamente possível levar uma boa vida, ter um forte sentido de certo e errado, sem nunca deixar Deus nem suas harpias entrarem na sala.

"O problema é que", minha mãe dizia, sentada num banco nos Jardins, "nós estamos programados para querer ética, mas o programa não nos diz de fato o que é certo e errado. Essas categorias são vazias no cérebro e exigem ser preenchidas por nós com o quê? Pensamento. Raciocínio. Coisas desse tipo."

"Um dos princípios gerais do comportamento humano, eu descobri", meu pai acrescentava, andando de um lado para outro na frente dela, "é que em quase todas as situações, todo mundo acredita que está certo e qualquer oponente errado."

Ao que minha mãe acrescentava: "Também vivemos num tempo em que não há quase nenhuma concordância sobre qualquer questão existencial, não conseguimos concordar nem em qual é o caso, e quando a natureza do real é debatida assim, também a natureza do bem precisa ser".

Quando eles começavam com isso, eram como bailarinos,

ou jogadores de badminton, as palavras se movendo em harmonia, suas raquetes jogando a peteca para lá e para cá e para cá e para lá. "Então a ideia de que temos um instinto ético não traz com ela a noção de que sabemos o que essa ética deve ser. Se isso fosse verdade, os verdadeiros filósofos perderiam o emprego e nós viveríamos em um mundo menos conflituoso", meu pai apontava o dedo para mim então, *está vendo? está entendendo?*, e eu, como um escolar, acenava a cabeça, estou, sim, pai, estou, mãe, entendo, nós todos concordamos com isso, são coisas que nós sabemos.

"É, mas você sabia que existe uma palavra para isso?", meu pai perguntou.

Uma palavra para o quê, pai?

"Definição: a habilidade supostamente inata da mente humana perceber os princípios básicos da ética e da moral. Um termo técnico de filosofia que significa o princípio inato de consciência moral de todo homem, que o dirige para o bem e o afasta do mal."

Não, pai, que palavra seria essa.

"*Synderesis*", disse minha mãe. "Já ouviu palavra melhor?"

"Não existe palavra melhor", meu pai concordava. "Lembre bem, filho. A melhor palavra do mundo."

Eram essas as vozes que eu nunca mais ia ouvir.

E estavam errados. A espécie humana era selvagem, não moral. Eu tinha vivido num jardim encantado, mas a selvageria, a falta de sentido, a fúria tinham saltado os muros e matado o que eu mais amava.

Nunca tinha visto um corpo morto até ver os corpos de meus pais no necrotério de Mineola. Tinha mandado roupas para eles, um dos assistentes de Suchitra levou e escolheu caixões on-line, selecionou, como sempre fazem, caixões absurdamente caros para eles serem cremados. Nossa casa estava cheia de professores catedráticos, homens e mulheres, ajudando. Recebi toda ajuda do mundo de importantes peritos em arte suméria, física subatômica, Primeira Emenda e literatura da Commonwealth. Mas ninguém conseguia me ajudar a olhar os corpos. Suchitra me levou até lá em seu velho Jeep, e, como não havia jeito de falar o que precisávamos falar, caímos na comédia de horror e lembramos os "corpos da semana" particularmente horrendos da velha série da HBO *A sete palmos*. Meu favorito era a mulher que, numa noitada de mulheres numa limusine alugada, se levanta pelo teto solar aberto para expressar sua felicidade e dá de cara com o balde de um caminhão de coleta de cerejas. Depois do que seu rosto achatado deu muito trabalho para os personagens da série arrumarem.

E depois uma sala superiluminada com duas macas e dois seres horizontais debaixo de lençóis, dois seres horizontais que um dia, horizontais numa superfície diferente, mais macia, se juntaram alegremente — quem sabe desajeitados — talvez não — eu era incapaz de imaginar meus pais como endiabrados ginastas do sexo, mas também não queria pensar neles como atrapalhados incompetentes — e o resultado era esta entidade com a cabeça vazia parada junto às macas para confirmar que eles não eram mais capazes do ato que me dera a vida, nem de qualquer outro.

Fizeram o melhor possível no necrotério. Fui até minha mãe primeiro e eles tinham removido o terror de seu rosto, assim como todo caco de vidro e metal que a penetrou, embora estivesse mais maquiada que nunca em sua vida, consegui vê-la e ela parecia, ou consegui me convencer que parecia, em paz. Virei para meu pai e Suchitra veio por trás, encostou o rosto em minhas costas e pôs os braços em torno de minha cintura. O.k., eu disse, o.k., e levantei o lençol. Então, finalmente, chorei.

* * *

No dia seguinte à cremação, Nero Golden atravessou os Jardins até nossa casa — o termo "minha casa" não fazia sentido; meus pais estavam presentes em cada centímetro dela — e bateu na janela francesa com a bengala. Foi tão inesperado — o rei batendo na porta do súdito órfão — que de início o vi como uma imagem projetada de minha imaginação. Depois daquelas mortes, eu tinha perdido um pouco o pulso da realidade. Havia uma velha, a sra. Stone, que morava nos Jardins (em quatro cômodos de teto alto no *piano nobile* de um prédio dividido em um apartamento por andar) e sempre falava de fantasmas. Trata-se de alguém que não mencionei antes e é muito provável que a deixe com seus próprios interesses depois desta participação especial, uma dama que as crianças dos Jardins chamavam de Chapéu devido a seu gosto por chapéus de sol de aba larga, viúva há muitos anos, o falecido marido um fazendeiro do Texas que encontrou petróleo em suas terras e imediatamente desistiu da criação de gado de corte pela boa vida e por uma coleção de selos admirada internacionalmente. A sra. Stone também havia me abordado junto ao trepa-trepa para falar de perda. Uma morte na família, assim como um bebê recém-nascido, permite que estranhos ou quase estranhos se aproximem e monologuem. "Meu marido eu nunca vi depois que ele partiu", ela confidenciou. "Parece que ele ficou feliz de ir embora. Nenhum esforço para entrar em contato em nenhum momento. Vivendo e aprendendo. Mas uma noite na alameda Macdougal vi um adolescente uniformizado — um rapaz negro com uma linda roupa elegante — andando de joelhos. Por que ele anda de joelhos, pensei, não tem nenhuma história religiosa aqui. Então entendi. Ele não estava de joelhos coisa nenhuma. O nível da rua na alameda tinha subido com o tempo e ele estava andando no nível antigo, eu só conseguia *enxergar* o rapaz do joelho para cima. Era um cavalariço, provavelmente, seguindo a alameda para trabalhar nos velhos estábulos que havia lá nos anos 1830, a serviço do norte da Washington Square. Ou um criado, talvez empregado de Gertrude Whitney, que morava lá, sabe, quando fundaram o museu dela. De qualquer forma, um fantasma, um fantasma palpável. E não é só isso." Eu pedi licença e fui embora. Mas as histórias de fantasmas do bairro pareciam me perseguir naqueles dias melancólicos. O fantasma de Aaron Burr assombrando o Village em busca de putas. Fantasmas musicais, fantasmas dramáticos, com seus figurinos, representando no inverno na rua Commerce. Meu antigo eu não estava interessado, mas meu novo eu órfão deixava as pessoas contarem suas histórias, e à noite eu tentava ouvir a risada de meus pais a ecoar pelas salas vazias. Foi nesse clima que vi Nero Golden na janela francesa e pensei: *uma aparição*. Mas era ele em carne e osso.

"Permita que eu entre", ele disse, e entrou antes que eu permitisse. E ao entrar, encostou a bengala numa parede e sentou-se na poltrona favorita de meu pai: "Sou um homem direto, sr. René, franco, que nunca achou coisa alguma que valesse a pena enrolar. Então lhe digo, quanto à sua perda, que é a *sua* perda. Seus pais se foram, não se preocupe com eles, não existem mais. Preocupe-se consigo mesmo. Não só porque está ferido e precisa sarar. Mas também porque seus antepassados não estão mais entre o senhor e o túmulo. Isso é a maturidade. Agora você é o próximo na fila e o túmulo está com a boca aberta para você. Portanto, adquira sabedoria; aprenda a ser um homem. Se aceitar, ofereço minha assistência".

Era um discurso impressionante. Se ele pretendia me sacudir da tristeza me irritando, conseguiu. Mas antes que eu pudesse falar, ele ergueu uma mão peremptória. "Vejo a reação no seu rosto, onde existe uma nuvem carregada que ameaça uma tempestade. Afaste isso! Sua raiva é desnecessária. Você é jovem e eu sou velho. Peço que aprenda comigo. Seu país é jovem. A pessoa pensa diferente quando tem milênios por trás. Vocês não têm nem duzentos e cinquenta anos. Digo também que ainda não estou cego e tenho consciência do seu interesse em minha casa. Como acho que é um bom sujeito, perdoo isso, minha alternativa seria mandar te matar, ha, ha. Acho que — agora que é um homem — pode aprender com todos nós, Golden, bem e mal, o que fazer, o que não fazer. Com Petya como lutar contra o que não é culpa sua, como jogar quando são ruins as cartas que se tem na mão. Com Apu, talvez, não ser como ele. É possível que ele não tenha conseguido ser profundo. Com Dionysus, meu atormentado, aprender ambiguidade e dor."

"E com o senhor?"

"Quanto a mim, sr. René: talvez já tenha adivinhado que nem sempre sou santo. Sou difícil, vaidoso, acostumado a certa posição superior, o que quero eu pego e o que não quero tiro da minha frente. Mas quando estiver na minha frente, deve fazer a seguinte pergunta: é possível ser ao mesmo tempo bom e mau? Um homem pode ser um bom homem quando é um homem mau? Se acredita em Espinosa e acha que tudo é determinado pela necessidade, as necessidades podem conduzir um homem a fazer o mal assim como o bem? O que é um homem bom neste mundo determinista? Será que o adjetivo sequer significa alguma coisa? Quando tiver a resposta, me diga. Mas antes disso tudo acontecer, hoje à noite, vamos sair para a cidade e beber."

Mais tarde.

"Morte, a gente lida com ela, aceita, segue em frente", Nero Golden disse. "Nós somos os vivos, temos de viver. Culpados, mas, isso é ruim. Isso fica e nos faz mal." Estávamos na Russian

Tea Room — a convite dele — com copos de dose de vodca gelada. Ele ergueu o dele num brinde; bebeu, eu bebi. Para isso estávamos ali, e a comida — caviar com blinis, bolinhos de massa, frango à Kiev — comemos apenas para poder beber mais.

"Se voltarmos para casa sóbrios", Nero Golden me disse, "é porque fracassamos. Temos de atingir um estado em que não vamos saber exatamente como voltamos para casa."

Concordei sério com a cabeça. "Combinado."

Outra dose. "Minha falecida esposa, para ver o caso dela…", Nero apontou um dedo para mim, "… não finja que não sabe a história, sei as línguas de trapo que tenho na família. Não importa. Quanto à morte dela, uma grande tristeza, mas não de fato uma tragédia, não chegou ao nível de tragédia." Outra dose. "Eu me corrijo. Uma tragédia pessoal, claro. Uma tragédia para mim e meus filhos. Mas grande tragédia é universal, não é?"

"É, sim."

"Então. É o que eu digo. O aspecto destrutivo para mim, o aspecto destrutivo que altera a vida, não foi o fato da morte, mas o fato da responsabilidade. Minha. Minha responsabilidade, essa é a questão. Isso é o que me assombra quando ando pelos Jardins à noite."

Nessa altura da noite, eu comecei a ver como obrigação minha consolá-lo, mesmo quando o propósito da saída era vice-versa. "O senhor teve uma discussão", eu disse. "Acontece. Isso não coloca sobre o senhor o fardo da morte dela. Num universo ético, só o assassino é culpado pelo assassinato. Tem de ser assim senão o universo seria moralmente absurdo."

Ele ficou calado, os garçons circulavam, traziam mais vodca conforme o necessário. "Deixe eu lhe dar outro exemplo", eu disse, altivo agora, me sentindo no pico do pensamento, verdadeiramente filho de meus pais. "Imagine que eu seja um imbecil."

"Um imbecil total?"

"Total e completo. E asqueroso."

"Imagino, tudo bem."

"Imagine que todo dia eu paro na frente da sua casa e ofendo o senhor e sua família."

"Usando palavrões?"

"Os piores. Ofendo o senhor e seus entes queridos com os termos mais grosseiros."

"Isso seria intolerável, naturalmente."

"Então, o senhor tem uma arma em casa."

"Como sabe disso?"

"Estou levantando uma hipótese."

"Ah, uma hipótese. Excelente. Entendido. Uma arma hipotética."

"E o senhor pega essa arma putativa e sabe o que faz?"

"Atiro em você."

"Atira no meu coração, me mata e o que isso faz do senhor?"

"Me faz um homem feliz."

"Faz do senhor um assassino."

"Me faz feliz e assassino."

"É culpado de assassinato e no tribunal não adianta se defender dizendo, meritíssimo, ele era um babaca."

"Não?"

"Até mesmo babacas quando assassinados não são responsáveis por sua morte. Só o assassino leva a culpa do crime."

"Isso é filosofia?"

"Preciso de mais vodca. A filosofia está na garrafa."

"Garçom."

Depois de mais uma dose, ele ficou sentimental. "Você é jovem", disse. "Não sabe o que é responsabilidade. Não sabe o que é culpa ou vergonha. Não sabe nada. Não importa. Seus pais morreram. Esse é o problema em questão."

"Obrigado", eu disse, e depois disso não me lembro.

Fins.

* * *

"No começo", Suchitra disse, sentada ao lado de minha cama enquanto eu gemia de dor de cabeça, "no começo havia o Partido Comunista da Índia — CPI — oficial. Mas a Índia tem um problema populacional e os partidos de esquerda ignoram o controle de natalidade. Então depois do CPI havia o CPI(M), o Partido Comunista da Índia (marxista) e o Partido Comunista da Índia (marxista-leninista) também conhecido como CPI(M-L). Chega de partidos? Baby, isso é só o começo. Tente acompanhar. Agora existe o Partido Comunista da Índia (marxista-leninista) Liberação, mais o Partido Comunista da Índia (marxista-leninista) Naxalbari, e também o Partido Comunista da Índia (marxista-leninista) Janashakti e além disso o Partido Comunista da Índia (marxista-leninista) Estrela Vermelha, sem esquecer do Partido Comunista da Índia (marxista-leninista) Equipe Central, nem deixar de mencionar o Centro Comunista Revolucionário da Índia (marxista-leninista-maoista), sem falar do Partido Comunista dos Estados Unidos da Índia ou do Partido Comunista da Índia (marxista-leninista) Bandeira Vermelha, ou o Partido Comunista da Índia (marxista-leninista) Nova Democracia, ou o Partido Comunista da Índia (marxista-leninista) Nova Iniciativa ou o Partido Comunista da Índia (marxista-leninista) Somnath, ou o Partido Comunista da Índia (marxista-leninista) Segundo Comitê Central, ou o Partido Comunista da Índia (marxista-leninista) bolchevique. Por favor, continue a prestar muita atenção. Há uma proliferação entre outros grupelhos também. Existe o Centro Comunista Maoista que se fundiu com o Grupo de Guerra do Povo para formar o Centro Comunista Maoista da Índia. Ou talvez o Centro Comunista Maoista da Índia que se fundiu com o Partido Comunista da Índia (marxista-leninista) Guerra do Povo e fundou o Partido Comunista da Índia (maoista). Essas distinções podem ser difíceis de entender. Te conto tudo isso para explicar a decisão de minha mãe e pai bengalis, dois intrépidos tipos de empreendedores de tendência capitalista encurralados em Calcutá entre os Ravanas de muitas cabeças do Partido Comunista da Índia (urânio-plutônio), as ogivas de fissão nuclear da esquerda, de fugir e se instalar no subúrbio Alpharetta de Atlanta, na Geórgia, que foi onde eu nasci. Isso talvez tivesse sido uma boa ideia e, de fato, em termos econômicos, foi uma boa ideia porque eles tiveram sucesso em uma ampla gama de empresas, salões de beleza, lojas de roupas, uma agência imobiliária, serviços de cura psíquica, então, como vê, eles também proliferaram. Mas infelizmente em torno deles as instituições políticas da direita hindu também eram frutíferas e se multiplicaram no solo fértil da América, brotaram ramos expatriados da Rashtriya Swayamsevak Sangh, o Vishwa Hindu Parishad floresceu, o Partido Bharatiya Janata prosperou, assim como as organizações de levantamento de fundos afunilaram para a mesma coisa. Meus pais escaparam de um torvelinho para cair em outro, e quando começaram a ir aos jantares de gala RSS e a falar com admiração de uma pessoa de peito estufado chamada NaMo, eu tive de amar os dois, deixar os dois e escapar. Então fugi para Nova York onde agora estou ralando para tentar fazer você dar risada, e seria bondade sua a esta altura abrir ao menos um sorriso."

"E isso que você chama", eu disse, "de cura para ressaca."

Quanto a ralar: Suchitra fazia isso todo dia, todos os minutos de todo dia. Nunca vi ninguém que trabalhasse tanto e ainda encontrasse tempo para o prazer, categoria da qual eu tinha a sorte de fazer parte. Ela acordava cedo, corria, voava para o escritório, dava ao dia de trabalho tudo o que tinha, corria pelo Hudson ou pela ponte do Brooklyn e voltava, e ainda aparecia fresca como uma rosa e duas vezes mais estilosa para o que a noite tivesse a oferecer, uma abertura de exposição, a exibição de um filme, uma festa de aniversário, uma noite de karaokê, um jantar comigo, e ainda lhe restava energia para fazer amor depois de tudo isso. Como amante ela era igualmente energética, embora não original, mas eu não reclamava. Eu próprio não era nenhum deus do sexo e naquele momento o amor de uma boa mulher me salvava do buraco negro. A dura afeição de Nero Golden e suas noites de pesadas bebedeiras de vodca, ao lado do amor terno e de alta velocidade de Suchitra Roy me fizeram atravessar aqueles dias. Pensei na história dos paramédicos na ambulância fazendo papel de tira bom, tira ruim depois da tentativa de suicídio da sra. Golden e me dei conta de que, dessa vez, eu é que estava em observação como potencial suicida.

HOUVE UM SILÊNCIO NO CÉU OU O CÃO NO BARDO

A cidade de Nova York foi mãe e pai para mim todo aquele verão até eu aprender a viver sem meus pais e aceitar, como Nero recomendara que eu aceitasse, o meu lugar de adulto no primeiro lugar da fila para ver a última sessão de cinema. Como sempre, foi um filme que me ajudou, *Det sjunde inseglet* (*O sétimo selo*) de Ingmar Bergman, que o grande diretor de cinema pessoalmente achava "irregular", mas que todos nós reverenciávamos. O cavaleiro (Max von Sydow, que viria a fazer o papel do entediante artista Frederick em *Hannah e sua irmãs* e o imortal Ming, o Impiedoso em *Flash Gordon*) ao voltar das cruzadas para casa joga xadrez com a Morte de capuz preto, para retardar o inevitável, de forma que possa ver sua mulher mais uma vez antes de morrer. Cavaleiro alquebrado e cavalheiro cínico, o nada engraçado Quixote e Sancho de Bergman, em busca dos pássaros deste ano nos ninhos do ano passado. Bergman tem questões religiosas a resolver, ele que veio de uma família profundamente religiosa, mas para mim não era necessário ver o filme nesses termos. O título foi extraído do Apocalipse. "E, havendo o Cordeiro aberto o sétimo selo, fez-se silêncio no céu por quase meia hora" (Apocalipse 8,1). Para mim, o silêncio no céu, a não aparição de Deus, era a verdade da visão secular de um universo, e *meia hora* significava a duração de uma vida humana. A abertura do sétimo selo revelava que Deus não estava em lugar nenhum, sem nada para dizer, e que o Homem tinha o espaço de sua pequena vida para realizar, como o cavaleiro desejava realizar, um feito significativo. A esposa que eu queria ver antes de morrer era o meu sonho de ser cineasta. O ato significativo era o filme que eu sonhava fazer, meu filme dos meus Jardins pontilhados de seres reais e imaginários como um elenco de Altman e os Golden em sua casa no extremo oposto da minha. O "feito" era a jornada e a "esposa" o objetivo. Eu falei algo desse tipo a Suchitra e ela balançou a cabeça, séria. "Está na hora de terminar seu roteiro e começar a levantar o dinheiro."

E nesse meio-tempo a grande metrópole apertou-me em seu seio e tentou me ensinar lições de vida. O barco no lago onde Stuart Little navega me lembrou da beleza da inocência, e o espaço na rua Clinton onde Judith Malina ainda estava quase viva e seu Living Theatre ainda gostava de se desnudar me falava da irreverência estilo foda-se da velha guarda. E na Union Square os jogadores de xadrez e talvez a Morte estavam jogando também, jogos rápidos de Blitz que arrebatam vidas como se não importassem ou jogos lentos, sem relógio, que permitiam que o anjo negro fingisse respeitar a vida enquanto continuava a recrutar parceiros para sua *danse macabre*. Ausências me falavam tanto quanto presenças: as lojas de sapatos desaparecidas da rua 8, a excentricidade desaparecida do Upper West Side, onde um dia Maya Schaper tinha seu Cheese and Antiques e, quando lhe perguntavam por quê, respondia: "porque são coisas de que eu gosto". Por toda parte onde eu andava, a cidade me acolhia em seus braços e sussurrava consolação em meu ouvido.

Na noite da abertura da segunda exposição de Apu no espaço Sottovoce da Bowery, a um quarteirão do Museu da Identidade (esses quadros eram modernos e rápidos, tecnicamente hábeis, enérgicos, quase pop art e não me comoviam), as grandes pinturas de Laurie Anderson que mostravam a experiência de quarenta e nove dias de sua amada terrier rateira Lolabelle no bardo, a zona do budismo tibetano entre a morte e o renascimento, eram expostas do outro lado da cidade. Suchitra e eu estávamos parados na frente de uma das imagens maiores daquela cadela de cara doce nos encarando com grandes olhos da outra vida quando de repente as palavras *tudo bem* se formaram dentro de mim e eu falei em voz alta. "Tudo bem", eu disse e um sorriso se abriu em meu rosto. "Tudo bem, tudo bem, tudo bem." Uma sombra me deixou e o futuro pareceu possível, a felicidade concebível e a vida começou de novo. Só muito mais tarde, quando pensei em retrospecto, me dei conta de que aquele era o quadragésimo nono dia da morte de meus pais.

Não acredito no bardo. Mas aí está.

"FLASH! EU TE AMO! MAS TEMOS SÓ CATORZE HORAS PARA SALVAR A TERRA!"

Fui tomado por uma espécie de euforia naquela noite, dominado pelo barato de ter perdoado meus pais por morrerem e eu mesmo por continuar vivo. Suchitra e eu fomos para a casa dos Jardins e entendi que estava na hora de fazer o proibido. Já chapados com a vida, abrimos o pacote de Afghan Moon há muito preservado e inalamos. Imediatamente os terceiros olhos de nossas glândulas pineais se abriram como meu pai dizia que aconteceria e entendemos os segredos do mundo. Vimos que o mundo não era nem sem sentido, nem absurdo, que de fato tinha profundos sentido e forma, mas que a forma e o sentido estavam escondidos de nós até então, escondidos nos hieróglifos e no esoterismo do poder, porque era interesse dos mestres do mundo manter oculto o sentido de todos, a não ser dos iluminados. Entendemos também que dependia de nós dois salvar o planeta e que a força que iria salvar o planeta era o amor. Com a cabeça girando, entendemos que Max von Sydow como Ming, o Impiedoso, totalitário, caprichoso e malvestido com sua capa vermelho-vivo de gênio do mal dos quadrinhos, viria para conquistar a espécie humana e que se às vezes a cara de Ming ficava borrada e começava a parecer com a cara de Nero Golden, isso era injusto por causa da bondade dele comigo nos últimos tempos, mas um homem podia ser simultaneamente mau e bom, nos perguntávamos, e o Afghan Moon respondia que a contradição inconciliável e a união de opostos era o mistério mais profundo de todos. Esta noite era para o amor, disse Afghan Moon, esta noite era para a celebração de corpos vivos e para dizer adeus aos corpos perdidos dos entes queridos que se foram, mas depois que o sol nascesse de manhã não haveria tempo a perder.

17

Se você devia um dólar ao banco, você era um vagabundo com a conta estourada. Se devia um bilhão, você era rico e o banco trabalhava para você. Era difícil saber quão rico Nero Golden era de fato. O nome dele estava em toda parte naquela época, em tudo, desde hot dogs até universidades lucrativas, rondava o Lincoln Center pensando em doar uma *unidade* para reformar o Avery Fisher Hall, contanto que o nome antigo fosse abandonado e o nome Golden subisse em grandes maiúsculas de ouro. Uma *unidade* era o termo abreviado que seu nome usava para indicar "cem milhões de dólares", sendo cem milhões de dólares o preço para entrar no mundo dos realmente ricos, você não era ninguém de fato enquanto não tivesse uma *unidade*. O nome dele passeava essa *unidade* pela cidade, de certa forma queria se colocar no Tribeca Film Festival, mas custaria muito menos que uma *unidade* inteira, porque no fim das contas um festival de cinema era uma insignificância; o que o nome dele queria mesmo, mesmo, era aparecer lá em cima no Yankee Stadium. Isso provaria que seu nome havia conquistado Nova York. Depois disso, podiam até colocá-lo em cima da Prefeitura.

Eu supunha que ele tivesse trazido sérios fundos ao vir para o Ocidente, mas havia boatos persistentes de que todas as suas empresas eram altamente alavancadas, que todo o meganegócio em seu nome era um jogo de embuste e falência, era a sombra que acompanhava seu nome sempre que saía para um passeio. Eu pensava nele não como um cidadão de Nova York, mas da cidade invisível de Octavia que Marco Polo descreve a Kublai Khan no livro de Calvino, uma cidade como uma teia de aranha pendurada numa grande rede sobre um abismo entre duas montanhas. "A vida dos habitantes de Octavia é menos incerta que em outras cidades", Calvino escreveu. "Eles sabem que a rede só vai durar determinado tempo." Eu pensava nele também como um daqueles personagens dos desenhos animados, o Coyote talvez, que está constantemente correndo além da beira do cânion, mas segue em frente desafiando a gravidade, até olhar para baixo e aí cai. O conhecimento da impossibilidade da tentativa produz o final calamitoso. Nero Golden seguia em frente, talvez, porque nunca olhava para baixo.

Durante muitos meses estive ocupado fechando nossa casa, tranquei tudo o que queria guardar em um Mini Depósito em Manhattan, no West Side, aquele que tem os outdoors engraçados na parede que dá para a Highway, *Nova York tem seis times de esporte profissionais, e também os Mets*, ou *Se você não gosta de casamento gay, não case com gay* e *"Na casa de meu pai há muitas moradas" — João 14,2 — Evidente que Jesus não morava em Nova York* e *Lembre-se, se deixar a cidade, vai ter de viver nos Estados Unidos.* É, ha ha, entendi, mas no geral eu andava de mau humor outra vez, tentando com força não demonstrar isso na companhia de Suchitra, porém ela sabia o que eu estava passando. Então chegou a hora de pôr a casa à venda e Vasilisa Golden se encontrou comigo nos Jardins, me abraçou, me beijou no rosto e disse, deixe eu fazer isso para você, fica tudo em família, o que era uma coisa tão adorável de dizer que apenas assenti, tonto, e deixei que ela conduzisse a venda.

Mais uma vez, foi difícil para mim ser objetivo com os Golden naquele ano. Por um lado, havia a gentileza de Nero comigo, e agora a de sua esposa também. Por outro, parecia não haver a menor dúvida de que ele era um apoiador entusiasmado da campanha presidencial de Romney e suas observações sobre o presidente e sua esposa beiravam o fanatismo, *claro que ele gosta de gays, é casado com um homem*, era das mais brandas. Muitas vezes, ele contava sua "engraçada piada republicana", aquela do homem branco mais velho que vai até a sentinela da Casa Branca em algum momento depois do fim da atual administração, vários dias em seguida, e todas as vezes pede para encontrar o presidente Obama. Na terceira ou quarta vez que ele aparece, o guarda exasperado diz: O senhor volta sempre e toda vez eu digo que o sr. Obama não é mais presidente destes Estados Unidos e não reside mais neste endereço. Então o senhor já sabe disso, mas volta e faz a mesma pergunta, recebe a mesma resposta, por que continua perguntando? E o homem branco mais velho diz: Ah, é que eu gosto de ouvir isso.

Essas coisas eu aguentava, embora temesse que o lado escuro de Nero acabasse dominando o claro. Dei para ele ler o grande conto de Hans Christian Andersen, "A sombra", sobre o homem cuja sombra se solta dele, viaja pelo mundo, torna-se mais sofisticada que seu antigo "dono", volta para seduzir e casar com a princesa de quem o homem está noivo e, junto com a (bem impiedosa) princesa, condena o homem real à morte. Queria que ele entendesse o perigo que sua alma corria, se é que uma pessoa que não crê em Deus pode usar tal termo, mas ele não era leitor de literatura e devolveu o livro que continha a história com um gesto de descaso. "Não gosto de contos de fadas", disse.

Mas então... os dois, marido e mulher, me convocaram à

sua presença e anunciaram sua decisão a meu respeito. "O que você tem de fazer", Vasilisa Golden disse, "é vir morar conosco nesta casa. É uma casa grande com muitos quartos, dois dos três rapazes não ficam mais muito aqui e o terceiro é Petya, que quase nunca sai do quarto. Então tem muito espaço e você será excelente companhia para nós dois."

"Temporariamente", Nero Golden disse.

"Com a garota, quem sabe o que acontece", Vasilisa observou. "Você quer mudar para a casa dela, resolve romper, o tempo dirá. Aliviar a pressão. Você não precisa de pressão agora."

"Por enquanto", Nero Golden disse.

Era um oferecimento de verdadeira generosidade — francamente uma oferta de curto prazo — feita com absoluta boa-fé; e eu não via como podia aceitá-la. Abri a boca para protestar e Vasilisa ergueu uma mão de imperatriz. "Está fora de cogitação rejeitar", ela disse. "Vá, faça as malas e mandamos o pessoal buscar."

Então, no outono de 2012 fui morar na Casa Dourada, *temporariamente, por enquanto*, me sentindo, por um lado, profundamente agradecido, como um servo a quem oferecem um quarto num palácio, e, por outro, como se tivesse feito um pacto com o diabo. O único jeito de descobrir qual, seria desvendar todos os mistérios em torno de Nero, seu presente assim como seu passado, para poder julgá-lo de verdade e talvez para isso fosse melhor estar dentro daquelas paredes do que fora. Eles abriram os portões e me puxaram para dentro de seu mundo, então eu era o cavalo de madeira parado dentro dos portões de Troia. E dentro de mim, Odisseu e seus guerreiros. E parada na minha frente, a Helena desse Ilium americano. E antes que nossa história terminasse, eu trairia a eles, à mulher que eu amava e a mim mesmo. E as torres sem topo iriam queimar.

Os "rapazes", os filhos de Nero, iam vê-lo todos os dias, e eram encontros fora do comum, reveladores de sua imensa autoridade sobre eles, não tanto reuniões de pai e filhos, mas mesuras de chapéu na mão de súditos a seu senhor. Entendi que qualquer tratamento cinematográfico, fictício, claro, teria de lidar com esse estranho relacionamento autoritário. Parte da explicação sem dúvida era financeira. Nero era generoso com dinheiro, de forma que Apu podia ter um espaço próprio em Montauk para passar semanas a fio pintando lá e dando festas também. O jovem D Golden em Chinatown dava toda a impressão de viver num orçamento apertado, e nessa época trabalhava como voluntário num clube de mulheres no Lower East Side, o que o obrigaria a viver com o salário de Riya, mas a verdade era que, como Vasilisa logo me informou, ele aceitava o dinheiro que o pai lhe dava. "Ele tem muitas despesas neste momento", ela disse, mas não quis prolongar o assunto, como era o costume na Casa Dourada, cujos membros não discutiam assuntos significativos uns com os outros, como se fossem segredos, mesmo sabendo que todo mundo sabia de tudo. Mas talvez, pensei, as sessões entre o pai e os filhos fossem também confessionais, nas quais os "rapazes" admitiam seus "pecados" e eram, de alguma forma, até certo ponto e em troca de penitências e expiações desconhecidas, "perdoados". Esse era o jeito de escrever a coisa, pensei. Ou, uma possibilidade mais interessante. Talvez os filhos fossem os padres do pai e vice-versa. Talvez cada um possuísse os segredos dos outros e cada um desse ao outro absolvição e paz.

Geralmente a grande casa era silenciosa, o que era perfeito para mim. Me deram um quarto no andar mais alto, com janelas de sótão que davam para os Jardins, e eu estava absolutamente satisfeito e ocupado. Além de meu projeto cinematográfico de longo prazo, eu trabalhava com Suchitra numa série de vídeos de curta duração para uma rede a cabo de vídeo sob demanda, rostos bem conhecidos do cinema independente falando de seus momentos favoritos no cinema, a cena de carimbar a bunda em *Trens estreitamente observados* de Jiri Menzel (eu preferia o maior formalismo do título britânico *Trens estreitamente vigiados*), Toshiro Mifune apresentando o personagem de seu guerreiro samurai maltrapilho e sarnento em *Sanjuro* de Kurosawa, a primeira cena com Michael J. Pollard de *Bonnie e Clyde* de Arthur Penn ("sujeira na linha de combustível — foi só soprar"), o pavão de inverno abrindo a cauda em *Amarcord* de Fellini, a criança que cai de uma janela e aterrissa, incólume, em *Na idade da inocência (L'Argent de poche)* de François Truffaut, os momentos finais de *Desafio à corrupção* de Robert Rossen ("Fat Man, você é grande na sinuca" — "Você também, Fast Eddie"), e o meu preferido, o jogo de palitos em *L'Année dernière à Marienbad (Ano passado em Marienbad)* com a cara de pedra, draculesca de Sacha Pitoëff ("Não é um jogo se você não pode perder." — "Ah, eu posso perder, mas nunca perco.") Já tínhamos filmado muitos jovens atores e cineastas americanos (Greta Gerwig, Wes Anderson, Noah Baumbach, Todd Solondz, Parker Posey, Jake Paltrow, Chloë Sevigny) expressando sua admiração por esses filmes clássicos, e eu afiava minha habilidade de edição no laptop ao juntar esse material em peças de três minutos a serem mostradas numa ampla gama de websites. Suchitra deixou esse trabalho comigo enquanto se preparava para seu primeiro filme como roteirista-diretora, se aventurando fora da produção, e estávamos ambos profundamente mergulhados em nosso trabalho, nos encontrávamos tarde da noite para trocar as notícias do dia, comer depressa e muito tarde, ou fazer amor depressa ou simplesmente cair no sono exaustos um nos braços do outro, fosse no meu sótão de artista ou no apartamento estúdio dela. Na esteira da tragédia, foi assim que encontrei meu caminho de volta para a alegria.

Nos momentos de folga, eu estudava a dinâmica da Casa Dourada. O pessoal da limpeza, da cozinha, o faz-tudo Gonzalo iam e vinham, tão discretamente a ponto de parecerem *virtuais*, filhos fantasmas da era do pós-real. As duas damas dragão eram inquestionavelmente reais, chegavam toda manhã zunindo de eficiência, sequestravam-se numa sala ao lado do escritório de Nero e não reapareciam até saírem zunindo à noite como vespas que escapassem pela porta aberta. Todos os sons pareciam abafados, como se as próprias leis da ciência operassem dentro dessas paredes com luvas brancas, por assim dizer.

O próprio Nero ficava em seu escritório na casa, embora a instalação principal das Empresas Golden fosse em Midtown, numa torre que pertencia irritantemente a um certo Gary "Green" Gwynplaine, um vulgar cujo nome Nero não conseguia pronunciar e que gostava de se chamar de Coringa, por conta de ter nascido com cabelo inexplicavelmente verde-limão. De casaco roxo, pele branca, lábios vermelhos, Gwynplaine se tornou a imagem espelhada do notório vilão dos quadrinhos e parecia adorar essa semelhança. Nero considerava intolerável o seu senhorio e uma noite anunciou para mim, do nada e sem explicação — era o jeito dele, o trem de seu pensamento emergia ocasionalmente do túnel de sua boca e quem quer que estivesse em sua proximidade imediata virava a estação em que fazia uma breve parada —, "One world. Quando deixarem a gente entrar, eu serei o primeiro na porta". Levei um momento para entender que ele não estava falando de panglobalismo, mas do One World Trade Center, que ainda levaria uns dois anos para ficar pronto para ocupação, e anunciava assim sua intenção de deixar o prédio do Coringa e mudar-se para a nova torre construída no lugar da tragédia. "Nos andares superiores você consegue negócios incríveis", esclareceu. Cinquenta, sessenta andares, tudo bem, conseguem preencher esses, mas acima disso? Depois do que aconteceu ninguém quer alugar aquele espaço aéreo. Então, um grande negócio. O melhor negócio da cidade. Todo aquele espaço dos andares que precisam ser ocupados, e não encontram nada. Eu, pessoalmente, eu vou onde está a pechincha. No alto do céu? Ótimo. Preço lá embaixo, eu aceito. É uma pechincha. O raio não cai duas vezes no mesmo lugar."

Os funcionários raramente o viam. Ele deixou o cabelo crescer. Comecei a me perguntar sobre o tamanho das unhas dos pés dele. Depois da derrota de Romney, o humor dele piorou e ele era visto raramente, mesmo por sua esposa e familiares. Passou a dormir numa cama de armar no escritório da casa e pedia pizza tarde da noite. Durante o dia, fazia telefonemas a funcionários em vários países — pelo menos eu imaginava que eram funcionários — e em Manhattan também. Sua regra era que telefonaria a você a qualquer momento do dia ou da noite, e esperava que você estivesse alerta e disposto a discutir o que ele quisesse, negócios, mulheres ou qualquer coisa dos jornais. Falava durante horas com seus colegas de telefone, e isso tinha de ser aceito por eles. Uma noite, nos Jardins, quando estava em um de seus humores afáveis, abri meu sorriso mais inocente e perguntei se ele já havia pensado em Howard Hughes. "Aquele maluco", ele respondeu. "Sorte sua que eu tenho um fraco por você. Nunca me compare com aquele maluco." Mas ao mesmo tempo, ele começou a se retirar ainda mais de olhos humanos. Vasilisa passou muitos dias no spa ou para cima e para baixo na Madison, em várias lojas, ou indo almoçar com amigas no Bergdorf ou Sant Ambroeus. Ignore uma mulher bonita por tempo demais e vai haver confusão. Quanto tempo é demais? Cinco minutos. Qualquer coisa além de uma hora: catástrofe à espera.

A casa se transformou na expressão tanto de sua beleza quanto da intensidade de sua carência. Em paredes cinza-ostra, ela pendurou grandes espelhos feitos de espelhos quadrados menores, alguns em ângulo, alguns tingidos de preto, que expressavam, como os cubistas, a necessidade de várias perspectivas ao mesmo tempo. Uma grande lareira nova foi instalada no salão, ameaçando incandescência de inverno. Novos tapetes nos pisos, sedosos ao toque, cor de aço. A casa era sua linguagem. Ela lhe falava através de suas alterações, sabia que ele era um homem influenciado pelo ambiente, dizia sem palavras que se um rei precisa de um palácio, esse palácio exige, para ser devidamente palaciano, uma rainha.

E aos poucos funcionou. No Natal, ele havia se recuperado da vitória eleitoral do presidente e desenvolvido uma poderosa polêmica contra o adversário derrotado, o pior adversário de todos os tempos, ele dizia às refeições, com golpes de garfo para enfatizar o que dizia, nunca tinha havido adversário mais fraco na história da disputa, não dava nem para dizer que fosse um adversário de verdade, não tinha havido disputa, como se o sujeito tivesse caído antes de darem o soco, então da próxima vez não vamos cometer o erro de escolher um *palhaço*, vamos cuidar para que seja um sujeito com *gravitas*, que dê a impressão de poder liderar. Da próxima vez. Com certeza.

No dia da posse, o clima da Casa Dourada estava muito melhor. Não foi permitido assistir à cerimônia pela televisão, mas o humor do rei e da rainha estava alegre e namorador. Eu sabia que o clima interior de Nero Golden era mutável e que sua vulnerabilidade sexual aos encantos da esposa aumentava à medida que ele envelhecia, que o quarto era onde ela invariavelmente conseguia as necessárias alterações na meteorologia pessoal dele. Mas eu não sabia então o que sei agora — ele não estava bem. Vasilisa mostrou ser mestre no timing, pressentiu sua abertura e fez seu lance. Antes de qualquer um de nós, ela viu o que depois veio a ficar tristemente claro para todos nós: que ele estava enfraquecendo, que logo chegaria o momento em que não seria mais quem tinha sido. Ela farejou o primeiro sinal dessa fraqueza que chegava como um tubarão fareja uma única gota de sangue na água e se preparou para dar o bote.

Tudo é uma estratégia. Essa é a sabedoria da aranha.

Tudo é comida. Essa é a sabedoria do tubarão.

MONÓLOGO DA ARANHA PARA A MOSCA, OU DO TUBARÃO PARA SUA PRESA

Sabe porque foi feito especialmente com aqueles cristais especiais que brilham de um jeito especial quando a chama bate neles assim, brilham igual os diamantes da caverna de Ali Babá que eu não sabia que na verdade se chamava Sésamo é era o nome da caverna você sabia disso então de qualquer modo foi o que eu li numa revista então quando ele diz Abre-te, Sésamo ele está chamando a caverna pelo nome e eu sempre pensei que era uma palavra mágica, *Sésamo!*, mas tudo bem é do fogo que eu estou falando do fogo que mandei fazer para representar o fogo no seu coração o fogo que eu amo em você. Você sabe disso. Eu sei que você sabe. Então cá estamos nós como estamos já faz algum tempo, você está feliz, nossa felicidade é a grande obra da minha vida então espero que você vá responder sim, agora você tem de perguntar se eu estou feliz e eu respondo, estou, sim, mas. Agora você vai dizer como eu posso dizer isso mas quando penso onde eu estava quando você me encontrou e onde estou agora e concordo que você me deu tudo você me deu minha vida mas ainda assim tem um mas, ainda tem, sim, um mas. Você não tem de perguntar o que é que você tem de saber. Eu sou uma mulher jovem. Estou pronta para ser mais que uma amante embora ser sua amante esteja sempre em primeiro lugar para mim, você está sempre em primeiro lugar, mas eu quero ser também, você sabe que eu quero, ser mãe. E eu entendo sim que isso viola os termos de nosso acordo porque eu disse que desistia disso por você e nosso amor seria nosso filho mas o corpo quer o que o corpo quer e o coração também, não pode ser contrariado. Então é assim que eu estou meu querido e é um dilema e só posso ver um jeito que me parte o coração e então te digo de coração partido eu digo que por causa de meu imenso respeito por você e meu respeito também por minha própria honra que me obriga a honrar os termos de nosso acordo que meu querido tenho de deixar você. Eu te amo muito mas por causa da necessidade de meu corpo jovem e meu coração partido tenho de ir e achar um jeito de ter um filho de alguma forma embora a ideia de não ser com você me destrua é a única resposta que consigo encontrar, então, meu querido, tenho de dizer. Adeus.

No jogo de xadrez, o movimento conhecido como Gambito da Dama quase nunca é usado porque entrega a peça mais poderosa do tabuleiro em nome de uma posição vantajosa arriscada. Só os grandes mestres de verdade tentam manobra tão ousada, capazes de prever muitos movimentos à frente, considerar cada variação e assim ter certeza do sucesso do sacrifício: a entrega da rainha para matar o rei. Bobby Fisher, no mui-ruidoso Jogo do Século, com as pedras pretas, fez uso devastador do Gambito da Dama contra Donald Byrne. Durante o tempo que passei na Casa Dourada, entendi que Vasilisa Arsenyeva Golden era uma ávida estudiosa do "jogo real" e conseguiu me demonstrar o famoso xeque-mate em vinte e dois movimentos com que o grande mestre russo Mikhail Tal usou o sacrifício da rainha para bloquear seu oponente, um certo Alexander Koblentz. Vasilisa e eu jogávamos xadrez nas tardes de folga, quando Suchitra estava filmando, e ela ganhava invariavelmente, mas depois me mostrava como tinha feito, insistia que eu melhorasse meu nível de jogo. E assim vejo, em retrospecto, que ela estava também me ensinando o jogo da vida e chegava ao ponto de demonstrar antecipadamente o movimento que ia fazer. Quando ela pediu o divórcio a Nero Golden, eu entendi a profundidade de seu brilhantismo. Era um movimento vitorioso.

O pedido dela o abalou, e de início ele apelou para a grosseria, brigou com ela tão ruidosamente no patamar diante de seu escritório que fez todos os servidores fantasma da casa buscarem abrigo, apontou brutalmente que o acordo financeiro deles terminaria com a partida dela e que ela iria embora com nada além de um guarda-roupa elegante e algumas bugigangas. "Veja a que ponto isso te leva", ele rugiu, entrou em seu refúgio e bateu a porta. Calada, sem tentar abrir a porta batida, ela entrou em seu closet de vestir e começou a fazer as malas. Fui vê-la. "Para onde você vai?", perguntei. Naquele momento, quando ela voltou a força fulgurante de seu olhar para mim, vi pela primeira vez a rainha-bruxa sem máscara e de fato dei um passo para trás e me retirei. Ela riu, não a sua risada normal de moça bonita, mas algo totalmente mais selvagem. "Não vou para lugar nenhum", ela rosnou. "Ele vai vir rastejando para mim, vai implorar para eu ficar e jurar que me dá o que meu coração deseja."

A noite caiu; a noite, que aumentava seu poder. A casa estava em silêncio. Petya em seu quarto, banhado em luz azul, perdido em si mesmo e nos monitores do computador. Vasilisa no quarto principal com a porta aberta, sentada ereta no seu lado da cama, completamente vestida, uma mala de pernoite feita e pronta a seus pés, as mãos dobradas no colo, todas as luzes apagadas, a não ser uma pequena luz de leitura delineando sua silhueta esguia. Eu, o espião, na porta de meu quarto, à espera. E à meia-noite sua profecia se realizou. O velho bastardo se arrastou derrotado à presença dela para admitir sua majestade, implorou que ela ficasse e concordou com os seus termos. Parado diante dela de cabeça baixa até ela puxá-lo para si e cair para trás sobre o travesseiro, e depois disso lhe permitir de novo a ilusão de ser senhor de sua própria casa, embora ele soubesse tão bem como todo mundo que era ela quem ocupava o trono.

— Um filho.

— Sim.

— Meu querido. Venha para mim.

Ela apagou a luz de leitura.

18

Meu plano, ao começar a vida com a inspiração da vida de meus pais como bandeira sob a qual velejava, tinha sido fazer todo o possível para ser — admito aqui publicamente meu uso antes privado da palavra — maravilhoso. O que mais valia a pena ser? Rejeitei os monótonos, prosaicos, monossilábicos, comuns Renés e decidi encarar um eu múltiplo excepcional que embarcasse em meu *Argo* imaginário em busca do velocino de ouro, sem nenhuma ideia de onde podia estar minha Cólquida (a não ser que provavelmente estaria nas proximidades de uma sala de cinema) ou como navegar em sua direção (a não ser que uma câmera de cinema podia ser a coisa mais próxima de um leme a meu dispor). Então me vi amado por uma boa mulher, diante do portal da vida no cinema que tinha se tornado meu grande desejo. E nesse estado de felicidade, fiz o possível para destruir o que tinha feito.

O repórter na frente de batalha se vê diariamente diante de uma escolha: participar ou não participar? O que era bem difícil quando sua nação era um combatente, seu povo estava implicado e, por extensão, você também. Mas às vezes não era a sua batalha que estava em curso. Não era nem uma guerra, era mais uma luta profissional, e você se via por acaso na primeira fila do ringue. E de repente um dos lutadores estendia um braço como um amante convidando você para fazer sexo a três. *Junte-se a nós.* Nessa altura, uma pessoa sadia, ou pelo menos cautelosa, engataria marcha à ré e sairia dali o mais depressa possível.

Eu não. Entendo que o que isso diz a meu respeito não é inteiramente admirável. O que se segue, o relato de como entrei na guerra, é ainda menos admirável. Pois eu não só traí meu anfitrião em sua própria casa e a mulher que eu amava e que me amava, como traí também a mim próprio. E ao fazer isso, entendi que as perguntas que Nero Golden me pedira para considerar ao pensar sobre ele se aplicavam também a mim. É possível ser um bom homem sendo ao mesmo tempo um homem mau? É possível o mal coexistir com o bem e, em caso afirmativo, esses termos ainda significarem alguma coisa quando se trata de uma aliança tão incômoda e talvez irreconciliável? Pode ser, pensei, que quando bem e mal são separados, ambos se tornam igualmente destrutivos; que o santo é uma figura tão horrenda e perigosa quanto o bandido total. No entanto, quando o certo e o errado se combinam nas proporções certas, assim como uísque e vermute doce, é isso o que constitui o clássico coquetel manhattan do animal humano (sim, com um toque de amargo e uma casquinha de laranja, e você pode ver as alegorias que quiser nesses elementos e nas pedras de gelo no copo também). Mas eu nunca tive certeza de como entender essa noção de yin e yang. Talvez a união de opostos que dá forma à natureza humana fosse apenas o que os seres humanos diziam a si mesmos para racionalizar suas imperfeições. Talvez fosse certinho demais e a verdade fosse que os maus atos superam os bons. Não importa, por exemplo, que Hitler fosse bondoso com cachorros.

Começou assim: Vasilisa me pediu, como fazia às vezes enquanto me hospedei na Casa Dourada, para acompanhá-la a uma expedição de compras nos empórios de alta moda da avenida Madison, *porque confio no seu gosto, meu querido, e Nero, tudo o que ele quer é que seja sexy, quanto mais exposto melhor, mas isso está errado, não é, nós sabemos, às vezes escondido é mais sedutor que revelado*. Para falar a verdade, comprar roupas estava entre as atividades de que eu menos gostava; comprava minhas próprias roupas, quando comprava, sobretudo on-line, e depressa. Numa loja elegante, o âmbito de minha atenção é limitado. Suchitra não era exatamente antimoda — tinha diversos amigos na indústria da moda e usava com atitude e estilo as roupas que lhe mandavam — mas ela era definitivamente avessa a bater perna pelas lojas, o que era uma das muitas coisas que eu gostava nela. Para Vasilisa, porém, a morada de vestidos sofisticados era o seu teatro e cabia a mim ser sua plateia, aplaudir suas entradas, costas arqueadas, olhando por cima do ombro no espelho e depois no espelho humano que eu representava, depois a si mesma outra vez, enquanto um ruidoso bando de atendentes aplaudia e arrulhava. E era verdade, ela ficava excepcional em tudo o que vestia, era uma das duzentas e poucas mulheres na América para quem essas roupas eram feitas, ela era como a cobra que sai e entra em muitas peles diferentes, deslizando disto para aquilo, com a língua bífida lambendo os cantos dos lábios, se adaptando, adorada, vestida, como fazem as cobras, para matar.

Nessa tarde, havia um brilho extra em sua beleza, um sobreofuscar, como se ela, que não precisava nem tentar nada no departamento beleza, estivesse tentando demais. Os assistentes de várias lojas, os Fendivinos, os Guccistas, os Pradeslumbrantes, reagiam adulando ainda mais do que exigia sua profissão. Isso ela recebeu como o mínimo que lhe era devido. E depois de tamanha adoração, no sétimo andar da Bergdorf Goodman, entrou impetuosamente no restaurante, chamou os funcionários pelo nome, ignorou enquanto ao mesmo tempo recebia a atenção admirada de magras mulheres caras de várias idades, tomou seu lugar à "sua mesa" perto da janela, apoiada à mesa com os cotovelos, as duas mãos juntas sob o queixo, e olhando diretamente em meus olhos fez a pergunta catastrófica.

"René, posso confiar em você? Confiar realmente cem por cento? Porque preciso confiar em alguém e penso que só pode ser você."

Essa era, como nos velhos livros de gramática latina, uma pergunta *nonne*, que esperava "sim" como resposta, sendo essas as únicas perguntas que Vasilisa Golden fazia, perguntas de sim, você gostaria de ir fazer compras comigo, eu estou o.k., pode fechar meu zíper, acha que esta casa está bonita, gostaria de um jogo de xadrez, você me ama. Era impossível dizer não e portanto, claro, eu disse sim, mas admito que metaforicamente cruzei os dedos atrás das costas. Que jovem rato eu era! Não importa, todos os escritores são ladrões e naquela época eu estava mergulhado no trabalho. "Claro", eu disse, "o que é?"

Ela abriu a carteira, tirou uma carta dobrada e passou para mim sobre a mesa. "Shh", disse. Duas folhas de papel de um laboratório de diagnósticos do Upper West Side, resultados de vários exames tanto de Vasilisa quanto de Nero Golden. Ela pegou de volta a página sobre ela. "Esta não é importante", disse, "comigo está tudo cem por cento." Olhei o documento que restou em minha mão. Não sou bom na leitura desses documentos e ela deve ter visto a confusão em meu rosto, ao se aproximar por cima da mesa. "É um espermograma", ela ciciou. "Um exame do sêmen." Ah. Olhei as várias proporções e comentários. As palavras não significavam nada. Motilidade. Oligospermia. Vitalidade NICE. "O que quer dizer isso?", murmurei. Ela deu um suspiro, um suspiro exasperado: será que todos os homens eram imprestáveis desse jeito mesmo para discutir um assunto tão significativo para a virilidade? Ela falou muito baixo, movendo a boca com exagero para eu poder entender. *Quer dizer que ele está velho demais para ter um filho. Noventa por cento de certeza.*

Então eu entendi a pressão sob a qual ela estava, que tivera o efeito de fazê-la subir tanto o volume. Tinha feito seu grande lance e Nero cedera — e agora isso. "É como se ele tivesse feito de propósito", disse ela no mesmo tom de voz baixo. "Só que eu sei que ele não sabe. Ele acha que é um tigre, uma máquina, capaz de fazer bebês só de olhar do jeito errado para uma mulher. Isso vai ser um golpe duro para ele."

"O que você vai fazer?"

"Coma sua César", ela disse. "Conversamos depois do almoço."

Havia neve no chão do parque e um orador sem-teto que discursava no caminho para o carrossel. Um cavalheiro dos velhos tempos ele era, delirante com as palavras: branco, barba hirsuta grisalha, chapéu de lã enfiado até as sobrancelhas, macacão jeans, luvas sem dedos, óculos sem aro de lentes circulares como os de John Lennon, ele parecia um tocador de *washboard* em uma *jug band* do sul. Sua voz, porém, não tinha nem um traço do sul, e o cavalheiro tinha uma tese a expor no que era um vocabulário bastante floreado. A vida privada de homens e mulheres na América, ele queria nos dizer, vinha sendo abolida pela vida privada das armas, que tinham se tornado conscientes e tentavam nada menos que a dizimação e finalmente a conquista da espécie humana. Trezentos milhões de armas vivas na América, número igual ao da população humana, na tentativa de criar um pequeno *Lebensraum*, eliminando quantidades significativas de seres humanos. Armas tinham ganhado vida! Tinham suas próprias mentes agora! Queriam realizar o que era a sua natureza, i.e. e a saber, o que quer dizer, atirar. Consequentemente essas armas vivas estavam habilitando cavalheiros a arrancar com um tiro suas *picas* enquanto posavam para selfies nus, pow!, e encorajavam pais a atirar acidentalmente em seus filhos a uma distância *cem por cento segura*, acidentalmente?, ele achava que não! pow!, e *instigavam* criancinhas a atirar na cabeça de suas mães enquanto elas dirigiam a SUV da família, blam!, e ele nem tinha chegado a falar de assassinato em massa ainda, rá-tá-tá!, em campi de universidades, rá-tá-tá!, shopping centers, rá-tá-tá!, na porra da *Flórida*, rá-tá-tá rá-tá-tá! Ele nem tinha *começado* a falar das armas de *policiais* que ganhavam vida e levavam os tiras a tirar vidas de negros ou armas de veteranos loucos que levavam veteranos loucos a atirar em policiais a sangue-frio. Não! Ele nem tinha *começado* a falar sobre isso. O que estava nos dizendo hoje no parque de inverno era que *vínhamos sendo invadidos por máquinas assassinas*. A máquina inanimada se tornara animada, como um brinquedo que ganha vida em um filme de horror, como se o seu ursinho de pelúcia agora pudesse pensar, e o que ele pensava? Ele queria cortar sua garganta. Como alguém podia pensar em sua vidinha privada quando estava acontecendo toda essa merda?

Pus dois dólares na lata aos pés dele e seguimos em frente. Não era hora da Segunda Emenda entrar na conversa. "Vou te contar o que eu vou fazer", Vasilisa falou. "Vou proteger Nero dessa informação e, por sinal, você também. Sente aqui. Vamos alterar o formulário." Estávamos sentados a uma das mesas perto do carrossel. Atrás de nós, o carrossel em si estava fechado para o inverno. Ela pegou a caneta e metodicamente alterou os números escritos à mão. "Motilidade I, numeral romano", ela disse, "isso é ruim. Quer dizer motilidade zero e sem motilidade não existe movimento para a frente, se você me entende. Mas se eu puser um pequeno V depois do I, fica Motilidade IV, o que é perfeito, é um A-OK. E aqui, concentração de espermatozoides, cinco milhões por mililitro, muito baixo, mas agora eu ponho um pequeno um antes do cinco fica quinze milhões, o que é normal de acordo com a Organização Mundial da Saúde, eu pesquisei. E assim por diante, aqui, aqui, aqui. Melhora, melhora, melhora. Viu? Agora está bom. Agora ele está totalmente apto para a paternidade."

Ela efetivamente bateu palmas. O poder do sorriso de felicidade que se espalhou por seu rosto era tal que quase conseguia convencer a pessoa a quem era liberado (eu) que a ficção era fato, que falsificar um diagnóstico efetivamente alteraria esse diagnóstico no mundo real. Quase, mas não exatamente. "Isso pode dar conta do ego dele", eu disse, "mas nenhuma cegonha vai trazer o bebê, não é?"

"Claro que não", ela disse.

"Então o quê, você vai fingir que continua tentando por algum tempo e depois convence Nero a adotar?"

"Adotar está fora de questão."

"Então não entendo."

"Vou achar um doador."

"Um doador de esperma."

"Isso."

"Como você vai conseguir que ele concorde com isso se ele não sabe que o esperma dele não funciona?"

"Ele nunca vai concordar."

"Vai conseguir um doador de esperma sem contar para ele? Como isso é possível? Não é preciso assinar documentos? Não precisa de consentimento?"

"Ele nunca vai consentir."

"Então como?"

Ela estendeu o braço e pegou minhas mãos.

"Meu querido René", ela disse, "é aí que você entra."

Mais tarde.

"Não quero o filho de um estranho", ela disse. "Não quero engravidar com uma espátula. Quero fazer do jeito certo, com alguém em quem eu confio, alguém que é como família para mim, alguém que é um cara bonito e adorável que pode, não fique envergonhado de eu dizer isso, me excitar com facilidade. Aceite como um elogio, por favor. Quero fazer com você."

"Vasilisa", eu disse. "É uma ideia terrível. Isso seria não só enganar Nero, mas jogar sujo com Suchitra também."

"Enganar não", ela disse. "E não seria nem um pouco sujo, a não ser em razão de nossa preferência pessoal. Não tenho nenhuma intenção de interferir no seu caso amoroso. Isso seria apenas algo que você faria para mim em particular."

Mais tarde.

"Nero, René", ela disse, um pouco sonhadora, "vocês têm quase o mesmo nome, as mesmas sílabas, quase as mesmas, só que invertidas. Está vendo? É o destino."

Começou a nevar levemente. *Caía suave, suavemente caía.* Vasilisa ergueu a gola do casaco e sem mais nem uma palavra enfiou as mãos nos bolsos e rumou decidida para oeste. Envolto em brancura, seu atordoado narrador teve o que descreveria depois como uma experiência fora do corpo. Pareceu-lhe ouvir música fantasmagórica, como se o carrossel fechado estivesse tocando o "Tema de Lara" de *Jivago.* Pareceu-lhe que pairava sobre seu ombro direito e olhava para si mesmo ao segui-la desamparadamente pelo parque e por Columbus Circle, seu corpo naquele momento em total submissão, entregue ao comando dela, como se ela fosse uma *bokor* haitiana e ele no almoço na Bergdorf Goodman tivesse comido o chamado pepino de zumbi que confundiu seus processos de pensamento e o tornou escravo dela para sempre. (Tenho consciência de que ao passar para a terceira pessoa e alegar fracasso de minha vontade tento me isentar do julgamento moral. Tenho consciência também de que "ele não conseguiu evitar" não é uma defesa forte. Me permitam ao menos isto: que sou autoconsciente.)

A fantasia com Julie Christie dele — minha — se apagou e ele — eu — passou a pensar no filme de Polanski *A faca na água*. O casal que convida um caronista para seu barco. A mulher acaba fazendo sexo com o intruso. Evidente que eu me via, incomodamente, como o caronista, o terceiro ponto de um triângulo. Talvez o casal do filme tivesse um casamento infeliz. A mulher sentia clara atração pelo caronista e não recusou o sexo. O caronista era uma tábula rasa em que o casal escreveu sua história. Da mesma forma eu, ao acompanhar assim os passos de Vasilisa, permitia que ela escrevesse a história de seu futuro de um jeito que decidira que devia ser escrito. Aqui estava a rua 60 Oeste, e ela entrou pelas portas de um hotel cinco estrelas ali. Eu a acompanhei ao elevador e subimos ao quinquagésimo terceiro andar e evitamos o saguão do trigésimo quinto andar. Ela já tinha a chave do quarto. Tinha sido tudo planejado, e, ainda nas garras daquela curiosa passividade lânguida, faltava-me vontade de prever o que estava para acontecer.

"Entre depressa", ela disse.

Mais tarde.

Há uma frase que sempre atribuí a François Truffaut, embora agora eu veja que não consigo encontrar provas de que ele disse isso. Então, apocrifamente: "A arte do cinema", Truffaut teria dito, "é apontar a câmera para uma bela mulher". Ao olhar para Vasilisa Golden silhuetada contra uma janela além da qual estavam as águas de inverno do Hudson, ela me pareceu uma deusa da tela que escapava do cinema que eu adorava, que saía da tela para a sala de projeção como Jeff Daniels em *A rosa púrpura do Cairo*. Pensei em Ornella Muti enfeitiçando Swann no filme que Schlöndorff fez a partir de Proust; em Faye Dunaway como Bonnie Parker com sua boca se retorcendo sensualmente ao cativar o Clyde Barrow de Warren Beatty; em Monica Vitti se encolhendo eroticamente num canto em Antonioni a murmurar "*No lo so*"; em Emmanuelle Béart vestida com nada além de beleza em *La Belle noiseuse*. Pensei nas godardettes, Seberg em *Acossado*, Karina em *Pierrot le fou*, Bardot em *O desprezo*, e então tentei me repreender, ao me lembrar das poderosas críticas feministas ao cinema da nouvelle vague, a teoria do "olhar masculino" de Laura Mulvey, em que ela propõe que o público era obrigado a ver esses filmes do ponto de vista do homem heterossexual, com mulheres reduzidas ao status de objetos etc. E Mailer pipocou em minha cabeça, o prisioneiro do sexo em si, mas o descartei quase imediatamente. Quanto à questão de minha autoconsciência: sim, tenho consciência de que vivo demais dentro da minha cabeça, muito profundamente imerso em filmes, livros, arte, de forma que os movimentos de meu coração, as traições de minha verdadeira natureza são às vezes obscuros para mim. Nos acontecimentos que devo descrever agora, fui obrigado a ficar cara a cara com quem eu era de fato e então confiar na compaixão feminina para ver através de mim. E ali estava ela, parada na minha frente, minha rainha diaba, minha nêmese, a futura mãe de meu filho.

Mais tarde.
O comportamento dela de início foi objetivo, peremptório, beirando o brusco. "Quer um drinque? Vai ajudar? Não seja tão bem-comportado, René. Somos ambos adultos aqui. Tome um

drinque. Pegue um para mim também. Vodca. Gelo. O balde de gelo está cheio. Então! Vamos beber ao nosso empreendimento, que é, de certa maneira, majestoso. A criação da vida. Para que mais somos postos nesta Terra? A espécie insiste em se propagar. Vamos logo com isso."

E também, depois de não uma, mas duas vodcas: "Hoje é só para quebrar o gelo. Hoje não é o momento certo para fazer bebê. Depois de hoje, vou informá-lo quando estiver ovulando, e você estará disponível. Eu sempre sei exatamente quando acontece, sou regular, como os trens na Itália de Mussolini. Esta suíte estará permanentemente disponível. Aqui está sua chave. Encontro você aqui, três ocasiões no total durante cada ciclo. Em outros momentos, nosso relacionamento será como sempre foi. Você aceita, claro".

Era o tom de voz que ela usava ao falar com os funcionários da casa, e chegou perto de me acordar de meu sonho. "Não, meu bem, não assuma uma atitude ruim", ela disse com voz inteiramente diferente, baixa, sedutora. "Estamos os dois aqui, o que quer dizer que já tomamos todas as decisões importantes. Agora é hora do prazer, e de agora em diante você vai ter muito prazer, eu garanto."

"Certo", eu disse, mas alguma nota de dúvida deve ter penetrado minha voz, porque ela aumentou o volume sexual. "Claro que sim, querido, e eu também, porque olhe só você, um rapaz maravilhoso como você. Vamos para o quarto agora. Não posso esperar mais."

Que jogadora ela era! Com que rapidez se recuperou de receber uma carta inesperadamente ruim! Porque deve ter sido um golpe terrível para ela receber os resultados do espermograma, devastador para seus planos futuros, no entanto, apesar da repentina crise, ela agira instantaneamente, intuitivamente, para esconder do marido a informação. E então, sem hesitar, apostou todas as fichas em mim, apoiando sua confiança no juízo que fazia de meu caráter e em sua própria capacidade de atração (ela viu em mim tanto a seriedade que garantia que eu merecia a confiança de partilhar seu segredo e a fraqueza que garantia que eu não seria capaz de resistir a seus consideráveis encantos). Isso tudo apesar de saber que, se seu estratagema falhasse e o marido descobrisse a verdade, sua posição seria insustentável e ela podia até correr perigo. E eu também; ela me colocou em sua conspiração sem jamais considerar minha segurança, meu futuro. Mas não posso pôr a culpa nela, porque a considerava irresistível, o oferecimento de seu corpo inelutável, e entrei voluntariamente em sua armadilha. Agora, eu estava nela: seu coconspirador, tão moralmente comprometido quanto ela, e não tinha mais nenhuma chance a não ser ir até o fim e guardar suas confidências, que eram também minhas. Eu tinha tanto a perder quanto ela.

Ela me puxou para ela na cama. "Prazer faz bebês bonitos", ela disse. "Mas também é prazeroso em si."

Corte.

19

"Não gosto dos seus Golden", Suchitra disse. "Faz tempo que quero dizer isso. Você deve se mudar logo." Ela deu esclarecimentos durante nosso agora costumeiro coquetel noturno no pub de estilo britânico perto da Washington Square: uísque irlandês on the rocks para ela, vodca com água gasosa para mim. "Na verdade, não tenho posição muito negativa em relação aos filhos, mas o pai... para mim, não, e a esposa, idem. No geral, é só aquela casa. Me dá calafrios. Não sei por quê, mas dá. Parece a mansão da Família Addams. Você não sente isso quando está lá? É como uma casa de fantasmas. Esses ricos desenraizados que rejeitam sua história, cultura e nome. Que conseguem se safar por causa do acidente da cor da pele que permite que sejam aceitáveis. Que tipo de gente são eles, que negam a própria raça? Não me importa se você vive na terra dos seus pais ou não, não proponho nada nativista e anti-imigração, mas fingir que isso não existe, que você nunca existiu lá, que não significa nada para você e você nada para ela, isso me faz sentir que eles concordam, de certa forma, em estarem mortos. Como se estivessem vivendo seu pós-morte ainda vivos. Imagino que durmam em caixões de noite. Não, claro que não de verdade, mas você entende o que eu quero dizer."

Suchitra era uma atípica mulher de Nova York. "Mantive três regras com todos os meus namorados", ela me disse quando nos tornamos amantes. "Ganhe seu próprio dinheiro, tenha seu próprio apartamento e não me peça em casamento." Ela própria vivia modestamente em um dois-cômodos alugado em Battery Park City. "Na verdade, eu moro em um cômodo", ela observou. "O outro é para roupas e sapatos." Era um quarto de esquina com grandes janelas, de forma que o rio era a obra de arte em sua parede, o fog que subia ao amanhecer, as placas de gelo do inverno seguidas pelas primeiras velas da primavera, os cargueiros, rebocadores, as balsas, os barcos de corrida com a bandeira arco-íris do clube de vela gay do local, o coração dela cheio de amor por sua cidade sempre que olhava a vista, nunca a mesma, o vento, a luz, a chuva, a dança do sol e da água e o apartamento no prédio do outro lado da rua com um grande telescópio de latão na janela e uma clara visão de sua cama, que diziam ser um *pied-à-terre* pertencente a Brad Pitt, que o usava para escapar da esposa; e a dama verde com a tocha vigiando tudo não longe dali, iluminando o mundo. "A cidade é meu amante residente", ela me disse logo de início. "Ela ficaria com ciúmes se um cara se mudasse para cá."

Isso tudo estava muito bem para mim. Fazia parte de minha natureza preferir um bocado de silêncio e espaço à minha volta e eu gostava de mulheres independentes, de forma que foi fácil aceitar suas condições. Na questão do casamento, eu tinha uma cabeça aberta, mas fiquei feliz de aceitar sua posição firme, que coincidia com a minha. No entanto, eu agora me via no *zugzwang* que todo mentiroso, enganador e impostor acaba tendo de enfrentar: o momento em que é preciso fazer um lance no tabuleiro de xadrez e não há nenhum lance bom a fazer. Era começo da primavera e o mercado imobiliário começara a mudar; havia um comprador sólido para nossa velha casa familiar e o contrato estava quase completo, Vasilisa toda negócios quando falava comigo a respeito; nenhum indício de nossa vida secreta em sua voz ou em seu rosto. Eu tinha minha herança e estava para receber um impulso substancial em meu capital assim que a venda se realizasse. Meu instinto no momento era ficar onde estava, eventualmente alugar, e procurar até encontrar o local certo para comprar. Então o estímulo de Suchitra para que me mudasse era totalmente razoável, mas contrário a meus desejos. Por três razões francas e uma razão encoberta, eu resistia. Compartilhei com ela as três primeiras, claro. "A casa é sossegada. (a)", eu disse. "É fácil de trabalhar lá. Tenho o espaço de que preciso e no geral me deixam por minha conta. E (b) você sabe que essas pessoas estão no centro do trabalho que estou tentando fazer. É, tem alguma coisa esquisita com o velho, mas ele está começando a gostar que eu esteja por perto, tenho a sensação de que vai se abrir comigo a qualquer momento, e vale a pena esperar por isso. Acho que Petya é um peso para ele e por isso está sentindo o golpe da idade, começando a se comportar como alguém muito velho. E depois tem o (c), que é o fato de os Jardins serem a minha vida e quando me mudar da Casa Dourada vou perder acesso a eles. Não sei se estou pronto para isso, para morar fora daquele espaço mágico."

Ela não questionou. "Tudo bem", disse, bem-humorada. "É só um comentário. Você me avisa quando estiver pronto."

O traidor teme que a culpa esteja escrita em sua cara. Meus pais sempre me disseram que eu não era capaz de guardar um segredo e que quando eu mentia viam uma luz vermelha piscando na minha testa. Comecei a me perguntar se Suchitra tinha começado a ver essa luz e se sua insistência para que eu deixasse a Casa Dourada vinha da suspeita de que meu tempo debaixo daquele teto não era totalmente inocente. Meu maior medo era que ela notasse alguma diferença sexual em mim. Nunca acreditei que o sexo fosse primordialmente um esporte olímpico; excitação e atração eram resultado da profundidade de sentimento entre as partes, da força da ligação. Essa era também a visão de Suchitra. Ela era uma amante impaciente. (Sua agenda era tão ocupada que não tinha tempo para perder com nada.) As preliminares eram mínimas entre nós. À noite, me puxava para ela e dizia: "Só entre em mim agora, é o que eu quero", e em seguida se declarava satisfeita, sendo do tipo que goza rápido e muitas vezes. Eu tinha escolhido não me sentir diminuído por isso, embora possa ter me sentido quase irrelevante no processo. Ela era simplesmente uma pessoa carinhosa demais para ofender intencionalmente minha potência.

Com Vasilisa, porém, as coisas eram muito diferentes. Nossos encontros eram sempre à tarde, o clássico *cinq-à-sept* francês. Não dormíamos juntos. Não dormíamos nada. Além disso, fazíamos um amor inteiramente objetivo, dedicado à criação de uma nova vida, o que ao mesmo tempo me aterrorizava e excitava, embora ela me garantisse constantemente que o bebê não seria encargo meu, não alteraria minimamente a minha vida. Era procriação sem responsabilidade. Estranhamente, a ideia fazia eu me sentir um pouco pior em vez de um pouco melhor. "Estou vendo", ela disse em nosso ninho de hotel com vista para o parque, "que vou ter de fazer o impossível para você ficar tranquilo a respeito." Sua firme convicção era de que fazer um bebê exigia excitação extrema, e se considerava uma profissional nesse campo. "Baby", ela dizia com voz rouca, "posso ser um pouquinho a má menina, então preciso que você me conte seus segredos para eu poder fazer eles se realizarem." O que se seguia era sexo de um tipo que eu nunca tinha feito antes, mais livre, mais experimental, mais extremo e estranhamente mais confiante. Traidores em conjunto, em quem mais podíamos confiar a não ser um no outro?

Suchitra: teria ela, durante nossas rodadas de sexo menos operístico, notado meu corpo se movimentando de outro jeito, depois de aprender novos hábitos, pedindo mudamente satisfações diferentes? Como ela podia não notar? Eu devia estar diferente, sentia tudo diferente em mim, aqueles três dias por mês tinham mudado tudo para mim. E que dizer das minhas exaustões mensais depois de minhas farras vespertinas? Como explicar isso, a regularidade dessas ocorrências? Sem dúvida ela suspeitava. Devia suspeitar. Impossível esconder essas alterações dela, minha amiga mais íntima.

Ela parecia não ter notado nada. À noite, conversávamos sobre o trabalho e adormecíamos. Nosso caso nunca tinha sido de sexo-toda-noite-senão. Nos sentíamos confortáveis um com o outro, felizes só por nos abraçarmos e descansar. Isso acontecia sobretudo no apartamento dela. (Ela gostava sempre que eu estivesse lá, desde que não houvesse a questão de me mudar para lá.) Ela não gostava muito de ficar na Casa Dourada. Consequentemente, não passávamos juntos todas as noites; de jeito nenhum. De forma que no fim das contas não era muito difícil esconder minhas pegadas. Ela continuava a puxar o assunto de eu sair da casa da Macdougal Street, porém. "Você pode ter sempre acesso aos Jardins por meio de outros vizinhos", ela disse. "Seus pais eram queridos e amigos de muitos deles."

"Preciso de mais tempo com Nero", falei. "A ideia de um homem que apaga todos os seus pontos de referência, que não quer nenhuma conexão com sua história, quero chegar ao fundo disso. Uma pessoa assim pode sequer ser considerada um homem? Uma entidade flutuante sem nenhuma âncora ou laços? É interessante, certo?"

"É", ela disse. "Tudo bem", e então se virou na cama e dormiu.

Mais tarde.
"E a cortesã?", Suchitra me perguntou. "Você se encontra muito com ela?"

"Ela compra roupas", respondi, "e vende apartamentos de cobertura para russos."

"Uma vez, eu quis fazer um documentário sobre cortesãs", ela disse. "Madame de Pompadour, Nell Gwynn, Mata Hari, Umrao Jaan. Pesquisei muito. Talvez eu retome o projeto."

Ela estava definitivamente desconfiada.

"Tudo bem", eu disse. "Vou me mudar."

Corte.

Quando olhava o mundo além de mim mesmo, via minha própria fraqueza moral refletida nele. Meus pais tinham crescido na terra da fantasia, a última geração com pleno emprego, a última geração de sexo sem medo, o último momento de política sem religião, mas de alguma forma seus anos no conto de fadas lhes deram base, os fortaleceram, lhes deram a convicção de que com suas próprias ações diretas podiam mudar e melhorar o mundo e permitiram que comessem a maçã do Éden, que lhes dava o conhecimento do bem e do mal, sem cair sob o encantamento dos olhos espiralados de Kaa, a fatal serpente *confie em mim* de *O livro da selva*. Enquanto agora o horror se espalhava por toda parte em alta velocidade e fechávamos os olhos ou o mitigávamos. Essas palavras não eram minhas. Em um dos curiosos momentos de vida de cidade pequena em Manhattan, o mesmo fanfarrão que eu tinha visto no Central Park passou pela Macdougal Street debaixo da minha janela, falando sobre traição, da traição que sofrera da própria família, de seus empregadores, seus amigos, sua cidade, seu país, o universo e o horror que se espalha e nós que desviamos os olhos... como se minha consciência tivesse virado um amalucado sem-teto falando consigo mesmo, sem a desculpa de um fone de celular pendurado do ouvido. Clima quente; palavras frias. Ele era de carne e osso ou minha culpa o tinha conjurado? Fechei os olhos e abri de novo. Ele estava indo para a Bleecker Street. Talvez fosse algum outro sujeito.

Eu ainda tinha momentos em que minha orfandade parecia se espalhar de mim e preencher o mundo ou ao menos a parte dele que era meu campo de visão. Momentos perturbados. Eu me permitia pensar que tinha sido no espasmo de um desses eventos de desequilíbrio que concordara com o esquema perigoso de Vasilisa Golden. Eu me permitia pensar que o lamento pelo planeta que preenchia progressivamente meus pensamentos nascia de minha pequena perda e que o mundo não merecia que eu pensasse tão mal dele. Se eu me resgatasse de meu abismo moral, o mundo cuidaria de si mesmo, o buraco na camada de ozônio se fecharia, os fanáticos recuariam de volta a seus escuros labirintos debaixo das raízes das árvores e às fossas no fundo do oceano e o sol voltaria a brilhar, música alegre encheria o ar.

Sim, hora de me mudar. Mas o que a mudança resolveria: Eu ainda estava viciado em minhas três tardes por mês no quinquagésimo terceiro andar. O esquema estava demorando mais do que Vasilisa esperava para dar frutos, e ela começara a reclamar. Me acusou de uma abordagem ruim ao empreendimento. De alguma forma, eu estava azarando. Eu tinha de focar, me concentrar, e acima de tudo, tinha de querer. Se eu não quisesse, não ia acontecer. O bebê, sentindo-se não inteiramente desejado, não ia aparecer. "Não me negue isso", ela disse. "Talvez você só queira me comer, é isso? Então está prolongando as coisas. Tudo bem, posso concordar em continuar trepando com você depois. Pelo menos de vez em quando." Quando ela disse isso me deu vontade de chorar, mas minhas lágrimas só reforçariam a sua convicção de que por alguma razão eu estava de certa forma retendo dela meu esperma mais poderoso, que eu era, aos seus olhos, biologicamente pouco honrado. Eu tinha entrado num lugar de loucura e queria acabar com aquilo, não queria que acabasse, queria que ela ficasse grávida, não queria, queria, sim, não, não queria.

E então aconteceu. E ela virou as costas para mim para sempre e me deixou arrasado. Apaixonado por outra mulher, sim, mas arrasado pela perda de nosso traiçoeiro prazer extraordinário.

No filme que eu estava imaginando, a obra que seria a traição absoluta, nessa altura a ação tinha de mudar de Vasilisa para seu marido. Então: ela saía da suíte do quinquagésimo terceiro andar, a porta se fechava e pronto.

— A arte exige traição e supera essa traição porque a traição é transmutada em arte. Isso está certo, certo? Certo?

Lento escurecimento.

"Você sabe de onde eu vim", Nero Golden disse, entrecerrando os olhos. "Eu sei que você sabe. Ninguém consegue manter nada debaixo do pano hoje em dia." Tarde da noite, ele me levou a seu retiro, queria conversar. Eu estava simultaneamente excitado e temeroso. — Temeroso porque estaria ele a ponto de me confrontar com informações sobre o que eu andava fazendo com a sra. Golden? Teria mandado nos seguir, haveria em sua mesa uma pasta com fotografias deixada por algum detetive? A ideia era profundamente inquietante. — E excitado porque podia ser também a abertura que eu esperava, o momento confessional em que um homem idoso, cansado do eu desconhecido que enrolou em torno de si, queria, uma vez mais, ser conhecido. — "Sim, senhor", eu disse. "Não me diga isso, não!", ele exclamou, quase bem-humorado. "Só continue fingindo que é esse pirralho ignorante e finja surpresa quando eu contar alguma coisa. Certo?" "Por mim, tudo bem", eu disse.

Durante a gravidez da esposa, a deterioração do estado de Nero Golden ficou aos poucos evidente para todos nós. Ele não estava tão longe do fim de sua oitava década e a mente começara sua lenta traição. Ele ainda saía às oito toda manhã, vestido com imaculada roupa branca de tênis, um boné de baseball branco na cabeça, girando no ar a raquete, com o seu usual ar de "estou falando sério", e ainda voltava, suado e exsudando um certo contentamento de queixo forte, noventa minutos depois. Mas um dia, poucos dias depois de minha convocação tarde da noite, houve um episódio infeliz. Ele estava atravessando a rua quando um carro, uma Corvette de época, furou o sinal na esquina da Bleecker com Macdougal e bateu nele. Só uma ligeira batida, apenas forte o bastante para derrubá-lo, não para quebrar nenhum osso. A reação dele foi se pôr de pé num salto, perdoar imediatamente o motorista, se recusar a fazer qualquer tipo de queixa ou denúncia e convidar o motorista, um indivíduo branco com uma farta cabeleira branca ondulada, *para tomar um café em sua casa*. A atitude era tão absolutamente fora de propósito que todo mundo começou a ficar preocupado. Mas demorou algum tempo para a dimensão do problema ser diagnosticada. "Eu estou bem, bem", Nero disse depois do incidente com a Corvette. "Parem de fazer confusão. Eu só quis cuidar do sujeito porque ele evidentemente estava abalado. Era o certo a fazer."

E agora eu estava sozinho com ele em sua toca depois do escurecer. O que estaria à minha espera? Ele me ofereceu um charuto; eu recusei. Um conhaque; recusei também. Nunca fui bebedor de conhaque. "Tome alguma coisa", ele ordenou, então aceitei uma dose de vodca. *"Prosit"*, ele disse e ergueu o próprio copo, imperativo. "De virada." Engoli a dose e notei que ele só tocou os lábios na borda do cálice de conhaque da maneira mais negligente. "Mais uma", ele disse. Imaginei se ele estava tentando me embebedar outra vez. "Daqui a pouco", eu disse, e cobri o copo com a palma da mão esquerda. "Não vamos apressar as coisas." Ele se inclinou, deu um tapa em meu joelho e assentiu com a cabeça. "Bom, bom. Um homem sensato."

"Deixe eu te contar uma história", ele disse. "Era uma vez, em Bombaim — está vendo? eu chamo a velha cidade pelo nome velho, primeira vez que a palavra sai de minha boca desde que desembarquei na América, você deve se sentir honrado por minha intimidade —, um homem chamado Don Corleone. Não, claro que esse não era o nome dele, mas o nome dele não vai significar nada para você. Nem o nome que ele usava de fato era o nome dele também. Um nome não é nada, é uma alavanca, como dizem aqui, só um jeito de abrir uma porta. 'Don Corleone' te dá uma ideia do tipo de homem que ele era. É o meu jeito de abrir a porta dele. Só que esse Don nunca matou ninguém, nem deu nenhum tiro. Quero te contar sobre esse tipo. Ele era do sul, mas como todo mundo acabou na cidade grande. Origem humilde. Totalmente humilde. O pai tinha loja de conserto de bicicleta perto do mercado Crawford. Menino, ajudava papai arrumar bicicleta, olhava carros grandes passando, vruum! Studebaker, vruum! Cadillac, e ele pensava, um dia, um dia — como todo mundo. Ele cresceu, trabalhou nas docas, descarregando navios. Simples carregador, dezessete-dezoito anos, mas com olho na oportunidade. Navios de peregrinos voltando de lugares sagrados de Mussalman, os peregrinos levavam contrabando. Rádio transístor, relógio suíço, moedas de ouro. Coisas com imposto. Imposto pesado. Don Corleone ajudava esconder essas coisas, na cueca, no turbante, em qualquer lugar. Davam recompensa para ele. Ele adquiriu uns fundos.

"Aí um encontro feliz com pescador contrabandista de Daman. Um tal Mister Bakhia. Naquela época, Daman era colônia portuguesa. Vigilância frouxa. Bakhia e Don Corleone começaram contrabandear de Dubai e Aden, via Daman, fronteira relaxada, para a Índia. Bom negócio. Don Corleone subiu de classe social. Fez amizade com chefes de outras famílias criminosas. V. Mudaliar, K. Lala, et cetera. Depois camaradagem com políticos, inclusive um tal Sanjay Gandhi, filho de Indira. Isso tudo é fato. Nos anos 1970, ele era um figurão, um bacana. Tinha um policial jovem atrás dele que ele não conseguia subornar. Cara honesto. Honestidade desvantagem nesse negócio. Um tal inspetor Mastan. Don Corleone conseguiu transferência dele para lugar nenhum, e quando o policial estava no avião Don Corleone subiu a bordo só para se despedir. Cuide-se bem, Mastan. Boa viagem. Insolente. Desse jeito. Tão seguro naquela época.

"Ele vivia bem e ao mesmo tempo também abstêmio. Os melhores ternos, melhores gravatas, melhores cigarros, State Express 555, e uma Mercedes-Benz. Uma casa grande na rua Warden, igual um palácio, mas vivia simplesmente num quarto no terraço de cima. Quatro metros e meio por três. Mais nada. No andar de baixo, tinha estrelas de cinema entrando e saindo, e ele investia em filmes, sabe. E pelo menos três filmes sobre a vida dele, com os maiores talentos. Casou com uma *starlet* também. O nome dela queria dizer Goldie. Mas em meados dos anos 1970, ele caiu. Sanjay Gandhi se mostrou amigo falso e Don Corleone teve um ano e meio de prisão. Isso acabou com ele. Abandonou contrabando completamente. Primeiro, virou sujeito religioso como os peregrinos contrabandistas que deram a primeira chance. Depois, tentou a política. Em meados dos 1990, depois da subida da Z-Company da família importante

Zamzama Alankar, vieram os primeiros ataques terroristas em Bombaim, acharam que ele estava envolvido, mas ele era muito medroso para isso. Inocente, inocente, inocente. Ano seguinte, enfarte, morto. História incrível."

"Foi morte natural mesmo?", perguntei. "Ele devia ter inimigos."

"Naquela época", disse Nero Golden, "ele não era mais alguém que valesse a pena assassinar."

Um longo silêncio.

"E essa é a história que o senhor queria me contar", eu disse afinal. "Posso perguntar por quê?"

Um longo silêncio.

"Não", ele disse.

Corte.

Era como se ele estivesse deliberadamente me tantalizando. Esse é o mundo em que ele cresceu, que era claramente uma parte da mensagem que estava me passando; mas estava admitindo sua participação nesse mundo ou explicando sua rejeição final a ele, deixando-o para trás? Ou ambas as coisas? Ele tinha participado, mas agora queria sair e isso significava ir para longe, longe demais para alguém ir atrás dele. Com base no que ele dissera não havia como saber com certeza. Além disso, aliviado como eu estava de não me ver confrontado com aquela temida pasta com provas de meus encontros com sua esposa, me contentei em receber a história de Don Corleone tal como contada, beber mais uma dose de vodca e me retirar. Um velho e suas reminiscências sobre o passado; ele não era o primeiro e não seria o último. Estava começando a esquecer o presente — pequenas coisas, onde deixou as chaves, compromissos, aniversários — mas tinha gente para lembrá-lo da maior parte dessas coisas, e sua memória do passado parecia na verdade ficar mais afiada. Eu desconfiava — e esperava — que houvesse mais sessões noturnas como aquela que acabara de acontecer. Eu queria todas as histórias dele — precisava delas para, no fim, poder compô-lo.

A notícia da futura paternidade pareceu ao menos confortar Nero, reforçando, como ele parecia precisar que fosse reforçada, a continuidade da força de sua masculinidade. E nos negócios essa força pareceu, por um tempo, intocada, como o imenso trabalho em operação no West Side de Manhattan provava a todos nós. A imensa reconstrução de Hudson Yards tinha sido empreendida pela Related Companies LP e Goldman Sachs, numa joint venture com a Oxford Properties Group Inc. Originara-se com base num empréstimo para edificação de 475 milhões de dólares obtido pela joint venture Related/Oxford de "diversas fontes". Tenho quase cem por cento de certeza de que Nero Golden, em nome de uma ou outra companhia, foi um dos financiadores ao lado dos grandes Starwood Capital Group de Barry Sternlicht e dos comerciantes de luxo Coach. Seu investimento inicial na reconstrução dos cem mil metros quadrados ocorrera anos antes, sob o programa de investimento EB-5, que permitia que imigrantes aos Estados Unidos investissem capital e em troca recebessem um green card e por fim a cidadania. Isso me explicava afinal como Nero e seus filhos puderam escapar para a América em tão curto prazo e chegar com plenos direitos de trabalho e residência. Subsequentemente, no ano da gravidez de Vasilisa, Golden fez mais um investimento na forma de um financiamento mezanino, semelhante a uma segunda hipoteca, só que garantido pelas ações da companhia que possuía a propriedade, ao contrário do bem imóvel. Então, teoricamente, se o dono da propriedade deixasse de pagar os juros, Nero podia executar no mercado de ações em questão de semanas e como dono das ações conquistar o controle da propriedade. Pelo que sei, isso não aconteceu. Mas alavancado ou não, superinvestidor ou devedor de bilhões de dólares, ele estava fazendo os lances mais altos no maior jogo imobiliário da cidade.

O nome da entidade que fazia o empréstimo mezanino era GOVV Holdings. Quando o imperador romano Nero morreu (68 AD), encerrando o reinado da dinastia júlio-claudiana, seguiu-se o Ano dos Quatro Imperadores (69 AD), no qual o sucessor imediato de Nero, Galba, foi derrubado por Oto, que por sua vez foi superado por Vitellius, que não durou muito e foi substituído pelo homem que veio a ser o primeiro imperador da dinastia flaviana: Vespasiano. Galba-Oto-Vitellius-Vespasiano: G-O-V-V.

Quando, mais adiante no ano, Vasilisa deu a Nero um filho, ele recebeu o nome de Vespasiano, como se Nero intuísse que a criança vinha de uma linha sanguínea diferente e acabaria por estabelecer uma nova dinastia própria.

Claro que eu não disse nada.

À ESPERA DE VESPASIANO

Foi durante a gravidez da esposa, enquanto esperava o nascimento do pequeno imperador Vespasiano, que Nero Golden ficou obcecado pelo pênis de Napoleão Bonaparte. Isso deveria ser uma indicação da deterioração de seu estado mental suficiente para dar sinais de alarme, mas em vez disso foi tratado com indulgência pela família, como um divertido cavalinho de pau de um velho. Quando não estava preocupado com seus negócios, ou com a vida que crescia no útero de Vasilisa, ou com as exigências de ser pai de seus filhos, Nero embarcava na busca do membro imperial francês. Em relação ao qual, o seguinte: depois da morte de Bonaparte em Santa Helena, foi realizada uma autópsia, durante a qual vários órgãos, inclusive o pênis pouco expressivo, foram removidos por razões hoje desconhecidas. O pequeno Napoleão foi parar nas mãos (talvez eu devesse escrever de outro jeito isso) de um padre italiano e depois vendido, propriedade, durante algum tempo, de um livreiro de Londres, em seguida atravessou o Atlântico, primeiro para Filadélfia, depois para Nova York, onde foi exposto em 1927 no Museu das Artes Francesas e descrito por um jornal como uma "enguia enrugada" e por uma autoridade nada mais nada menos que a revista *Time* como "uma tira maltratada de cordão de sapato de camurça". Em 1977, foi comprado em leilão pelo famoso urologista John Lattimer, como parte de sua busca de atribuir dignidade à sua profissão, propriedade que passou à filha depois de sua morte, ao lado de suas outras posses, inclusive a cueca de Hermann Göring e o colarinho de camisa manchado de sangue que o presidente Lincoln usava no teatro Ford. Toda essa memorabilia residia agora em Englewood, Nova Jersey; o órgão de Napoleão estava envolto em tecido e era mantido numa pequena caixa com o monograma *N* na tampa, dentro de uma mala, num depósito, e tudo isso aborrecia Nero, que queria que lhe fosse dada a honra imperial que merecia.

"Isto é o que deve acontecer", ele me disse. "Vou comprar a peça, vamos devolver ao povo da França, e você vai fazer um documentário, você e sua namorada. Vou levar pessoalmente a caixa a Paris, entrar no Hôtel des Invalides, me aproximar do sarcófago de Bonaparte, onde serei saudado por altos funcionários da República, talvez pelo presidente mesmo, e pedirei licença para colocar a caixa em cima do sarcófago, de forma que Napoleão possa, finalmente, se unir de novo a sua virilidade perdida. Em um pequeno discurso, declaro que faço isso como americano, numa espécie de retribuição pelo presente francês da estátua da Liberdade."

Ele não estava brincando. De alguma forma, conseguiu

obter o número de telefone da casa em Englewood e ligar para a filha do dr. Lattimer, que desligou na cara dele. Depois disso, pediu a seus dois dragões — a srta. Blather e sua amante Fuss — que tentassem, o que elas fizeram até serem acusadas de assédio pela pessoa do outro lado da linha. Agora, ele considerava seriamente uma viagem pessoal a Nova Jersey, talão de cheques na mão, para tentar fechar o negócio. Foi preciso todo o poder de dissuasão de Vasilisa para detê-lo. "A proprietária não quer vender, meu bem", ela disse. "Se você aparecer lá, ela vai ter todo o direito de chamar a polícia."

"O dinheiro fala alto", ele resmungou. "Você pode comprar a casa da vida inteira de um homem de manhã se oferecer o preço certo e fazer ele se mudar antes da hora do almoço. Pode comprar um governo se tiver dinheiro suficiente. E eu não posso comprar uma bimba de quatro centímetros?"

"Desista", disse a esposa. "Isso não é importante agora."

Nesse ano, nos empenhamos todos em evitar o assunto. Sem dúvida, Nero tinha sentimentos ambíguos em relação ao filho que tinha sido forçado a ter. Nem preciso dizer que eu, o verdadeiro autor do novo roteiro, tinha sentimentos ambíguos em relação a ser, por assim dizer, o ghost-writer da nova vida. Sobre os sentimentos de Vasilisa não posso dizer nada. Às vezes, ela era enigmática como uma esfinge. E sobre as reações dos Golden existentes, será agora dito mais. Esse foi o ano, por exemplo, em que Apu Golden começou a destruir objetos para fazer sua arte cada vez mais política, expondo coisas quebradas que representavam uma sociedade quebrada e a raiva do povo pela quebra. "As vidas das pessoas estão arrebentadas", ele disse, "e elas estão prontas para arrebentar tudo, por que não, porra?"

E nesse ano, parecia que onde quer que eu fosse, encontrava o sem-teto do parque. No segundo trimestre de Vasilisa, ele atravessou uma filmagem na rua 23, na frente do cinema da SVA, onde Suchitra e eu estávamos rodando uma entrevista na rua com Werner Herzog para minha série de vídeos de momentos de filmes clássicos. No exato momento em que pronunciei as palavras *Aguirre, a cólera de Deus*, o velho vagabundo passou atrás de Herzog e de mim, com a aparência *exata* do grande louco de olhos ardentes, o *Zorn Gottes* Klaus Kinski em pessoa, resmungando algo sobre *acelerar* o mal, sobre *a montanha crescente* do mal bem no *centro da cidade* e quem se importava? Será que alguém na América sequer se *importava*? Crianças arrancavam a tiro o pau dos pais no quarto. Alguém sequer *notava*? Era como o *aquecimento global*, os fogos do inferno que derretiam as grandes camadas de gelo do mal fazendo subir o nível do mal por todo o mundo, coisa que nenhuma barreira de enchente podia deter. Blam! Blam! Ele exclamou, retomando um tema anterior. As armas monstro estão vindo para te pegar, os Decepticons, os Exterminadores, cuidado com os brinquedos de seus filhos, cuidado em suas praças, shopping centers e palácios, cuidado em suas praias, igrejas, escolas, elas estão em marcha, blam! blam! — essas coisas podem *matar*.

"Esse cara é fabuloso", Herzog disse com genuína admiração. "Devíamos botar ele no filme e talvez eu possa fazer a entrevista."

20

"Olhe o que eu vou confessar agora mesmo a você, seu belo diabo", disse Petya Golden, gravemente. "Não possuo mais nem um fiapo de amor fraternal. E além disso, acredito que é incorreta a posição geralmente aceita de que o afeto profundo entre irmãos é inato e inevitável, e que a sua ausência é um mau indício acerca do indivíduo que não sente afeto. Não é produzido geneticamente; ao contrário, é uma forma de chantagem social." Não era frequente Petya convidar pessoas a seu covil, mas ele fez uma exceção para mim, talvez porque eu continuava a ser, em sua opinião única, o homem mais bonito da Terra, então sentei à luz azul de seu quarto, entre os computadores e abajures Anglepoise, aceitei a torrada com queijo double Gloucester derretido que me ofereceu, falei o mínimo possível, porque entendi que ele queria falar, e sua fala sempre valia a pena escutar, mesmo quando ele estava mais fora de ordem que normalmente. "Na Roma antiga", ele disse, "na verdade em todos os impérios de todo o mundo e de todas as épocas, os irmãos eram pessoas a serem temidas. Na época da sucessão era sempre matar ou morrer. Amor? Esses príncipes teriam dado risada da palavra se você falasse."

Perguntei o que ele responderia a William Penn, o que tinha a dizer à ideia entronizada no nome da cidade da Filadélfia, que havia prosperado em seus primeiros anos por causa da reputação de tolerância que atraiu gente de muitas crenças e talentos e levara a relações melhores que a média com as tribos americanas nativas. "A ideia de que todos os homens são irmãos está arraigada em grande parte da filosofia e na maioria das religiões", arrisquei.

"Talvez a gente deva procurar amar a humanidade em geral", ele retorquiu num tom que denotava extremo tédio. "Mas *em geral* é geral demais para mim. Sou específico nos meus desafetos aqui. Duas pessoas nascidas e uma ainda não nascida: são esses os alvos da minha hostilidade, que pode ser ilimitada, não sei. Estou falando aqui de desfazer os laços de sangue, não de desabraçar a maldita espécie inteira, e por favor não venha me falar da Eva Africana ou LUCA, daquela bolha de meleca de três bilhões e meio de anos que foi nosso Último Ancestral Comum Universal. Estou consciente da árvore genealógica da espécie humana e da vida do pré-*Homo sap* na Terra, e insistir nessas genealogias agora seria me afastar deliberadamente do meu ponto. Você entende o que estou te dizendo. São só meus irmãos que abomino. Isso ficou claro quando ponderei sobre o bebê que logo seremos obrigados a saudar."

Eu não conseguia falar, embora sentisse uma onda de raiva paternal crescer em meu peito. Aparentemente, enquanto meu filho — meu filho Golden secreto — estava florescendo no útero de sua mãe, seu futuro irmão Petya já desenvolvera uma má opinião a respeito dele. Eu queria protestar, defender a criança e atacar seu inimigo, mas nessa questão o silêncio era meu destino. E a fala de Petya já seguira adiante. Ele queria que eu soubesse que estava tomando uma decisão portentosa, que tinha resolvido curar seu medo dos lugares abertos e deixar a casa da Macdougal Street para sempre, tornando-se assim o último dos três filhos de Nero Golden a ir viver por conta própria. Para ele as dificuldades disso eram as maiores, mas ele agora revelava insuspeitadas reservas de força de vontade. Havia uma força que o impulsionava, e enquanto falava eu me dei conta de que era ódio, dirigido a Apu Golden em particular: ódio nascido nas margens do rio Hudson na noite em que seu irmão seduziu, ou quem sabe foi seduzido pela, beldade cortadora de metal somali, Ubah, alimentado durante aquelas longas solidões banhadas a luz azul e que finalmente levava à ação. Ele ia se curar da agorafobia e sair de casa. Apontou a placa acima da porta de seu covil. *Sai de tua casa, ó jovem, e busca terras estranhas.* "Eu achava que isso era sobre a mudança para a América", disse, "mas aqui nesta casa ainda estamos em casa, como se trouxéssemos nossa casa conosco. Agora, finalmente, eu estou pronto para seguir as instruções de meu grande xará. Se não exatamente para terras estranhas, ao menos para longe daqui, para um apartamento meu."

Eu simplesmente recebi a informação. Nós dois sabíamos que a agorafobia era a menor das dificuldades de Petya. Das dificuldades maiores, nessa ocasião ele escolheu não falar. Mas vi grande determinação em seu rosto. Claramente ele tinha decidido superar também os desafios daquela dificuldade maior.

No dia seguinte, um novo visitante apareceu na Casa Dourada e depois disso diária e pontualmente às três da tarde, uma pessoa de constituição robusta, com um estilo de cabelo bufante, tênis Converse, um sorriso que insistia em sua profunda sinceridade, um sotaque australiano e — conforme Nero apontou — uma semelhança mais que ligeira com o campeão de Wimbledon aposentado Pat Cash. Era o indivíduo encarregado da tarefa de resgatar Petya de seu medo de espaços abertos: o hipnoterapeuta de Petya. Seu nome era Murray Lett. "Se me chamar, não é uma falta", ele gostava de dizer; uma piada de tenista que só servia (ai) para aumentar sua semelhança com o antigo astro australiano.

Não era fácil para Petya ser hipnotizado porque ele ficava querendo discutir as sugestões do hipnotizador e além disso antipatizava com certos tons antípodas da voz do homem, com seu senso de humor e assim por diante. As primeiras sessões foram difíceis. "Não estou em transe", Petya interrompia o sr. Lett. "Estou relaxado e bem-humorado, mas em pleno controle de minha consciência." Ou, em outro dia: "Ah, nossa, estava tão perto de chegar lá. Mas entrou uma mosca no meu nariz".

Petya observava demais. Era uma das coisas que mais o atrapalhava. Em uma de minhas visitas a seu quarto de luz azul, quando ele parecia estar querendo conversar sobre Asperger, mencionei o famoso conto de Borges, "Funes, o memorioso", sobre um homem incapaz de esquecer qualquer coisa, e ele disse: "É, sou eu, só que não apenas o que aconteceu ou o que as pessoas disseram. Esse seu escritor, ele está envolvido demais em palavras e fatos. Você tem de acrescentar cheiros, gostos, sons e sentimentos também. E olhares, formas, padrões de carros na rua, o movimento relativo dos pedestres, os silêncios entre as notas musicais, os efeitos dos assobios de cachorros sobre cachorros. Tudo isso o tempo todo rolando na minha cabeça". Uma espécie de super-Funes então, amaldiçoado com uma sobrecarga sensorial múltipla. Era difícil imaginar como era seu mundo interior, como alguém conseguia lidar com o acúmulo de sensações como passageiros de metrô na hora do rush, a ensurdecedora cacofonia de soluços, buzinas, explosões e sussurros, a explosão de imagens, o confuso fedor de odores. O Inferno, o carnaval dos danados, deve ser assim. Entendi então que dizer que Petya vivia em uma espécie de inferno era o exato oposto da realidade, uma espécie de inferno é que vivia dentro dele. Esse entendimento me permitiu reconhecer, e me deixar envergonhado por não ter reconhecido antes, a imensa força e coragem com que Petronius Golden encarava o mundo todos os dias e ter maior compaixão por suas ocasionais reclamações selvagens contra a vida, como os episódios do peitoril da janela e do metrô em Coney Island. Me permitiu também me perguntar: se essa imensa força de caráter viesse a ser agora dedicada a seu animus contra o futuro meio-irmão ainda não nascido (na verdade, como sabemos, absolutamente nada irmão dele, mas vamos deixar isso de lado por enquanto), seu perturbado meio-irmão e acima de tudo o traiçoeiro irmão sanguíneo, de qual ato vingativo ele podia ser capaz? Eu deveria me preocupar com a segurança de meu próprio filho ou esse instinto era prova da minha instintiva intolerância à doença de Petya? (Era errado chamar aquilo de doença? Talvez "a realidade de Petya" fosse melhor. Como a língua havia se tornado difícil, tão cheia de minas terrestres. Boas intenções não eram mais uma defesa.)

Vamos falar da bebida. Aí estamos em solo mais firme. Petya tinha um problema de alcoolismo; não havia como disfarçar. Ele bebia sozinho e pesadamente, era um bêbado melancólico, mas esse era o jeito que encontrara para trancar o inferno interior e conseguir dormir ou, mais precisamente, apagar e passar algumas horas abençoadamente inconsciente. E na hora anterior à inconsciência, na única ocasião em que ele me permitiu testemunhar esse noturno deslizar para o esquecimento, no começo do último trimestre de Vasilisa Golden, quando disse que "precisava de meu apoio", ouvi com crescente desconforto, e mesmo repulsa, a dimensão a que chegava sua incapacidade de controlar o fluxo de palavras dentro dele ou censurar seu próprio fluxo linguístico, quando o álcool se somava àquele tumulto de informação, num solilóquio de fluxo de consciência que revelava a dimensão com que ele internalizava a fragmentação adversa da cultura americana e tornava isso uma parte de seus danos pessoais. Para falar com franqueza, seu eu bêbado noturno revelava um pendor para atitudes conservadoras extremas; a presença de outro eu, foxiano, breitbartiano, borbulhava de seus lábios, fortificado pelo álcool, habilitado pelo isolamento e por toda sua justificada fúria contra o mundo: Obamacare, terrível!, tiroteio de Maryland, não politize isso!, aumento do salário mínimo, um escândalo!, casamento do mesmo sexo, antinatural!, objeções religiosas a funcionários LGBT no Arizona, no Mississippi, liberdade!, tiros da polícia, legítima defesa!, Donald Sterling, liberdade de expressão!, tiros no campus da universidade de Seattle tiros em Las Vegas tiros no colégio de Oregon, armas não matam gente!, armem os professores!, a Constituição!, liberdade!, as decapitações do Isis, Jihadi John, nojento!, não temos planejamento!, tirem todos!, não temos *planejamento*!, ah, e ebola! ebola! ebola! Tudo isso e mais em uma torrente incoerente misturada com sua hostilidade contra Apu, se Apu ia para a esquerda, então Petya ia para a direita para contrariá-lo, tudo o que Apu fosse a favor, Petya seria contra, ele construiria um universo moral que inverteria a realidade do irmão, preto era branco, certo era errado, embaixo era em cima e dentro era fora. O próprio Apu teve que suportar a fúria dos monólogos de Petya algumas vezes naquele ano e reagiu com suavidade, sem morder a isca.

"Deixe ele dizer o que quiser", ele me falou. "Você sabe que é bem congestionado ali dentro." E bateu na testa para indicar o cérebro de Petya.

"Ele é uma das pessoas mais inteligentes que eu conheço", falei, com sinceridade.

Apu fez uma careta. "Uma inteligência pirada", ele disse. "Então, não conta. Lá fora eu estou tentando lidar com um *mundo* pirado."

"Ele está tentando para valer", arrisquei. "A hipnoterapia e tudo."

Apu descartou isso. "Me chame quando ele parar de falar como se estivesse no Tea Party com um chapéu de maluco na cabeça. Me chame quando ele resolver parar de ser o elefante mascote do Partido Republicano."

Ainda mais preocupante que a loquaz hostilidade à política de Apu era a revelação bêbada de sua fobia pelo gênero diferenciado. Isso também parecia ter seu fundamento em questões familiares. Pela violência de sua linguagem, que me permito não repetir aqui, ficava claro que o tratado de paz que ele fizera consigo mesmo muito tempo antes, para perdoar o comportamento de D Golden com sua mãe, não se sustentava mais; e o jeito que sua raiva encontrava para se expressar era a veemente hostilidade contra a progressiva confusão de gêneros do meio-irmão. Ele começou a dirigir ao meio-irmão palavras pesadas como *antinatural, pervertido* e *doente*. De alguma forma, tinha descoberto sobre a tarde no closet de Vasilisa, e a cumplicidade dela com os experimentos dele na alteridade o levou a estender a violência verbal na direção dela. O bebê se tornou o alvo dessa parte de sua raiva. Mais uma vez, me preocupei com a segurança da criança não nascida.

A hipnose finalmente começou a funcionar. O hipnoterapeuta bufante, sr. Lett, adquiriu um novo ritmo em seu passo de Converse. "Como vai indo?", lhe perguntei quando saía de uma sessão e, em sua animação, ele falou um bocado com seu pesado sotaque australiano. "Muito bem, obrigado", ele disse. "Eu tinha toda confiança que ia dar certo. Só um ou dois momentos. Eu uso uma metodologia minha em situações desse tipo, chamo de Poder Pessoal Programado, PPP para abreviar. É uma questão de trabalhar a pessoa passo a passo, aumentar lentamente a autoconfiança, e o que eu chamo de autorrealização. Cada passo dado no caminho do PPP vai aumentar a confiança da pessoa em si mesma. Estamos bem adiantados nesse caminho agora. Muito definitivamente, sim. As coisas estão bem. A questão é dar para seu amigo alguma prova tangível, prova que ele possa reproduzir sempre, da habilidade de controlar seu processo mental. Ter domínio de suas reações físicas e emocionais. Quando ele souber que é capaz de fazer isso, vai ter segurança para controlar sua experiência do mundo exterior. Passo a passo. É por aí. O que estou dando para ele é a habilidade de escolher como quer reagir às pessoas em torno dele, e coisas que podem acontecer agora e no futuro, em qualquer situação que se apresente. Estou muito otimista. Bom dia."

Como parte do processo de assumir o controle, Petya estudou as estruturas do que chamou de "espaços encantados", o pentagrama ocultista e o eruv judeu. Se ele era capaz de aceitar a ilha particular junto a Miami como um espaço desses, e também a propriedade cercada de Ubah Tuur no norte do estado, onde ocorrera o infeliz episódio, então com certeza era capaz de construir esses espaços encantados para si mesmo. Foi assim que ele chegou à ideia do círculo de giz em torno da ilha de Manhattan. Ele contornaria a ilha inteira a pé e desenharia o círculo ele mesmo. Ia fazer isso sem ajuda, e para aumentar o poder do círculo aspergiria alho ao prosseguir. Para facilitar a superação de seus medos, ia usar óculos de proteção muito escuros e um capuz. Ia também ouvir música alta com os fones que anulavam ruído e beber muita água. Ninguém podia fazer isso por ele. Era uma coisa que tinha de realizar sozinho.

O hipnoterapeuta Lett celebrou e apoiou o plano, se ofereceu para ir comprar os bastões de giz e os dentes de alho. Nero Golden, porém, estava preocupado e fez alguns telefonemas.

O dia marcado amanheceu quente e úmido com um céu sem nuvens. Petronius Golden desceu do quarto de luz azul vestido como havia prometido, com a severa determinação de um maratonista etíope no rosto. Murray Lett estava à espera dele na porta e, antes que Petya saísse para a rua, o terapeuta tentou lembrá-lo do quanto havia progredido, contando nos dedos e polegares as suas conquistas. "Lembre bem agora. Grande avanço em autoeficácia! Foco e concentração muito aumentados! Grande melhora na autonomia e autoconfiança! Muito melhor controle do estresse! Muito melhor controle da raiva! Grandes passos no controle de impulsos! Você é *capaz* de fazer isso." Petya, naquele estado de foco e concentração muito aumentados a que Lett se referiu, ouvia Nine Inch Nails nos fones de ouvido e não escutou nada do que ele dizia. Tinha uma bolsa cheia de giz pendurada num ombro e uma mochila com embalagens de água de coco, frutas, sanduíches, barras de granola e coxas de frango assadas. Também três pares de meias extra. Caminhantes experimentados o tinham alertado pela internet de que pés suados em meias encharcadas de transpiração produziam bolhas, e isso impossibilitava completar a caminhada. Ele levava um saco de alhos esmagados numa mão. Na outra, brandia um bastão de caminhadas em cuja ponta havia prendido com fita o primeiro pedaço de giz. Seus bolsos estavam cheios de fita para poder trocar o giz quando necessário. "Pense em seu comportamento social", Murray Lett gritou, ao compreender, por fim, que não era escutado. "Evite a introversão. Faça contato visual. É bom manter essas coisas em mente." Mas Petya estava em seu próprio mundo e contato visual não parecia fazer parte de seus planos. "Uma última coisa", Murray Lett gritou, e então Petya lhe fez o favor de afastar os fones e ouvir. "Espero que seu padrão de sono tenha sido bom", disse Murray Lett em voz mais baixa. "Além disso, desculpe perguntar, mas, na questão enurética, você eliminou isso, certo?" Petya Golden chegou a revirar os olhos, ajeitou de volta os fones, pareceu satisfeito de Axl Rose substituir

Trent Reznor, baixou a cabeça e passou pela porta onde o Uber estava à espera para levá-lo ao ponto de partida, o South Street Seaport, e deixou o sr. Lett para trás. "Muito bem", o terapeuta gritou para ele. "Orgulho de você. Bom trabalho."

Nero Golden estava na porta também, acompanhado por *mesdames* Blather e Fuss, e eu. "Vá com calma", ele disse ao filho. "Não tenha pressa. Vá no seu ritmo. Não é uma corrida." Quando o carro tinha levado Petya embora, Nero falou ao telefone. Seus homens estariam em SUVs ao longo do trajeto. Haveria olhos sobre Petya a cada passo do caminho.

Cinquenta e poucos quilômetros mais ou menos, é a "grande caminhada" em torno da ilha de Manhattan. Setenta mil passos. Doze horas, se você é super-rápido. Vinte parques. Eu não fui junto, mas entendi de imediato que esse momento seria um ponto alto no filme que eu sonhava, meu imaginário filme dourado. Música alta na trilha sonora, *Metal Machine* de Lou Reed, Zeppelin, Metallica e a gangue tremada, Motörhead e Mötley Crüe. O caminhante caminha e (fazendo-se ouvir de alguma forma através do ruído de heavy metal, eu ainda não tinha resolvido essa parte) o som de um pandeiro a cada passo. Nos parques, ele passa por figuras de sua vida que o observam; são fantasmas, o ectoplasma de sua fantasia danificada? Aqui, sua mãe no parque Nelson A. Rockefeller, definitivamente um fantasma ou uma lembrança. Aqui, Apu que passa correndo por ele na Promenade do rio East. Mais adiante, D Golden e Riya no parque Riverside, todos eles imóveis, olhando enquanto ele caminha, olhando com o olhar de fantasmas. Em torno deles as árvores assombradas, assustadas. Ubah Tuur parada como sentinela no parque Inwood Hill junto à rocha Shorakkopoch, que marca o ponto onde, um dia, debaixo da maior árvore de magnólia, Peter Minuit comprou a ilha por sessenta florins, e no parque Carl Schurz, perto da Gracie Mansion, o bufante Lett em pessoa, o encorajando. Talvez Lett fosse o que estava ali de verdade. Petya continuou, o *tambourine man*, fora do alcance da louca tristeza. E ao caminhar, a transformação. No quilômetro dezesseis, no Parque West Harlem Piers, ele joga fora o giz, para de desenhar a linha que o seguia até ali, e ao passar pela residência do prefeito joga fora o alho também. Algo mudou para ele. Não precisa mais marcar seu território. A caminhada em si é a marca, e completá-la aperfeiçoará seu eruv invisível, indelével.

E quando, mancando um pouco, volta a seu ponto de partida, o céu escureceu, e observado afinal pelas escunas *Lettie G. Howard* e *Pioneer* e pelo cargueiro *Wavertree*, com os pés cheios de bolhas enfaixados, lentamente e sem se importar com os olhares, ele começa a dançar. Debaixo do céu de diamante, com uma mão acenando livre. E ele rompeu sua urucubaca. Uma delas. E talvez tenha aprendido algo acerca da própria força, da capacidade de enfrentar e superar seus outros desafios também. Olhe o rosto dele agora: tem a aparência de um escravo libertado.

— E o ódio?

— Ah, esse permaneceu.

21

Depois da grande caminhada de Petya Golden fomos obrigados a aceitar que o hipnoterapeuta Murray Lett fez um milagre apesar do cabelo, do sotaque e dos tênis, e aprender a lição de compaixão: que a verdade está sempre abaixo da superfície e um homem pode ser muito mais que suas características facilmente caricaturáveis. Porque Petya agora era um homem exonerado de um crime que nunca cometera e pelo qual vinha cumprindo uma sentença perpétua. Seu rosto estava iluminado por uma grave alegria que ao mesmo tempo reconhecia a injustiça de seu sofrimento e aceitava, com uma descrença que se apagava gradualmente, sua libertação dela. E ao embarcar na nova vida, Lett era o homem em quem ele se apoiava, em quem confiava para orientá-lo no mundo, cuja abertura era para ele como um tesouro impossível; esse mesmo mundo onde nós todos tão casualmente e muitas vezes impensadamente vivíamos, deixando de notar seu carnaval diário de deslumbramentos, que Petya agora abraçava ao peito como presentes. Ele ia comprar mantimentos com Murray Lett no D'Agostino's, Gristedes e Whole Foods;

sentava-se com Murray Lett em terraços ao ar livre dos cafés da Union Square e do parque Battery; foi com Murray Lett a seu primeiro concerto ao ar livre na praia Jones, onde se apresentavam Soundgarden e seu querido Nails; esteve no The Stadium com Murray Lett entoando "Obrigado, Derek", durante um dos últimos momentos de Derek Jeter no Bronx. E foi Murray Lett quem escolheu seu novo apartamento, um mobiliado pronto para morar com contrato de doze meses "e depois vamos ver", ele disse, confiante, "talvez aí seja hora de comprar", no quarto andar de um prédio de seis andares que parecia um Mondrian de vidro e aço no lado leste da Sullivan Street.

Só nessa altura eu descobri, e me senti um bobo por não ter sabido antes, que Petya estava ganhando grandes somas de dinheiro próprio todo esse tempo, como criador e único proprietário de jogos altamente bem-sucedidos que o mundo inteiro jogava em seus smartphones e computadores.

Foi uma informação sensacional. Nós todos sabíamos que ele jogava esses jogos constantemente, às vezes durante catorze, quinze horas por dia; como nenhum de nós percebeu qualquer indício de que ele fazia muito mais que desperdiçar suas horas perturbadas realizando algo em que sua mente estranha, brilhante, era naturalmente boa? Como não adivinhamos que ele havia aprendido código sozinho, tornara-se rápida e profundamente versado em seus mistérios e que, além de jogar infindavelmente esses jogos, estava criando outros? Como fomos cegos às evidências e não conseguimos ver que ele havia se revelado a si mesmo como um gênio do século XXI, deixando o resto de nós para trás, a nos debater num mundo do segundo milênio? Isso era sinal do quanto havíamos falhado com ele, abandonado quase todas as horas do dia a seus próprios recursos, deixamos que ele se trancasse, isolado em seu quarto como se fosse nossa versão daquele velho tropo gótico, a Louca do Sótão, nossa Bertha Antoinetta

Mason, a primeira sra. Rochester, que Jane Eyre considerava parecida com um "Vampyre". E esse tempo todo! Esse tempo todo! O frugal, escondido Petya, sem mudar nada em sua vida, sem comprar nada para si, escalou os Everests desse universo secreto e, para ser franco, superou a todos nós. Mais uma lição a ser aprendida: nunca subestime seu próximo. O teto de um homem é o piso de outro.

Eles todos tinham segredos, os homens Golden. Exceto talvez Apu, que era um livro aberto.

Foi o ano da feia controvérsia Gamergate; o mundo dos jogos estava em guerra, homens contra mulheres, "identidade de jogador" contra diversidade, e só um neandertal da nova tecnologia como eu podia não saber da confusão. De alguma forma, por caminhos que eu não era capaz de entender, Petya conseguira se manter longe da briga, muito embora, quando finalmente concordou em falar comigo a respeito, tenha revelado opiniões fortes sobre a maneira como a comunidade de jogadores masculinos reagia a uma série de críticas de mulheres consideradas arrogantes — críticas da mídia e de criadores de jogos independentes —, publicando os endereços e números de telefone delas e as sujeitando a piores ameaças também, inclusive grande número de ameaças de morte que obrigara alguns alvos femininos a fugir de casa. "O problema não é tecnológico", ele disse. "E não há solução tecnológica para ele. O problema é humano, a natureza humana em geral, a natureza masculina em particular, e a permissão que o anonimato dá às pessoas de liberar os piores lados dessa natureza. Eu, só faço entretenimentos para a meninada. Sou espaço neutro. Sou a Suíça. Ninguém me incomoda. Eles simplesmente vêm me visitar e esquiar em minhas encostas."

O autismo de alto funcionamento ajudara a fazer dele uma maravilha da criação de jogos, e eu comecei a pesquisar as possíveis recompensas. Os principais "baller apps" — aplicativos com os quais você podia se conectar a amigos e jogar junto com eles — rendiam onze, doze milhões de dólares por mês. O velho e sólido *Candy Crush Saga*, do qual até eu tinha ouvido falar, ainda fazia cinco milhões e meio. Jogos de guerra que ganhavam quase todo seu dinheiro pelas compras dentro dos aplicativos, e menos de dez por cento pelas rendas de propaganda, podiam fazer dois milhões e meio. Mensais. Eu li para Petya a lista dos cinquenta títulos de ios e Android. "Alguns desses é seu?", perguntei. Um grande sorriso se abriu em seu rosto. "Não posso mentir", ele disse, e apontou o jogo número um. "Esse fui eu que fiz, sim."

Então, mais de cem milhões de dólares por ano com esse título apenas. "Sabe de uma coisa", eu disse a ele, "parei de me preocupar com você."

Havia estudos que demonstravam que o autismo podia ser "superado", que alguns pacientes afortunados conseguiam entrar para o grupo oo (ou Optimal Outcome [Desenvolvimento Ótimo]), cujos membros não apresentavam mais sintomas de autismo, e um qi alto tinha mais chance de levar a isso. Inevitavelmente, a pesquisa era contestada, mas muitas famílias ofereciam provas episódicas em seu apoio. O caso de Petya era diferente. Ele não conseguiu, e para falar a verdade nem queria, entrar para o grupo oo. Seu Autismo Altamente Funcional e suas conquistas estavam muito ligados. Porém, na trilha da conquista que foi a caminhada em torno de Manhattan, ele parecia cada vez mais capaz de controlar seus sintomas, menos depressivo, menos propenso a entrar em crise, com menos medo de morar sozinho. Contava com a companhia de Murray Lett, seu pai tinha o cuidado de visitá-lo todos os dias, ele ainda tomava os remédios receitados e era… funcional. Quanto a sua recente libertação do medo de lugares abertos, ninguém podia dizer se seria permanente, ou até que distância da "base" ele podia estar disposto a explorar. Mas, no geral, estava em melhor estado do que estivera por muito tempo. Não se preocupar com ele tornara-se uma possibilidade.

Ele ainda bebia demais. De alguma forma, talvez porque fosse um problema muito mais familiar, isso nos preocupava menos do que deveria.

Durante algum tempo, depois disso, eu me preocupei mais foi comigo mesmo. O bebê ia nascer logo, e para falar a verdade eu não suportava a situação em que me encontrava, então me esforcei para fazer o que Suchitra queria e me mudar da Casa Dourada. E sim, meus pais tinham tido muitas relações próximas com os vizinhos nos Jardins e, para minha grande alegria, o amigo diplomata de Myanmar, que nestas páginas, a fim de defini-lo com mais facilidade, rebatizei de U Lnu Fnu — o viúvo de cara triste, olhos fundos e óculos, que perdera por pouco sua busca de suceder U Thant como o segundo birmanês na Secretaria Geral da ONU — me recebeu em sua casa. "Será um prazer para mim", ele disse. "É um apartamento grande e viver sozinho nele é como ser uma mosca zunindo dentro de um sino. Ouço o eco de mim mesmo, e não é um som de que eu goste."

Na realidade, foi o momento perfeito, porque ele tivera um inquilino no quarto de hóspedes durante algum tempo, e quando perguntei sobre a possibilidade de alugar esse quarto, seu inquilino estava a ponto de deixá-lo. O personagem que saía de cena era um piloto de linha aérea, Jack Bonney, que gostava de dizer que voava "para a maior linha aérea que você nunca ouviu falar", a Hercules Air, que historicamente tinha conduzido carga, mas agora aceitava também soldados e outros clientes. "Uma vez, recentemente", ele disse, "o primeiro-ministro britânico estava a bordo com seu pessoal de segurança e eu peguei e falei: ele não devia estar no seu Air Force One? E os caras da segurança falaram: nós não temos um avião desses. E levei mercenários para o Iraque, isso não foi brincadeira. Mas a maior coisa que eu já levei? De Londres para a Venezuela, moeda venezuelana no valor de duzentos milhões de dólares que os britânicos imprimiram para eles, quem sabe, certo? O esquisito foi o seguinte. Em Heathrow, eles carregando os páletes e não tinha segurança, eu olhando em volta, mas tinha só o pessoal de sempre do aeroporto, nenhuma escolta armada, nada. Aí a gente chegou em Caracas e, nossa!, uma operação militar completa. Bazucas, tanques, uns caras de dar medo blindados e com armas apontando para todo lado. Mas em Londres, nada. Pirei com aquilo ali."

Quando ele foi embora e eu estava instalado confortavelmente, U Lnu Fnu me visitou em meu quarto e disse com sua voz delicada, cautelosa: "Eu gostava da companhia dele, mas fico contente também de você ter uma natureza mais sossegada. O sr. Bonney é um bom homem, mas devia ter mais cuidado com aquela língua solta. As paredes têm ouvidos, meu caro René. Paredes têm ouvidos".

Solícito com meu bem-estar, ele falou, uma vez, timidamente, depois de pedir licença, sobre o respeito que tinha por meus pais e como compreendia minha dor pela perda deles. Ele próprio, mencionou timidamente, tinha sofrido a dor da perda também. Suchitra ficou contente com minha nova morada, mas notou meu constante abatimento, e tentou uma nova estratégia. "Você parece meio pateta desde que se mudou da mansão da Família Addams. Tem certeza que não está sentindo falta do gosto dos doces russos?" O tom era leve, mas deixava claro que ela realmente queria saber a resposta.

Eu a tranquilizei; ela era uma pessoa que confiava nos outros, e logo deu risada da coisa. "Fico contente de você conseguir continuar nos Jardins que você adora", ela disse. "Posso imaginar como ia ficar triste se não tivesse dado certo."

Mas meu filho, meu filho. Impossível ficar longe dele, impossível também ficar perto. Vasilisa Golden, gravidíssima, a ponto de dar à luz, caminhava diariamente nos Jardins com a babushka de lenço na cabeça que era sua mãe, um clichê importado para servir num melodrama, e eu pensei: meu filho está nas garras de gente que nem fala inglês como primeira língua. Era um pensamento indigno, mas no delírio de minha paternidade frustrada eu não tinha senão pensamentos indignos. Será que eu devia contar tudo? Devia continuar calado? O que seria melhor para o menino? Bem, é claro que o melhor para ele seria saber quem era seu verdadeiro pai. Mas tenho de admitir que também sentia um certo medo de Nero Golden, o medo de um jovem artista iniciante diante de um homem do mundo plenamente desenvolvido e poderoso, mesmo em seu estado atual de lenta deterioração. O que ele ia fazer? Como reagiria? A criança estaria em perigo? E Vasilisa? E eu? — Bem, eu com certeza estaria em perigo. Sua bondade comigo quando fiquei órfão, eu tinha retribuído engravidando sua esposa. A pedido dela, é verdade, mas ele não ia aceitar essa desculpa, e eu temia os seus punhos; seus punhos no mínimo. Mas como eu poderia ficar calado uma vida inteira? Não tinha respostas, mas as perguntas me bombardeavam noite e dia, e não havia abrigo antibombas à vista.

Eu me sentia um bobo — pior que um bobo, como uma criança desgarrada, culpada de grande molecagem, com medo do castigo do adulto — e não podia conversar com ninguém. Pela primeira vez na minha vida, vi algo de positivo no recurso católico da confissão e do perdão de Deus que se seguia. Se pudesse encontrar um padre naquele momento e se um rosário de *mea maxima culpas* pudesse silenciar o incessante interrogatório que ocorria dentro de mim, eu teria alegremente tomado esse rumo. Mas não havia nenhum disponível. Eu não tinha nenhuma ligação com esse mundo eclesiástico. Meus pais tinham ido embora e meu novo senhorio, U Lnu Fnu, embora uma presença sem dúvida calma e calmante, um diplomata maduro, já ficara infeliz com a tagarelice de seu inquilino anterior e certamente iria recuar diante do material emocionalmente radioativo que eu precisa desabafar. Suchitra, claro, estava fora de questão. A propósito, eu sabia que se não conseguisse me acalmar logo, ela iria farejar alguma coisa, e essa seria a pior de todas as maneiras da verdade vir à tona. Não, a verdade não podia vir à tona. A verdade arruinaria vidas demais. Eu tinha de achar um jeito de silenciar a voz possessiva, a voz do amor paterno que queria que seu segredo fosse conhecido, que gritava em meu ouvido. Um terapeuta então? Essa era a figura do confessor secular de nossos tempos. Eu sempre abominara a ideia de recorrer a um estranho para ajudar a examinar minha própria vida. Eu era um aspirante a contador de histórias; detestava a ideia de outro alguém entender minha história melhor do que eu. A vida não examinada não vale a pena ser vivida, disse Sócrates, e tomou a cicuta, mas esse exame, sempre pensei, devia ser o exame de si por si mesmo; autônomo, como um verdadeiro indivíduo deve ser, sem se apoiar em ninguém para explicações ou absolvições, livre. Aí reside a ideia humanista renascentista do eu, expressa, por exemplo, no *De hominis dignitate — Discurso sobre a dignidade do homem*, de Pico della Mirandola. Bem! Essa minha fortaleza moral voou pela janela quando Vasilisa anunciou que estava grávida. Desde então, uma louca tempestade rugiu dentro de mim, além da minha capacidade de aplacá-la. Hora, talvez, de engolir o orgulho e procurar ajuda profissional? Por um momento pensei em recorrer a Murray Lett, mas vi imediatamente que seria uma ideia idiota. Havia excelentes terapeutas no círculo de amigos de meus pais. Eu devia procurar um deles. Talvez precisasse de alguém para remover de mim o peso do que eu sabia e colocar num lugar seguro e neutro; um sapador psicológico para desarmar a bomba da verdade. Então lutei com meus demônios; mas, depois de muito combate interno, decidi, certo ou errado, que afinal de contas eu não ia procurar a ajuda de um estranho, mas escolhi confrontar sozinho esses demônios.

Enquanto isso, o povo dos Jardins estava absolutamente absorto no drama que se desenrolava na casa dos Tagliabue, em frente à Casa Dourada, onde a muito negligenciada esposa Blanca Tagliabue, cansada de ser deixada em casa cuidando dos filhos enquanto o marido Vito ia para a cidade, e aborrecida com seus protestos (sinceros, acredito) de absoluta fidelidade, começara um caso amoroso com o rico residente argentino do bairro, Carlos Hurlingham, que eu apelidei de "Sr. Arribista" em um de meus tratamentos, deixara as crianças aos cuidados de babás e partira no "JP" do señor Hurlingham para dar uma olhada nas famosas cataratas do Iguaçu, na fronteira da Argentina com o Brasil, e sem dúvida entregar-se a diversas atividades ao sul da fronteira enquanto estava lá. Vito ficou fora de si de raiva e dor, e circulava tempestuosamente pelos Jardins, enraivecido e dolorido, dando imenso prazer a todos os vizinhos. Se eu não estivesse tão preocupado com minhas próprias dificuldades teria encontrado algum prazer no fato de que todos os disparatados personagens de minha narrativa dos Jardins começavam a se ligar e combinar para assumir uma forma coerente. Mas naquele momento eu me preocupava apenas com minha própria tristeza e deixei de acompanhar o desenvolvimento da telenovela Tagliabue-Hurlingham.

Isso não era importante. Eles eram, na melhor das hipóteses, personagens menores e podiam não ir além da sala de montagem. O pior foi que, em minha aflição, desviei os olhos de Petya Golden. Não digo que eu pudesse impedir o que aconteceu se tivesse sido mais vigilante. Talvez Murray Lett devesse ter intuído o fato. Talvez ninguém pudesse ter feito nada. Mas mesmo assim lamento minha negligência.

As galerias Sottovoce, dois espaços generosos bem no extremo oeste das ruas 21 e 24, foram ambas ocupadas por uma das grandes exposições da temporada, a nova obra de Ubah Tuur. As peças de grandes dimensões, que lembravam os monstros de metal de Richard Serra, mas rasgadas e transformadas por lâminas de fogo em delicados padrões rendados, de forma que pareciam também versões gigantescas em metal enferrujado e curvo das treliças *jalis* em pedra da Índia, eram iluminadas por refletores como parentes mais brincalhões e extravagantes das severas "sentinelas" alienígenas do 2001 de Kubrick. No local da rua 21 cruzei com o buliçoso Frankie Sottovoce, de faces rosadas e cabelo branco voando ao vento, que sacudia os braços e ria de prazer. "É um grande sucesso. Só os museus e colecionadores mais importantes. Ela é uma estrela."

Procurei a artista, mas ela não estava ali. "Ela acabou de sair", disse Sottovoce. "Estava aqui com Apu Golden. Você tem de vir de novo. Eles estão sempre aqui. Principalmente de manhã. Você conhece Ubah da festa nos Jardins. Ela é ótima. Tão incrivelmente inteligente. E linda, meu Deus." Ele sacudiu a mão molemente como se estivesse se recuperando da fogueira de sua beleza inflamada. "É uma força da natureza", concluiu, e escapou para seduzir alguém mais importante.

"Ah", ele parou e voltou-se de novo para mim, o amor pela intriga superando brevemente seu instinto para negócios. "O outro Golden veio também, o irmão mais velho, você sabe." Ele bateu na têmpora para indicar o *maluco*. "Ele viu que ela estava junto com Apu e acho que não ficou muito feliz. Foi embora como um morcego saído do inferno. Quem sabe uma pequena rivalidade? Hmm hmm?" Ele deu uma de suas tolas risadinhas agudas e se foi.

Foi aí que eu devia ter adivinhado. Foi aí que eu devia ter visto mentalmente a onda vermelha tomando conta do rosto de

Petya, ao entender que depois de todo esse tempo a mulher que ele amava continuava nos braços de seu irmão, a mulher que o irmão roubara dele, arruinando sua melhor chance de felicidade. Aquela noite de traição debaixo do teto de Ubah muito tempo atrás, renascida com toda a força em seus pensamentos, como se tivesse acabado de acontecer naquele momento. A raiva renasceu também, e com ela uma sede de vingança. Aquele relance de Ubah e Apu de mãos dadas foi o que bastou, e o que se seguiu teve a horripilante inevitabilidade de um tiro depois de apertado o gatilho. Eu devia saber que haveria problemas. Mas estava pensando em outras coisas.

Na cidade de Nova York, o corpo de bombeiros envia 44 unidades e 198 soldados do fogo para um alarme de incêndio de grandes proporções. A probabilidade de duas ocorrências desse porte, a três quarteirões uma da outra, na mesma noite, é extremamente remota. A possibilidade desses incêndios serem acidentais é... negligenciável.

Segurança era algo levado a sério nas galerias Sottovoce. Durante o horário de funcionamento, havia guardas e câmeras e um processo de fechamento que podia bloquear todas as entradas em vinte segundos. Essa era a "Situação A". A Situação B, da hora de fechar até a hora de reabrir, era controlada por raios laser que, se interrompidos, disparariam alarmes, por câmeras de monitoramento que enviavam informação ao centro de comando da companhia de segurança que tinha olhos nos monitores vinte e quatro horas por dia e também por grades de titânio além das portas de aço de enrolar, cada uma operada por dupla trava digital e sistema de senhas: duas fendas para cartões de identificação com teclados embaixo, e nenhum executivo sabia individualmente todos os códigos PIN. Para abrir as portas, dois funcionários seniores da Sottovoce tinham de estar presentes, cada com seu cartão e senha. Frankie Sottovoce gostava de dizer que para hackear o sistema era preciso ser um gênio. "Este lugar é uma fortaleza", ele se gabava. "Nem eu consigo entrar aqui se estiver passando na porta à noite e precisar fazer xixi."

O que aconteceu exatamente? Na hora morta da noite, por volta de 3h20, um Chevrolet Suburban de vidros escurecidos, sem placas, parou na frente da galeria da rua 24. O motorista devia ter visitado a galeria antes e usou o que a declaração pública do Corpo de Bombeiros de Nova York descreveu como "um equipamento de leitura muito sofisticado" para clonar os cartões de identificação e descobrir os PINS. As portas de aço se enrolaram, as grades de titânio se abriram e então os galões de gasolina foram abertos, jogados dentro da galeria e acesos, talvez com o mesmo tipo de maçarico usado para criar as esculturas expostas. A SUV foi embora quando o fogo atingiu o exterior, e um procedimento semelhante ocorreu na rua 21. Havia uma testemunha, um bêbado pouco confiável, que descreveu o motorista do Suburban como um homem de capuz preto e óculos de proteção escuros. "Ele parecia a Mosca", disse a testemunha. "É. Pensando bem, lembro que ele tinha braços de mosca peludos saindo das mangas." Quando as declarações mergulharam de vez na ficção científica, agradeceram à testemunha, que foi dispensada. Não apareceu nenhuma outra testemunha. A grande esperança da investigação era identificar o carro, mas ele não foi logo encontrado. E quando apagaram os incêndios, as esculturas estavam irreparavelmente destruídas.

INTERIOR. NOITE. APARTAMENTO DE PETYA GOLDEN. QUARTO.

Sentado na cama, ainda de capuz preto e óculos de proteção, PETYA, com os lençóis puxados até o queixo. Está chorando incontrolavelmente. Arranca os óculos e joga do outro lado do quarto. Garrafas de bebidas abertas na mesa de cabeceira.

INTERIOR. DIA. APARTAMENTO DE PETYA. SALA.

Ainda chorando, quase gritando de dor, PETYA começou a destruir sua nova morada. Atira um abajur do outro lado da sala, que bate na parede e se despedaça. Pega uma cadeira e joga em cima do abajur. Depois se agacha no chão com a cabeça entre as mãos.

INTERIOR. DIA. APARTAMENTO DE PETYA. SALA.

Fusão para a manhã seguinte, PETYA na mesma posição.
A CAMPAINHA toca. Repetidas vezes. Ele não se mexe.

Corte.

EXTERIOR. DIA. DIANTE DO "PRÉDIO MONDRIAN".

NERO GOLDEN toca a campainha. Corte para CLOSE-UP de seu rosto que fala diretamente para a câmera. Por baixo da voz OFF, ouve-se o ding-dong da campainha que ele continua a tocar.

NERO

Claro que entendo imediatamente que é ele. Mostraram o desenho na televisão e na hora que vi, eu sabia. Não é a Mosca. É Petronius. O carro também. Ele tirou as placas, mas é o meu carro. Eu mesmo dei a chave a ele quando se mudou para o apartamento. Ele é bom motorista, dirige com cuidado. Qual pai pode esperar uma coisa dessas do filho? Guardamos num estacionamento debaixo do número 100 da Bleecker, a torre da NYU, eu alugo o espaço de um professor de jornalismo que mora no vigésimo andar. Conheço o carro, conheço meu filho, conheço a mulher. Naturalmente. Essa é a mulher que o irmão tirou dele. Isto é vingança. Uma coisa terrível, mas afinal ele é um homem.

Corte.

INTERIOR. NOITE. APARTAMENTO DE PETYA.

O apartamento está desarrumado, mas PETYA deixou MURRAY LETT entrar. Ele, PETYA, ainda está encolhido, agachado no chão, no fundo do plano. LETT está abaixado a seu lado, os braços nos ombros de PETYA. PETYA fala sem parar. Não ouvimos seu monólogo.

> RENÉ (VOZ OFF)
> Ele comprou o maçarico on-line. Isso é fácil. Depois que tirou as placas do Suburban foi a uma loja de conveniência em Queens e comprou os galões plásticos para gasolina. Depois foi a outra loja de conveniência drive-through no condado de Nassau e encheu os galões de gasolina. Quanto a passar pelos sistemas de segurança das galerias, ele disse apenas que foi bem fácil. Talvez não esperasse ser dominado por uma onda de culpa imediatamente depois dos ataques. Ele quase se afogou nela. O colapso foi muito severo. Ele ficou ansioso, histérico, deprimido, bêbado. O terapeuta quis que ele fosse colocado sob vigilância contra suicídio. O pai contratou enfermeiros vinte e quatro horas para ficar ao lado dele.

Corte para PETYA, que fala furiosamente, mas ainda ouvimos apenas a narração de RENÉ.
Às vezes, PETYA fala em sincronia labial com RENÉ.

> RENÉ
> Seu ataque de raiva foi dirigido principalmente contra ele mesmo, cheio de culpa e vergonha. Porém ele também falava muito do quanto odiava o irmão. Seu sentimento por Apu coagulava em blocos de ódio tão

densos que só podiam se dissolver com o sangue do irmão, e talvez mesmo isso não fosse suficiente, talvez ele viesse a precisar depois, a intervalos frequentes, cagar no túmulo repugnante de Apu. Nas páginas de crimes dos jornais baratos, ele lera sobre homens que tinham mantido mulheres prisioneiras durante anos e disse: talvez eu pudesse fazer isso, podia algemar e amordaçar Apu e deixar num porão perto da caldeira e do tanque de água quente, para torturá-lo a hora que eu quisesse. Nos dias seguintes ao ataque incendiário, Petya bebeu demais. Ele estava também completamente fora de si.

Corte.

EXTERIOR. DIA. ESCRITÓRIO DE NERO. CASA DOURADA.

NERO GOLDEN com expressão tempestuosa, parado de costas para a janela, e suas duas DAMAS DRAGÃO à espera de instruções.

NERO

Quero o melhor advogado criminal da América para a defesa. Encontrem hoje e tragam aqui.

A porta se abre e VASILISA GOLDEN está ali parada, as mãos na barriga. NERO se volta para ela, furioso com a interrupção, mas a expressão no rosto dela o silencia.

VASILISA

Chegou a hora.

Corte.

22

Primavera, o último gelo desapareceu do Hudson e velas alegres rompem a água do fim de semana. Seca na Califórnia, Oscars para *Birdman*, mas nenhum super-herói disponível em Gotham. O Coringa estava na televisão, anunciou uma candidatura a presidente, ao lado do resto do Esquadrão Suicida. O atual presidente ainda tinha um ano e meio pela frente, mas eu já sentia falta dele, nostálgico pelo presente, por esses seus bons e velhos anos, pela legalização do casamento gay, um novo serviço de balsas para Cuba e os sete jogos em seguida vencidos pelos Yankees. Não aguentei ver o tagarela de cabelo verde dar sua improvável declaração, fui para as páginas de crime e li sobre os assassinatos. Um atirador tinha matado um médico em El Paso e se suicidado. Um homem matou seus vizinhos, uma família muçulmana na Carolina do Norte, por causa de uma disputa de vaga para estacionar. Um casal em Detroit, Michigan, declarou-se culpado por torturar o filho no porão. (Tecnicamente não um assassinato, essa notícia, mas uma boa história, então entrava na conta.) Em Tyrone, Missouri, um atirador matou sete pessoas e em seguida fez de si próprio a oitava vítima. Também em Missouri, um tal Jeffrey L. Williams matou dois policiais na frente do quartel da polícia em Ferguson. Um policial chamado Michael Slager atirou e matou Walter Scott, um negro desarmado, em North Charleston, Carolina do Sul. Na ausência de Batman, a sra. Clinton e o senador Sanders se ofereciam como alternativas ao Esquadrão Suicida. Num restaurante Twin Peaks, em Waco, Texas — "Comida! Bebida! Vistas panorâmicas!" —, nove pessoas morreram numa guerra de motociclistas e dezoito foram para o hospital. Houve enchentes e tornados no Texas e em Arkansas, dezessete mortos, quarenta desaparecidos. E estávamos apenas em maio.

"Dostoiévski encontrava todas as suas tramas lendo as páginas de crimes dos jornais", Suchitra divagou. "ESTUDANTE MATA SENHORIA. Seja como for a frase em russo. E bingo! *Crime e castigo*."

Estávamos tomando café da manhã — café macchiato feito em casa e *cronuts* que tínhamos esperado na fila para comprar na Spring Street às 5h30 da manhã —, sentados a uma mesa no canto da janela de vidro que ao sul dava para o porto e a oeste para o rio. Me ocorreu que eu estava feliz e tinha encontrado a pessoa que conseguia me dar alegria, ou ela permitira que eu a encontrasse. O que provavelmente significava também que nunca poderia contar a ela a verdade sobre o bebê; o que por sua vez significava que Vasilisa Golden tinha um domínio sobre mim que eu nunca poderia romper. É verdade que se revelasse seu segredo, Vasilisa desvendaria a própria estratégia, assim como destruiria minha melhor chance de uma vida boa. Mas talvez ela fosse tão absolutamente segura que isso não importasse. Tinha superado o drama do namoro com Masha, a treinadora de fitness, não tinha? E Nero estava mais velho a cada dia, sempre muito ansioso para não viver e morrer sozinho... Afastei esses pensamentos consciente de que estava sucumbindo à paranoia.

266

Vasilisa não ia falar. E nesse meio-tempo, enquanto comia meu *cronut* e olhava as críticas de cinema no *Times* de domingo, eu estava contente, feliz por deixar Suchitra pensar em voz alta, como gostava de fazer durante esses raros momentos de calma em sua agenda repleta. Desses brainstorms de domingo, com a mente girando, fazendo livres associações de uma coisa com outra, ela sempre saía com projetos que queria realizar.

"É verdade isso?", perguntei. "Sobre Dostoiévski?"

Era tudo o que ela precisava. Ela assentiu, séria, gesticulou com o *cronut* para mim enquanto mastigava o pedaço que tinha na boca, engoliu e disparou. "*Verdade* é um conceito tão século xx. A questão é: consigo fazer você acreditar, posso repetir muitas vezes até virar verdade? A questão é: posso mentir melhor que a verdade? Sabe o que Abraham Lincoln disse? 'Tem muita citação inventada na internet.' Talvez a gente deva esquecer a ideia de fazer documentários. Talvez misturar gêneros, ser um pouco *queer*. Talvez um falso documentário seja a linguagem do momento. A culpa é de Orson Welles."

"Mercury Theatre no ar", eu disse, entrando na brincadeira. "*Guerra dos mundos*. Rádio. Isso ficou lá para trás. As pessoas ainda acreditavam na verdade naquela época."

"Bobocas", ela disse. "Acreditaram em Orson. Tudo começa em algum lugar."

"E agora setenta e dois por cento de todos os republicanos acreditam que o presidente é muçulmano."

"Agora se um gorila morto do zoológico de Cincinnati se candidatar a presidente vai conseguir pelo menos dez por cento dos votos."

"Agora muita gente na Austrália declara que sua religião é 'Jedi' no censo, que é uma coisa oficial".

"Agora a única pessoa que você acha que está mentindo para você é o especialista que realmente sabe alguma coisa. É nele que não se pode acreditar porque ele é a elite e as elites são contra o povo, vão falar mal do povo. Saber a verdade é ser elite. Se você diz que viu o rosto de Deus numa melancia, mais gente vai acreditar em você do que se você descobrir o Elo Perdido, porque aí você é um cientista, então você é elite. A *reality TV* é falsificada, mas não é elite, então você aceita. Notícias: elite."

"Eu não quero ser elite. Eu sou elite?"

"Precisa trabalhar nisso. Precisa se tornar pós-factual."

"É a mesma coisa que ficcional?"

"Ficção é elite. Ninguém acredita. Pós-factual é mercado de massa, era da informação, gerada por troll. É o que as pessoas querem."

"Eu culpo a veracidade. Culpo Stephen Colbert."

Era a nossa brincadeira de domingo, mas nessa ocasião fui eu que tive uma ideia como uma lâmpada. Meu grande projeto baseado nos Golden tinha de ser escrito e rodado em estilo documentário, mas com roteiro determinado e desempenhado por atores. No momento em que tive essa ideia, o roteiro apareceu na minha cabeça, semanas depois tinha um primeiro tratamento e no final do ano foi selecionado para o Laboratório de Roteiristas Sundance e no ano seguinte... mas em minha animação estou me adiantando. Rebobina para esse domingo na primavera. Porque depois, nesse mesmo dia, eu tinha um encontro com meu filho.

É, eu estava brincando com fogo, mas o programa humano é poderoso e quer o que quer. A ideia de não ter contato com minha própria carne e sangue era horrível para mim e então, depois de deixar a Casa Dourada, desavergonhadamente bajulei Nero Golden, para quem a criança recém-nascida, sua primeira em muito tempo, também era uma obsessão. Eu disse a ele que queria ter certeza de continuarmos em contato depois de toda a sua bondade, depois de ele ter sido generoso comigo como se eu fosse da família, de forma que agora ele era como alguém da família para mim (eu te avisei que eu era sem-vergonha), sugeri que continuássemos nossa prática de nos encontrar para uma refeição — chá, talvez? — no Russian Tea Room. "Ah, e seria fantástico se pudesse levar o bebê", acrescentei, inocente. O velho adorou a ideia e assim eu pude ver meu camaradinha crescer, brincar com ele e pegá-lo no colo. Nero ia ao Tea Room com o bebê e a babá, a babá entregava o bebê para mim sem discutir e se retirava para um canto do restaurante. "Incrível como você sabe lidar com o menino", Nero Golden me disse. "Tenho a sensação de que você está no choco. Aquela sua garota é incrível. Quem sabe você devia resolver com ela."

Apertei meu filho nos braços. "Tudo bem", eu disse. "Esse carinha é mais que suficiente para mim agora."

A mãe da criança não ficou contente com minha estratégia. "Prefiro que você fique mais afastado", Vasilisa ligou para me dizer. "O menino tem pais excelentes que podem prover tudo o que ele precisa e mais, que você naturalmente não pode. Não sei qual sua motivação, mas estou pensando que talvez seja financeira. Erro meu, devia ter discutido isso antes. Então, tudo bem, se você tem algum valor em mente, diga e vamos ver até que ponto corresponde ao valor que eu tenho em mente."

"Não quero seu dinheiro", eu disse. "Só quero tomar chá com meu filho de vez em quando."

Isso provocou um silêncio, no qual eu podia ouvir ao mesmo tempo sua incredulidade e alívio. Então, por fim: "Tudo bem", ela disse com considerável irritação. "Porém, ele não é seu filho."

Naquele domingo, Suchitra também estava um pouco intrigada com meu interesse pelo menino. "É alguma insinuação?", ela perguntou com aquele seu jeito direto de quem já vai sacando a arma. "Porque fique sabendo que eu tenho toda uma carreira em desenvolvimento e parar para ser a mamãe do bebê de alguém não está nos meus planos atualmente."

"O que eu posso te dizer é que simplesmente adoro bebês", eu disse. "E o melhor com o bebê dos outros é que quando você acaba de brincar pode devolver a criança"

Mantiveram Petya fora da cadeia. A ausência de pessoas nos edifícios e a consequente ausência de dano a seres humanos significavam que o crime era classificado como incêndio criminoso de terceiro grau, um crime classe C. A lei de Nova York determinava que a pena mínima para um crime C era de um a três anos de cadeia, e a pena máxima de cinco a quinze. No entanto, se pudessem apresentar circunstâncias atenuantes, os juízes tinham permissão para aplicar sentenças alternativas, envolvendo menos tempo de prisão ou mesmo nenhum. O "melhor advogado de defesa criminal da América" conseguiu argumentar com sucesso que o autismo de alta funcionalidade de Petya tinha de ser levado em conta. O argumento de *crime passionnel*, que poderia ser eficiente na França, por exemplo, não foi usado. Ordenaram que Petya passasse por avaliação psiquiátrica seguida de tratamento, se submetesse à supervisão da comunidade, pagasse as taxas devidas e restituísse a totalidade do dano causado. Nero contratou Murray Lett em regime permanente e o terapeuta deixou seus outros clientes e mudou-se para o apartamento de Petya para protegê-lo de dano a si mesmo e para trabalhar suas muitas questões. O papel de Lett foi aceito na corte, o que facilitou as coisas. Isso resolvia o aspecto criminal, e Petya se apresentou devidamente aos supervisores conforme exigido, se submeteu a testes de drogas sem aviso prévio, concordou em ser monitorado eletronicamente com uma tornozeleira, aquiesceu a estritas normas condicionais e cumpriu suas horas de serviços comunitários silenciosamente, sem reclamar, trabalhou na manutenção e cuidados de edifícios públicos, com permissão de permanecer em lugares fechados por causa da piora da agorafobia, rebocou, martelou, sem dizer palavra, sem reclamar, passivamente; separado de seu corpo, ou pelo menos assim parecia, permitia que seus membros fizessem o que era exigido deles enquanto os pensamentos estavam em outro lugar ou em lugar nenhum.

A questão da restituição financeira era mais complexa. Frankie Sottovoce entrara com uma ação civil de danos, citou Nero assim como Petya, e isso estava em andamento. Ubah Tuur não estava envolvida. Acontece que Sottovoce havia comprado as peças dela diretamente antes da abertura, de forma que no momento dos incêndios pertenciam a ele. Ela já tinha o dinheiro. A galeria tinha seguro, mas os advogados de Sottovoce argumentavam que havia uma defasagem considerável entre o que a seguradora ia pagar e o que as peças de Tuur valeriam se colocadas no mercado aberto. Também os edifícios exigiam reformas estruturais e haveria uma grande perda de rendimentos de exposições que não poderiam ser feitas enquanto isso acontecia. Então, um caso multimilionário continuava sem solução — embora no fundo os ganhos de Petya com seus apps fossem amplamente suficientes para acertar o processo totalmente — com os advogados de Golden usando todos os retardamentos da lei, na esperança de finalmente levarem Sottovoce à mesa de negociações para fazer um acordo mais facilmente tolerável, e usando também todas as brechas legais ou (talvez um termo melhor) todas as flexibilidades para manter Petya fora da prisão enquanto as questões financeiras eram negociadas.

Foi Apu Golden quem primeiro intuiu que, independente do resultado da ação civil, o incêndio de Petya havia danificado a Casa Dourada tanto quanto as duas galerias de Sottovoce. (Também encerrou seu próprio relacionamento com Frankie Sottovoce, que sem nenhuma cerimônia sugeriu que ele procurasse uma nova morada artística.) Eu o visitei no estúdio da Union

Square e ele me ofereceu chá verde chinês de Hangzhou e um prato com uma pilha de nacos de queijo duro italiano. "Quero falar com você como um irmão", ele disse. "Como um irmão honorário, porque nesta altura é isso que você é. Olhe a nossa família. Sabe do que estou falando? Olhe para ela. Nós somos, sinto dizer com franqueza, uma ruína. É o começo da queda da casa de Usher. Não seria surpresa para mim se a casa da Macdougal Street rachasse em duas e caísse na rua, entende o que digo? É. Pressinto a dissolução."

Fiquei em silêncio. Ele estava se tranquilizando. "Rômulo e Remo", ele disse. "É assim que D nos vê. Ele estava tão ocupado se sentindo fora do jogo que nunca percebeu como era duro para mim ser irmão de Petya, o trabalho que eu tive para dar a ele uma boa infância, ou a melhor possível, considerando a situação dele. Eu brinquei com trenzinhos e carros Scalextric já adulto porque ele gostava dessas coisas. Nós todos brincamos. Meu pai também. E agora a sensação é de que nós todos falhamos, depois que ele desmoronou e queimou. Ele desmoronou, as galerias queimaram. Ele está lá, despedaçado, com o australiano, quem sabe se vai conseguir remontar as peças. E D, quem sabe o que acontece com ele? Ou será com *ela* agora? Eu não sei. Será que ao menos ele sabe? Ou ela? Loucura. A propósito, você sabia que não se pode mais dizer 'loucura'? Também não se deve dizer 'insano', nem, eu acho, 'pirado'. Essas palavras são insultuosas aos doentes mentais. Como se agora fossem palavrões essas palavras, você sabia? Nem eu. Nem que você esteja só dizendo esta porra é uma loucura, ainda assim parece que vai estar ofendendo os doentes. Quem inventa essas coisas? Deviam tentar viver na situação durante um tempo para ver se não precisam desabafar um pouco. Ver se eles não precisam dizer, sim, desculpe, mas são é uma coisa e portanto insano é uma coisa também. Não louco é uma coisa e portanto a conclusão é que louco também existe. Se existe usamos a palavra. Isso é a língua. Tudo bem? Ou eu sou uma pessoa ruim? Estou pirado?"

O assunto tinha mudado de repente. Nos últimos dias do protesto no parque Zuccotti, Apu havia se desentendido com uma porção de gente do Occupy, em parte por sua frustração com a anárquica desorientação sem liderança deles, em parte porque, disse ele, "estão mais interessados na postura do que nos resultados. Essa coisa da língua faz parte disso aí. Me desculpe: se você limpa demais a língua, ela morre. Sujeira é liberdade. Tem de deixar um pouco de sujeira. Limpeza? Não gosto do som da palavra". (Num momento posterior de minha pesquisa, encontrei alguns dos manifestantes, a maioria dos quais não se lembrava de Apu. Um que lembrava, disse: "Ah, sei, o pintor rico que vinha aqui pra ganhar prestígio com a rua. Não gostava nada desse cara".)

Achei que a tirada de Apu tinha origem em algo pessoal porque fundamentalmente ele não se conduzia por ideias. *Cherchez la femme*, pensei, e ela saiu da boca dele um momento depois. "Ubah", ele disse, "ela estava adivinhando isso tudo. Você sabe. Olhe a boca. Cuidado com o que diz. Tem de pisar em ovos. Cada passo pode ser em cima de uma mina terrestre. Bum! Bum! Sua língua está em perigo toda vez que você abre a boca. Tão cansativo, confesso a você."

"Vocês não estão mais se vendo?"

"Não seja idiota", ele disse. "Posso dizer isso sem ofender pessoas inteligentes? Bom, eu digo. Claro que estamos nos vendo. Ela é tão extraordinária que não posso parar. Se ela quer que eu vigie minha boca, seja lá o que for, tudo bem, eu vigio, ao menos quando ela está do meu lado — e aí, infelizmente, você é que paga o pato porque eu tenho de botar para fora quando ela não está comigo. Mas foi uma barra continuar com ela depois que o maldito do meu irmão destruiu a exposição dela inteira. *Inteira*. Tudo ferro-velho agora. Sabe quanto tempo levou para fazer aquelas peças? Meses, cara. Claro que ela ficou furiosa e ele é meu irmão, pelo amor de Deus. Durante um tempo ela não conseguia falar comigo. Mas agora está melhor. Ela acalmou. Basicamente ela é uma pessoa calma, uma boa pessoa. Ela sabe que não tenho nada a ver com isso. Isso é que eu digo, nós nunca fomos Rômulo e Remo, o Petya e eu. Eu só tentei proteger as coisas, minha vida familiar, minha infância e agora esse tempo acabou, é tudo uma ruína."

Ele sacudiu a cabeça, lembrou do assunto inicial. "Ah, é. Desculpe. Me deixei levar pela raiva. Vamos voltar ao assunto. O que eu queria dizer no começo, a razão toda de eu sentar aqui com você, o chá, o queijo, é que minha família está uma ruína e você, meu irmão que não é irmão, você é o único membro da família com quem eu posso discutir isso. Um irmão é incendiário, o outro não sabe se é meu meio-irmão ou meia-irmã. E meu pai, além de estar ficando velho e talvez começando a falhar mentalmente, quer dizer, ele está totalmente perdido por essa mulher, a *esposa*, quer dizer, é difícil até falar a palavra, e agora esse bebê, não consigo nem pensar nele como irmão. Meio-irmão. Meu meio-irmão bebê, meio russo. De certa forma, eu culpo o bebê por tudo isso. Ele apareceu e o mundo desmoronou. É como uma maldição. Quer dizer, está me deixando maluco e eu sou o cara lúcido aqui. Mas isso é só minha ranzinzice que todo mundo sabe que é meu normal. Não foi para falar disso que chamei você aqui. Sei que você não é chegado nesse negócio, mas mesmo assim me escute. Eu comecei a ver fantasmas."

Era o fim do período político de Apu. Eu quase ri alto. Pela primeira vez nesse dia, permiti que meu olhar pousasse no novo trabalho que ele estava fazendo e fiquei feliz de ver que ele havia se livrado da forte influência de artistas *agitprop* contemporâneos — Dyke Action Machine!, Otabenga Jones, Coco Fusco — e que sua primeira iconografia, muito mais rica e viva, originada nas tradições místicas, havia voltado. Uma pintura grande, formato paisagem, em tons de laranja e verde me impressionou particularmente, um triplo retrato de sua bruxa favorita, a mãe de santo de Greenpoint, ladeada por suas deidades favoritas, Orixá e Olodumaré. Misticismo e drogas psicotrópicas nunca deixaram de fazer parte da prática de Apu, o que provavelmente explicava o advento de suas visões. "Você está tomando ayahuasca agora, é isso?", perguntei. Apu recuou em falso choque. "Está brincando? Eu jamais trairia minha mãe e os caras dela." (O uso de ayahuasca na prática xamanista estava ligado à religião do Santo Daime do Brasil, e algumas pessoas chamavam a droga de *daime* em honra do santo.) "De qualquer forma, não são visões de Deus que estou tendo."

Às vezes, era difícil saber se ele estava falando literal ou figurativamente. "Venha ver", ele disse. No extremo da galeria havia uma grande tela coberta com um pano manchado de tinta. Quando ele tirou o pano, vi uma cena extraordinária: uma vasta e detalhada paisagem urbana de Manhattan da qual todos os veículos e pedestres tinham sido removidos, uma cidade vazia povoada apenas por figuras translúcidas, as figuras masculinas vestidas de branco, as femininas de açafrão: de pele verde, algumas flutuando junto ao chão, algumas no ar. Então, sim, fantasmas, mas fantasmas de quem? Fantasmas de quê?

Apu fechou os olhos e respirou. Então, exalou, deu um sorriso e abriu as comportas do passado.

"Durante longo tempo", Apu disse, "ele nos controlou com dinheiro, dinheiro que nos dava para viver, dinheiro que prometia como nossa parte, e nós fazíamos o que ele pedia. Mas também com uma coisa muito mais poderosa que dinheiro. Era a ideia de família. Ele era a cabeça, nós os membros, e o corpo faz o que a cabeça instrui a fazer. Fomos criados assim: nos conceitos da velha escola. Lealdade absoluta, obediência absoluta, sem discussão. Isso acabou se esgotando, mas funcionou durante longo tempo, até boa parte de nossa vida adulta. Não somos crianças, mas durante muito tempo pulávamos quando ele pulava, sentávamos quando ele mandava sentar, ríamos e chorávamos quando ele dizia para rir ou chorar. Quando mudamos para cá, foi fundamentalmente porque ele disse: agora nós vamos mudar. Mas nós todos tínhamos nossas razões para concordar com o plano. Petya, claro, porque precisa de muito apoio. Para D, mesmo que não soubesse, a América era o caminho para essa metamorfose que ele quer, ou não quer, não sei, ou ele não sabe, mas ao menos aqui ele pode explorar isso. Para mim, havia pessoas de quem me afastar. Envolvimentos. Não financeiros, embora por um período eu tenha tido dívidas de jogo. Superei esse tempo. Mas havia dificuldades românticas. Havia uma mulher que partiu meu coração, outra mulher que era um pouco louca, bem louca a maior parte do tempo, mas não todo o tempo, e talvez perigosa para mim, não fisicamente, mas de novo no coração, e uma terceira que me amava, mas que grudou em mim tanto que eu não tinha espaço para respirar. Rompi com todas elas ou elas romperam comigo, não importa, mas elas não foram embora. Ninguém nunca vai embora. Elas circulavam em torno de mim como helicópteros com refletores brilhantes em cima de mim e fui pego nos fachos de luz cruzados como um fugitivo. Então um amigo meu, escritor, bom escritor, me disse uma coisa que me deixou apavorado. Ele disse, pense na vida como um romance, digamos um romance de quatrocentas páginas, depois imagine quantas páginas do livro sua história já preencheu. E lembre que depois de certo ponto, não é boa ideia introduzir personagens novos importantes. Depois de certo ponto você fica limitado aos personagens que tem. Então você talvez precise pensar num jeito de introduzir esse novo personagem antes que seja tarde demais, porque todo mundo envelhece, até você. Ele me disse isso pouco antes de meu pai resolver que tínhamos de mudar. Então quando meu pai tomou a decisão eu pensei, sabe?, isto é ótimo. Melhor ainda que tentar introduzir um novo personagem aqui, onde as ex circulam com seus refletores. Desse jeito, consigo jogar fora o livro inteiro e começar a escrever uma nova história. Esse livro velho não era bom mesmo. Então fiz isso, aqui estou, e agora vejo fantasmas porque o problema de tentar escapar de si mesmo é que você leva a si mesmo na fuga."

Então, identifiquei na pintura as mulheres helicóptero a pairar no alto, e vi a pequena silhueta preta de um homem encolhido abaixo delas, a única figura-sombra naquela obra sem sombras. O homem acossado e os fantasmas do passado a acossá-lo. E o presente, eu percebia agora, era instável, os edifícios tortos, distorcidos, como se vistos através de um vidro antigo, irregular. O aspecto da paisagem urbana me lembrou *O gabinete do Dr. Caligari*. E isso me levou imediatamente de volta para minha primeira imagem de Nero Golden como o mestre do crime Dr. Mabuse. Eu não falei disso, mas perguntei sobre o expressionismo alemão. Ele sacudiu a cabeça. "Não, a distorção não é uma referência. É real." Ele tinha desenvolvido um problema na retina, degeneração macular, "por sorte do tipo úmido, porque para o tipo seco não há tratamento, você perde a visão e pronto. Além disso, por sorte, só no olho esquerdo. Se eu fecho o olho esquerdo tudo parece normal. Mas se fecho o direito o mundo vira isso aqui". Ele apontou um polegar para a pintura. "O que eu acho mesmo é que o olho esquerdo é que vê a verdade", ele acrescentou. "Vê tudo distorcido e deformado. Como de fato tudo é. O olho direito é o que vê a ficção da normalidade. Então eu tenho verdade e mentiras, um olho para cada. É bom."

Apesar de sua maneira sardônica de sempre, eu podia perceber que estava agitado. "Os fantasmas são reais", ele disse, fazendo um esforço. "Por alguma razão, eu me sinto melhor dizendo isso para um ser antiespiritual como você." (Uma vez eu tinha dito a ele que achava que a palavra *espiritual*, agora aplicada a tudo, desde religião a programas de exercício e suco de frutas, precisava de um descanso, talvez por uns duzentos anos.) "E não tem nada a ver com droga. Juro. Eles simplesmente aparecem, no meio da noite e também no meio do dia, no meu quarto ou na rua. Nunca são sólidos, dá para ver através deles. Às vezes estão meio zoados, rachados, quebrados como uma imagem de vídeo com defeito. Às vezes são bem definidos e claros. Eu não entendo. Só estou te contando o que vejo. A sensação é que estou ficando maluco."

"Me conte exatamente como acontece", pedi.

"Às vezes, eu não vejo nada", ele disse. "Às vezes, só escuto coisas. Palavras difíceis de distinguir ou, ainda, perfeitamente claras. Às vezes, aparecem imagens também. O estranho é que elas não estão necessariamente falando comigo. As ex circulantes, sim, com certeza, mas o resto é como se estivessem simplesmente cuidando de suas vidas, mas eu sou excluído dessas vidas porque me excluí, e há uma sensação profunda de ter feito algo errado. São todos da minha terra, entende? Todos." O sorriso desaparecera de seu rosto. Ele parecia muito perturbado. "Eu estudei sobre ter visões", ele disse. "Joana d'Arc, São João, o Divino. Há semelhanças. Às vezes, é doloroso. Às vezes, parece que vêm de dentro, da região do umbigo e são expelidas do corpo. Outras vezes, a sensação é puramente externa. Depois, muitas vezes, eu desmaio. É exaustivo. É isso que tenho de te dizer. Me diga o que acha."

"Não importa o que eu acho", falei. "Me conte por que você acha que está acontecendo isso."

"Acho que fui embora de um jeito ruim", ele disse. "Eu estava em mau estado. Fui embora sem fazer as pazes. É aí que você vai achar difícil me acompanhar. Os espíritos familiares estão zangados conosco, as divindades do lugar. Tem um jeito certo e um jeito errado de fazer as coisas e eu, nós, todos nós, simplesmente nos arrancamos, simplesmente rasgamos o canto da página onde estávamos e isso foi uma espécie de violência. É preciso deixar o passado em paz. Tenho agora uma forte sensação de não ser capaz de ver o caminho que tenho pela frente. Ou que para haver um caminho à frente, tem de haver primeiro uma viagem para trás. É isso que eu acredito."

"Do que você está falando?", perguntei. "Quer dizer, você pode fazer oferendas para aplacar o que estiver causando isso? Não é meu terreno. Não sei me localizar"

"Eu tenho de voltar", ele disse. "De qualquer forma, Ubah quer fazer uma visita. Então, acho que é uma mistura de viagem turística com uma cura de saudade de casa. Considere isso como minha necessidade de descobrir se existe um *lá* para mim lá. Assim não preciso colocar em risco sua visão racionalista do mundo." Isto, quase raivoso. Mas depois, um sorriso de desculpas e compensação pela dureza do tom.

"O que você acha que vai acontecer se você não for?"

"Se eu não for", ele disse, "então acho que uma força sombria do passado vai voar do outro lado do mundo e provavelmente destruirá nós todos."

"Ah."

"Talvez seja tarde demais. Talvez a força escura já tenha se decidido. Mas eu vou tentar. E, enquanto isso, Ubah pode passear pela Marine Drive à noite, ver os jardins suspensos de Malabar Hill, visitar um estúdio de cinema e talvez a gente faça uma viagem paralela para olhar o túmulo de Taj Bibi em Agra, por que não?"

"Você vai logo?"

"Hoje à noite", ele disse. "Antes que seja tarde demais."

23

Toda vez que ouvia alguma coisa sobre o passado da família, me dava conta das falhas que havia na narrativa da família Golden. Havia coisas não ditas e era difícil saber como ultrapassar o véu que caía sobre a história. Apu parecia temer alguma coisa, mas fosse o que fosse, não era um fantasma. Parecia mais provável serem esqueletos no armário. Me vi pensando, não pela primeira vez, na história que Nero Golden tinha me contado aquele dia no seu escritório, a história de "Don Corleone".

Naquele dia, falei a Suchitra, depois: "Eu queria ir com eles nessa viagem. Pode ser uma parte importante da história".

"Se é um falso documentário que você vai fazer", ela disse, "invente."

Fiquei um pouco chocado. "Simplesmente inventar?"

"Você tem imaginação", disse ela. "Imagine."

Uma história dourada, eu me lembrei. Para os romanos, uma fantasia, um louco engano. Uma mentira.

Aconteceu então, e não aconteceu, que o grande citarista Ravi Shankar só tocou em quatro cítaras durante toda sua vida e em uma dessas quatro ensinou o Beatle George Harrison algo a respeito do instrumento, e essas lições tiveram lugar numa suíte do grande hotel junto ao porto. Agora, Ravi Shankar já se foi, mas a cítara permanece numa caixa de vidro, observando, benevolente, os hóspedes da suíte irem e virem. O grande hotel foi lindamente restaurado depois da atrocidade terrorista, a força do grande edifício de pedra permitiu que ele permanecesse firme e o interior parecia melhor que nunca, mas metade dos quartos estava vazia. Fora do grande hotel, havia barreiras e detectores de metal, todo aquele lamentável aparato de segurança e as defesas eram um lembrete do horror e o oposto de um convite. Dentro do hotel, as muitas lojas celebradas nas galerias apresentavam uma diminuição de cinquenta por cento ou mais nas vendas. A consequência do terror era medo, e embora muita gente falasse de sua determinação de apoiar o grande hotel junto ao porto em seu período de renascimento, a dura linguagem dos números dizia: *não foi o bastante*. Casais de namorados e damas de qualidade não mergulhavam mais no chá e nos lanchinhos do Sea Lounge, e muitos estrangeiros também iam a outros lugares. Podiam ter feito reparos na tessitura do prédio, mas o dano à sua mágica permanecia.

Por que estou aqui? o homem que agora se chamava Apuleius Golden perguntou a Ubah Tuur enquanto a cítara de Ravi Shankar escutava. Este é o prédio onde minha mãe morreu. Esta é a cidade que eu deixei de amar. Será que estou tão louco a ponto de acreditar em fantasmas e voar do outro lado do mundo por isso? Algum tipo de exorcismo? É idiota. Vamos ser turistas e voltar para casa. Vamos tomar café no Leopold, ver arte no museu Bhau Daji Lad e também no museu Prince of Wales que eu me recuso a chamar de museu Chhatrapati Shivaji porque ele não dava a mínima para obras de arte. Vamos comer comida de rua na praia de Chowpatty e ficar com dor de estômago como estrangeiros de verdade. Vamos comprar pulseiras de prata no Chor Bazaar, olhar os frisos do pai de Kipling e comer caranguejos com alho em Kala Ghoda, ficar tristes porque a Rhythm House fechou e lamentar o Café Samovar também. Vamos ao Blue Frog para ouvir música, ao Aer para uma vista do alto, ao Aurus para o mar, ao Tryst para as luzes, ao Trilogy para as meninas e ao Hype para o hype. Foda-se. Estamos aqui. Vamos aproveitar.

Calma, ela disse. Você parece histérico.

Vai acontecer alguma coisa, ele disse. Eu fui atraído do outro lado do mundo por alguma razão.

No saguão, uma mulher glamorosa se jogou em cima dele. Groucho!, ela gritou. Você voltou! Ela então viu a alta beldade somali olhando para ela. Ah, desculpe, disse. Nos conhecemos desde que ele era menino. Chamávamos o irmão mais velho dele de Harpo, sabe. Ela bateu na têmpora. Coitado. E este de Groucho porque estava sempre mal-humorado e correndo atrás de mulheres.

Me conte isso, disse Ubah Tuur.

Temos de dar uma festa!, disse a mulher glamorosa. Me ligue, querido! Me ligue! Vou reunir todo mundo. Ela foi embora depressa, falando ao telefone.

Ubah Tuur interrogou Apu com as sobrancelhas.

Não lembro o nome dela, ele disse. É como se eu nunca tivesse visto essa mulher na minha vida.

Groucho, Ubah Tuur disse, divertida.

É, ele replicou. E D chamavam de Chico. Nós éramos a porra dos irmãos Marx. Pegue aqui seu sorvete tutsi-frutsi. Não quero fazer parte de nenhum clube que me aceite como sócio. Isso está em todos os contratos, é o que chamam de cláusula de sanidade. Ha ha ha... você não me engana. Não existe Papai Noel.

Quanto você cobra para entrar num bueiro descoberto? Só a taxa de cobertura. Eu tive uma grande noite, mas não foi esta de hoje. Eu podia te matar por dinheiro. Ha ha ha. Não, você é meu amigo. Eu te mato grátis. Valeu a pena ter fugido para o outro lado do mundo para escapar disso.

Aqui já valeu a pena, ela disse. Estou descobrindo coisas sobre você que eu nunca soube. E ainda nem saímos do hotel.

Estava procurando uma garota como você, ele disse, mal-humorado. Não você, uma como você.

Corte.

Não tinham avançado mais que alguns passos pela Apollo Bunder na direção da Gateway quando Ubah parou e chamou a atenção de Apu para o quarteto de homens quase comicamente visíveis, transpirando em chapéus pretos e ternos, camisas brancas com gravatas estreitas e óculos escuros, dois atrás deles, dois do outro lado da rua.

Parece que temos uns cães de aluguel como companhia, ela disse. Ou irmãos cara de pau, tanto faz.

Quando confrontado, o quarteto reagiu respeitosamente. Sirji, nós somos sócios de uns sócios de negócios do seu grande pai, disse um que mais parecia com Quentin Tarantino como "Mr. Brown". Estamos encarregados precisamente de sua segurança pessoal e orientados a proceder com a máxima sutileza e discrição.

Encarregados por quem? Apu perguntou, chateado, desconfiado, ainda mal-humorado.

Sirji, por seu estimado paiji, via canais. Seu estimado pai não sabia de sua decisão de voltar, e ao saber que o senhor tinha voltado, ficou preocupado com seu bem-estar e deseja que esteja tudo bem.

Então por favor informe meu estimado pai, via esses mesmos canais, que não preciso de babá, e uma vez feito isso, cavalheiros, por favor se retirem.

Mr. Brown pareceu mais lamentoso que nunca. Nós não damos as ordens, ele disse. Nós só obedecemos.

Era um impasse. Por fim, Apu deu de ombros e virou as costas. Só fiquem atrás, ele disse. Mantenham distância. Não quero vocês no meu campo de visão. Se eu virar a cabeça, deem um pulo para trás. Fiquem fora do alcance dos meus olhos. A mesma coisa vale para minha amiga. Pule para trás.

Mr. Brown baixou a cabeça com uma espécie de delicada tristeza. O.k., sirji, disse ele. Vamos nos esforçar.

Eles pararam e olharam os barcos no porto. É ridículo, Apu disse. Entendo que ele tenha mandado seguir Petya em sua longa caminhada, porque é o Petya, mas ele tem de começar a me tratar como adulto.

À sua maneira imperturbável, Ubah começou a rir. A caminho daqui, ela disse, eu pensei, Índia, vou ficar chocada com a pobreza, talvez seja ainda pior que na minha terra, ou tão ruim quanto, mas diferente, de qualquer forma vai exigir uma adaptação. Não me dei conta de que estaríamos entrando num filme de Bollywood no momento em chegássemos à cidade.

Corte.

Quando voltaram ao hotel, depois do jantar, havia um cavalheiro à espera deles no saguão, cabelos prateados, perfil aquilino, vestido com terno cor de creme e gravata de clube de críquete, com um chapéu borsalino nas mãos. Falava o inglês da classe cavalheiresca, embora não fosse inglês.

Com licença, eu sinto muito. O senhor iria se importar muito se eu, espero que não considere invasivo se eu tiver a ousadia de pedir alguns minutos de seu tempo?

Do que se trata?

Poderíamos, seria possível, um ambiente mais discreto, posso ter a ousadia de solicitar isso talvez? Longe de olhos e ouvidos?

Ubah Tuur aplaudiu. Acho que você preparou isso tudo, ela disse a Apu. Para me distrair e me enganar, me fazer pensar que é desse jeito o tempo todo. Claro, sir, ela disse ao homem com terno cor de creme. Será um prazer receber o senhor em nossa suíte.

Transição.

Na suíte. O homem ficou parado, sem jeito, ao lado da caixa de vidro que continha a cítara de Ravi Shankar, girando a aba do chapéu, recusou o convite a se sentar.

O senhor, sem dúvida, não vai reconhecer o meu nome, ele disse. Mastan. Eu sou o sr. Mastan.

Não, desculpe, não conheço esse nome, Apu disse.

Eu não sou jovem, replicou o sr. Mastan. Deus me brindou com mais de setenta anos. Mas quase meio século atrás quando eu era um jovem policial do DIC, pode-se dizer que eu tinha relações com um sócio de seu pai.

Outro sócio do sócio, Apu disse. É o dia deles.

Desculpe perguntar, disse o sr. Mastan. Seu estimado pai nunca falou sobre o sócio dele, o homem que ele chamava brincando de Don Corleone?

Então Apu ficou muito silencioso, tão profundamente silencioso que o silêncio era uma forma de discurso. O sr. Mastan balançou a cabeça em deferência. Muitas vezes eu me perguntei, disse ele, o quanto os filhos de seu pai sabiam dos negócios do pai.

Eu sou um artista, disse o artista. Não me preocupo com finanças.

Claro, claro. É mesmo natural. O artista vive num plano superior e não se impressiona com o lucro sujo. Eu próprio sempre admirei o espírito boêmio, embora, ai, não seja minha natureza.

Ubah notou que depois de digerir as palavras "policial" e "Don Corleone", Apu passou a ouvir muito atentamente.

Posso falar sobre o meu contato com o sócio de seu pai, o don? perguntou o sr. Mastan.

Por favor.

Para resumir, sir, ele arruinou minha vida. Eu estava atrás dele por seus vários crimes sérios e contravenções. Se me permite dizer, eu estava bem na trilha. Também, sendo jovem, não tinha adquirido ainda a esperteza da cidade. Eu era insubornável, sir, e incorruptível. Sem dúvida muitos grandes homens devem ter me qualificado como um incômodo, um obstáculo que impedia as rodas da sociedade de serem lubrificadas e correrem macias. E talvez seja assim, mas é assim que eu era. Incorruptível, insubornável, um obstáculo. O sócio do seu pai falou com pessoas menos intransigentes nos escalões superiores e eu fui removido do caso e expulso. O senhor conhece o poeta Ovídio, sir? Ele desagradou Augusto César e foi exilado no mar Negro, nunca voltou a Roma. Esse foi também o meu destino, definhar durante anos sem esperança de promoção numa pequena cidade nas montanhas, em Himachal Pradesh, conhecida pela produção em massa de cogumelos e ouro vermelho, que é o tomate, e pelo fato de, em tempos mitológicos, ter sido o lugar de exílio dos Pandavas. Eu também era um pequeno pandava em meu exílio de cogumelos e tomates. Depois de muitos anos, minha sorte virou. Quis o destino que um cavalheiro local, cujo nome não vou apresentar aqui, visse em mim um homem honesto, de forma que deixei a força policial e comecei a supervisionar a colheita de cogumelo e tomate para impedir perdas por contrabando. Com o tempo, sir, fui embora das montanhas e me tornei bem-sucedido no campo de segurança e investigação. Dou

286

graças a Deus por ter me saído bem. Agora, sou um indivíduo aposentado, com filhos que trabalham em meu lugar, mas fico de ouvido alerta, sir, isso eu faço.

Por que veio aqui me contar essa história?, Apu perguntou.

Não, não, sir, o senhor está enganado e a culpa é minha, por ter falado demais e prolongado o que deveria ser um encontro mais breve. Vim dizer duas coisas ao senhor. A primeira coisa é que embora eu não seja mais policial e Don Corleone que arruinou minha vida não exista mais, ainda sou alguém que busca a justiça.

O que isso tem a ver comigo?

Diz respeito a seu pai, sir. Ele está no alto, muito mais alto que eu jamais sonharia estar, mas mesmo em minha velhice, com a ajuda de Deus e a força da lei, vou derrubar seu pai. Ele era sócio da minha nêmese, o don, e cúmplice de seus atos, é ele quem resta e portanto.

O senhor veio ameaçar a mim e a minha família. Acho que foi muito além do que deveria.

Não, sir, mais uma vez eu falei demais e desviei do ponto. Eu não vim ameaçar. Vim alertar.

Sobre o quê?

Uma família que esteve envolvida demais com os dons, disse o sr. Mastan, e então, sem nem uma palavra de despedida, levanta acampamento e vai embora. Uma família assim pode ter deixado para trás, nesta cidade, pessoas com sentimentos feridos. Com sentimentos feridos e negócios inacabados. Talvez com a ideia de ter ficado em má posição devido em parte às atitudes de seu estimado pai. Essas pessoas com sentimentos feridos não são grandes homens como o seu pai. Ou talvez um pouco grandes em sua própria área, mas pequenas no mundo em geral. Não deixam de ter força na localidade, mas é uma força local. Ele talvez esteja fora do alcance delas. Mas o senhor, por inocência, tolice, arrogância ou temeridade, o senhor voltou.

Acho que o senhor deve ir embora, Ubah Tuur disse. E assim que o sr. Mastan fez uma reverência e se retirou, ela disse a Apu: Acho que nós devemos ir também. O mais cedo possível.

É lixo, ele disse. Ele é só um homem amargurado tentando conseguir de volta o que é dele. É uma ameaça vazia. Sem conteúdo.

Eu quero ir de qualquer modo. O filme acabou.

E de repente ele parou de discutir. Tudo bem, disse. Concordo. Vamos.

Corte.

George Harrison tocou cítara em "Within You Without You", "Tomorrow Never Knows", "Norwegian Wood" e "Love You To". Todos os voos partiam no meio da noite, de forma que, quando estavam com as malas prontas, estava escuro e eles ficaram sentados no escuro, imaginaram George e Ravi Shankar sentados onde estavam sentados, fazendo música. Durante algum tempo, não falaram um com o outro, mas então falaram.

Vou te contar uma coisa que meu pai me contou quando eu era mocinho, Apu disse. Meu filho, ele falou, a maior força na vida deste país não é o governo, nem a religião, nem o instinto empreendedor. É propinaecorrupção. Ele falou como se fosse uma palavra só, igual eletromagnetismo. Sem propinaecorrupção nada aconteceria. É a propinaecorrupção que lubrifica as engrenagens da nação e é também a solução para os problemas da nação. Se existe terrorismo? Sente à mesa com o chefe terrorista, assine um cheque em branco, empurre pela mesa e diga: ponha quantos zeros quiser. Na hora que ele embolsar o cheque, o problema termina porque no nosso país nós entendemos que existe honra na propinaecorrupção. Quando um homem foi comprado, ele fica comprado. Meu pai era um realista. Quando alguém trabalha no nível dele, um ou outro don vai inevitavelmente bater na porta, seja para oferecer propina, seja para pedir propina. Não tem jeito de conservar as mãos limpas. Na América não é muito diferente, meu pai me disse depois que a gente atravessou o oceano. Aqui também temos nosso Chicken Little, nosso Little Archie, nosso Crazy Fred, nosso Fat Frankie. Eles também acreditam em honra. Então os mundos talvez sejam menos diferentes do que nós fingimos ser.

Ele falava disso com você.

Nem sempre, disse Apu. Mas uma ou duas vezes ele fez o discurso da propinaecorrupção. Nós todos ouvimos isso algumas vezes e conhecemos bem. Eu não interferia além disso.

Como você está, agora que vamos embora tão depressa. Conhecemos, o quê?, duas pessoas. Você nem me mostrou a escola onde estudou. Não compramos nenhum vídeo pirata. Não estivemos aqui ainda.

Eu estou aliviado.

Por que aliviado?

Não preciso mais estar aqui.

E o que você sente por estar aliviado? Que está contente de ir embora? Não é uma sensação estranha?

Não muito.

Por quê?

Porque eu passei a acreditar na total mutabilidade do eu. Que sob as pressões da própria vida a gente pode simplesmente deixar de ser quem era e ser apenas a pessoa em quem a gente se tornou.

Eu não concordo.

Nosso corpo inteiro muda o tempo todo. O cabelo, a pele, tudo. Durante ciclos de sete anos cada célula que nos constitui é substituída por outra célula. A cada sete anos somos cem por cento alguém que não éramos. Por que não seria o caso com o eu também? Faz praticamente sete anos que fui embora deste lugar. Sou diferente agora.

Não tenho certeza de que isso seja científico.

Não estou falando de ciência. Estou falando da alma. A alma não é feita de células. O fantasma na máquina. Estou dizendo que com o tempo o velho fantasma sai e um novo fantasma entra.

Então daqui a sete anos eu não vou saber quem você é.

E eu não vou saber quem você é. Talvez a gente tenha de começar de novo. Talvez a gente seja inconstante. É assim que é. Talvez.

Corte.

A noite estava úmida. Até os corvos estavam dormindo. Mr. Brown, com sua cara triste, e os outros cães de aluguel estavam esperando na frente, de óculos escuros apesar da noite.

Nós dispensamos seu táxi, disse Mr. Brown. É nosso dever levar o senhor ao Aeroporto Internacional Chhatrapati Shivaji, antes Sahar.

É chato isso, disse Apu. Nós não precisamos de você.

Será uma honra para nós, disse Mr. Brown. Veja, três sedãs Mercedes-Benz estão esperando. Carro da frente, seu carro e carro de trás. Por favor. Só o melhor para o senhor, sirji. Classe S Maybach, igual a um jato particular para a estrada. Isso está escrito na publicidade. Eu próprio vou acompanhar o senhor neste belo veículo.

A cidade noturna escondeu dele sua natureza quando a deixou, virou as costas para ele como ele virara as costas para ela. Os rostos dos edifícios estavam severos e fechados. Atravessaram a baía Mahim no Sea Link, mas depois saíram da rodovia Western Express muito cedo, antes da saída do aeroporto.

Por que estão indo por aqui?, Apu Golden perguntou. Então Mr. Brown virou para trás, tirou os óculos escuros e não foi preciso nenhuma resposta.

Uma questão de negócios, disse Mr. Brown. Nada pessoal. É uma questão de um cliente que pagou melhor que o outro. Um cliente para quem não trabalhamos faz muito tempo versus outro que é cliente regular. Sir, é para mandar um recado para seu estimado paiji. Ele vai entender o recado, tenho certeza.

Eu não entendo, Ubah exclamou. Qual recado?

Mr. Brown respondeu gravemente: A mensagem diz, suas atitudes, sir, tornaram as coisas difíceis para nós, depois que avisamos para o senhor não agir. Mas depois que o senhor agiu, colocou continentes e oceano entre nós, e não temos nem os meios nem a vontade de ir atrás. Mas agora o senhor teve a imprudência de permitir que seu filho viesse. Aproximadamente, esse é o comunicado. Apresento minhas desculpas, madame, a senhora é uma espectadora inocente, não é?, um dano colateral. Eu lamento muito.

Os carros passaram por uma ponte pouco importante sobre o rio Mithi, perto dos limites da grande favela Dharavi, e dentro do brilhante Maybach prata puseram a música muito alta. Gente rica se divertindo. O que mais. Por que não. Nem pensar em alguém ouvir tiros. De qualquer forma, o silenciador estava no lugar.

24

Funerais ocorrem depressa nos trópicos, mas investigações de assassinato inevitavelmente impõem atrasos. Estive na Casa Dourada todos os dias depois que chegou a notícia e parecia que a calamidade havia parado o tempo. Nada nem ninguém parecia se mexer, a não ser na sala onde a srta. Blather e a srta. Fuss estavam tomando as providências para a volta dos corpos, e mesmo a sala delas parecia envolta num manto de silêncio. Petya voltara, para estar ao lado do pai, mas ficou quase todo o tempo trancado com o terapeuta australiano no quarto de luz azul. D Golden passava a maior parte dos dias na casa também, perdido num canto, vestido de preto, com Riya segurando sua mão. Ninguém falava. Fora da casa, por um momento, a história ressoou. Frankie Sottovoce estava em toda parte para lamentar a morte de sua principal escultora. A família da mulher morta, alta e elegante, se portou com a nobreza de sentinelas reais, parada atrás de Sottovoce na televisão, numa tristeza de olhos secos. Nero Golden não apareceu em público, mas era claro para todos nós dentro da casa que algo havia se rompido nele, de tal forma que não seria fácil ele se recuperar do recado que recebera. Do outro lado do mundo, também havia ruído e silêncio. Houve policiais e autópsias, jornalistas e todos os sons de sirenes que acompanham uma morte violenta, mas os que tinham conhecido a família antes que partisse para Nova York continuaram invisíveis, nem uma palavra de nenhum deles, como se o silêncio tivesse baixado sobre o mundo perdido dos Golden também, como uma mortalha. A mulher não identificada que saudara Apu no saguão do hotel com gritos de "Groucho!" — ela não foi vista. As outras mulheres de que ele tinha falado, suas três amantes, os helicópteros a circular, não apareceram para chorar por ele. Parecia que a cidade tinha virado as costas aos que partiram, tanto aos expatriados quanto aos mortos. Se Mr. Brown e seus sócios foram presos, nós não ficamos sabendo. A notícia não chegou às manchetes. Groucho estava morto. A vida continuava.

Como era de esperar, as duas damas dragão da Casa Dourada provaram estar mais que à altura da tarefa de trazer os corpos para casa depressa, assim que foram liberados pelas autoridades de Mumbai. Uma firma conceituada, com o nome complicado de PTFIPF — Programa de Transporte Funerário Internacional Provedores Funerários — foi contratada e rapidamente fez todos os preparativos para o transporte, inclusive caixões selados e contêineres de transporte aprovados pelos Estados Unidos. Elas cuidaram da papelada, conseguiram traduções juramentadas das certidões de óbito e autorização escrita das autoridades locais para remover os corpos, e encontraram uma janela de envio próxima, de forma que Apu e Ubah pudessem voltar a Nova York o mais prontamente possível. No asfalto do JFK, ocorreu uma triste separação. Frankie Sottovoce e a família somali da artista tomaram posse do corpo de Ubah e o levaram embora para sepultar de acordo com suas práticas. Apu voltou para a sua Macdougal.

Foi um estranho e fragmentado adeus. O caixão selado não

foi aberto. O corpo não tinha sido embalsamado e por isso a lei estadual não permitia visualização de caixão aberto. Quando Nero se recusou a permitir a realização de qualquer forma de cerimônia religiosa e especificou cremação em vez de enterro, o diretor funerário do PTFIPF baixou a cabeça e sugeriu que podia deixar a família por uma hora e voltar depois. Mais tarde, traria as cinzas. Ou podia dispor delas se preferissem isso. "Não", disse Nero. "Tragam de volta." O diretor funerário inclinou a cabeça outra vez. "Se me permite", disse suavemente. "Este estado não tem nenhuma lei que diga se o senhor pode conservar ou espalhar as cinzas. O senhor pode guardar numa cripta, num nicho, num túmulo ou num recipiente em casa, como achar melhor. Se escolher que sejam espalhadas, faça como quiser, mas evite colocar as cinzas onde fiquem óbvias para outros. A cremação torna as cinzas inofensivas, portanto não há risco de saúde pública. Espalhar as cinzas em terreno particular exige permissão do proprietário, e é bom conferir o zoneamento se quiser espalhar em terrenos públicos. Se quiser que sejam espalhadas no litoral ou saindo do porto de Nova York precisa ter em mente o regulamento da Agência de Proteção Ambiental quanto a sepultamentos no mar…"

"Pare", Nero Golden falou. "Pare agora e saia imediatamente."

Durante a hora seguinte não se falou nem uma palavra. Vasilisa levou o pequeno Vespasiano para o andar superior e nós todos ficamos em pé ou sentados na companhia do caixão, cada um sozinho com os próprios pensamentos. Durante essa hora horrível, me dei conta de que Apu, na morte, havia finalmente me convencido de algo a que eu havia resistido durante nossa amizade: que o inefável humano invariavelmente coexiste com o que é devidamente cognoscível e que há mistérios no homem que nenhuma explicação pode explicar. Por mais que tentasse, eu não conseguia entender a facilidade com que ele, de todos os Golden, tinha concordado em despir sua pele indiana e seguir rumo oeste, de sua cidade para o Village. O velho tinha feitos obscuros em seu passado, Petya já tinha bastantes danos reais e presentes, Dionysus anseios secretos suficientes para o futuro, para explicar as escolhas deles, mas Apu tinha se envolvido profundamente na vida de sua cidade natal, amando e sendo amado, e coração partido parecia uma explicação insuficiente para sua disponibilidade de partir. A voz da razão em mim propunha que, de todos os filhos de Nero, era ele quem tinha enxergado mais claramente as sombras do pai e temera pelo que vira, talvez isso fosse parte da verdade. Talvez o que ele disse a respeito de ter sido criado à maneira antiga, de forma que a decisão do pai era simplesmente a lei a ser obedecida, tivesse algo a ver com isso também. Mas uma outra voz, a voz que ele instilara em mim e à qual eu havia resistido, agora conjurava uma cena diferente, na qual ele se sentava, de pernas cruzadas talvez, a meditar no amplo terraço de mármore da velha casa da família no morro, olhos fechados, olhando para dentro ou para onde quer que olhasse em busca de orientação, e ouvindo outra voz, não a voz que murmurava para mim, ou talvez fosse a mesma voz, ou talvez fosse a voz dele mesmo, ou uma voz inventada, ou talvez, como ele diria, ele tocasse na coisa que sempre acreditou estar lá, o som do universo, a sabedoria de tudo o que existia, a voz em que ele confiava; e essa voz dissera *Vá*. E assim, como Joana d'Arc, como São João, o Divino, como o "Apu Golden" que ele inventou, que os fantasmas de seu antigo eu vieram chamar em Nova York — como o místico que era a ouvir suas vozes, ou *por impulso* como diriam os céticos, ele foi.

A experiência mística existia. Entendi isso. Quando meu eu racional se reafirmasse, diria, sim, concordo, mas foi uma experiência interior, não exterior; subjetiva, não objetiva. Se tivesse ficado ao lado de Apu em seu estúdio da Union Square, eu não teria visto seus fantasmas. Se tivesse ajoelhado ao lado dele naquele terraço Walkeshwar há sete anos e meio, a Força não teria falado comigo. Nem todo mundo pode se tornar um cavaleiro jedi. Muitos australianos dizem que conseguem, é verdade. E Apu talvez tenha confiado e usado o que uma vez chamou de nível espiritual. Mas não, não, eu não.

Quarenta dias e noites depois da volta de Apu, a Casa Dourada esteve de luto, interditada, cortinas fechadas ao meio-dia e à meia-noite, venezianas cerradas, e se alguém ia e vinha, o fazia de modo tão etéreo como um fantasma. Nero sumiu de vista. Meu palpite era que Petya tinha se mudado de volta para casa e talvez Lett o terapeuta também estivesse ali, mas era apenas especulação. Petya Golden não foi ver o caixão do irmão enquanto ficou no salão da Casa Dourada, não o perdoou, nunca falou seu nome de novo e nunca perguntou o que tinha acontecido com o corpo de Ubah, se havia um túmulo que ele pudesse visitar, ele nunca perguntou. Algumas feridas não cicatrizam. O pessoal dos Jardins seguiu com suas vidas e respeitou o retiro da casa ferida daquele pequeno mundo. Eu não fui lá, embora meu desejo de ver o pequeno Vespasiano fosse mais forte que nunca. Uma vez, pensei em entrar em contato com Vasilisa para requisitar algum tempo com ele, mas sabia a resposta bruta que receberia e calei a boca. De qualquer forma, era um momento ocupado para mim; Suchitra e eu estávamos cheios de compromissos. Naquela temporada política, fomos atraídos para o mundo dos vídeos políticos, principalmente pelos grupos de mulheres que defendiam o planejamento familiar, atacavam a falta de sensibilidade republicana com as questões femininas. Estávamos ficando famosos; naquele ano, nossos vídeos ganharam os prêmios

Polli para propaganda política, particularmente um deles em que uma criança vítima de tráfico sexual contava sua história. Suchitra — com o nome profissional abreviado para Suchi Roy para facilitar a pronúncia — estava se tornando uma estrela da mídia e eu ficava feliz de ser seu assistente. Então virei as costas à morte e encarei a vida. Mas a vida ficara ruidosa e mesmo alarmante naquele ano. Além do mundo fechado dos Jardins, as coisas estavam ficando muito estranhas.

Sair daquele casulo encantado — e agora trágico — era descobrir que a América deixara para trás a realidade e entrara no universo das histórias em quadrinhos; Suchitra dizia que o DC [District of Columbia] estava sob ataque do DC [Disney Channel]. Era o ano do Coringa em Gotham e além. O Cavaleiro das Trevas não estava em lugar nenhum — não era a época de heróis — mas seu arquirrival de casaco roxo e calça listrada era ubíquo, claramente deliciado por ter o palco para ele, e monopolizava a ribalta com evidente prazer. Ele tinha despachado o Esquadrão Suicida, sua frágil concorrência, mas permitiu que alguns de seus inferiores pensassem em si mesmos como futuros membros da administração Coringa. O Pinguim, o Charada, Duas Caras e Hera Venenosa se alinhavam atrás do Coringa em arenas lotadas, se movimentando como backing vocals enquanto seu líder falava da beleza sem rival da pele branca e dos lábios vermelhos para plateias devotas com perucas verdes, que entoavam em uníssono: *Ha! Ha! Ha!*

As origens do Coringa eram contestadas, ele próprio parecia gostar de permitir que versões contraditórias batalhassem por espaço aéreo, mas sobre um fato todos, apoiadores apaixonados e ácidos antagonistas, concordavam: ele era absolutamente, certificadamente louco. O que era inacreditável, o que tornou aquele ano eleitoral diferente de todos os outros, foi que as pessoas o apoiavam *porque* ele era louco, não apesar disso. O que desqualificaria qualquer outro candidato, fazia dele o herói de seus segui-dores. Motoristas de táxi siques e caubóis de rodeio, enfurecidas loiras da direita alternativa e neurocirurgiões negros concorda-vam, nós adoramos a loucura dele, nada de eufemismos tímidos com ele, ele atira para matar, fala o que bem entende, rouba o banco que está a fim de roubar, mata quem está a fim de matar, ele é o nosso cara. O negro bat-cavaleiro sumiu! É um novo dia e vai ser um barato! Todo mundo gritando Estados Unidos do Coringa! EUC! EUC! EUC!

Era um ano de duas bolhas. Em uma dessas bolhas, o Co-ringa guinchava e multidões risonhas gargalhavam quando soli-citadas. Nessa bolha não existia mudança climática e o fim do gelo do Ártico era apenas uma nova oportunidade imobiliária. Nessa bolha, assassinos com armas estavam apenas exercitando seus direitos constitucionais, mas os pais de crianças assassinadas eram antiamericanos. Nessa bolha, se seus habitantes fossem vitoriosos, o presidente do país vizinho ao sul, que enviava estu-pradores e assassinos para a América, seria forçado a pagar por um muro que dividisse as duas nações para manter assassinos e estupradores ao sul da fronteira, que era o lugar deles; e o crime iria terminar; os inimigos do país seriam derrotados instantânea e absolutamente; deportações em massa seriam uma coisa boa; mulheres repórteres seriam vistas como pouco confiáveis porque tinham sangue saindo de suas partes; pais de heróis de guerra mortos se revelariam partidários do islamismo radical; tratados internacionais não teriam de ser cumpridos; a Rússia seria ami-ga, e isso não teria nada a ver com o apoio dos oligarcas russos às duvidosas empresas do Coringa; o sentido das coisas iria mudar; múltiplas falências seriam vistas como prova de grande perícia empresarial; três milhões e meio de processos contra você se-riam entendidos como prova de argúcia empresarial; enganar seus fornecedores comprovaria sua atitude firme nos negócios;

uma universidade distorcida provaria seu compromisso com a educação; e enquanto a Segunda Emenda seria sagrada, a Primeira não; de forma que os que criticassem o líder sofreriam as consequências; os afro-americanos concordariam com isso tudo porque o que tinham a perder? Nessa bolha, conhecimento era ignorância, acima era abaixo, e a pessoa certa para ter os códigos nucleares na mão era o risonho de cabelo verde, pele branca, boca vermelha rasgada, que perguntou quatro vezes a uma equipe de orientação militar por que o uso de armas atômicas era tão ruim. Nessa bolha, cartas de baralho afiadas como navalha eram engraçadas, flores de lapela que esguichavam ácido na cara das pessoas eram engraçadas, desejar fazer sexo com sua própria filha era engraçado, sarcasmo era engraçado mesmo quando o que chamavam de sarcasmo não era sarcástico, mentir era engraçado, ódio era engraçado, intolerância era engraçado, intimidação era engraçado, e a data era, ou quase era, ou logo poderia ser, se as piadas funcionassem como deviam, 1984.

Na outra bolha — como meus pais tinham me ensinado muito tempo antes — estava a cidade de Nova York. Em Nova York, pelo menos no momento, ainda perseverava uma espécie de realidade, e os nova-iorquinos eram capazes de identificar um vigarista. Em Gotham, nós sabíamos quem era o Coringa e não queríamos ter nada a ver com ele, ou com a filha que ele desejava, ou a filha que ele nunca mencionava, ou os filhos que assassinavam elefantes e leopardos por esporte. "Vou tomar Manhattan!", o Coringa guinchava, pendurado no alto de um arranha-céu, mas nós ríamos dele e não de sua bombástica piada, por isso ele teve de levar seu teatro para lugares onde as pessoas ainda não conheciam seus números ou, pior, onde sabiam muito bem quem ele era e o amavam por isso: o segmento do país que era tão louco como ele. O povo dele. Numeroso demais para nos sentirmos tranquilos.

Foi um ano de grande batalha entre a fantasia perturbada e a cinzenta realidade, entre, por um lado, *la chose en soi*, a coisa em si possivelmente incognoscível, mas provavelmente existente, o mundo como era independente do que se dizia a respeito dele ou como era visto, a *Ding an sich*, para usar o termo kantiano — e por outro lado, esse personagem de cartum que tinha atravessado a linha entre a página e o palco —, uma espécie de imigrante ilegal, eu pensava — cujo plano era transformar o país inteiro, de maneira falsamente hilária, em uma lúgubre graphic novel, do tipo moderno, cheia de crime negro, judeus renegados, fodidos e babacas, que eram palavras que ele gostava de usar à vezes para irritar a elite liberal; um gibi em que a eleição era fraudulenta, a mídia corrupta e tudo o que você detestava era uma conspiração contra você, mas no fim! É! Você venceu, a peruca grotesca virou uma coroa e o Coringa virou o Rei.

Ainda veríamos se, quando chegasse novembro, o país se revelaria num estado mental Nova York ou se iria preferir botar perucas verdes grotescas e rir. *Ha! Ha! Ha!*

25

Quando a tragédia da Casa Dourada estava entrando em seus atos finais, voltei minha atenção — só então! Mas eu tinha sido bem negligente com meu dever! — à vida cada vez mais dolorosa de Dionysus Golden. Era difícil manter qualquer tipo de contato regular com [ele]. (Eu ainda usava o pronome masculino quando pensava [nele], embora isso parecesse cada vez mais errado, então como uma deferência à ambiguidade [dele] o deixo entre colchetes. Na ausência de uma orientação clara [dele] — "Ainda não sei quais são meus pronomes", [ele] me disse com uma espécie de vergonha — essa foi a minha solução provisória.) O mundo em torno de D, o mundo em que D sentia uma espécie de segurança, tinha se reduzido a dois lugares e meio: o Two Bridges Girls Club na Market Street, perto de três playgrounds na esquina da ponte Manhattan com a FDR, onde [ele] fazia serviço voluntário quatro dias por semana, e o apartamento de Chinatown onde [ele] morava com Riya Z. Às vezes, iam ao clube noturno na Orchard Street onde cantava Ivy Manuel de cabelos de fogo — esse era o meio lugar na zona de conforto [dele] — mas aí havia a questão de como se vestir, de quem podia se aproximar e dizer o quê, e a crescente e paralisante timidez de D. No 2-Bridge o problema da roupa ficava resolvido por causa do uniforme unissex dos funcionários do clube, camisa de colarinho branco por cima de calça chinesa preta e folgada, tênis preto, mas em todos os outros lugares D ficava perdido quanto a como se apresentar. Depois de sua aventura no closet de Vasilisa, [ele] tinha admitido a si [mesmo] sentir prazer com roupas de mulher e encontrara coragem para contar a Riya o que acontecera, e a Ivy também, e conversaram a respeito. "Bom", disse Riya. "É um primeiro passo. Pense nisso como o começo dos próximos três anos mais ou menos. Pense na transição como magia lenta. Suas próprias mil e uma noites, nas quais você pode parar de ser o sapo que não quer ser e se transformar, talvez, na princesa." E Ivy acrescentou: "Mas você não tem de ir além do que você quiser. Talvez você seja apenas o sapo que quer ficar bonitinho de cor-de-rosa".

[Ele] estava recebendo ajuda profissional, mas não ajudava de fato. Ficava com vontade de discutir com a profissional. [Ele] se recusava a me contar quem era a profissional; em vez disso, me usava para externar as frustrações de que [ele] fazia segredo para Riya, cuja questão era identidade, que havia se dedicado à ideia da fluidez transformista do eu, e que às vezes parecia um pouco ansiosa demais para que a transição MTF de D acontecesse, até uma metamorfose completa. Eu devia ser capaz de ajudá-[lo]. Talvez pudesse impedir que acontecesse. Talvez nós todos pudéssemos. Ou talvez D Golden fosse simplesmente inadequado para a vida na Terra.

Imagino a seguinte conversa tendo lugar numa sala nua, preto e branco, como uma cela, com a pessoa que fala sentada sem expressão numa cadeira metálica de espaldar reto e sua interrogadora, a Profissional, como um androide altamente sofisticado, uma espécie de combinação de Alicia Vikander em Ex Machina e o supercomputador Alpha Soixante em Alphaville de Godard. Não ouvimos nenhuma das figuras da sala falar. Não há som sincronizado. Ouvimos apenas o Monólogo; embora, como o Monólogo cita falas diretas, os movimentos labiais das figuras na sala à vezes — não sempre — combinem com o que é narrado. Há algo na cena que é como um encontro entre um prisioneiro e seu advo-gado em dia de visita na prisão. Não seria surpreendente se a pessoa que fala usasse macacão laranja (se a cena for em cores) ou correntes nos pulsos e nos tornozelos. Há também algo a respeito da cena que, se filmada corretamente, pode ser engraçado.

MONÓLOGO DE D GOLDEN ACERCA DE SUA PRÓPRIA SEXUALIDADE & SEU EXAME PELA PROFISSIONAL

Capítulo Um. Ela me pergunta, logo de início, a Profis-sional, parte direto para a primeira pergunta, quando você era criança preferia a cor rosa ou a cor azul?

A pergunta é francamente intrigante. É pergunta que se faça nesta data da história do mundo, eu digo: azul ou rosa?

Me agrade, ela diz, me divirta, como se ela fosse a pacien-te e eu o psicólogo.

Respondo, porque estou numa espécie de humor obstinado, Diana Vreeland, editora da *Vogue*, disse uma vez que rosa é o azul-marinho da Índia, então acho que rosa e azul na Índia são a mesma coisa.

Por que considera essa pergunta tão irritante, ela pergunta, é apenas a escolha entre duas cores. Eu podia perguntar tam-bém se você preferia trenzinhos ou bonecas. Você responderia essa pergunta então.

303

Devo dizer agora, entre parênteses, que nunca fui marxista, mas a linha de ataque dela provocou em mim fortes sentimentos anticapitalistas. Pensei, respondi que tínhamos avançado muito além das categorias impostas pelo mercado, rosa para menina, azul para menino, trens e armas para menino, bonecas e vestidos para meninas. Por que está tentando me empurrar de volta para esse discurso antiquado, explodido?

Você está respondendo com considerável hostilidade, ela disse. Toquei em alguma coisa que dispara essa demonstração de emoção?

Tudo bem, eu disse, a verdade é que minha cor favorita era amarelo e continua sendo amarelo. Durante algum tempo, tentei xingar em amarelo como o amigo de Stephen Dedalus, *dane-se a sua bengala amarela*, mas não consegui manter o hábito.

Bom, ela disse, é um progresso, no espectro amarelo está a meio caminho entre azul e rosa. Achei aquilo muito idiota, idiota de neandertal, de cro-magnon, mas engoli em seco e não disse nada. Talvez isso não seja para mim, pensei.

Quanto à outra pergunta, eu disse a ela, nunca tive um trenzinho. Meus irmãos tinham e eu olhava eles brincarem, embora fossem muito velhos para brinquedos. Carros Scalextric também, era constrangedor, quer dizer, cresça. Eu era o meio-irmão muito mais novo, sabe. Eu, eu tinha dois bichos de sândalo para pôr no banho porque a água soltava o perfume deles. Um elefante e um camelo de sândalo. Inventava aventuras para meus amigos de sândalo, e toda noite era uma história diferente na hora do banho. O que o elefante escondia na tromba, por que o camelo odiava o deserto, e assim por diante. Talvez eu devesse ter anotado as histórias. Não me lembro mais da maioria delas. Então, respondendo suas perguntas, acho que se a escolha é entre bonecas e trens, então, bonecas de bichos de sândalo. Mas nunca pus roupa neles. Só contava histórias para eles e molhava os dois.

Então fomos em frente, ela forçava, eu recuava. A certo ponto, contei para ela a história de minha madrasta e das chaves da casa. Eu admito: a pior coisa que já fiz. Contei isso para a Profissional. Contei do meu remorso. Ela não estava interessada no remorso, ela continuou na mesma trilha de Riya quando tivemos nossa briga e eu desci do carro. Ódio não bastava para explicar por que eu fiz aquilo, ela disse. Por fim, chegamos lá. Digamos que eu sugira, ela disse, que você queria ser a senhora da casa. Digamos que eu sugira que isso é que estava no fundo da coisa. Qual a sua reação imediata. Então minha reação imediata foi, bum!, estou fora, isto aqui não vai funcionar, e quando eu estou quase na porta, ela pergunta, calma, o que você vai fazer então, e eu paro, minha mão estendida larga a maçaneta, volto, sento e digo, talvez você esteja certa. Então o que isso faz de mim. Quem sou eu.

É para descobrir isso que estamos aqui, diz a Profissional.

Capítulo Dois. Pergunto um pouco mais sobre brinquedos e cores. Houve um tempo, digo, em que, se o menino gostava de rosa e bonecas, seus pais temiam que fosse homossexual e tentavam fazer com que se interessasse por coisas de meninos. Estou dizendo que eles podiam ter dúvidas sobre a orientação dele, mas não lhes ocorreria questionar seu gênero. Agora parece que você vai para o outro extremo. Em vez de dizer que o menino é veado você começa a tentar convencer o próprio que ele é uma menina.

Tudo bem, ela disse, então você é gay? Sente atração física por outros homens? Não, eu digo. Essa talvez seja a única coisa que eu sei que não sou. Bom, ela disse. Então vamos parar de tentar desembaralhar as motivações de pais imaginários e focar no trabalho que temos pela frente, que é você. Se não é um homossexual masculino é um homossexual feminino?

Como é, perguntei.

Você é lésbica, a Profissional perguntou.

Eu ainda não estou em transição e vivo com uma mulher heterossexual, respondi.

Em primeiro lugar, não vamos discutir a sexualidade de sua amante, que pode ser complexa também e que você pode estar simplificando para te servir melhor, mas não é essa a questão. E em segundo lugar, a questão não tem a ver com o que você faz mas com quem você é. É a diferença entre dizer, eu trabalho como pizzaiolo e sou uma pessoa que adora boa comida.

Você é esquisita, eu disse à Profissional.

A questão não sou eu, disse a Profissional.

Como eu posso ser lésbica, protestei, é fisicamente impossível.

Por quê.

Por razões óbvias.

Então, duas perguntas. A primeira pergunta: alguma vez já sentiu atração por uma mulher lésbica? Por uma mulher que prefere fazer amor com outras mulheres?

Houve algumas ocasiões, eu disse. Uma ou duas. Mas não fui em frente.

Por quê.

Por razões óbvias. Elas não iam querer ir para a cama comigo.

Por quê.

Ah, por favor.

Muito bem. Segunda pergunta. O que é uma mulher?

É uma pergunta intrigante que de repente me dá uma sensação de extrema estranheza. Não consigo imaginar essa pergunta feita na maioria dos países do mundo. Será alguma coisa que deixa os americanos confusos? Vai me perguntar sobre banheiros? Vai relembrar a proibição de *Monólogos da vagina* na faculdade Mount Holyoke?

Você sente alguma confusão a respeito.

Eu sei o que é uma mulher. Só não sei se eu sou mulher. Ou se quero ser. Ou se tenho a coragem de me tornar mulher. Tenho muito medo de não ter coragem. No geral, tenho muito medo.

Do que você tem medo.

Da nudez da mudança. Da dramaticidade, do extremismo da alteração, da sua horrenda visibilidade. Do olhar dos outros. Do juízo dos outros. Das injeções. Da cirurgia. Da cirurgia acima de tudo. É natural, correto?

Não sei o sentido dessa palavra, *natural*. É uma palavra que vem sendo mal usada há tanto tempo que é melhor não usar. Outra palavra assim é a palavra *sexo*.

Vivo com alguém que concordaria com você.

Permita que eu proponha uma frase a você. "Não existe algo como um corpo de mulher."

Com isso você obviamente não quer dizer que não existe algo como um corpo de mulher. Porque mulheres existem, não há como negar, e há corpos, isso é objetivamente verdadeiro e uma coisa está contida na outra. *Ergo...*

Você entendeu meu ponto de vista, mesmo ao tentar discordar. Nós existimos, assim como nossos corpos, e habitamos nossos corpos mas não somos nem definidas por eles nem confinadas neles.

E então chegamos ao problema mente-corpo. Você propõe que rejeitemos a ideia de que existe uma realidade, substância ou essência unificadora e portanto a separação mente e corpo é impossível. Isso é monismo e você não gosta disso? Prefere Descartes e sua dualidade. Mas *mulher*, então, ou mesmo *feminino*, é uma categoria apenas mental? Não há fisicalidade nisso? E esse gênero incorpóreo, essa coisa descorporificada não física, é incapaz de mudar, mesmo que em razão de sua não fisicalidade devesse ser tão mutável quanto fumaça, quanto a brisa? Ou estamos no território da religião, ou de Aristóteles, e gênero, assim como a mente, é uma qualidade da alma? Tenho feito minhas leituras. Mas isso para mim é difícil de entender.

Vou colocar de um jeito simples. Nascer com genitália e órgãos reprodutivos femininos não faz de você uma mulher. Nascer com genitália masculina não faz de você um homem. A menos que você escolha assim. Essa é a proposição a que eu estou pedindo que responda. Que não existe nada definidoramente feminino numa vagina. Também que você não está excluído do feminino se possui um membro masculino. Uma mulher trans com um pênis ainda é mulher. Você concorda com isso ou não?

Você quer dizer que eu posso não precisar da cirurgia.

Da castração.

Só a palavra já machuca.

Não se for isso que você escolher.

Então estamos de volta à *escolha*.

Você pode propor chamar de liberdade. Eu poderia dizer, é seu direito.

Eu sei um pouco sobre escolha. Sou de uma família que escolheu se transformar. Escolhi o nome com o qual quero que me chamem. Escolhi deixar o mundo que me fez e vir para um mundo em que talvez eu pudesse me fazer. Sou a favor da escolha. Já me transformei uma vez por essa escolha que eu fiz. Mas.

Mas.

Se eu disser que sou uma mulher mas conservo meu órgão masculino, que estou entre mulheres lésbicas e quero fazer sexo, mas elas não querem fazer sexo com uma pessoa com órgão masculino, então como sou mulher se minha escolha de ser mulher não é aceitável para mulheres.

Se uma pessoa reage a você desse jeito, então essa pessoa seria uma FRTE.

FRTE.

Feminista Radical Trans-Exclusionária.

E é ruim ser isso.

Nesta conversa que estamos tendo, é ruim, sim.

Então você pega essas mulheres com vaginas que não querem fazer sexo com mulheres que têm pênis, qualifica todas com um palavrão, diz que são pessoas más e no que isso me ajuda.

Te ajuda a firmar sua escolha.

Porque é uma escolha certa e os outros estão errados.

Existe um festival privado de mulheres em Michigan realizado há quarenta anos, um lugar onde mulheres se reúnem fazem música cozinham conversam e simplesmente se reúnem, e essas são algumas das mulheres que fizeram o movimento das mulheres, mulheres cis, mulheres mais velhas, sobretudo, revolucionárias na sua época. Mas elas não permitem que mulheres trans com órgãos masculinos participem do evento, então existe um conflito que está a ponto de se tornar um conflito físico. Ativistas trans acampam do lado de fora do festival, com armas, planejam protestos e perturbações que realizam às vezes, grafites, fornecimento de água interrompido, pneus cortados e panfletos de seus pênis. O que proponho é que nessa disputa as mulheres com vaginas estão erradas porque elas não conseguem se adaptar a um novo tempo em que uma mulher com vagina é só um tipo de mulher e outros tipos de mulheres são tão mulheres como elas. Se você escolhe ser americano e se torna cidadão, não tem de desistir de tudo o que era antes. Você próprio se torna americano, mas quan-

309

do é desafiado diz que se sente estrangeiro, portanto manteve sua parte estrangeira intacta de alguma forma. Se escolhe ser mulher existe a mesma liberdade. E se alguém tenta te excluir da sua escolha de gênero é seu direito protestar.

Mas e se eu não conseguir ver que essas escolhas são escolhas. Se o que aprendi na comunidade gay masculina que a homossexualidade é inata, que é um jeito humano de ser, não pode ser escolhida ou não escolhida, se eu odeio a ideia reacionária de que se pode reeducar uma pessoa gay para que faça outra escolha e desista de sua gayzice. E se eu não conseguir ver que essas escolhas que você propõe, essas múltiplas possibilidades de nuances de gênero não são parte daquela mesma ideologia reacionária, porque o que é escolhido pode ser desescolhido, e é direito de uma dama mudar de ideia. E se eu propuser que minha identidade é apenas difícil, dolorosa, perturbadora e não sei escolher ou o que escolher ou mesmo se escolher é o que tem de acontecer, e se eu precisar simplesmente cambalear cegamente para a descoberta do que eu sou e não o que escolho ser. E se eu acreditar que existe um *eu sou* e preciso encontrar isso. E se isso tem a ver com descoberta, não com escolha, com descobrir quem eu sempre fui e não escolher um sabor na vitrine de sorvetes do gênero. E se eu achar que se o *eu sou* de uma mulher significa que ela não pode ter sexo com uma mulher que tem órgão masculino, então isso tem de ser respeitado. E se eu me preocupar com a possibilidade de haver uma guerra civil deste lado da divisão de gênero, e se eu pensar que é uma guerra errada. E se nós somos todos tipos diferentes de mulheres e não um mesmo, e se separações, inclusive separações sexuais, são o.k. e não intolerantes ou ruins. E se nós formos uma federação de diferentes estados de ser e precisamos respeitar os direitos desses estados assim como a união. Estou enlouquecendo para entender tudo isso e nem conheço as palavras, estou usando as palavras que conheço, mas o tempo todo sinto que são as palavras erradas, que tento viver num país perigoso cuja língua não aprendi. E então.

Então eu diria que temos de trabalhar para romper o teto de algodão na sua cabeça.

Que quer dizer.

Calcinha é feita de algodão. O conteúdo da calcinha de uma mulher trans funciona como um eixo para oprimir e marginalizar essa mulher. Entre aspas.

Alguém contou para minha namorada uma piada sobre virar um transbilionário. Eu me identifico como bilionário, então sou rico, ela disse. Como você reage a isso?

Não é engraçado.

[Ele] chegou ao limiar, mas [ele] não entrou na sala. Na encruzilhada entre o medo e a linguagem, [ele] se viu incapaz de se mexer, mas também não podia ficar onde estava. Os indícios de alarme eram bem claros. Riya recebeu um telefonema do clube de garotas 2-Bridge dizendo, não rudemente, que tinham de pedir a [ele] que não viesse mais, porque começara a importunar as garotas com perguntas pessoais insistentes, e elas não se sentiam mais à vontade com a presença [dele]. O clima no 2-Bridge era ao mesmo tempo tranquilo e comprometido, as garotas se sentiam à vontade e trabalhavam duro em programas de justiça social ou educação ambiental ou estudavam artes digitais e áudio, ou faziam cursos de STEM, ou ajudavam na manutenção do incrível planetário do edifício (presente de um benfeitor rico), ou estudavam dança ou nutrição. Eu [o] visitei lá nos primeiros dias de seu trabalho voluntário, antes que começasse a espiral descendente, e [ele] parecia feliz em torno da felicidade delas, e a atitude tranquila delas em relação à diversidade de gênero parecia ajudá-[lo]. Gay ou hétero, cis ou trans, asterisco ou não asterisco, *genderqueer* ou *agender*, nada disso era problema. No começo, foi estimulante, até excitante, mas à medida que [ele] se confrontava com suas barreiras à transição, seus medos físicos e sociais e dificuldades com a nova linguagem, não ajudava nada [ele] pensar que podia estar sofrendo problemas geracionais, que não incomodavam a geração seguinte à [dele]. Pensei nos primeiros neandertais de *Os herdeiros* de Golding, que olhavam com raiva e inveja, sem entender a nova e mais sofisticada espécie humana que dominava o fogo, *Homo sapiens*, quando aparecia pela primeira vez e condenava a eles, os precursores, à extinção. Então [ele] começou a se ver como uma entidade primitiva e as garotas da 2-Bridge como o novo povo que era melhor que [ele], mas que era também um substituto seu, capaz de ir aonde [ele] não podia, capaz de entrar na terra prometida que estava interditada a [ele] pelas limitações de sua percepção. Então, [ele] começou a atormentá-las, a acossá-las na cantina, na porta de suas salas de aula, no jogo no campo de futebol ou rinque de hóquei próximos, a pedir respostas que elas não tinham e conselhos que elas não sabiam dar, tornou-se agressivo, incômodo. [Sua] dispensa era inevitável. [Ele] a aceitou sem protestar.

Não olhamos para [ele]. Não há como negar. Devíamos ter visto sua progressiva fragilidade e talvez tenhamos visto, mas todos escolhemos olhar para o outro lado. Depois do assassinato de Apu, Nero Golden retirou-se de toda sociedade para uma escuridão cuja causa aparente era óbvia, mas cujo sentido mais oculto só ficaria claro mais tarde. Ele conservava a urna com as cinzas do filho em cima da escrivaninha e, diziam, conversava continuamente com ele, todo dia. As duas damas dragão tinham acesso a ele, e ele encontrava tempo para Petya, sempre tinha tempo para seu filho obviamente mais perturbado, com permanente tolerância e apoio a Petya, à medida que ele voltava do incêndio para seu eu melhor; mas para seu desorientado e dividido filho não mais caçula, ele não tinha quase nada. O que ele tinha de fato era o jovem Vespasiano e uma esposa que encontrava muitas maneiras de insistir nas demandas especiais do menino pelo afeto do pai. O pequeno Vespa, como o chamavam, como se ele fosse uma pequena motocicleta que os dois podiam conduzir de volta à felicidade. Na companhia do pequeno Vespa o rosto de Nero às vezes se abrandava num sorriso. Vasilisa tratava o marido com o mesmo cuidado maternal que dedicava ao pequeno, seu orgulho e alegria, em parte, tenho certeza, porque ela enxergava e queria diminuir a sua dor, mas também, não tenho nenhuma dúvida, por razões egoístas. De todos nós, era ela quem via com mais clareza o declínio daquele homem forte e feroz como um touro. Ela viu o avanço de sua falta de memória, a perda de domínio das rédeas do carro, entendeu a tempo que ele seria seu bebê também, e tudo isso ela estava disposta a aceitar porque o prêmio ao fim de seu projeto era muito grande. (Minha opinião a respeito de Vasilisa tinha piorado consideravelmente desde o nascimento de meu filho e a barreira que ela erigiu em seguida entre mim e o menino.) A mãe de Vasilisa vivia na casa também, mas Nero voltara-se contra ela, e Vasilisa mantinha sua babushka de lenço na cabeça afastada, usando-a essencialmente como babá do pequeno Vespa. No relacionamento delas, ficava claro que a mãe não tinha nenhum poder. Fazia o que lhe era ordenado. E ela também estava à espera. Também sabia a natureza do jogo em curso. Ficava em segundo plano, cantava canções russas para o menino, contava-lhe histórias russas, inclusive, talvez a história de Baba Yaga, a bruxa, de forma que ele pudesse crescer com conhecimento da partitura. Se fosse capaz de ler livros para crianças em inglês, poderia dizer que Vespasiano era o pomo de ouro.

313

26

Deixei de olhar para D Golden também. Durante aquele verão e outono inteiros, Suchitra e eu estivemos ocupados com a Batwoman. Naquele surrealista ano eleitoral, nossa repentina elevação pelo sistema de premiação de vídeos ao status de estrelas da propaganda política atraiu a atenção de grupos progressistas de defesa e riquíssimos comitês de ação política da formidável, eminentemente qualificada, mas impopular oponente do Coringa. O cartum animado que fizemos para um desses grupos de defesa, com a ajuda de alguns dos melhores artistas que desenharam o Coringa, viralizou, o risonho vilão no coração da cidade de Nova York berrava frases que sua encarnação política tinha efetivamente usado, caçoava do próprio partido, *os idiotas! Eu poderia matar qualquer um na Times Square sem perder nenhum voto!* até uma super-heroína com bat-equipamento pular em cima dele para colocá-lo numa camisa de força e entregá-lo aos homens de branco de um hospício. A Batwoman política nasceu e a candidata, ou seu pessoal, repostou nosso vídeo na mídia social da campanha, recebeu três milhões de curtidas nas primeiras vinte e quatro horas e por fim fizemos três continuações que receberam, todas, outro tanto. A eleição virou uma disputa entre Batwoman e a Batwoman-Coringa, que dominava seu lado escuro, mas o usava para combater pelo bem, pela justiça e pelo modo de vida americano, uma líder que podia salvar o país do risco de virar uma piada calamitosa. Nós definimos a disputa; ela se tornou o que dissemos que ia se tornar.

A ideia da Batwoman foi de Suchitra, embora boa parte do roteiro tenha sido feita por mim, ou por nós dois juntos. Éramos uma boa dupla, mas eu ficava pensando o que ela via em mim; éramos tão diferentes, a brilhante criatividade ininterrupta dela tão mais intensa que minha pequena luz que às vezes eu me sentia como seu mascote. Uma vez, tarde da noite, quando terminamos de trabalhar, eu tinha bebido bastante e perguntei isso a ela, ela riu e riu. "Que dupla nós somos", ela disse, "os dois tão inseguros e nenhum dos dois consciente da insegurança do outro." Eu não percebia? Era eu que tinha formação, era um intelectual, era a pessoa que fazia as relações, referências, ressonâncias, argumentos, formas, ela simplesmente sabia como apontar a câmera e fazer uma porção de outras coisas técnicas. E isso era subestimar absurdamente a si mesma, mas agora era sua insegurança que falava. Eu a lembrei de apenas uma das coisas bonitas que ela havia me ensinado. Uma imagem tem uma forma, assim como o som, assim como a montagem, assim como a dramaturgia. O sentido fílmico é aquela arte que garante que as quatro formas sejam uma. Era a adaptação dela para as teorias de Sergei Eisenstein, diretor de *Alexandre Nevski* e *O encouraçado Potemkin*. "Tudo bem", ela concedeu com um sorriso, quando a lembrei disso. "É, tudo bem, essa foi boa mesmo."

Essas confissões — minha sensação de inferioridade criativa, a sensação dela de inferioridade intelectual — nos aproximaram muito mais. Somos assim: nos apaixonamos pela força um

315

do outro, mas o amor se aprofunda na direção da permanência quando nos apaixonamos pelas fraquezas um do outro. Mergulhamos no amor que havia por baixo de nosso amor como água debaixo do gelo, e entendemos que ao nos divertirmos muito juntos estivéramos só patinando na superfície, e agora estávamos tão fundo quanto era possível. Eu nunca tinha sentido isso, nem ela, ela disse, e olhamos um para o outro numa espécie de feliz incredulidade. Então, era aí que estava a minha atenção. À medida que a família Golden despencava, eu subia. Nós subíamos, minha querida e eu, e como o falcão de *Oklahoma!* fazíamos círculos preguiçosos no céu.

"Ah, a propósito", ela disse, em algum momento no meio da felicidade, "você lembra aquelas três regras que eu falei?"

"'Ganhe seu próprio dinheiro, tenha seu próprio apartamento e não me peça em casamento'. Isso?"

"Acho que são negociáveis."

"Ah."

"'Ah'? É mesmo? Só isso que você diz?"

"Eu estava só me perguntando", eu disse, "como dar a notícia para o meu senhorio, U Lnu Fnu."

"Para bagre", disse U Lnu Fnu, "eu vou às vezes no Whole Foods da Union Square, mas eles nem sempre têm. Senão, para Chinatown. Também necessário massa vermicelli, molho de peixe, pasta de peixe, gengibre, caule de banana, capim-limão, cebola, alho, farinha de grão de bico. Sente e tenha paciência, por favor. É café da manhã tradicional do meu país: mohinga. Sente, por favor."

"Sr. U", comecei a falar. Ele me deteve com um gentil braço erguido. "Agora no fim tenho de corrigir você", ele disse. "Você sabe, esse 'U' não é nome, mas título de respeito dado a homens mais velhos em posição superior. Para monges também. Então 'sr. U' é como dizer 'sr. senhor'. Lnu era o nome do meu pai que ficou meu também. Você deve me chamar de Fnu. É o melhor."

"Sr. Fnu..."

"Fnu. Agora que somos amigos. Coma a sua mohinga."

"Fnu."

"Eu sei o que você quer falar. Quer ir embora e morar com sua garota, então está encerrando locação, mas como gosta dos Jardins quer saber se é possível ficar com a chave de acesso. E como é polido e sabe que eu vivo sozinho, vai dizer que passou a me estimar muito, quer visitar várias vezes, e *yada, yada, yada*."

"O senhor assistiu *Seinfeld*?"

"Todos episódios, também reprises agora."

"Como sabia?"

"Sua garota, ela me telefonou, porque ela sabe que você tem dificuldade de falar quando quer pedir alguma coisa. Que é meu prazer dar a você. Fique com a chave. Vou alugar seu quarto para outra pessoa, naturalmente, mas você é sempre bem-vindo para aparecer."

"Os Jardins ficam muito bonitos nesta época do ano."

"Eu nunca vou voltar para minha terra", disse o velho diplomata. "Nem para a Myanmar em mudança de Daw Aung San Suu Kyi. Chega um ponto na jornada em que o viajante senta ao lado do rio e sabe que é o fim da estrada. Chega um dia em que ele aceita a ideia de que voltar é ilusão."

"Desculpe", eu disse, sem encontrar palavras melhores.

"Além disso os Golden são tão interessantes, não são?", disse U Lnu Fnu, alegre, chegou a bater palmas e revelou um lado malicioso até então insuspeitado em sua personalidade. "Estão desmoronando diante dos nossos olhos, e hoje em dia tenho muito tempo para ficar olhando."

* * *

Que tipo de homem era eu, ao tomar café da manhã de peixe e massa com um velho e solitário cavalheiro birmanês (myanmarense), fingindo que meu amor pelos Jardins era meramente horticultural e nostálgico. Que tipo de homem, ao planejar viver com a mulher que amava, preservava sua possibilidade de entrar no espaço secreto onde seu filho secreto se encontrava, diariamente, num carrinho, guardado por uma feroz matriarca russa; e mesmo assim manter em segredo a paternidade, até para seu amor verdadeiro. Que tipo de homem, criado naquele mesmo espaço por pessoas de princípios, criado para ser honrado e verdadeiro, sucumbiria tão prontamente como ele sucumbira ao canto da sereia. Talvez todos os homens fossem traidores. Talvez homens bons fossem apenas traidores que não haviam chegado ainda à bifurcação de sua estrada. Ou talvez meu desejo de generalizar a partir de meu próprio comportamento fosse apenas um jeito de me justificar pelo que eu tinha feito com tanta facilidade.

E Suchitra ligar para meu senhorio: era amor ou era um pouco estranho? Ela sabia mais do que eu pensava? E se sabia, o que significava sua atitude? — Mas claro que ela não sabia nada do menino. É assim que segredos culpados fazem de todos nós paranoicos.

À medida que aumentava minha felicidade pessoal, aumentava também minha indizível autocrítica e, no entanto, apesar de tudo, ali nos Jardins estava o meu filho. Como podia voltar as costas a ele e ir embora — mesmo que para uma vida rica de amor? Mesmo agora, muitas vezes eu lamentava o dia em que me permitira — em que escolhera! — ser atraído para a órbita da Casa Dourada, demonstrando tão pouca visão que acreditei que eles eram e seriam meus personagens e meus passaportes para meu futuro cinematográfico, que seria eu quem teria poder sobre a narrativa, e não fui capaz de ver que eu era o tema, não nenhum dos homens Golden, e que a maneira como a história se desenrolou revelaria mais sobre mim mesmo que sobre qualquer outra pessoa. Assim como muitos jovens, eu era de muitas formas um segredo para mim mesmo e para aqueles que me amavam, e antes que tudo terminasse, esses segredos teriam de ser revelados.

Depois de Hubris vem Nêmese: *Adrasteia*, a inescapável. Um bom homem pode ser um homem mau e uma mulher má pode ser boa. Mentir para si mesmo, jovem!, essa é a mais alta traição. Até mesmo a mais poderosa fortaleza pode ser tomada de assalto. E o céu que olhamos no alto pode despencar, cair e uma montanha pode desmoronar no mar. E no fim a dura magia, ó Próspero!, devorará você a menos que, como Ariel, você a liberte. A menos que rompa seu cajado.

O bebê mágico de *Pescadores à rede* de Ésquilo revela-se o super-herói Perseu. O bebê mágico de *Perseguidores de sátiros* de Sófocles revela-se o deus Hermes. Agora havia Vespasiano, com nome de imperador, o bebê mágico dos Jardins e do meu coração. Para sobreviver, eu tinha de deixá-lo? Tinha de libertá-lo?

A Instituição Correcional Clinton Oaks em Jefferson Heights, Minnesota, era a única prisão de segurança máxima no estado. Depois da fuga de dois prisioneiros, porém, investigadores descobriram que os guardas de lá rotineiramente falhavam no desempenho das rondas de segurança e faziam anotações falsas nos livros de controle da prisão para dizer que estava tudo o.k., quando não estava. Chegou a dezenove o número de policiais posteriormente disciplinados por essas falhas. Porém, a negligência dos guardas não era o fator primordial da fuga de prisioneiros. Amor — ou sexo e desejo, de qualquer forma — revelou-se a chave. Os presos, os assassinos condenados Carl Zachariassen e Peter Coit, que compartilhavam uma cela e cumpriam pena de prisão perpétua sem possibilidade de remissão, trabalhavam na alfaiataria da instituição e ficaram amigos de uma funcionária da prisão, sra. Francine Otis, casada, mãe de dois meninos. A amizade se aprofundou, não vamos usar linguagem mais pesada para isso, e Otis, conforme ela confessou depois, tinha relações com ambos os homens num armário de depósito, na saída da longa e estreita área principal de trabalho. Posteriormente, Otis forneceu aos homens as ferramentas de que precisavam, inclusive equipamento para cortar metal, e eles levaram adiante seu plano. Cortaram buracos retangulares no aço dos fundos de sua cela, abaixo dos catres, e puseram bonecos feitos com uniformes de ginástica nas camas para enganar os guardas quando fizessem suas rondas. (Embora, conforme foi estabelecido depois, os guardas não tenham feito rondas nessa noite.) Fora do buraco na parede da cela havia uma passarela em desuso que não era patrulhada fazia anos. Desceram por ela cinco andares até um cano de vapor que estava desligado, porque o tempo estava quente naquela época do ano, cortaram um buraco nele e engatinharam até um bueiro cento e vinte metros além dos muros da prisão, onde, com as ferramentas fornecidas por Francine Otis, cortaram a trava de aço e a corrente que fechava o bueiro e assim escaparam.

A caçada por eles durou três semanas, envolveu mais de oitenta policiais, assim como helicópteros e cães farejadores. Zachariassen e Coit, conforme Otis confessou depois, tinham planejado originalmente encontrar com ela num local da Rota 35, onde ela prometera estar com roupas, dinheiro e armas para eles e, tristemente, iludida, esperava que a levassem com eles para começarem uma nova vida de amor e sexo no Canadá; mas na hora eles resolveram não ir ao encontro, o que foi melhor para ela, uma vez que o esquema original deles era pegar o que ela levasse e depois matá-la. Durante as três semanas seguintes, foram vistos algumas vezes, seu rastro foi farejado pelos cachorros, traços de DNA foram encontrados numa cabana da floresta, e por fim eles foram encurralados na floresta estadual de Kabetogama, não longe da fronteira canadense. Coit foi capturado vivo, mas Zachariassen resistiu à prisão e foi morto com três tiros na cabeça. A caçada foi amplamente divulgada nos noticiários nacionais.

Não olhamos para D Golden porque acreditamos que Riya Z estava com [ele] todos os dias, que os olhos dela veriam tudo que precisava ser visto. Mas durante três semanas, depois que o pai dela escapou da Clinton Oaks, cada minuto de todo dia e noite até ele ser morto na floresta Kabetogama, Riya esteve fora de si. E esse foi também o momento em que pediram a D que se ausentasse do clube 2-Bridge. Foi a tempestade perfeita; D precisava mais dela no momento em que ela estava com a atenção em outra coisa.

Nos noticiários dizem que ele está tentando ir para o Canadá, mas é besteira, ela disse, irracionalmente. Ele está tentando vir para mim.

Essa era uma Riya que D nunca tinha visto, assustada, insegura, uma fraca eletricidade estralejando nas extremidades. A única coisa em que [ele] acreditara era nela. Nela, encontrara sua rocha milagrosa. Então ela desmoronou e [ele] não conseguiu suportar.

Por que ele viria ali à cidade. Tão longe, o risco tão grande, e na cidade com certeza ele seria visto e capturado.

A cidade é aonde você vai para se esconder, ela disse. No campo, em cidades pequenas ou em matas e florestas, todo mundo te vê e todos sabem da sua vida. Na cidade você é invisível porque ninguém se importa.

Mas ele ia ter que andar metade do país. Ele não viria.

Ele me prometeu que viria. Ele vai vir.

* * *

Zachariassen não veio. Ele estava fugindo para a fronteira numa floresta do norte. Mas a despeito dos relatos de que o tinham visto longe de Nova York, ela continuava convencida de que estava a caminho, então pegou seu revólver Colt de coronha de madrepérola, carregou, deixou na bolsa e mesmo depois disso parecia uma gata em teto de zinco quente. No Museu da Identidade, seus colegas notaram o esgotamento em seus olhos perturbados, a agitação, chocante em alguém sempre tão sereno, e todo mundo tinha uma solução, talvez ela precisasse de férias, talvez estivesse infeliz com seu relacionamento, talvez devesse começar a tomar kava kava, que era cem por certo orgânico, natural e realmente a ajudaria a relaxar.

À noite, ela mal dormia, sentada junto à janela do quarto, à espera de que seu pai assassino pudesse subir no teto chato de fora a qualquer momento, e em mais de uma ocasião quase atirou num gato. Também, mais de uma vez, ela fez algo que nunca tinha feito antes, foi consultar a drag queen Madame George no andar de baixo, no salão Tarot Bola de Cristal Horóscopo Lê Futuro, e quando Madame George garantiu que seu futuro era longo e brilhante, ela disse, está errado, ponha as cartas outra vez, e mesmo quando a cartomante disse, seu namorado, traga ele aqui, é com ele que estou preocupada, ela não fez o que foi pedido, porque achou que conhecia os problemas de D, não precisava da ajuda da drag queen para entendê-lo, e agora pela primeira vez não se tratava dele, mas dela, e seu perverso pai filho da puta que viria atrás dela durante a noite. Ela foi falar com a megera proprietária do prédio rosa e amarelo e começou a contar à sra. Run, muito alto, alto demais, que estava na hora de o prédio ter um sistema de segurança adequado, com um telefone com monitor, um alarme e fechaduras melhores dentro e fora, fechaduras muito melhores, qualquer um entrava, era uma cidade dura e perigosa, e só parou quando a sra. Run lhe disse: "Você vem e pede lâmpada no corredor, eu penso no assunto. Você vem igual criatura vampira drogada *jiangshi* com grito na boca e num minuto eu digo fora da minha casa agora. Então você agora escolhe". Riya ficou paralisada, calou-se, ofegante no corredor, a sra. Run estalou os dedos debaixo de seu nariz, virou as costas e saiu para a loja Comercial Run Run e olhou raivosa os patos pendurados. Riya estava suando, respirando pesado, mas nem assim entendeu que estava fora de si de medo, mas D Golden, que a observava com alarme do alto do primeiro lance de escadas, entendeu imediatamente e isso [o] desequilibrou também.

Três semanas de loucura de Riya intensificaram seu torvelinho interior. Os dias [dele] sozinho no apartamento, as noites tomadas pelo medo dela que induzia à claustrofobia. O medo [dele], o medo [dele] próprio, ampliava o medo que ela sentia da sombra de seu pai. E por fim as sombras eram fortes demais, tomaram posse da mente e do espírito [dele]. E nenhum de nós lá para olhar, ou ajudar.

Eu fui, sim, vê-[lo] uma última vez, embora não soubesse que seria a última vez. Enquanto Riya estava no trabalho, tentando se apegar ao trabalho apesar do terror quase histérico da proximidade imaginária de Zachariassen em fuga, eu [o] levei para um passeio em Chinatown. Num banco da praça Kimlau, na confluência de oito ruas, debaixo do olhar orgulhoso e benigno da estátua do herói de guerra tenente Benjamin Ralph Kimlau do 380º Grupo de Bombardeiro da Quinta Força Aérea, perdido em combate aéreo contra o Japão em 1944, D Golden confessou [seu] fracasso em conciliar os elementos dentro [dele]. Nesse dia, [ele] estava usando camisa xadrez, calça cargo e óculos de aviador, um leve toque de batom e boné de baseball cor-de-rosa em cima do cabelo comprido, que agora chegava aos ombros. "Olhe para mim", [ele] gemeu. "Arrasado em roupa de homem, com medo demais para sair em público de vestido, e esta boca pintada e boné cor-de-rosa, que triste e miúdo gesto." Repeti o que todo mundo dizia a [ele], passo a passo, a transição era uma jornada mágica de mil e uma noites, e [ele] apenas sacudiu a cabeça. "Nada de abre-te, Sésamo para mim. Nada de narradora imortal para contar minha história patética." Eu só esperei porque vi que vinha mais. "Agora eu sonho toda noite que vejo a hijra da minha infância, fantasiada de Michael Jackson, fazendo piruetas na rua, batendo na janela do carro, gritando *dança comigo*. O suor frio me acorda. Na verdade, eu sei o que a hijra quer dizer, ele ela insiste que tem de ser tudo ou nada. Se vai fazer, tem de ir até o fim. Operação, tudo, como uma hijra de verdade. Qualquer coisa menos que isso é desonesto, como se fantasiar de Michael quando você é apenas um operário do sexo na praia de Chowpatty. Mas, ah, meu Deus. A verdade é que me deixo levar pela fraqueza, pelo medo, por um pavor do caralho", [ele] disse. "Talvez Apu é que seja o felizardo."

[Ele] olhou em torno. "Onde nós estamos?", perguntou. "Não faço a menor ideia."

Eu [o] levei de volta ao apartamento. E é assim que me lembro [dele] agora, perdido num banco em meio ao tráfego de oito ruas, sabendo que não podia ser um herói em sua guerra privada, os carros vindo na direção [dele] e indo embora e, incapaz de se localizar, sem saber de que lado ficava sua casa.

Mataram Zachariassen, a notícia apareceu no telejornal da noite e Riya se acalmou imediatamente, como se tivesse desligado um interruptor, ela simplesmente deu um grande suspiro e exalou toda sua loucura, era ela mesma de novo, de volta a seu velho eu, a Riya "de verdade" resgatada da impostura de seu medo, se desculpando com todo mundo por sua insanidade temporária, rotina normal retomada, ela garantiu a todos, não se preocupem comigo. E, evidentemente, bem depressa nós não nos preocupamos. E então todos nós, menos D Golden, esquecemos da arma.

[Ele] chegou à Casa Dourada em esplendor, desceu da porta de trás da limusine Daimler escolhida deliberadamente para lembrar o veículo em que os Golden todos tinham chegado à Macdougal Street para tomar posse de sua nova residência. Um chofer uniformizado manteve a porta aberta e baixou uns degraus para que os pés de D com os saltos curvos dos sapatos Walter Steiger chegassem à rua sem pisar errado. [Ele] — não! — Agora acho que se tornou adequado mudar os pronomes dela e dizer simplesmente ela, dela, nela! — muito bem então, *ela* usava um vestido de noite Alaïa escarlate, comprido, sobre o qual a cascata de seu cabelo brilhava atraente ao sol, e *ela* levava uma pequena bolsa Mouawad encrustada de joias. Assim, vestida para matar, entregou a chave ao motorista para ele abrir a porta da frente para ela, D Golden entrou pela última vez na casa de seu pai — pela primeira vez, talvez, como ela mesma —, seu eu verdadeiro, o eu que ela sempre temera ser e que tivera tanta dificuldade de liberar.

Nero estava parado no alto da escada, ladeado pelas sras. Blather e Fuss, com fogo nos olhos. "Os filhos de reis nascem para matar os pais", ele disse. "Além disso, essas roupas pertencem a minha esposa."

Vasilisa Golden surgiu e parou ao lado do marido. "Então esse é o ladrão que eu procurava", ela disse.

D não ergueu os olhos nem respondeu. Caminhou graciosamente pela casa até as janelas francesas e saiu para os Jardins.

Bem, que agitação nas cortinas das janelas se seguiu então! Aparentemente, todo mundo que morava nos Jardins queria dar uma olhada. D, ela não prestou atenção em nada disso, caminhou diretamente para o banco onde, anos antes, seu irmão Petya havia se sentado e feito as crianças rirem com suas histórias. Então se sentou com a bolsa pequena no colo, as mãos dobradas sobre ela — a bolsa de Riya! — e fechou os olhos. Havia crianças brincando para cima e para baixo nos Jardins, seus gritos e risos a música de fundo para o silêncio dela. Não tinha pressa. Ela esperou.

Vito Tagliabue, o marido abandonado e corneado, saiu para oferecer sua solidariedade, saudou sua coragem e a cumprimentou por seu faro para a moda, e depois não sabia mais o que dizer. Ela inclinou a cabeça graciosamente, aceitou a saudação e os cumprimentos e indicou que ele estava dispensado. O barão de Selinunte recuou, como em presença da realeza, como se ficar de costas para ela fosse violar o protocolo, e quando caiu por cima de um triciclo de plástico colorido abandonado por alguma criança, introduziu uma nota de comédia num momento, fora isso, sóbrio. Os lábios de D se torceram num pequeno, mas definido sorriso, e então, calma, sem pressa, ela retomou sua meditação.

No filme, eu intercalaria sua imobilidade com uma cena de rápidos movimentos, Riya que chega em casa, encontra seu armário de roupas aberto e desarrumado, a bolsa com a arma desaparecida, um recado na mesa de cabeceira, uma única folha de papel dobrada ao meio; e então Riya sai correndo para a rua, chama um táxi, não tem nenhum, depois vem um que não para e então finalmente ela consegue um.

Quando as crianças entraram para comer, descansar, ou fazer o que quer que fizessem hoje em dia na frente de alguma tela, D Golden nos Jardins abriu os olhos, se pôs de pé e começou a caminhar.

E Riya no táxi, apressava o motorista, ele reagia, senta quieta, moça, a senhora é passageira, eu o motorista, me deixe dirigir o táxi. Ela se encolhe num canto, fecha os olhos (corte para os Jardins, reprise de D que abre os olhos) e na trilha sonora ouvimos a voz de D lendo seu bilhete de suicida.

D GOLDEN (VOZ OFF)

Não é por causa das dificuldades de minha vida que faço isto. É porque há alguma coisa errada no mundo que o torna intolerável para mim. Não consigo apontar o que é, mas o mundo de seres humanos não funciona bem. A indiferença das pessoas umas pelas outras. A desatenção das pessoas. É tudo um desencanto. Sou um ser humano apaixonado, mas não sei mais como entrar em contato com ninguém. Não sei como tocar você, Riya, embora você seja a pessoa mais bondosa que conheço. No Antigo Testamento, Deus destruiu a cidade de Sodoma, mas eu não sou Deus e não posso destruir Sodoma. Só posso remover a mim mesmo de seus arredores. Se Adão e Eva vieram ao mundo no Jardim do Éden, então é adequado que eu, que sou ao mesmo tempo Adão e Eva, me despeça do mundo num Jardim também.

Penso em Maurice Ronet no filme de Louis Malle, *Trinta anos esta noite* (1963), também a rodar por sua cidade, Paris, com uma arma, triste com a espécie humana, aproximando-se do suicídio.

Ela atravessou os Jardins, devagar, formalmente, de uma ponta a outra, e então, no extremo oposto à propriedade de Nero, sua antiga morada, na frente da que tinha sido a casa de minha família, ela se virou, e sua grandeza era de rainha. Então voltou até a metade do trajeto, parou e abriu a bolsa.

E como é um filme, nessa altura é necessário que Riya irrompa pelas janelas francesas da Casa Dourada e grite.

Não.

Então havia rostos em todas as janelas. Os moradores dos Jardins abandonaram toda discrição, parados atrás dos vidros, imobilizados pelo horror que se aproximava. Depois do grito de Riya Z, ninguém fala, e Riya também fica sem palavras. Havia algo de gladiador em D Golden naquele momento, ela estava com o ar de um guerreiro à espera do veredicto do polegar do imperador. Mas ela era seu próprio imperador e já dera seu veredicto. Devagar, deliberadamente, envolta na solitude de sua decisão, com a paz de sua absoluta clareza, ela tirou o Colt de coronha de madrepérola da bolsa encrustada de joias, encostou a ponta do cano na têmpora direita e atirou.

27

A frota grega tinha de velejar até Troia para recuperar a infiel Helena, então a zangada deusa Ártemis precisava ser aplacada para permitir que um bom vento soprasse, então Ifigênia, filha de Agamenon, teve de ser sacrificada, então sua mãe enlutada, Clitemnestra, irmã de Helena, esperou o marido voltar da guerra e o matou, então o filho deles, Orestes, vingou a morte do pai matando a mãe, então as Fúrias perseguiram Orestes e assim por diante. Tragédia é quando os assuntos humanos chegam ao inexorável, que pode ser externo (uma maldição familiar) ou interno (uma falha de caráter), mas em ambos os casos os acontecimentos tomam seu rumo inescapável. Mas foi ao menos parte da natureza humana contestar a ideia do inexorável, muito embora outras palavras para a superforça da tragédia, destino, kismet, carma, sorte, sejam tão poderosas em todas as línguas. Foi ao menos parte da natureza humana insistir na ação e na vontade humanas e acreditar que a irrupção do acaso nos negócios humanos era uma explicação melhor para os fracassos dessa ação e dessa vontade do que um padrão predestinado e irresistível, inerente à narrativa. A burlesca roupa do absurdo, a ideia da falta de sentido da vida, foi uma roupagem filosófica mais atraente para nós do que os mantos sombrios dos tragediógrafos que, quando vestidos, se tornavam tanto a prova como os agentes da condenação. Mas era também um aspecto da natureza humana — uma característica tão poderosa do contraditório animal humano quanto seu oposto — aceitar com fatalismo que existia efetivamente uma ordem natural das coisas, e, sem reclamar, jogar com as cartas que nos eram dadas.

Duas urnas de cinzas humanas na escrivaninha de Nero Golden: seria a inexorabilidade trágica em ação ou um terrível duplo infortúnio? E, lá fora, o demente Coringa balançando no Empire State Building com seu olho voraz na Casa Branca: seria ele a consequência de uma extraordinária concatenação de infortúnios imprevisíveis ou o produto de mais de oito anos de falta de vergonha pública, da qual ele era a encarnação e o apogeu? Tragédia ou acaso? E haveria rotas de escape para a família e para o país, ou era mais sábio cruzar os braços e aceitar o próprio destino?

Todo dia, Nero Golden passava horas sozinho em sua escrivaninha, olhando as cinzas dos filhos, interrogando-os em busca de respostas. Para diminuir sua tristeza, Vasilisa lhe trazia notícias do desenvolvimento do pequeno Vespasiano, suas primeiras palavras, seus primeiros passos, mas o velho estava inconsolável. "Olho para ele, olho para Petya e me pergunto quem é o próximo", ele disse. Vasilisa teve uma reação forte: "Quanto a meu filho, ele está seguro", ela disse. "Vou proteger Vespa com minha vida, e ele vai crescer e ser um homem forte e excelente." De sua cadeira, ele olhou para ela com certa turva desaprovação, mas quase vulnerabilidade, fraqueza mesmo no olhar. "E o meu Petya", ele disse. "Vai proteger ele também?" Ela foi até ele e pôs a mão em seu ombro. "Acho que a crise de Petya já passou", ela disse. "O pior já aconteceu e ele ainda está conosco, vai ficar melhor outra vez, como era antes."

"Os filhos morrerem antes do pai", ele disse. "É como a noite cair quando o sol ainda está no céu."

"Sua casa tem um novo sol brilhando em cima dela, um belo jovem príncipe", ela disse, "então o dia à frente é claro."

O verão terminou. As semanas da onda de calor declinaram para uma nublada umidade. A cidade zunia com a usual magia de setembro, sua anual reencarnação do outono, mas Suchitra e eu estávamos em Telluride para o festival de cinema; nossa série de entrevistas sobre momentos de filmes clássicos tinha resultado num documentário bem bom, *The Best Bits*, com algumas personalidades impressionantes discutindo cenas dos filmes que mais amavam — não só Werner Herzog, mas Emir Kusturica, Michael Haneke, Jane Campion, Kathryn Bigelow, Doris Dörrie, David Cronenberg e, em sua última entrevista, o tristemente falecido Abbas Kiarostami — e fomos selecionados para levá-lo ao prestigiado festival de cinema do fim de semana do Dia do Trabalho nas montanhas do Colorado, na cidade onde Butch Cassidy e o Sundance Kid tinham feito seu primeiro assalto a banco, e os benignos (e não tão benignos) espíritos de Chuck Jones e seu Pernalonga e seu Patolino velavam por todos nós. Mesmo lá, naquele Éden *cinéaste*, a conversa de vez em quando girava em torno dos mortos, naquele ano em que Starman, o Viva a Música, o Franco-Atirador, o Jovem Frankenstein ("é 'Fraankenstin'!"), o R2D2, o Alta Tensão e O Maior de Todos tinham ido embora. Mas tínhamos os filmes — *La La Land, A chegada, Manchester à beira-mar* — para ocupar nossas cabeças e olhos, então a morte ficou sentada nos fundos pelo menos enquanto rolava o festival, porque a vida real, como nós todos entendíamos bem, era imortal, a vida real era uma coisa imortal que brilhava no escuro lá na tela prateada.

De volta à cidade, num estado de considerável entusiasmo por causa da recepção de nosso filme em Telluride, fui oferecer meus respeitos a Nero, pensando em convidá-lo para vodca e blinis no Russian Tea Room para retribuir sua alcoólica solicitude depois que fiquei órfão. Confesso que eu estava totalmente alegre com nosso triunfo nas Rochosas e posso não ter me esforçado o suficiente para adotar uma atitude de luto adequada naquela casa de múltiplas calamidades, mas quando entrei na residência Golden e encontrei o grande Nero sentado na sala de estar tomando chá, servido na melhor porcelana da família, com o loquaz vagabundo apocalíptico que me lembrava Klaus Kinski e parecendo levar o papo do sujeito a sério, admito que não consegui reprimir o riso, porque esse Fitzcarraldo de liquidação, que usava uma velha cartola para a ocasião e sorvia o chá ruidosamente de uma rara xícara de porcelana Meissen, agora tinha uma notável semelhança também com o Chapeleiro Maluco, e Nero, inclinado com intensidade para ele, fazia uma adequada Lebre de Março.

Meu riso fez Kinski se empertigar no que, devido a minha prolongada familiaridade com as obras de P. G. Wodehouse, entendi ser alta indignação. "Me acha engraçado?", ele perguntou, severo como uma das impressionantes tias de Bertie Wooster. Sacudi as mãos, não, não, de jeito nenhum, e me controlei.

"Não tem nada engraçado no que vim contar aqui", Kinski trovejou, e voltou-se para seu anfitrião. "Venho para me sentar no chão e contar tristes histórias sobre a morte de reis." As palavras do Ricardo II de Shakespeare soavam estranhas na boca de um vagabundo americano sentado numa cadeira Luís XV, tomando chá Lapsang numa xícara Meissen, mas tudo bem. "Sente, René", Nero disse, e me chamou para perto dele com toques de mão no sofá. "Tome um chá e escute este sujeito. Ele é danado de bom." Havia uma nova doçura nos modos de Nero que era inquietante. Ele sorriu, mas era mais como um desnudar de dentes do que sinal de prazer. A voz era macia, mas era uma luva de veludo a esconder a dolorosa crueza de seu pensamento.

"Vai ir mal", Kinski disse de repente, a xícara tremendo na mão. "A montanha do mal está mais alta que o edifício mais alto e as armas estão todas vivas. Vejo a América gritar, onde está Deus? Mas Deus está cheio de ira porque vocês se desviaram do caminho dele. Você, América!" — e estranhamente ele apontou diretamente para Nero — "Você rejeitou Deus e ele agora te castiga." "Eu rejeitei Deus e ele agora me castiga", Nero repetiu, e quando dei uma olhada na direção dele, vi que havia lágrimas de verdade em seus olhos. O homem abertamente ateu, mergulhado em crise, convidara aquele inconsistente mercador com hálito de uísque para sua casa e estava realmente afetado por sua destrambelhada escatologia. Me afasto cinco dias, pensei, e quando volto para casa o mundo mudou de eixo. "Nero", comecei a dizer, "esse homem…" — mas ele gesticulou para me calar. "Eu quero ouvir", ele insistiu. "Quero ouvir tudo."

Então fomos de Roma para a Grécia, e o homem que tinha assumido para si o nome do último dos doze Césares estava agora preso numa versão Nova York de Édipo rei, desesperado por respostas, com sua versão do cego Tirésias profetizando calamidades. Kinski continuava bramindo, mas eu tinha ouvido seu número vezes demais para me incomodar com ele, e desliguei. Então Vasilisa apareceu na porta e encerrou o caso. "Basta", ela ordenou, e seu dedo apontado para Kinski silenciou e nocauteou o homem. Imaginei um raio de poder de ficção científica, de Darth Sidious, emanando daquele dedo. A xícara tremeu perigosamente na mão do vagabundo, mas ela a pousou intacta e se pôs nervosamente de pé. "Que tal uns dólares?", ele teve a audácia de pedir. "E o meu pagamento?" "Saia", ela disse, "ou chamo a polícia e eles cuidam do seu pagamento."

Quando ele se foi, ela voltou-se para Nero e falou com o mesmo tom de voz autoritário da Enfermeira Ratched que tinha usado com Kinski.

"Não faça isso de novo", ela disse.

Ah, eu pensei. Estamos no ninho do estranho.

Minha história até agora não acompanhou Nero Golden em suas visitas regulares ao apartamento da York Avenue onde ele se encontrava com sua prostituta favorita, Mlle Loulou. Eu próprio nunca tinha visto o interior de um bordel, nunca paguei a ninguém para fazer sexo, o que conta, talvez, como probidade moral — mas também, por outro lado, como ingênua inocência, alguma deficiência na história de minha virilidade. Minha inexperiência no ramo tornava difícil para minha imaginação acompanhar Nero nessas excursões a alguma escada estreita iluminada por luzes vermelhas até algum boudoir estofado e perfumado; eu sabia que elas tinham sido sempre parte de sua vida adulta, antes que encontrasse a atual esposa, ele às vezes falava libidinosamente de suas experiências com os membros mais devassos de seu círculo de pôquer, uma dupla de raposas prateadas, talvez Karlheinz e Giambologna, ou talvez Karl-Otto e Giambattista, me esqueço — de qualquer forma, um playboy alemão e outro italiano, politicamente ultraconservadores, os poderes do Eixo na mesa de cartas, com suas jaquetas de couro marrom e gravatas berrantes, cujas ricas esposas tinham morrido em circunstâncias intrigantes e deixado para eles todo seu dinheiro. No que dizia respeito aos aspectos práticos de associações com a tribo das *call-girls*, eles pensavam igual: dava para encaixá-las entre reuniões, você não tinha de se lembrar de seus aniversários e podia usar o mesmo apelido para todas, Mlle Fifi, Mlle Nastygal, Mlle Babycakes ou Mlle Loulou. De qualquer forma, os nomes que as próprias moças forneciam eram falsos. E — isso em língua de marketing era sua PVU, sua proposição de venda única — por um preço, faziam qualquer coisa que você quisesse e ficavam de boca fechada depois. Nas noites de pôquer, Nero e os playboys, Karl-Friedrich e Giansilvio, gabavam-se de feitos sexuais que haviam persuadido suas damas de virtude fácil a realizar, e elogiavam a força atlética, a graça ginasta, a flexibilidade contorcionista de suas putas escolhidas. Só Nero falou da inteligência de sua piranha. "Ela é uma filósofa", ele disse. "Encontro com ela pela sabedoria." Isso produziu zurros de risadas de Karl-Theodor e Giambenito. "E pela foda!", berraram em uníssono. "Claro, pela foda também", Nero Golden concordou. "Mas a filosofia é um plus." Conte para a gente, eles gritaram, reparta conosco a sabedoria da sua puta. "Por exemplo", Nero Golden respondeu, "ela diz: permito que você compre meu corpo porque vejo que você não vendeu sua alma." "Isso não é sabedoria", disse Gianluca. "É bajulação." "Ela também fala do mundo", Nero continuou, "e acredita que está para acontecer uma grande catástrofe, e só do colapso de tudo é que uma nova ordem nascerá." "Isso não é sabedoria", disse Karl-Ingo. "Isso é leninismo." Então eles todos riram muito alto e gritaram: "Dê as cartas!".

Agora, na época de seu declínio — a lenta deterioração mental que ele admitia —, Nero ia menos vezes à sua dama escolhida na cidade. Mas de quando em quando ia, sim, talvez para ouvir suas verdades duramente conquistadas, da mesma forma que estivera disposto a ouvir as verdades de Kinski, o vagabundo. No rastro de sua dupla perda, estava perdido num nevoeiro de ausência de sentido e procurava em toda parte encontrar um jeito de fazer o mundo ter sentido outra vez. Ainda era capaz de funcionar bastante bem, contanto que estivesse entre pessoas que conhecia. Tinha desenvolvido um relacionamento com um chofer de limusine haitiano com o nome andrógino de Claude-Marie que ele agora mantinha como empregado, sabendo que era ao mesmo tempo competente e discreto, e como resultado podia ir da Macdougal Street para a York Avenue fazer o que fazia lá e voltar sem nenhum problema. No dia específico de que devo falar agora, porém, Claude-Marie estava numa corte de justiça, envolvido num difícil caso de divórcio, e mandou em seu lugar sua Tia Mercedes-Benz. O nome verdadeiro de Tia Benz era alguma coisa crioulo-francesa e desconhecida; o nome de automóvel pelo qual ela agora atendia era um honorífico atribuído a ela por parentes admiradores. Em sua época, tinha sido uma boa e hábil chauffeuse, mas em seus anos grisalhos ficara excêntrica. Ela dirigia mal, de forma que Nero chegou à porta de Mlle Loulou um tanto abalado.

"Olá, minha bobinha", ele disse. Era seu nome amoroso para ela. "Seu bobão chegou."

"Você está triste", ela disse com o falso sotaque francês que ele gostava que usasse. "Quem sabe eu castigo você um pouco e você me castiga um pouco e você se sente melhor *comme toujours?*"

"Tenho de sentar um minuto", ele disse. "Motorista estranha. Eu senti, é, senti medo."

"Você está com a morte na cabeça, *chéri*", ela disse. "É perfeitamente compreensível. Um coração que se partiu duas vezes não se cura tão cedo."

Ele não sabia quem era ela fora daquele quarto com o sofá vermelho e a colcha dourada, e não lhe importava. Confessoras e filósofas eram o que ele procurava. O sexo, de qualquer forma difícil naqueles dias, era quase dispensável. Alguma luz se apagara dentro dele e a excitação parecia uma cidade nostálgica num país que deixara para trás. "Por que essas coisas aconteceram", ele perguntou, "e o que querem dizer?"

"A vida é barata", ela disse. "Você me contou que você mesmo disse isso para o sr. Gorbatchóv."

"Eu disse que os russos disseram isso. Mas eu sou velho, então inevitavelmente a vida se torna preciosa, não?"

"Um rapaz é morto na rua por vender cigarros, *paf!* Uma menina é morta por brincar com uma arma de plástico num parquinho, *bof!* Um rapaz rico mata o pai porque cortou sua mesada, *zap!* Uma moça numa multidão está dançando ao som de boa música, pede para um estranho parar de esfregar na sua bunda e ele dá um tiro na cara dela, *isso aqui para você, vaca, morra.* E eu nem cheguei na Costa Oeste ainda. *Tu comprends?*"

"A violência existe. Eu sei disso. A questão do valor permanece."

"Você quer dizer que no seu caso e dos seus entes queridos, você faz uma exceção. Nesse caso, eles devem ser um círculo encantado e o horror do mundo não pode tocar nenhum deles, e quando toca é um erro da realidade."

"Agora você está simplesmente desagradável. O que você sabe?"

"A cada dia eu estou mais perto da morte que você, velho, e você é muito velho", ela disse, afetuosa, e o abraçou. "E eu sou sua boba, então posso te dizer a verdade."

"Acredite", ele disse. "Eu sei mais da morte que você. É a vida que eu não consigo captar."

"Permita que eu capte isto aqui", ela disse, e o assunto mudou.

Depois da sessão, as coisas pioraram porque Tia Mercedes-Benz não estava em lugar nenhum. Mais tarde veio à tona que ela havia estacionado do outro lado do quarteirão e dormido, o fone de ouvido ligado ao telefone havia caído e ela não o tinha ouvido tocar. Nero bateu na porta de Mlle Loulou em pânico, absolutamente agitado, incapaz de resolver a situação, e Loulou teve de descer, parar um táxi, entrar com ele e levá-lo para casa. Quando chegaram à Macdougal Street, ele ainda estava tremendo, e com um suspiro ela desceu do carro, ajudou-o a descer e tocou a campainha. Mlle Loulou era uma mulher alta e marcante de um lugar que insistia em chamar de "L'Indochine", e manteve a compostura quando a própria Vasilisa Golden atendeu a porta. "Madame", ela disse, "seu marido está fora de si."

Depois de um silêncio, Vasilisa respondeu, áspera. "Me diga", falou, "o dele ainda levanta?"

"Se a senhora não sabe disso, minha senhora", Mlle Loulou respondeu e virou-se para sair, "sem dúvida não sou eu a pessoa que vai lhe informar."

28

A Morte fala, na peça *Sheppey* (1933), de Somerset Maugham: "Havia um comerciante em Bagdá que mandou seu criado ao mercado para comprar provisões, e pouco depois o criado voltou, branco e tremendo, e disse: Patrão, agora mesmo eu estava no mercado, levei um empurrão de uma mulher na multidão e quando virei vi que era a Morte que tinha me dado um empurrão. Ela olhou para mim e fez um gesto ameaçador; agora, me empreste seu cavalo que vou sair desta cidade para evitar meu destino. Vou para Samarra e lá a Morte não vai me encontrar. O comerciante emprestou o cavalo, o criado montou, cravou as esporas no flanco do animal e foi embora o mais depressa que o cavalo podia galopar. Então o comerciante foi até o mercado e me viu parada na multidão, veio até mim e perguntou: Por que você fez um gesto ameaçador para o meu criado que você viu hoje de manhã? Não foi um gesto ameaçador, eu disse, foi apenas um gesto de surpresa. Fiquei perplexa ao ver que ele estava em Bagdá porque tenho um encontro com ele esta noite em Samarra".

Acredito que todos nós sentíamos que haveria outra morte. Naquelas últimas semanas, não vi Petya muitas vezes, talvez ninguém tenha visto, a não ser o australiano, mas é minha convicção que ele sabia também, que ele vira a Morte ameaçá-lo no mercado e ficara desesperado para evitá-la, para montar no cavalo emprestado e galopar até Samarra, achando que ia escapar do que na verdade estava indo encontrar. O último dos três homens Golden que tinham vindo com o pai para a América escudados em tamanha grandeza principesca, tamanha estranheza poderosa, encontrou nas mortes dos irmãos a motivação que precisava para sobreviver e fez um imenso esforço para colocar sua vida de volta em algo parecido com um rumo devido, voltar as costas para a Morte e buscar a vida.

O gato foi ideia de Nero. Ele tinha ouvido de alguma forma, tinha recebido uma mensagem de algum lugar lá fora na ininterrupta bobageira do multiverso informacional, que a companhia de gatos podia ajudar adultos autistas; e se convenceu de que um felino de estimação podia ser a salvação de Petya. Fuss e Blather sem demora mostraram a Nero fotografias on-line de gatos disponíveis de imediato, e quando ele viu o lince alpino branco bateu as mãos e disse: "É este". Blather e Fuss tentaram convencê-lo de que um lince alpino estava mais perto de uma fera selvagem do que de um bicho de estimação, será que Petya não ia ficar mais feliz com um gordo e preguiçoso persa de pelo longo chocolate ou azul, elas sugeriram, mas ele insistiu com sua nova maneira vaga, elas cederam, foram à loja do gato e trouxeram o monstro para casa. Acontece que Nero conhecia seu filho. Petya se apaixonou imediatamente, chamou o gato de Leo embora fosse fêmea, pegou-a no colo e desapareceu com ela no quarto de luz azul. Era um gato capaz de saltar e pegar uma ave em voo, cujo ronronar era como um rugido e que, de alguma forma, com o instinto de um animal selvagem, sabia o caminho pela selva do tormento interior de Petya até o lugar bom de seu coração. À noite, quando a casa estava tranquila e só os fantasmas dos mortos andavam pelos corredores, o gato cantava suavemente no ouvido de Petya e lhe devolvia o que ele havia perdido, o precioso dom do sono.

O mundo exterior à casa assombrada começou a parecer uma mentira. Fora da casa, era o mundo do Coringa, o mundo do sentido que a realidade começara a ter na América, isto é, uma espécie de inverdade radical: cafonice, espalhafato, intolerância, vulgaridade, violência, paranoia, e olhando isso tudo de cima para baixo de sua torre escura, uma criatura de pele branca, cabelo verde e lábios muito, muito vermelhos. Dentro da Casa Dourada, o assunto era a fragilidade da vida, a repentina facilidade da morte e a lenta e fatal ressurreição do passado. Às vezes, à noite, podia-se ver Nero Golden parado no escuro em frente ao quarto de seu primogênito, cabeça baixa, mãos juntas, numa postura que se poderia pensar — se não fosse amplamente sabido que ele era descrente — que fosse oração. Que se poderia pensar que era um pai pedindo a seu filho: *você também não, viva, viva.*

Não sabíamos de onde viria a morte. Não sabíamos que ela já tinha, ao menos uma vez, estado dentro da casa.

Quando se afastava da porta fechada do quarto do filho, Nero Golden voltava a seu escritório, tirava o violino Guadagnini da caixa e tocava sua Chacona de Bach. Do outro lado da porta fechada, Petya era cuidado por seu lince, a bebida um tanto — mas só um tanto — reduzida. E ele não mais chorava de angústia no sono.

O processo judicial de Sottovoce se resolveu repentinamente, por vinte e cinco por cento da pretensão original. Frankie Sottovoce não estava bem. Havia um problema de coração, uma irregularidade, e por baixo do aspecto médico também uma doença da alma. O brilho de seus olhos diminuíra e a conhecida movimentação de seus braços se reduzira a um lânguido oscilar. A morte de Ubah o atingira com força. Era claro que ele nutria sentimentos secretos por ela, mas vendo que estava profundamente envolvida com Apu, evitara declarar seus sentimentos. Estranhamente para alguém que passava seus dias no movimentado e abrangente mundo da arte, exsudando bonomia, o galerista tinha uma vida privada discreta, muitas vezes solitária, fora casado por pouco tempo, não tinha filhos, fazia muito que estava divorciado, morava numa cara suíte no Mercer Hotel e pedia serviço de quarto sempre que sua presença não era solicitada em uma função artística. Homem amigável, tinha poucos amigos, e uma vez nos Jardins tinha conversado com Vito Tagliabue sobre o prolongado encarceramento de Biaggio, o pai de Vito, no Grand Hotel et Des Palmes em Palermo. "Seu pobre pai morreu sozinho e seu corpo foi encontrado não por um ente querido, mas por um funcionário do hotel", ele disse. "Esse é meu destino também. Vão me trazer um hambúrguer e um copo de vinho tinto e descobrir que é tarde demais para servir minha última ceia." O sentimento oculto por Ubah o dominou quando ela morreu. Agora que a onda vingativa se aplacara, ele admitiu que a obra destruída tinha sido adequadamente segurada e que sua ação multimilionária contra os Golden nascera do turbilhão de suas emoções. "Não me importa mais", ele disse aos advogados. "Vamos encerrar isso." Nessa época, eu o vi apenas uma vez, na abertura da exposição de Matthew Barney na Gladstone e fiquei chocado com a sua mudança, a palidez, o cansaço. "Que bom te ver, meu jovem", ele me saudou, abanando a mão. "Bom ver que ainda tem gente cheia de gás, rodando a cem quilômetros por hora." Entendi que ele estava me falando dele mesmo, que seu tanque de gasolina estava seco, que ele corria no vazio. Tentei puxar o assunto que ele não abordou. "Ela era uma mulher excepcional", eu disse. Ele parecia zangado, com seu novo jeito exausto. "E daí?", disse. "A morte não tem nada de excepcional, todo mundo morre. A arte é excepcional, quase ninguém é capaz de fazer. Morte é só morte."

Depois do fim do processo legal, veio o fim do serviço comunitário. Petya, também livre dessa prisão, reviveu com muita determinação. Saiu de seu quarto com Lett, o terapeuta, aninhando o gato no braço esquerdo, e ao ver o pai ali parado cheio de amor compassivo, pôs a mão direita no ombro de Nero, olhou o pai nos olhos com firmeza e disse: "Nós vamos todos ficar bem". Repetiu a frase trinta e sete vezes, como se estivesse retuitando a si mesmo. Tornar aquilo verdadeiro pela força da repetição. Afastar a Sombra afirmando e reafirmando incessantemente a Luz. Eu estava lá naquele dia, porque depois de um hiato, Petya me mandara uma mensagem pedindo que eu fosse. Ele queria testemunhas, e eu sabia que esse era o meu lugar na história dos Golden. Ou tinha sido até que, na cama de Vasilisa, atravessei a linha que separa o repórter do participante. Como um jornalista que tira uma granada das trincheiras, eu agora era um soldado; e portanto, como todos os soldados, um alvo legítimo.

"Oi, bonitão", ele disse quando me viu. "Ainda o homem mais bonito do mundo."

Alguma coisa no quadro de Petya naquela noite me trouxe à mente uma grandiosa pintura a óleo, A ronda noturna, talvez; parados naquela luz dourada e sombras luminosas, nos sentimos, ou talvez eu tenha apenas imaginado que nos sentimos, como guardiães de um mundo em combate, Petya com seu lince alpino, o solícito australiano, seu pai de testa franzida e sorriso torto ali ao lado. E servidores de perfil nos cantos do quadro. Seria eu a única pessoa na Casa Dourada naquele dia a ouvir o bater de asas fatais, os suspiros prolépticos do agente funerário culpado, o lento baixar da cortina no fim da peça? Escrevo contra o tempo agora, minhas palavras seguem não muito depois das pessoas nelas, escrevo dobrado, porque estou também terminando meu roteiro sobre os Golden, minha ficção sobre esses homens que fizeram de si mesmos ficções, e as duas coisas estão se fundindo uma na outra até eu não ter mais certeza do que é real e do que eu inventei. Naquilo que chamo de *real*, não acredito em fantasmas e anjos da morte, mas eles continuam invadindo o que eu invento como uma multidão sem ingressos que irrompe pelos portões de um grande jogo. Estou em cima da linha de falha entre o mundo exterior e o mundo interior, atravessado na rachadura de tudo, à espera de que entre alguma luz.

Esse mês, dentro da casa, a sensação era de um tempo congelado, um tempo de espera, os personagens aprisionados em óleo na tela, atitudes marcantes, e incapazes de se mover. E fora, na rua, havia a praga de Coringas, loucos palhaços de boca rasgada assustavam as crianças, ou seus fantasmas o faziam, ao menos. Muito pouca gente na cidade afirmava de fato ter visto um palhaço assustador naquele outono, mas havia relatos sobre eles por toda parte, os relatos punham perucas, os rumores rondavam as ruas a dar risada, com dedos de bruxa em ambas as mãos, e guinchavam sobre o fim dos tempos, o fim dos dias. Palhaços-fantasma em uma realidade irreal. Insanidade escatológica vinha nas pesquisas de opinião e o próprio Coringa berrava num espelho, o abusador gritava contra o abuso, o propagandista acusava o mundo inteiro de propaganda, o brigão se queixava por ser atacado por um bando, o escroque apontava o dedo torto para sua rival e a chamava de escroque, uma brincadeira de criança se tornava a feiura nacional, eu-sei-que-sou-mas-você-o-que-é e os dias passavam, a sanidade da América em guerra com sua demência, e gente como eu, que não acreditava em superstições, andava com as mãos nos bolsos e os dedos cruzados.

E por fim houve, afinal de contas, um palhaço assustador.

* * *

Depois de um longo período de afastamento, Vasilisa queria conversar. Ela me levou para os Jardins, certificou-se de que estávamos fora do alcance de ouvidos interessados. O novo tom de poder em sua voz me dizia que ainda encarnava a persona da Grande Enfermeira, ainda deixava claro que de agora em diante era ela que estava no trono. "Ele não é mais o mesmo homem", disse. "Tenho de me acostumar com isso. Mas é o pai de meu filho." — Isso na minha cara, olhando direto nos olhos! A ousadia de tal coisa era de tirar o fôlego. Senti uma névoa vermelha subindo. "Se me desmentir", ela disse, e ergueu a mão antes que eu dissesse uma palavra, "mando te matar. Não tenha a menor dúvida de que sei a quem recorrer."

Virei-me para ir embora. "Pare", ela disse. "Não é desse jeito que quero que seja a nossa conversa. O que quero dizer é que preciso de sua ajuda com ele."

Diante disso, ri alto. "Você é realmente um ser humano extraordinário", eu disse. "Se é de fato um ser humano. É assombroso que essas duas observações tenham saído de minha boca uma depois da outra. Mas não indicam de fato que você seja um membro da espécie humana."

"Entendo que exista um problema entre nós", ela disse. "Mas Nero não tem nada a ver com isso, e é por Nero que eu peço. Pela dor dele e também pelo declínio da capacidade mental dele. Que é lento, os remédios ajudam, mas é também inevitável. O avanço. Eu temo por ele. Ele sai por aí. Preciso de alguém que vá com ele. Mesmo que ele vá ver aquela mulher, quero que você vá com ele lá também. Ele está em busca de respostas. A vida virou uma agonia e ele quer uma solução para esse mistério. Não quero que ele encontre a solução nos braços dela."

"Não posso fazer isso", eu disse. "Estou preparando um longa-metragem. Ando muito ocupado."

"Não quer fazer", ela falou. "É isso que está dizendo. Você virou um homem egoísta."

"Você tem muitos recursos", eu disse. "Gente à sua disposição. Use essas pessoas. Não sou seu funcionário." Falei, duro. Não estava disposto a receber ordens dela.

Vasilisa usava um vestido branco comprido, justo no corpo, solto abaixo da cintura, com um babado alto de renda no pescoço. Ela se encostou numa árvore e imediatamente pensei em Elvira Madigan, a heroína epônima do belo filme de Bo Widerberg, a amante condenada que anda na corda bamba na floresta. Ela fechou os olhos e falou como uma voz que era um suspiro. "É uma farsa tão grande", ela disse. "O sobrenome não é o sobrenome. Mlle Loulou não é Mlle Loulou. Talvez eu não seja eu e aquela senhora fazendo o papel de minha mãe seja só alguém que contratei para fazer o papel. Sabe o que eu quero dizer? Nada é real." Eram pensamentos soltos, e vi que por baixo de seu autocontrole ela estava num tormento pessoal. "Só meu filho é real", ela disse. "E através dele eu vou chegar a um lugar real no fim." Sacudiu a cabeça. "Até então todo mundo é uma espécie de representação", ela disse. "Talvez até você. Você se transformou numa espécie de padre confessor dessa família, mas não é padre, quem você é de verdade, o que quer, talvez eu devesse suspeitar, talvez você seja o Judas." Então ela riu. "Desculpe", disse, rápida, e começou a se afastar. "Estamos todos no limite. As coisas vão melhorar um dia. E vá, sim, ficar com sua namorada, que não sabe de nada e é melhor assim."

Era mais uma das suas ameaças, claro, pensei, enquanto ela se afastava. Ela não "mandava me matar", mas se necessário destruía minha felicidade contando a Suchitra o que eu tinha feito. Entendi então que eu devia ser o primeiro a contar a Suchitra, qualquer que fosse o custo. Tinha de achar coragem para contar a verdade e esperar que nosso amor fosse suficientemente forte para sobreviver a isso.

E Elvira Madigan, pensei, outro pseudônimo. Não era a identidade real da malfadada equilibrista na corda bamba dinamarquesa. Hedvig Jensen; essa era ela de fato. Com o mais comum dos nomes.

Sim: eu tinha sido atraído para o mundo de faz de conta dos Golden e só a verdade podia me salvar.

Leo, o gato, foi para Petya o que a pena mágica tinha sido para Dumbo. Com o lince nos braços, ele voltou a ser o homem estranho e brilhante de quando nos conhecemos, caminhava pelos Jardins, falava em voz alta com quem quisesse ouvir, fazia as crianças darem risada. Era um outono brando, bela estação num tempo louco, então seu sobretudo verde continuou no armário, mas havia um cachecol arco-íris jogado solto no pescoço, sua galeria de ternos absurdos em desfile, o terno cor de creme de lapela larga com que apareceu pela primeira vez entre nós, o de três peças verde-duende quando queria encarnar Oscar Wilde, o jaquetão cor de chocolate, chocolate amargo com xadrez largo de chocolate ao leite. A coqueteleira numa mão, o cálice de martíni na outra, o frasco de azeitonas no banco como antes. Mas agora, além do frasco de azeitonas, havia um iPad e em torno dele as crianças gravitavam como planetas em torno do sol, enquanto Petya lhes mostrava e as encorajava a jogar as versões beta de seus últimos jogos. Agora, os jogos eram as histórias dele, e as crianças mergulhavam com vontade, viajavam ao mundo de dentro da cabeça dele. Durante alguns lindos dias, a ideia da morte foi posta de lado e o luminoso livro da vida ficou aberto numa nova página.

"Você se dá conta", Suchitra disse, "de que esse filme virou um filme sobre você e que todos esses rapazes Golden são aspectos de sua própria natureza?"

"Não, não são", protestei.

"De um jeito bom", ela disse. "Faz do filme um testamento mais pessoal. Todos os personagens são o autor. É como Flaubert. *Madame Bovary, c'est moi.*"

"Mas não sou artista plástico", eu disse, "não tenho conflitos sexuais, não sou autista, não sou uma russa que deu o golpe do baú, nem um velho poderoso em declínio." Não acrescentei "nem um bebê", mas claro que o bebê era em parte eu. Cinquenta por cento. Uma grande parte. Uma grande parte mantida fora do meu alcance. Um segredo culpado que eu ainda não tinha tido coragem de confessar.

Estávamos na sala de montagem da DAW na rua 29 Oeste e o fotograma congelado da Batwoman nos observava da tela Avid. Nosso quarto e último Bat-vídeo estava em seus estágios finais. O Coringa tentava fomentar uma insurreição que destruiria a democracia americana. Num estádio MetLife lotado, uma multidão de loucos palhaços urrava ódio para o céu. Quanto poderia fazer uma feroz Batmulher? Bem, isso depende de você. *Vote na primeira Batpresidente dos Estados Unidos. Porque esta eleição não é uma piada.*

"Você leva as questões deles aonde quer que vá. A questão da vida de Apu, lembra o que o pai dele falou para você? Precisa ser profundo ou você pode ficar permanentemente na superfície? Você precisa responder essa pergunta também. D Golden, como disse o pai dele, era todo ambiguidade e dor. Sinto em você também alguma ambiguidade. Sinto que você também está dolorido. Quanto a Petya, ele está fechado em si mesmo, não consegue escapar da natureza dele, embora queira tanto ser livre. E talvez os jogos dele, os jogos que ele inventa, sejam a liberdade dele. São o lugar onde ele não tem medo. Talvez seja um lugar que você também precisa encontrar. Está parado na porta há tanto tempo, talvez seja hora de você finalmente entrar. E o velho..."

"Vai me dizer que sou igual a ele também? Ele é uma espécie de monstro, mesmo nesse estado decaído..."

"Ele está envolto em tragédia e você também. Ele perdeu filhos, você perdeu pais. Sua dor te define e te isola de outras pessoas. É isso que eu acho."

"Estamos tendo uma briga?", perguntei. As palavras dela tinham o impacto de um soco.

"Não", disse ela, de olhos muito abertos, sincera. "Por que acha isso? Só estou dizendo o que vejo."

"Está sendo bem dura comigo."

"Eu só vejo o que você pode ser e quero que você veja também. Seja profundo. Se apposse da sua tragédia. Encontre sua liberdade. Resolva sua ambiguidade, seja ela qual for. Talvez tenha a ver comigo."

Tenho de contar a ela sobre o bebê, pensei. É isso que está me isolando.

"Não", eu disse. "Sobre você eu tenho certeza. Profunda certeza. Nenhuma ambiguidade, absolutamente."

"Tudo bem", disse ela, encerrou o assunto e abriu um grande sorriso. "Ótimo. Vamos terminar a Batwoman."

Zap! Pow! Bof! — Tome isso, seu maluco risonho! — Ai! Injustiça! Por que está todo mundo contra mim? Aaai! É uma armação! Todo mundo mente! Só o palhaço fala a verdade! — Blam! — *Ai!*

29

Uma noite, não muito depois do suicídio de D Golden nos Jardins, acontecimento que, para todos nós, pôs um buraco escuro no Paraíso, Riya Zachariassen, conhecida como Riya Z, acordou de um sonho de horror e viu que tinha perdido seu contato com o quadro do mundo. Não conseguia se lembrar do sonho todo, mas tinha quase certeza de que carregava uma pintura muito valiosa num grande museu, então a derrubara, a moldura quebrara, o vidro estilhaçara e de alguma forma ela conseguiu furar a própria tela com o pé, mas talvez fosse apenas algo que se lembrava de um filme, sonhos são escorregadios como enguias. Ao acordar, o sonho em si deixou de ser importante, mas entendeu que o quadro continha tudo o que ela pensava sobre como eram as coisas, era a sua realidade e agora estava quebrado, alguém viria procurá-la dentro de um minuto, culpá-la por tê-lo quebrado, e ela seria despedida.

É duro para uma pessoa sem nenhuma fé, como eu, entender o momento em que a fé morre no coração humano. O crente ajoelhado que de repente entende que não há por que rezar porque não há ninguém ouvindo. Ou simplesmente a lenta erosão da certeza, até a dúvida se tornar mais poderosa que a esperança: você anda junto ao rio enquanto a seca o consome, até que um dia há um leito seco e nenhuma água para nutri-lo no momento da sede. Posso entender isso, mas não consigo sentir, a não ser talvez como o fim do amor. Você acorda uma manhã, olha a pessoa que dorme na cama a seu lado, ressonando com seu suave, familiar e até agora bem-amado ronco, e pensa: não amo mais você nem o seu ronco. As escamas que caem dos olhos de Saulo nos Atos dos Apóstolos — ou as coisas como escamas, "que caíram de seus olhos como se fossem escamas", diz a Bíblia do rei James — eram as escamas da descrença, depois do que ele enxergou com clareza e foi imediatamente batizado. Mas a imagem também funciona no sentido inverso. As coisas como escamas caíram dos olhos de Riya e ela viu com clareza que sua realidade havia sido uma ilusão, que tinha sido falsa. Isso é o mais próximo a que consigo chegar.

Ela ficou muito quieta ao lado do espaço vazio onde ficava seu amante. Sempre detestara as Birkenstocks que, apesar de seus protestos, D insistia em calçar quando estavam em casa; mas agora não conseguia tirar as sandálias do lugar ao lado da cama. Eles eram suficientemente antiquados para ter, ainda, uma linha de telefone com fio, um telefone que nunca tocava. Era a voz de D na secretária eletrônica — "Casa de Riya e D agora aberta a você" —, e ela não conseguia deletar a mensagem. Se ficasse muito quieta e não pensasse, podia quase acreditar que ele sairia do banheiro e se deitaria na cama. Mas não conseguia parar de pensar, então sabia que não ia acontecer. O que aconteceu foi que ela não pensava mais aquilo que pensara que pensava. Então não fazia ideia do que pensar.

Na gravidade de seu luto solene, Riya me lembrou de alguma forma Winona Ryder, não a louca adolescente gótica de

Winona em *Os fantasmas se divertem* dançando no ar um bom calipso de Belafonte, sacudindo a linha do corpo, mas sim a Winona de *A idade da inocência*, duramente controlada e menos inocente do que parecia. No filme de Scorsese — confesso que não li o romance de Edith Wharton — Michelle Pfeiffer é que é a não convencional, a que abraça o modo de ser novo, moderno, sofre terrivelmente por isso, e acaba derrotada pelas serenas manobras conservadoras de Winona Ryder. Mas suponha que o personagem de Winona fosse o que está em contato com o novo, que um dia ela se desliga de seu senso de como as coisas são e deviam ser. Essa Winona podia estar neste filme. Era Riya; minha Winona reescrita, mais perdida e devastada do que o original jamais foi, no mar sem colete de flutuação.

É difícil ideias novas entrarem no mundo. As ideias novas sobre homens e mulheres e quantos seres humanos se encontravam em algum ponto entre esses dois mundos e precisavam de novos vocabulários para descrevê-los e lhes dar a sensação de serem vistos, de serem possíveis e permissíveis, eram ideias que muita gente boa havia desenvolvido e posto no mundo pela melhor das razões. E outras pessoas boas, brilhantes como Riya Z, tinham adotado o novo pensamento e o tornado seu, trabalhado duro para colocá-lo em prática e fazer dele parte de um novo jeito de o mundo funcionar.

Mas então, uma noite, Riya abriu os olhos e se deu conta de que tinha mudado de ideia.

ESBOÇOS DE CARTAS DE DEMISSÃO DE RIYA ZACHARIASSEN PARA O MUSEU DA IDENTIDADE (NÃO ENVIADAS)

Prezado inserir nome do empregador. A finalidade desta é informar que de acordo com e uma vez que e na medida em que referente às minhas obrigações contratuais e dispensa total de minhas responsabilidades e referente à data final e depois de deduzidos os dias não utilizados das devidas férias. E questões pendentes e entrega eficiente e com gratidão pela e em agradecimento a e na esperança de que e assim por diante. Devido a uma radical reavaliação e de uma evolução de pensamento que levou à incompatibilidade de minha atual posição com os valores de. Portanto os interesses do Museu serão mais bem servidos com minha retirada. Atenciosamente, fim.

Ou,

Quando eu era menina em Minnesota e começava a me preocupar em viver uma vida ética, pensava na Índia, parte tão importante de minha origem, e me perguntava quem na Índia sofria mais injustiça, e a resposta a que cheguei, aos oito anos, foi, cabritos. As vacas eram sagradas, mas os cabritos eram abatidos pela carne e ninguém se importava. Resolvi que ia dedicar minha vida ao cuidado e proteção daquelas criaturas que baliam e não eram amadas. Então cresci e mudei de ideia, claro, mas continuei em busca de encontrar a coisa que precisa de minha paixão e de minha dedicação a ela sem restrições. Depois dos cabritos, houve outras precoces obsessões: controle de natalidade, doenças autoimunes, distúrbios alimentares, escassez de água. Minha vida adulta coincidiu com o alvorecer da Era da Identidade, e as discussões, questões e inovações sobre e em torno do assunto me convenceram de que tinha encontrado meu chamamento, e quando apareceu a oportunidade de trabalhar no Museu foi como um sonho que se realiza, e assim pareceu todos os dias até agora. Confesso, porém, uma fraqueza da inclinação mental apaixonada-obsessiva. Pode acontecer de um dia a pessoa acordar e descobrir que, sabe de uma coisa, não me importo mais tanto com isso. Não é mais para mim. Antes adorados cabritos, preservativos, bulimia, água, vocês não são mais o meu negócio. É assim agora comigo e a identidade. Superei o assunto. Adeus.

Ou,

Preciso pensar e a cidade é cheia de ruído.

Ou,

Reconheço que sou uma entidade plural. Sou filha de um pai psicótico já falecido. Sou também alguém em luto por meu amor perdido. Sou, alternativamente, membro da tribo de pessoas magras. Além disso, ou, ao contrário, sou uma acadêmica. Sou, igualmente, morena. Tenho estes pontos de vista e não aqueles pontos de vista. Posso me definir de muitas maneiras diferentes. Isto é o que não sou: não sou uma coisa só. Contenho multidões. Estou me contradizendo? Muito bem, eu me contradigo. Ser plural, ser multiforme, é uma coisa singular, rica, fora do comum e é eu. Ser forçada a definições estritas é falsidade. Te dizerem que se você não for uma coisa então não é nada, é te dizerem uma mentira.

O Museu da Identidade está muito engajado nessa mentira. Não posso mais trabalhar nele.

Ou,

Desconfio que identidade no sentido moderno — nacional, racial, sexual, politizado, beligerante — se tornou uma série de sistemas de pensamento alguns dos quais ajudaram a levar D Golden à morte. A verdade é que nossas identidades não são claras para nós e talvez seja melhor que permaneçam assim, que o eu continue sendo uma mistura e uma confusão, contraditório e irreconciliável. Talvez no fim das contas D fosse apenas um homem com alguns sentimentos femininos e [ele] devia ter podido continuar nesse lugar e não ser empurrado à transição por pessoas como eu. Não empurrado para uma feminilidade que [ele] não podia nem inteiramente rejeitar, nem, no fim das contas, suportar. Empurrado para a morte por pessoas como eu, que permitiram que uma nova ideia do real se tornasse mais forte que a ideia mais antiga de todas: nosso amor.

D me contou a história de uma hijra em Bombaim que se vestia como homem em casa e de fato era um homem para sua mãe e seu pai, e depois mudava de roupa e se tornava uma mulher quando saía de casa. Isso devia ser normal. A flexibilidade devia ser normal. O amor deveria dominar, não os dogmas do eu.

Eu estava pronta para acompanhar D em todas as suas mudanças e ficar com [ele] quando estivessem completas. Eu era sua amante quando [ele] era um homem e estava pronta a continuar sua amante durante a transição e em seu novo eu. O que isso me diz sobre mim, sobre seres humanos, sobre a realidade que está além do dogma? Me diz que o amor é mais forte que o gênero, mais forte que definições, mais forte que o eu. Foi isso que aprendi. A identidade — especificamente a teoria da identidade de gênero — é um estreitamento da humanidade, e o amor nos mostra o quanto podemos ser amplos. Para honrar o meu amante morto eu rejeito a política de identidade e adoto a política do amor.

Foi isso que o filósofo Bertrand Russell respondeu quando lhe perguntaram qual conselho daria para as gerações futuras. Ele disse: "O amor é sábio". Mas eu entendo que vivemos tempos de conflito. Se é para haver batalha, que comece.

A CARTA DE FATO

Caro Orlando,

Conforme lhe disse há pouco em sua sala, tenho de me demitir de minha posição. É difícil para mim explicar por quê, e é uma decisão dura, estou pronta para sentar e conversar mais com você se assim desejar. Talvez, como você diz, eu esteja sofrendo uma reação de dor extrema e meus pensamentos estejam, portanto, confusos, e venha a pensar melhor quando tiver tempo de luto para processar o que aconteceu, e foi gentileza sua me aconselhar a fazer terapia e tirar uma licença, mas acho melhor simplesmente ir embora. Muito obrigada por tudo. Tudo de bom para você.

Riya

Imediatamente irrompeu a tempestade em sua mídia social. (Para alguém tão por fora como eu de sua própria geração e da imediatamente seguinte, impossível não se perguntar: para começo de conversa, por que expor isso tudo? Por que contar a uma multidão de estranhos que você está passando por uma dolorosa e profundamente pessoal reavaliação de seu pensamento? Mas eu entendo que essa não é mais uma questão.) De todos os lados o exército invisível do universo eletrônico a atacou. Indivíduos anônimos de coração puro e nenhum senso de hipocrisia defendiam suas certezas sobre identidade escondidos sob o disfarce de nomes falsos. "Então o que você acha agora de mulheres brancas se vestirem como Pocahontas no Halloween? Qual a sua posição sobre *blackface*? Você acha tudo bem?" "Você agora é uma FRET além de FRTE?* Talvez você não seja nem FR mais. O que você é? É alguém?" Muitos palavrões. E insistentemente *apague sua*

---

* FRET: Feministas Radicais Exclusionárias dos Trabalhadores do Sexo. FRTE: Feministas Radicais Trans-Exclusionárias. (N. T.)

356

conta. A reprovação vinha de amigos, assim como de estranhos, vinha dos círculos altamente assertivos da política de gênero em que ela se movimentara tão à vontade durante tanto tempo e que agora a acusavam de traição, mas também do mundo fashionista independente em que ela havia sido algo como uma estrela em ascensão e de vários de seus colegas de antes no Museu da Identidade, *o problema da sua nova posição não é tanto ela ser errada, ou tão retrógrada, é que é muito mal pensada. Tão idiota. E nós achávamos que você era a inteligente.*

Do outro lado do Atlântico, em outro teatro da guerra de identidades, o primeiro-ministro britânico estreitava a definição de britanismo para excluir multiplicidade, internacionalismo, o mundo como local do eu. Só a pequena Inglaterra serviria para definir o inglês. Naquela discussão distante sobre a identidade da nação havia vozes estridentes repudiando a estreiteza resmungona do primeiro-ministro. Mas aqui na América, na linguagem de gênero, as únicas palavras que não existiam, na opinião de Riya, eram as palavras indizíveis, eram "não tenho certeza de nada disso. Tenho dúvidas". Esse tipo de conversa podia te deixar sem plataforma.

Ivy entendeu, Ivy Manuel que tinha resistido a ser etiquetada. "Eles que se fodam se não entendem", ela disse. "Venha para cá e vamos dar uma corrida pela porra do rio, tomar umas porras de uns drinques e cantar juntas a porra de uma música imprópria. 'My Boy Lollipop' ou qualquer merda do gênero."

Um outro encontro com o vagabundo Kinski antes da grande cena dele, à qual vou chegar no devido tempo, deveria ter me alertado de que ele estava aprontando alguma coisa. Mas é tal nosso desejo de acreditar no rotineiro da rotina, na normalidade de nosso cotidiano, que não percebi. Ele estava rondando a porta do Red Fish, um lugar de música na Bleecker, dentro do qual um cantor das ilhas Faroe ia apresentar uma suíte de canções confessionais inspiradas por vídeos do YouTube — em inglês, não em faroense, para sorte da plateia. Que interesse teria Kinski em tudo isso, YouTube, as ilhas Faroe, música? Mas lá estava ele, rondando. Oi, alguém tem um ingresso extra, um ingresso que não vai precisar e podia doar para uma boa causa? Era ele a boa causa que tinha em mente. Eu estava lá porque o colaborador americano do cantor faroense era um amigo, e Kinski, ao ver um rosto conhecido, se iluminou, encheu-se de energia.

"Você pode fazer isso para mim", ele disse. "O resto deixa pra lá. Isto é importante. Esse cara. *Poesia & Aeroplanos*, já ouviu isso? Lindo. Sabia que ele gravou um álbum na casa onde Ingmar Bergman morreu? Viu a palestra dele na TED? Nossa!"

Eram as palavras mais articuladas (a não ser talvez sua citação de Shakespeare no chá na Casa Dourada) e as únicas ideias não apocalípticas que eu ouvia saírem de sua boca. "E como você sabe de tudo isso?", perguntei.

O rosto dele escureceu e, para acompanhar, o vocabulário se deteriorou. "Vá se foder", ele disse. "Não interessa como."

Agora eu estava curioso e, por acaso, tinha um ingresso extra no bolso, porque Suchitra, claro, estava trabalhando até tarde. "Se quer entrar", eu disse, "preciso da história." Ele olhou para a calçada e arrastou os pés. "Meu amigo me ligou nele", resmungou. "Base Aérea de Bagram. Naquela época."

"Você é veterano?", perguntei, genuinamente surpreso.

"Quer que eu prove?", ele rosnou. "Me bote uma venda e me dê um AR-15 desmontado. Eu te dou a prova, porra."

Foi nesse momento que, se eu tivesse ligado meu radar, teria entendido que as coisas não estavam bem, que aquele era um homem no limiar. Mas me senti culpado por ignorar que ele tinha servido, e então cometi o erro de lhe perguntar sobre seu "amigo" e recebi a resposta que eu já devia saber. "Não sobreviveu. Emboscada em Pakhtunkhwa. Agora me dá a porra do ingresso."

Observei-o durante o concerto. As músicas eram inteligentes, engraçadas até, mas rolavam lágrimas pelo seu rosto.

Em algum momento, logo depois desse inesperado encontro musical — talvez dois, talvez três dias depois —, Kinski conseguiu um rifle automático, como ele havia pedido retoricamente na frente do Fish. Segundo um depoimento que fez depois no hospital Mount Sinai Beth Israel — para ser mais preciso, em sua confissão no leito de morte —, ele nem comprou, nem roubou a arma. Foi sequestrado no parque, disse, os sequestradores lhe deram a arma e o soltaram. Era uma história improvável, absurda mesmo, contada em resmungos e suspiros entrecortados, e a meu ver não merecia ser levada a sério nem por um momento, a não ser por duas coisas: primeira, era uma confissão no leito de morte e por isso tinha de ser vista com seu próprio.peso e solenidade; e segunda, vinha da boca de Kinski e dadas as loucuras que sempre saíram daquela boca, isso não era mais louco que o resto, de forma que havia uma pequena, louca chance de ser verdade.

A versão de Kinski era, mais ou menos, a seguinte. Quando ele estava melancólico, disse, foi aos subúrbios para vagar pelos espaços relativamente vazios que se encontram nas latitudes norte do parque. Pegou uma pancada de chuva e se abrigou debaixo de uma árvore, encolhido ali até o céu se acalmar. (Nota: no dia em questão tinha realmente havido uma mudança no tempo, uns poucos dias de calor e céu azul tinham dado lugar a chuva fria.) — Nessa altura, devido a seu estado físico que deteriorava rapidamente, o relato ficou fragmentado e pouco claro. — Ele foi abordado por (dois? três? mais?) indivíduos vestidos de palhaços — ou Coringas — que o dominaram, puseram um saco em sua cabeça e o amarraram. — Ou não o amarraram, mas simplesmente o fizeram avançar a pé. — Ou não um saco, mas algum tipo de venda. — Ele não conseguia ver aonde estava indo por causa do saco. — Ou da venda. — Em seguida, estava na parte de trás de uma van, a venda foi removida e um outro homem, também disfarçado de palhaço — ou Coringa — falava com ele sobre — o quê? — *recrutamento.* — Havia algo sobre a eleição presidencial. Sua ilegitimidade. Estava sendo roubada. Era um golpe orquestrado pela mídia — por poderosos interesses empresariais — pela China — e os americanos tinham de tomar de volta seu país. — Era difícil dizer se esses eram os sentimentos do próprio Kinski ou se ele repetia o que o suposto Coringa-chefe lhe dissera dentro da van. — Então a certo ponto as palavras: "Nós podemos aprender com os terroristas muçulmanos. Com o autossacrifício deles". — Depois disso, muita incoerência, uma mistura de autopiedade, desespero e suas velhas profecias de fim iminente. — "Nada por que viver." — "América." — Foi mais ou menos isso. A equipe médica interveio e interrompeu o depoimento. Seguiram-se procedimentos de emergência. Ele não falou de novo e não durou muito mais. Tudo isso é o meu melhor esforço para juntar as peças numa história coerente a partir do que foi noticiado pela imprensa e do que, com alguma dificuldade, consegui desencavar sozinho.

O amigo dele tinha morrido — quem sabe quantos amigos? — e ele tinha voltado do serviço militar com distúrbios mentais. Tinha perdido contato com aqueles que podiam amá-lo e decaiu sob todos os aspectos, terminara como um vagabundo arengando sobre armas. Ao longo dos anos em que nossos caminhos se cruzaram, a arenga dele mudou. No começo, soava antiarmas, temia a proliferação das armas na América, com aquela ideia de que as armas estavam vivas; depois, com o acréscimo do fervor religioso, ele expandiu sua retórica do fim dos tempos; e por fim, com palhaços ou sem palhaços, com Coringas ou sem Coringas, sequestro ou não sequestro, tornou-se um servo da própria arma, a quente arma que trazia felicidade, e então atendeu ao pedido dela, *bang bang tiro tiro*, pessoas morreram, e ele também.

Porque o fato inegável é que Kinski atacou a parada de Halloween e a fuzilaria de tiros que disparou resultou em sete mortos, dezenove feridos, antes que um policial o abatesse. Usava máscara de Coringa e colete à prova de balas — remanescente talvez de seus dias no Afeganistão —, por isso os ferimentos não foram imediatamente fatais. Ele foi levado à sala de emergência do MSBI e viveu o suficiente para dar o depoimento acima, ou algo semelhante, mas é preciso dizer que na opinião das pessoas do hospital sua mente estava desequilibrada e nada do que disse podia ser considerado confiável.

Na lista de mortos, dois nomes se destacavam: o sr. Murray Lett e o sr. Petronius Golden, ambos de Manhattan, NY.

No Halloween os moradores dos Jardins faziam tradicionalmente uma comemoração, penduravam luzes nas velhas árvores, instalavam uma cabine de DJ na frente da casa do editor da revista de moda, permitiam que as crianças locais enlouquecessem brincando de doce ou travessura. Muitos adultos também se fantasiavam. Era um jeito de participar da festa sem se aventurar às grandes multidões que se reuniam na Sexta Avenida, ali perto, para assistir ou participar do desfile em si.

Petya podia estar feliz nos Jardins, mas Leo, o gato, queria ir ao desfile, Petya falou com Murray Lett, e o que Leo queria, Leo conseguia. Ele estava se sentindo bem!, disse, muito bem mesmo!, sentia que tinha realmente emergido de seu tempo de crise, podia deixar aquilo para trás, queria abarcar a vida, e a vida estava lá na Noite de Todos os Santos da segunda-feira, marchando pela Sexta Avenida vestida como esqueletos, zumbis e prostitutas. "Mesmo com a festa dos Jardins, esta casa parece um funeral", ele exclamou. "Vamos achar para nós umas fantasias do caralho e sair arrasando na parada!" Seu medo de espaços abertos havia cedido, disse, e além disso quando o Village estava cheio assim não parecia um espaço aberto. Murray Lett, o australiano, nunca fora adepto total do excesso do Halloween americano. Uma vez, tinha sido convidado a uma festa no Upper East Side e tinha ido vestido de *Marte ataca!* com uma cabeçona marciana de Tim Burton que era muito quente e significava que ele não conseguia comer nem beber. Em outro ano, tinha sido Darth Vader, com uma armadura de plástico supervolumosa que dificultava o sentar e um capacete preto com alterador de voz que lhe causou os mesmos problemas que a cabeçona de *Marte ataca!* quanto a calor e consumo de comida e líquido. Atualmente, ele tendia a ficar em seu apartamento, torcendo para que nenhuma criança apertasse a campainha para doce ou travessura. Mas não podia dizer não a Petya. "Vamos de romanos!", ele exclamou. "Eu claro, como sou Petronius, serei Trimálquio, anfitrião da festa de *Satíricon*, e você — você pode ser algum tipo de convidado. Nossas fantasias inspiradas em Fellini. Vão ser togas! E coroas de louros nas nossas cabeças, cântaros de vinho nas mãos. Maravilha! Vamos correr para a vida, beber muito nas fontes e de manhã estaremos bêbados de vida." Quando ouvi o plano, pensei em *Gatsby*, claro, *Gatsby* que Fitzgerald chegou perto de intitular *Trimálquio em West Egg* e foi uma ideia triste porque me trouxe à memória as noites de risos com meus pais e também, inevitavelmente, o jeito horrível como morreram, e por um breve momento sucumbi a renovada tristeza; mas a alegria de Petya era contagiante e pensei, sim, por que não, alguma animação depois de tudo, boa ideia, e se Petya queria ser por uma noite o intenso amante da vida, então sim! Ele que usasse sua toga e amasse.

Fantasias de última hora eram uma coisa complicada, mas

para isso Fuss e Blather estavam ali e, de qualquer forma, uma toga era apenas um lençol metido a besta. Encontraram sandálias romanas, louro e um punhado de ramos de bétula amarrados com fita vermelha — os fasces romanos — que Petya levaria como símbolo de sua autoridade consular. Encontraram e ofereceram a Murray Lett um gorro de bobo e guizos completamente anacrônicos, e eu queria muito que ele escolhesse usar isso para poder encarnar Danny Kaye em *O bobo da corte* e praticar seu trava-línguas *The pellet with the poison's in the vessel with the pestle; the chalice from the palace has the brew that is true!* Mas ele escolheu a toga como Petya, e se Petya ia carregar os fasces, Lett carregaria o gato.

Assim foi; e imperialmente vestidos saíram dos Jardins, saíram da casa pesarosa pela morte para o desfile que celebrava a vida; e então, correram para a vida, para longe da morte, encontraram a morte à espera deles, como a velha história profetizara, em Samarra, quer dizer, na Sexta Avenida com a rua 4 e Washington Place. A morte com roupa de Coringa com um AR-15. O suave tagarelar da arma inaudível debaixo da cacofonia da multidão, das buzinas, das mensagens por megafone, das bandas. Então as pessoas começaram a cair e a áspera realidade sem fantasia arruinou a festa. Não havia razão para acreditar que Petya e Murray Lett tivessem sido alvos específicos. As armas estavam vivas na América e a morte era seu dom aleatório.

E o gato, o lince alpino. Aqui, em close-up, o braço estendido do romano morto, os fasces caídos de sua mão. (Uma referência deliberada, no enquadramento, ao braço inerte de Kong caído no final do filme original de 1933.) E Leo rugia de ódio a qualquer um que ousasse se aproximar. E quando estava tudo acabado, quando os gritos haviam silenciado, quando a multidão

---

* Trava-língua intraduzível: "O copo com pilão é o vaso envenenado; o cálice com castelo tem a bebida devida". (N. T.)

a correr e cair havia se acalmado e sido dispersa, os mortos e feridos pelas balas, os esmagados pelos passos do medo tinham sido levados aos lugares necessários, quando a avenida estava vazia a não ser pelo lixo soprado pelo vento e pelos carros de polícia, quando tudo estava realmente encerrado, o gato desapareceu e ninguém nunca mais viu Leo, o lince.

E o Rei, sozinho na Casa Dourada, viu todo o seu ouro em todos os seus bolsos suas pilhas seus sacos seus baldes começar a brilhar mais e mais até que pegou fogo e queimou.

PARTE III

30

Na verdade, eu esperava uma vida mais tranquila. Mesmo sonhando chegar, em algum ponto maravilhoso do futuro, a um lugar de verdadeira distinção, eu esperava mais bondade enquanto abria meu caminho. Não entendi então que Cila e Caríbdis, os dois monstros míticos entre os quais o navio de Odisseu tinha de navegar no estreito de Messina — o primeiro "racionalizado" como rochedos gigantes, o outro como um feroz redemoinho —, são simbólicos, por um lado, de outras pessoas (os rochedos em que nos arrebentamos e afundamos) e por outro, da escuridão que circula dentro de nós (que nos suga para baixo, e nos afoga). Agora que meu filme, *A Casa Dourada*, está finalmente terminado e a ponto de ser lançado no circuito de festivais — quase uma década de trabalho e depois das tribulações de minha vida privada perto do fim desse período, terminá-lo parece quase um milagre —, eu deveria registrar o que aprendi no processo. Sobre a produção de cinema eu aprendi, para começar, que quando uma pessoa com dinheiro te diz: "Adoro esse projeto. *Adoro*. Tão criativo, tão original, não tem nada assim sendo feito.

Vou apoiar cem por cento, dar o máximo da minha capacidade, todo meu apoio, cento e *um* por cento, é *genial*", o que ela quer dizer, traduzido para o inglês, é "olá". E aprendi a admirar qualquer um que efetivamente conseguiu levar seu filme à linha de chegada e às salas de exibição, seja qual for o filme, *Cidadão Kane* ou *Porky's XXII*, ou *Dumb Fucks XIX*, não importa, vocês fizeram um filme, caras, respeitem. Sobre a vida fora da produção de cinema, aprendi o seguinte: que honestidade é a melhor política. Menos quando não é.

Somos icebergs. Não quero dizer que somos frios, só que estamos na maior parte debaixo da superfície, e a parte de nós que é oculta pode afundar o *Titanic*.

Naqueles dias depois dos tiros do Halloween, passei muito de meu tempo nos Jardins, disponível aos Golden para quaisquer serviços que precisassem. Com a concordância de Suchitra, dormi várias noites por semana no apartamento do sr. U Lnu Fnu. Ele não havia alugado meu antigo quarto e disse que gostaria de companhia num "momento horrível, momento horrível". Quanto a Suchitra, naquelas últimas horas antes que o país votasse, ela trabalhava turnos de vinte e quatro horas na sala de montagem da DAW, editando imagens que a campanha presidencial democrata queria usar, na sua posição de membro-líder do grupo Mulheres na Mídia, que apresentara seus serviços profissionais voluntários à equipe. Ela confessou que estava exausta, sobrecarregada e um pouco para baixo, e talvez eu devesse ter entendido que boa parte disso tinha a ver comigo. Porém eu estava nos Jardins não apenas por altruísmo, mas também por razões quase predatórias, por causa de meu forte instinto de que a história que eu decidira contar estava para me dar o desfecho que me faltava até aquele momento, e que se eu ficasse à espera, escondido nos arbustos dos Jardins, como um leão faminto na grama alta ao pé de uma acácia na planície africana, minha presa viria trotando para mim. Não tinha me ocorrido, cumulada de mortes como já estava minha narrativa, que poderia haver também uma história de assassinato se desenrolando. Foi Vito Tagliabue quem primeiro me alertou para a possibilidade de Nero Golden não ser de fato, ou não apenas, vítima do lento avanço da demência senil; que a verdade era que ele estava sendo lentamente envenenado pela própria esposa.

A vida nos Jardins sempre lembrara um pouco *Janela indiscreta*. Todo mundo olhava para todo mundo, todos nós muito iluminados em nossas janelas, que eram como telas de cinema em miniatura dentro da tela maior, projetando nossos dramas para a diversão de nossos vizinhos; como se os atores dos filmes pudessem assistir outros filmes, enquanto esses outros filmes também os assistiam. Em *Janela indiscreta*, James Stewart morava não muito longe, no fictício número "125 da rua 9 Oeste", que seria, no mundo real, o 125 da Christopher Street — isto é, rua 9 Oeste com Sexta Avenida — mas os Jardins teriam funcionado igualmente bem. Meu plano era, na minha versão filmada, apresentar alguns poucos residentes como *hommages* deliberadas aos personagens do grande filme de Hitchcock, a srta. Torso, bailarina extrovertida, a srta. Coração Solitário, a solteira mais velha, e assim por diante. Talvez até mesmo um vendedor de joias viajante, interpretado por um sósia de Raymond Burr. Em nenhum momento eu havia planejado desenvolver a trama para incluir uma tentativa de assassinato, mas as histórias fazem isso com a gente, tomam rumos inesperados e você tem de ir no rastro delas. E aconteceu que eu atravessava os Jardins do prédio do sr. U Lnu Fnu para a Casa Dourada quando, pela porta dos fundos de sua casa, Vito Tagliabue enfiou a bela cabeça, com o cabelo brilhante esticado para trás, e efetivamente disse, para minha imensa surpresa, "Pssst!".

Isso deteve meus passos e minha testa, admito, se franziu. "Desculpe", eu disse, para esclarecer as coisas, "você acaba de fazer 'pssst'?"

"*Si*", ele sussurrou, e me chamou até ele. "Algum problema?"

"Não", respondi e me aproximei. "É que nunca ouvi ninguém fazer 'pssst' antes."

Ele me puxou para sua cozinha e fechou a porta do jardim. "O que dizem então?" Ele tinha um ar agitado. "Não é uma palavra americana?"

"Ah, acho que se pode dizer 'Hey!' ou 'Com licença?' ou 'Tem um minuto?'"

"Não é a mesma coisa", Vito Tagliabue pronunciou.

"Certo", eu disse.

"Certo", ele concordou.

"Deseja alguma coisa?"

"Sim. Sim. É importante. Mas é difícil de dizer. Falo em total confidência, claro. Tenho certeza da sua integridade, que não vai contar que ouviu de mim."

"O que é, Vito?"

"É um palpite. Se diz palpite? É, um palpite."

Gesticulei com as mãos, continue, por favor.

"Essa Vasilisa. Essa esposa do signor Nero. Ela é um perigo. Ela é implacável. Como são…" Ele fez uma pausa. Pensei que ele ia falar com amargura pessoal, *como são todas as esposas*, ou *como todas as mulheres*… "como são todos os russos."

"O que está dizendo, Vito?"

"Estou dizendo, ela vai matar esse homem. Precisamente neste momento, ela está matando Nero. Vejo a cara dele quando passa por aqui. Não é declínio de velhice. É outra coisa."

A ex-mulher dele, Blanca Tagliabue, tinha se mudado para a casa do novo amante, Carlos Hurlingham, meu "sr. Arribista", do outro lado do caminho. Todos os dias, os novos amantes passeavam nos Jardins, humilhavam Vito, esfregando na cara dele seu amor. Se alguém tinha assassinato em mente, pensei, seria provavelmente o próprio Vito. Porém o estimulei um pouco mais. "Como ela está fazendo isso?", perguntei.

Ele deu de ombros, operístico. "Não sei. Não tenho os detalhes. Só vejo que ele está parecendo doente. Doente de um jeito errado. Talvez alguma coisa com os remédios. Ele tem de tomar muitos remédios. Então, é fácil. É, alguma coisa a ver com os remédios, tenho certeza. Quase certeza."

"Por que ela faria isso?", pressionei. De novo, um dar de ombros e meneio de braços. "É óbvio", ele disse. "Os outros herdeiros já se foram todos agora. Só resta o bebê. E se por um acaso Nero também…" — ele passou o dedo na garganta — "então quem herda? Em latim há uma expressão, *cui bono?* — quem lucra? — entende? Perfeitamente claro."

No centro da questão, estava o meu filho. Meu filho de dois anos e meio que mal me conhecia, que sempre esquecia meu nome, ao qual eu não podia mandar presentes, meu filho herdeiro da fortuna de outro homem, passaporte da mãe para o futuro. Meu filho em cujo rostinho eu via tão claramente o meu. Surpreso que ninguém mais notasse a semelhança, que de fato as pessoas dissessem que ele era igualzinho ao pai que não era seu pai, uma vitória do ostensivo sobre o real. As pessoas veem o que devem ver.

Vespasiano, que tipo de nome era Vespasiano afinal? Me deixava cada vez mais irritado. "Pequeno Vespa", sei. Uma Vespa era o que Audrey Hepburn dirigia tão mal pela Cidade Eterna em *A princesa e o plebeu*, com Gregory Peck em pânico na garupa. Meu filho merecia um guidão melhor do que guiavam aquelas estrelas de cinema. Ele merecia ao menos o nome de um dos grandes mestres do cinema, Luis ou Kenji, Akira ou Sergei, Ingmar ou Andrzej, Luchino ou Michelangelo, François ou Jean-Luc, ou Jean ou Jacques. Ou Orson, ou Stanley, ou Billy, ou mesmo, prosaicamente, Clint. Comecei a sonhar, só meio de brincadeira, com um sequestro ou então fugir com meu Federico ou Alfred e escapar para o mundo do cinema em si, mergulhar no filme na direção oposta de Jeff Daniels no filme de Woody Allen, romper a quarta parece para afundar no filme em vez de sair dele para o mundo. Quem precisa do mundo quando pode correr pelo deserto atrás do camelo de Peter O'Toole ou, junto com o astronauta Keir Dullea de Kubrick, matar o computador louco HAL 9000 enquanto ele canta *"Daisy, Daisy, give me your answer, do"*? Qual o sentido da realidade se você pode pular como um leão ou um espantalho pela Estrada de Tijolos Amarelos, ou descer uma grandiosa escadaria ao lado de Gloria Swanson, pronta para o sr. DeMille rodar o seu close-up? Sim, meu filho e eu, de mãos dadas, nos maravilharíamos com as gigantescas nádegas e seios das putas da *Roma de Fellini* e sentaríamos numa calçada romana a lamentar uma bicicleta roubada, pularíamos no DeLorean de Doc Brown, para voar de volta para o futuro e ser livres.

Mas isso não podia acontecer. Estávamos todos presos na charada de Vasilisa, a criança mais que todos, a criança era o seu lance vencedor. Por um momento, me perguntei exatamente o quão implacável Vasilisa podia ser; ela teria de alguma forma engenhado as mortes de dois dos três rapazes Golden ao menos, e poderia também ter atacado o terceiro se ele não tivesse tirado a própria vida? Mas eu tinha visto filmes demais e estava sucumbindo ao mesmo melodrama do mal-amado e furioso Vito Tagliabue. Sacudi a cabeça para clarear os pensamentos. Não, ela provavelmente não era assassina nem mandante de assassinatos. Ela era apenas — "apenas!" — uma criatura conspiradora e manipuladora que estava perto de vencer sua guerra.

* * *

A nova proximidade que nascera entre Nero e Riya depois das três mortes pôs uma carranca siberiana no lindo (se bem que um pouco congelado) rosto da segunda sra. Golden, mas não foi nenhuma surpresa para mim. O pai três vezes despaternalizado não tinha ninguém com quem lamentar Apu ou Petya, mas a grande dor dela com a morte de D era igual à dele. Em nenhuma língua havia substantivo conhecido para nomear o pai cujo filho morreu, nenhum equivalente a *viúvo* ou órfão e nenhum verbo para descrever a perda. *Privação* não era exato, mas teria de servir. Os dois se sentavam juntos no escritório de Nero no silêncio de sua perda, o silêncio deles como uma conversa na qual tudo que precisava ser dito era dito, como James Joyce ou Samuel Beckett silenciosamente impregnados de tristeza tanto pelo mundo como por eles mesmos. Ele estava frágil, reclamava às vezes de tontura, outras de náusea, e cochilava e acordava de novo várias vezes num fim de tarde. Havia lapsos de memória. Às vezes, ele não lembrava quem ela era. Mas outras vezes era de novo o seu velho eu afiado. Seu declínio não era um gráfico em linha reta. Havia altos e baixos, embora a tendência fosse, inescapavelmente, para baixo.

Uma noite, ela o levou do bairro residencial para o Park Avenue Armory onde, num semicírculo de onze altas torres de concreto, carpideiras profissionais de todo o mundo apresentaram uma miríade de sons do mais silencioso dos silêncios, a morte. Um acordeonista cego do Equador tocou *yaravíes* em uma torre, três carpideiras cambojanas que tinham escapado dos esforços do Khmer Vermelho para erradicar sua etnia realizaram uma cerimônia chamada *kantomming*, tocando uma flauta e gongos grandes e pequenos. As performances não eram longas, talvez quinze ou vinte minutos, mas continuaram ressoando dentro de

Riya e Nero depois que saíram do espaço. Nero disse apenas: "A ave foi útil". Sozinha em uma das torres, uma ave gigante e não específica, algo como um galo, estava sentada na plataforma de concreto, um carpidor de Burkina Faso completamente escondido dentro de sua roupa de ave com uma cabeça de ave em cima da própria e sinos nos tornozelos que tocavam suavemente quando ele mexia os pés. A ave lamentava sem nenhum som além de um ocasional retinir e sentava-se muito quieta, a não ser por um muito ligeiro tremor ocasional, sua grave e bondosa presença poderosa o suficiente para curar um pouquinho da dor de Riya e Nero. "Quer ir de novo?", Riya perguntou a Nero quando estavam de volta à calçada. "Não", ele disse. "Já basta."

Uma noite, depois de muitas noites sem palavras, Nero falou. O escritório estava escuro. Não precisavam de luz.

"Você não devia deixar seu emprego, filha", ele disse. Começara a chamá-la assim.

"Sabe de uma coisa, muito obrigada, mas desse assunto o senhor não entende", ela disse, áspera demais. "É coisa minha, ou foi durante um longo tempo."

"Tem razão", ele disse. "Essa questão de gênero está além da minha compreensão. Homem, mulher. O.k. Homossexual, tudo bem, eu sei que existe. Esse outro mundo, homens com órgãos construídos cirurgicamente, mulheres sem as partes de mulher, me escapa. Você tem razão. Eu sou um dinossauro e minha mente não está cem por cento. Mas você? Você conhece isso de dentro para fora. Você tem razão. É coisa sua."

Ela não respondeu. Tinham começado a se sentir confortáveis com seus silêncios; não havia necessidade de responder para ele.

"É por causa dele, você sabe", ele disse. "Você se culpa e então abandonou o seu campo."

"Meu campo", ela disse. "Devia ser um lugar tranquilo de

entendimento. Em vez disso, é uma zona de guerra. Eu escolho a paz."

"Você não está em paz", ele disse. "Tanta coisa nesse assunto de identidade não é problema para você. Negro, latino, mulheres, tudo bem com isso. É essa zona intermediária da área sexual que você chama de zona de guerra. Se quer que haja paz aí, talvez seja você a pacificadora. Não fuja da luta."

Ele ouviu uma pergunta no silêncio dela. "Ora, você acha que eu não consigo me informar um pouco?", ele disse. "Acha que porque o meu cérebro está enfraquecendo devagar, encolhendo como uma camisa barata, foi todo embora? Não estou morto ainda, mocinha. Ainda não morto."

"O.k.", ela disse.

"Tire a licença. Pense melhor as coisas. Não desista."

"O.k.", ela disse.

"Eu", ele disse, "eu também mudei minha identidade."

Mais tarde, depois que Riya foi embora, o velho está sozinho na sala escura. O telefone fixo toca. Ele resolve se atende ou não, estende a mão, recolhe de volta, estende de novo, atende.

Pronto.

Golden *sahib*.

Quem está falando.

Acho que senhor não vai lembrar meu nome. Sou arraia-miúda para sua frigideira graúda.

Como é seu nome.

Mastan. Ex-Inspetor do DIC de Mumbai, em seguida Himachal Pradesh. Depois, setor privado. Atualmente aposentado.

Pausa.

Mastan. Eu me lembro.

Uma honra para mim. Que um *seth* tão tão grande ainda lembre. Que memória, sir. Seu próprio filho não conseguiu lembrar, homem muito mais moço.

Você encontrou um de meus filhos.

Sir, em Mumbai, sir. Agora tem nome de Apu. Quer dizer, atendia por esse nome. Desculpas por inglês ruim. Condolências pela sua perda.

Como conseguiu este número.

Sir, eu era policial, depois segurança particular. Essas coisas são possíveis.

Pausa.

O que você quer.

Só conversar, sir. Não tenho autoridade, nem poder, sou aposentado, isto é EUA, sem jurisdição, nada, caso encerrado, e senhor é homem tão tão poderoso e eu ninguém. Só esclarecer umas coisas. Para satisfação minha antes de chegar meu fim. Para minha satisfação apenas.

E eu devo encontrar com você, por quê.

No caso de senhor querer saber identidade das pessoas que mataram seu filho. Estou apenas supondo que isso é de interesse.

Longa pausa.

Amanhã de manhã. Às nove.

Certo, *sahib*, pontualmente. Antecipadamente agradeço.

Mais tarde ainda, Riya está dormindo e é acordada pelo celular. Para sua grande surpresa quem chama é Nero Golden.

Pode vir?

Agora? No meio da noite?

Preciso falar e agora tenho as palavras, talvez amanhã não tenha.

Me dê um momento.

Filha, preciso de você agora.

31

Ele ia completar oitenta anos e tinha começado a esquecer acontecimentos recentes, mas o passado rebrilhava mais e mais em sua memória, como ouro no fundo do Reno. O rio de seu pensamento não era mais claro, a água um fluxo opaco e turvo, e dentro dele sua consciência estava lentamente perdendo o domínio da cronologia, do que era antes, do que era agora, do que era verdade alerta e do que nascia da terra das fadas dos sonhos. A biblioteca do tempo estava desordenada, suas categorias misturadas, os índices remexidos ou destruídos. Havia dias bons e dias ruins, mas a cada dia que passava seus ontens distantes é que brilhavam com mais clareza do que a semana anterior. Então o passado o chamou pelo telefone na escuridão da noite e tudo o que estava enterrado se ergueu do túmulo de imediato, fervilhou em torno dele e fez seu próprio telefonema. No que ocorreu em seguida, ouço um eco de outro filme de Hitchcock. Não éramos mais *Janela indiscreta*. Estávamos entrando no mundo de A *tortura do silêncio*.

(*Você se lembra de* A tortura do silêncio? *Um assassino con-*

fessa seu crime a um sacerdote católico obrigado pelas regras da confissão a manter o segredo do assassino. Hitchcock detestava a técnica de atuação do Método de Montgomery Clift e algumas pessoas detestavam a total falta de humor do filme, mas Éric Rohmer e Claude Chabrol elogiaram o filme por sua "majestade" no Cahiers du Cinéma, apontando que como o padre é silenciado, o filme depende das expressões do ator. "Só esses olhares nos dão acesso aos mistérios de seu pensamento. São os mais valiosos e fiéis mensageiros da alma." Riya Zachariassen, atravessando Manhattan a toda nas altas horas da noite, não era uma sacerdotisa, mas estava a ponto de receber uma confissão. Ela manteria segredo? Em caso afirmativo, como seus olhares e expressões comunicariam o que ela sabia? E: a posse do segredo colocaria sua vida em risco?)

O passado, seu passado abandonado no morro histórico. O morro tinha sido sempre um local mágico desde que o irmão de Rama, Lakshman, atirou uma flecha na terra e trouxe o distante Ganges para lá, para matar sua sede. Uma fonte subterrânea rompeu o solo e eles beberam. Ainda havia água doce no tanque Banganga. *Baan*, flecha em sânscrito e *Ganga*, claro, o rio mãe. Eles viviam entre as histórias vivas dos deuses.

E depois dos deuses, os britânicos, e em particular o Hon. Mountstuart Elphinstone, governador da cidade entre 1819 e 1827, que construiu o primeiro bangalô no morro e todos os grandes da cidade seguiram seu exemplo. Nero se lembrava do morro de sua infância, um lugar de muitas árvores e algumas mansões elegantes baixas com telhados de telhas vermelhas visíveis entre a folhagem. Na memória, ele caminhou pelos Jardins Suspensos e viu seus filhos brincarem no Sapato da Velha no parque Kamala Nehru. O primeiro bloco de apartamentos foi construído no morro nos anos 1950, e as pessoas riam dele. Chamavam de Casa da Caixa de Fósforos porque parecia uma gigantesca caixa de fósforos na vertical. Quem ia querer morar lá, as pessoas riam, olhem, que feio. Mas os edifícios *machis* subiram e os bangalôs foram abaixo. Era o progresso. Mas não era essa história que ele queria contar. Queria terminar a história que começara a contar para mim aquele dia no seu escritório.

(*Ele próprio abriu a porta para Riya. Subiram para o escritório apagado, sentaram-se no escuro. Ela não disse nada, ou quase nada. Ele tinha uma longa história a contar.*)

Ele havia conhecido o homem que começara a chamar de Don Corleone por volta da mesma época do lançamento de *O poderoso chefão*, quando ainda estava dando os primeiros passos no mundo da produção cinematográfica. Naquela época, ninguém chamava Sultan Amir de don. Sua família do crime era a S-Company, "S, de Sultan, Super e "Stilo", como o don gostava de se gabar. Era um grande criminoso, mestre contrabandista, mas as pessoas o adoravam porque ele não permitia que ninguém fosse morto, e era uma espécie de assistente social no fundo do coração. Ajudava os pobres nas favelas e também os pequenos comerciantes. Negociava com prostituição, é verdade; bordéis em Kamathipura, sim, e os administrava. Roubos de bancos também. Ninguém é perfeito. Então, sim, no geral, mais ou menos, uma espécie de Robin Hood, se poderia dizer. Não de verdade, não realmente, operar naquela megaescala não podia se comparar a um bando de pequenos operadores de arco e flecha, bandidos da floresta de Sherwood, UK, mas as pessoas o consideravam um bom sujeito, mais bom que podre. Ele foi o primeiro gângster celebridade. Conhecia todo mundo, era visto em toda parte. Polícia, juízes, políticos, todos no seu bolso. Andava livremente pela cidade, sem medo. E sem gângsteres como ele, metade dos filmes que as pessoas adoravam não teriam sido feitos. Grandes investidores, os dons da máfia. Pode perguntar a qualquer cineasta. Mais cedo ou mais tarde a máfia comparecia, com sacos de dinheiro nas mãos.

Ele treinou a geração seguinte, todos os rapazes locais foram crias dele. O que Zamzama Alankar sabia de contrabando que não tinha sido ensinado por Sultan Amir? Ele treinou Zamzama (ou KG. de "Kim's Gun", ou apenas o Canhão), treinou Little Feet, treinou Short Fingers, treinou Big Head, todos os mais importantes. Eles, todos cinco, adoravam cinema, e Sultan Amir tinha uma amante que era estrela de cinema — era a garota chamada Goldie, ele despejava dinheiro em filmes fracassados na tentativa de fazer dela um ícone —, então naturalmente entraram no negócio do cinema. Ninguém usava ainda o nome Bollywood, isso foi invenção muito posterior. A indústria cinematográfica de Bombaim. Os *talkies* de Bombaim. Todo mundo chamava assim.

(Bombay Talkie, *se posso interferir brevemente, era e continua sendo meu filme favorito da dupla Merchant-Ivory, principalmente o número de canto e dança "Máquina de escrever tip tip tip" em que bailarinos fazem piruetas nas teclas de uma gigantesca "máquina do destino" e o diretor explica: "Enquanto nós, seres humanos, dançamos em cima delas, pressionamos as teclas e a história escrita é a história do nosso destino". Sim, estamos todos dançando nossa história na Máquina de Escrever da Vida.*)

Então. Nos *talkies* de Bombaim, Don Corleone ajudou algumas estrelas decadentes a retomar seu lugar. Parveen Babi, por exemplo, também Helen. Ele era amigo de Raj Kapoor e Dilip Kumar. Seus contrabandistas contrabandeavam, seus ladrões roubavam, suas putas puteavam, seus juízes, políticos e policiais faziam o que lhes era ordenado, mas lá na tela prateada do cinema Maratha Mandir *Kuch Nahin Kahin Nahin Kabhi Nahin Koi Nahin* (Nada Nenhures Nunca Ninguém) batia o recorde do número de semanas consecutivas de exibição, até que, é claro, aquele outro maldito filme, A *noiva despida por seus celibatários, mesmo*, veio e quebrou todos os recordes conhecidos. Mas *KN4*, como as pessoas chamavam seu maior sucesso, Sultan Amir/

Don Corleone tinha orgulho disso, era sua maior realização, ele dizia sempre, e tinha "Tudo Todolugar Todotempo Todomundo" ou T4Tudo", porque isso é que era, tudo para todos. E era verdade que sua amada Goldie nunca chegou ao topo, nunca teve o nome antes do título como dizem os tipos de Hollywood, mas ela era feliz, ele lhe comprou uma casa grande em Juhu, vizinha do grande Dev Anand, e ela podia convidar aquele deus vivo para samosas e xícaras de chá.

E Nero: ele era apenas um empresário que punha toda sua energia no negócio de construção, subindo no mundo igual a seus edifícios, e como todo mundo naquela cidade de olhos estrelados, obcecado pelo cinema. Ele conheceu o don na casa de praia de Fulana em Juhu, ou talvez de Beltrana, não importa. Uma das duas ou três grandes anfitriãs que dominavam a vida cintilante da cidade, digamos assim. Se deram bem imediatamente e no fim da noite Sultan Amir disse: "Amanhã vou ver Smita para narrar meu novo filme, por que não vem junto?". Com essas palavras, ele seduziu Nero para sempre e a vida do homem de negócios começou a tomar um novo rumo.

Superestrelas — ultraestrelas! — não liam roteiros. Alguém ia até elas, narrava o filme, contava a história e, ao contar, garantia que o papel da superestrela parecesse o elemento central indispensável do projeto. Smita era uma das atrizes mais adoradas de seu tempo, não apenas uma beldade ou símbolo sexual, mas uma atriz maravilhosa, poderosa. Levava uma vida afrontosa pelos padrões locais, mantinha abertamente uma relação com um astro famoso, também casado. No final, o puritanismo e o aviltamento a expulsariam da indústria e ela se tornaria uma reclusa ferida, mas isso foi depois, nessa altura ela era a maior das maiores, no pináculo do monte Kailash, uma deusa das deusas, o máximo. Para Nero, esse encontro com ela era um dos maiores acontecimentos de sua vida, muito embora a narração não tenha ido bem porque o papel exigia que Smita envelhecesse ao longo do filme, dos dezessete até talvez cinquenta e cinco. "Sabe", a personagem imortal disse ao don, "fico muito grata que tenha me trazido este filme, porque a maioria dos papéis não *crescem*, não é?, e o que eu quero fazer como artista é *crescer, expandir*, então este filme, eu *adoro*. Simplesmente adoro. Mas tem só duas coisas, o.k.?, eu quero deixar bem claro, pôr logo na mesa, porque tudo tem de estar cem por cento combinado antes de começar a rodar, não é?, quando estamos no set temos de estar todos cem por cento na mesma direção, então posso falar?" Claro, Sultan Amir respondeu, para isso estamos aqui, por favor. Ela franziu a testa e olhou na direção de Nero. "E ele quem é?", quis saber. Sultan Amir estalou a língua e fez um gesto de que não importava. "Não ligue para ele", disse. "Ele é assim mesmo." Isso diminuiu a carranca. Então a entidade celestial voltou-se de novo para o don e disse: "Sabe, enquanto você narrava, o personagem se tornou mãe de uma garota de dezenove anos. Ora, eu nunca — nunca na minha *vida*! — fiz o papel de mãe de uma adolescente. Essa é a minha dificuldade. Entendo que as escolhas que eu faço, os filmes que escolho, afetam seriamente o desempenho da bilheteria anual de toda a nossa amada indústria, então tenho de ser cuidadosa, não é? Ouço uma voz me dizendo, do público que me adora! — da estrela que eu sou! — e essa voz me diz..." Sultan Amir a interrompeu. "A trama pode ser mudada", ele disse. "Diga para sua voz parar de falar." — Mas era tarde demais. "'Não', a voz está dizendo. 'Você deve isso ao mundo'."

Nero, sentado quieto no canto, Nero que era assim mesmo, estava em transe. Quando saíram da divina presença, ele disse: "Sinto muito que ela não tenha gostado". Sultan Amir estalou os dedos. "Ela vai gostar. É fácil mudar a história. E talvez uma Mercedes, e se houver uma mala no banco contendo dinheiro preto então, *fataakh*! Caso resolvido." Ele bateu as mãos. Nero tinha apenas começado a balançar a cabeça para expressar seu entendimento quando o don acrescentou: "Esse pode ser o seu investimento no projeto".

"A Mercedes?"

"E a mala. A mala é muito importante."

Foi assim que começou. Nos dias seguintes, Nero instalou uma rendosa linha paralela como lavador de dinheiro e caixeiro do don. Como isso aconteceu? Ele simplesmente deslizou para esse lugar, levado por sua obsessão pelo mundo do cinema. Poeira de estrelas nos olhos, a película de glamour a lhe virar a cabeça, e o dinheiro que todos ganhavam era uma loucura. Ou, mais exatamente, sempre houve nele um lado fora da lei, a empresa de construção era só vagamente legalizada, no fim das contas, era mais tortuosa que um saca-rolhas, como diria W. H. Auden. Naquela época, a explosão imobiliária tinha começado e altos edifícios, "casas caixa de fósforos", se erguiam por toda a cidade e Nero estava no centro da transformação. Na nova conquista das alturas, quantas leis foram burladas ou quebradas, quantos bolsos foram recheados para afastar os problemas! Os edifícios subiam e continuavam subindo além do número de andares autorizado pela corporação municipal. Posteriormente, as autoridades de eletricidade, água ou gás podiam ameaçar cortar o fornecimento para os andares que não deviam existir, mas havia jeitos de aplacar essas irritações. A mala para a estrela de cinema não foi de modo algum a primeira de Nero. Acontecera também de muitos dos novos edifícios serem totalmente ilegais, construídos sem a sanção devida das plantas, não de acordo com as normas devidas. Nero era culpado por esse trabalho também, mas todo mundo também era, ninguém era inocente, e assim como outros grandes construtores, ele tinha amigos do tipo certo em altos postos, de forma que como todo mundo ele se safava de tudo o que fazia. "O construtor é a lei", ele gostava de dizer. "E a lei é: continue construindo." Ética? Transparência? Eram palavras estranhas, palavras para gente que não entendia a cultura da cidade e o modo de vida das pessoas.

Esse era ele. Ele sabia disso, seus filhos sabiam, assim era o mundo. Sua amizade com Don Corleone, também conhecido como Sultan Amir, abriu a porta para o calabouço no qual a mais profunda ilegalidade estava à espreita, à espera de ser liberada. Agora havia *starlets* em suas festas, cocaína nos banheiros, e ele tinha se transformado de um construtor de arranha-céus direito, de terno e botas, tedioso, com uma planta baixa e uma pasta, em uma personalidade da cidade de pleno direito. E junto com o status vieram mais negócios, e com os negócios mais status, e assim por diante, sem parar. Durante esses anos, ele desenvolveu a maneira francamente vulgar de autopromoção que ainda pairava em torno dele como um casaco de pele espalhafatoso em seus anos de Nova York. Ele mudou a família para a luxuosa residência em Walkeshwar. Comprou um iate. Tinha casos amorosos. Seu nome brilhava no céu da noite de Andheri a Nariman Point. A vida era boa.

Havia muitas maneiras diferentes de lavar dinheiro. Para somas pequenas havia o *smurfing*, um jeito de dividir dinheiro sujo em somas menores, usadas para comprar coisas como ordens de pagamento ou saques bancários, depois depositados em bancos diferentes, ainda em quantias pequenas, depois retirados como dinheiro vivo lavado. Nero usava esse método para coisas como malas de dinheiro. Mas para projetos maiores era preciso um método de maior escala, e as empresas de construção imobiliária eram o veículo ideal. Nero se tornou, para os que estavam por dentro, o mestre anônimo do *flipping um* e *flipping dois*. *Flipping um* era comprar propriedades grandes, importantes, com dinheiro sujo e revendê-las rapidamente, em geral com lucro, uma vez que os preços estavam nas alturas. O dinheiro da venda

era branco, limpo como água. *Flipping dois* era comprar propriedade — com a concordância do vendedor — por valor menor
que o valor de mercado, pagar a ele a diferença por baixo do pano
com dinheiro sujo e depois proceder ao *flipping um*. Nero tinha a maior firma de corretagem de propriedades da cidade, e
no dialeto clandestino ela passou a ser conhecida como "Flipistão", o país onde o dinheiro sujo ia passar férias, ficava limpo e
voltava com um belo bronzeado honesto. Por um preço, claro.
Nero usava o Flipistão para seus negócios de dinheiro sujo, mas
sempre que membros da S-Company pediam seus serviços, ele
ganhava uma generosa porcentagem no negócio.

Então o céu despencou em cima de Don Corleone. O filho
da primeira-ministra, Sanjay Gandhi, antes parceiro de copo,
perseguiu Sultan Amir durante os anos do autoritário domínio
de Emergência de sua mãe, e o chefão da S-Company foi condenado em tribunais controlados por Sanjay, não por ele, e preso
durante um ano e meio. Curiosamente, assim que a Emergência
terminou e Sanjay caiu em desgraça, o don foi libertado. Mas
era um homem diferente, tinha perdido a audácia na prisão e
encontrado Deus. Embora fossem da mesma religião, Nero era
muçulmano apenas nominalmente e esse novo Corleone devoto
não era do seu gosto. O don desistiu de ser gângster e tentou, sem
sucesso, entrar na política; os dois homens se afastaram. Nos anos
1980, Sultan Amir estava decadente e praticamente esquecido,
no começo da longa batalha contra o câncer que por fim o levou, e Nero era uma grande engrenagem. Porém uma engrenagem ainda maior começara a girar.

Antes de ser famoso, Zamzama Alankar era conhecido por
seu bigode, uma excrescência tão cerrada e agourenta que parecia um organismo parasita originado em algum lugar no fundo

de sua cabeça, talvez no cérebro mesmo, que crescera pelo nariz até atingir o mundo exterior, como um alienígena sobre o lábio superior, trazendo com ele notícias do imenso e perigoso poder de seu anfitrião. Era um bigode que vencera um concurso de bigodes em sua terra, na aldeia litorânea de Bankot, mas Zamzama estava atrás de caça de maior porte. Nascera filho de um policial naquela remota localidade à beira do mar Arábico, perto de um antigo forte marítimo, mas, talvez por seu relacionamento com o pai severo ter se deteriorado durante a infância, nunca teve muito tempo para a lei e para os oficiais que a aplicavam, fosse na água, fosse em terra firme. Ele primeiro ganhou notoriedade por seu papel central no sistema hawala, em que dinheiro era transferido de um lugar para outro com base na palavra e sem papelada — entregue a um corretor hawala no lugar A que então, por uma pequena comissão, comunicava o recebimento a um corretor no local B, que pagava a mesma soma de dinheiro ao receptor designado, contanto que o receptor soubesse a senha. Assim o dinheiro "mudava sem sair do lugar", nas palavras de um hawala, e, se preciso, podia haver muito mais elos na corrente. O sistema era popular porque a comissão paga pelo cliente era muito menor do que no sistema bancário normal e, além disso, o processo podia ignorar problemas como a variação cambial; a corrente hawala fixava sua própria taxa de câmbio e todo mundo obedecia. A rede toda repousava na honra dos corretores hawala por todo o país e, de fato, no mundo. (Se bem que, se um corretor hawala agisse de forma desonesta, seria pouco inteligente apostar que viveria até uma velhice saudável.) O sistema era ilegal na Índia porque, assim como o *smurfing* e o *flipping*, era um meio eficaz de lavar dinheiro, mas Zamzama continuava operando em larga escala, não só no subcontinente indiano, mas também em todo o Oriente Médio, no Chifre da África e mesmo em certas partes dos Estados Unidos. Hawala não lhe bastava, porém. Ele queria ocupar o *kursi*, isto é, o trono da clandestinidade, e com Sultan Amir fora do caminho, na cadeia, ele fez seu lance pelo poder, ajudado por seus tenentes Big Head, Short Fingers e Little Feet. Enfrentou a concorrência dos sócios de um chefão rival chamado Javed Greasy, mas logo superou o desafio, com uma técnica que veio como um choque profundo para todos os membros da família do crime relativamente não violento de Sultan Amir. O nome dessa técnica era assassinato. Os corpos de Javed Greasy e sua família, expostos como peixes sobre a mesa na praia de Juhu à maré baixa, não só resolveram a questão da liderança; mandaram também um recado para toda a cidade, sobremundo e submundo. Era um novo tempo, diziam os corpos. Havia um jogador novo na cidade e novas regras. A S-Company agora era a Z-Company.

Seu irmão Salloo, conhecido como Salloo Boot, tinha ajudado Zamzama a estabelecer sua primeira plataforma na cidade ao escolher como alvo o don do distrito de Dongri, Daddy Jyoti, e à frente de um bando de seus homens cercar Daddy e os homens dele e espancá-los severamente com garrafas de vidro de refrigerantes Campa-Cola e Limca. Livraram-se de Daddy, que nunca mais foi visto na cidade, mas uma guerra entre gangues mais séria se seguiu, contra a gangue Pashto, do Afeganistão, que começara a agir no negócio de empréstimos de dinheiro com escritórios na alameda idealmente batizada de Dinheironamão, mas mudou rapidamente para extorsão em pequena escala, obrigando pequenos comerciantes e pequenos empresários a pagar por proteção, tanto nas favelas como nos mercados da cidade. Os preços para alfaiates, relojoeiros, cabeleireiros, comerciantes de produtos de couro subiram para atender às necessidades dos escroques. As prostitutas da rua Falkland tiveram de subir seus preços também. O custo da extorsão não podia ser absorvido pelos negócios com margens tão estreitas, então era repassado para o consumidor. Dessa forma, grande parte da cidade se viu pagando, por assim dizer, uma taxa extra para a ganguelândia. Mas o que fazer? Não havia opção a não ser pagar.

Os Pashto também decidiram eliminar Boot e Cannon — isto é, Zamzama — e contrataram Manny, o maior *dacoit* ou bandido de Madhya Pradesh para fazer o serviço. Acontece que Salloo Boot tinha uma namorada dançarina, Charu, e uma noite, no começo dos anos 1980, ele a pegou em sua casa no centro de Bombaim e a levou num Fiat para um ninho de amor em Bandra. Mas Manny e os Pashto estavam na cola dele e cercaram o Fiat num posto de gasolina onde Salloo Boot tinha parado no caminho. Com genuína galanteria, Manny e os Pashto pediram para Charu sair do carro e sumir. Depois disso, deram cinco tiros em Boot e o deixaram morto. Foram o mais depressa possível à base de Zamzama na rua Pakmodia para pegá-lo desprevenido antes que chegasse a notícia da morte de seu irmão, mas o prédio tinha pesada segurança e seguiu-se uma grande troca de tiros. Zamzama não foi ferido. Logo depois, os líderes Pashto foram presos e acusados da morte de Boot. Quando estavam no julgamento, um atirador da Z-Company, um matador cristão chamado Derek, invadiu a sala do tribunal e matou os dois com uma metralhadora.

Durante os anos 1980, pelo menos cinquenta membros da Z-Company e os Pashto foram mortos na contínua guerra de gangues. Mas, no fim, o bando afegão foi eliminado e o chefão Zamzama ocupava seu trono.

Depois da morte de seu irmão mais velho, Zamzama tomou a decisão de renunciar a uma vida pessoal. "Namoradas são fraqueza", Nero o ouviu dizer. "Família é fraqueza. Isso em outros é valioso. Mas no chefe não se pode permitir. Sou o gato que anda sozinho." Sozinho, diga-se, a não ser pelo destacamento de doze guarda-costas vinte e quatro horas por dia — isto é, trinta e seis pessoas trabalhando doze de cada vez em turnos de oito horas. Mais uma equipe de doze motoristas treinados em contramonitoramento ao volante da fila da Mercedes, peritos na arte de limpeza a seco, o que quer dizer, garantir que a carreata não era rastreada. (Aí também, quatro motoristas de cada vez, três turnos.) E a porta de entrada de sua casa era aço sólido, as janelas também à prova de bala, guarnecidas com grossas venezianas metálicas, e havia homens fortemente armados no telhado em todos os momentos. A cidade era governada por um homem que vivia numa jaula que ele próprio construíra para si. Fazendo-se invulnerável, ele fazia da vulnerabilidade de pessoas, famílias e bens de capital o fundamento de sua riqueza e poder.

(*Não sou perito na indústria agora conhecida como Bollywood, mas ela gosta tanto de filmes de gângster quanto de seus gângsteres. O fã de cinema que entra nesse universo pode começar com* Company, *de Raj Gopal Varma,* Shoothout at Lokhndwala, *de Apurva Lakhia,* Shootout at Wadala, *de Sanjay Gupta, ou* Once upon a Time in Mumbaai *e* Once upon a Time in Mumbaai 2, *de Milan Luthria. O A a mais em* Mumbaai *é um exemplo da nova moda da numerologia. As pessoas acrescentam ou subtraem vogais para tornar seus nomes, ou neste caso o nome de seus filmes, mais bem-sucedidos:* Shobhaa De, Ajay Devgn, Mumbaai. *Não estou capacitado a comentar sobre a eficácia ou não dessas alterações.*)

Foi *Aibak*, o filme sobre Qutbuddin Aibak, o primeiro dos Reis Escravos, e a construção do Qutb Minar, que mostrou à indústria que o novo chefão estava falando sério. O drama histórico de grande orçamento era o projeto querido da vida inteira de um dos grandes de Bollywood, o produtor A. Karim, e tinha no elenco três dos "seis rapazes e quatro moças" que, segundo diziam, eram as ultraestrelas da época. Duas semanas antes do começo da filmagem principal, Karim recebeu uma nota informando a ele, um muçulmano, que o filme proposto insultava o Islã porque se referia ao novo governante como um escravo, e exigiam que o projeto fosse cancelado, ou, como alternativa, que uma "taxa de permissão traço desculpas" de um *crore* de rúpias em notas usadas, não sequenciais, fosse paga a um representante da Z-Company que se apresentaria no momento devido. Karim convocou imediatamente uma entrevista coletiva e zombou publicamente de Zamzama Alankar e sua gangue. "Esses filisteus acham que podem me foder?", Karim exclamou, pronunciando ambos os *F*s como sons poderosamente explosivos. "São tão ignorantes que não sabem que os nomes pelos quais essa dinastia é conhecida, Mamluk e Ghulam, ambos querem dizer 'escravo'. Estamos fazendo uma produção de vanguarda aqui, uma dramatização que será um marco na nossa história. Nenhum bando de idiotas pode nos deter." Quatro dias depois, um pequeno grupo fortemente armado, conduzido pelos tenentes de Zamzama, Big Head e Short Fingers, invadiu o local protegido perto do Qutb Minar, onde o cenário extremamente elaborado do filme tinha sido construído, e ateou fogo. O filme nunca foi realizado. A. Karim queixou-se de intensas dores no peito logo depois da destruição do cenário do filme e morreu literalmente de coração partido. Os médicos que examinaram o corpo disseram que o órgão tinha literalmente explodido dentro dele. Ninguém nunca mais zombou de Zamzama Alankar.

Nero continuou a convidar Zamzama a festas em sua casa, e o primeiro time da indústria do cinema continuou a frequentá-las. O próprio Zamzama começou a fazer as mais luxuosas celebrações que alguém havia visto, enchia aviões de convidados para Dubai, e todo mundo ia. Devia ser assim no auge de Al Capone, o glamour *dark*, a sedução do perigo, o embriagador coquetel de medo e desejo. As festas de Zamzama apareciam em todos os jornais, as estrelas cintilavam em suas toaletes noturnas. A polícia fingia nada ver. E às vezes, na manhã posterior aos muitos fogos de artifício de uma celebração, bateriam na porta de um produtor dormindo depois de seus excessos num iate da Z-Company, talvez na companhia de uma *starlet* burra demais para saber que esse nunca, jamais era o caminho para a fama; e lá estaria Big Head ou Little Feet com um contrato para o produtor assinar que entregava todos os direitos do exterior de seu último filme, em termos altamente desvantajosos, e haveria uma grande arma apontada para sua cabeça para ajudar a persuadi-lo, os dias de galanteria terminados, ninguém dizia à starlet nua na cama para se vestir decentemente e sair correndo. Festa na frente, negócios nos fundos, esse era o estilo da Z-Company. Muitos dos luminares de Bollywood tinham de pedir, e receber, proteção policial, e nunca tinham certeza se seria suficiente, ou se os homens fardados iriam se revelar controlados por Zamzama, as armas destinadas a proteger apontando para dentro em vez de para fora na inescrutável cidade perigosa. E a lei? A lei ficava com olhos quase cegos. Arraia-miúda era às vezes jogada na cadeia para apaziguar a opinião pública. Os peixes grandes nadavam livremente naquele mar.

Filha, filha, Nero disse. Eu estava entre os piores deles, porque nunca tentaram me extorquir. Eu fazia voluntariamente o dinheiro deles funcionar, e eles eram bons comigo financeiramente, eu aceitava tudo, o mundo é assim, eu pensava, e talvez fosse, mas o mundo é um lugar mau, você devia procurar um mundo melhor que o mundo que nós fizemos.

Ele não era vítima da trama de extorsão, mas não tinha de ser. As ameaças, as tentativas de assassinato e os assassinatos de fato daqueles dias o entorpeciam de medo. Ele tinha muito a perder. Tinha propriedade valiosa, tinha edifícios se erguendo por toda a cidade, tinha uma esposa e tinha filhos. Tinha todas as fraquezas que Zamzama procurava e de que precisava. Não era preciso o pessoal da Z-Company nem sequer mencionar a ele essas fraquezas. Elas eram o elo tácito entre a máfia e Nero. Quem era ele para eles? Eles tinham roupa suja e ele era a lavanderia. Ele era o *dhobi* deles. Na verdade, era assim que o chamavam, Big Head, o anão, Short Fingers com o cabelo laranja e Little Feet com os maiores pés que todo mundo já tinha visto. "Alô, *dhobi!*", eles diziam ao telefone. "Temos roupa para lavar para você. Venha e leve para o *ghat.*" Quando os encontrava, eles estalavam os dedos. "Lave isso aí", ordenavam. "*Chop chop.*" O próprio Zamzama era mais respeitoso, usava sempre termos de respeito ao lado do nome real de Nero. *Sahib, ji, janab.* O respeito era uma maneira de expressar desprezo. O sentido do respeito era: "Eu sou dono de você, seu fodido, e não esqueça disso". Nero não precisava que o lembrassem. Não era um herói. Não queria perder sua família, nem seus artelhos. Não havia a menor possibilidade de esquecer.

Os vilões transbordavam das telas, saltavam para cinemas maiores que a vida, em tamanho cinematográfico, atacavam os corredores, saíam para as ruas, armas atirando, e ele tinha a culpada sensação de que a indústria era a responsável, tinha criado esses monstros, tornado todos eles glamorosos e sexy, e eles agora dominavam a cidade. *Bombay meri jaan*, ele pensou, cantarolando a melodia, Bombaim, minha vida, minha querida, para onde você foi, as moças na Marine Drive no frescor da tarde, com coroas de jasmim no cabelo, as jam sessions de jazz aos domingos de manhã no Colaba Causeway ou em Churchgate, para ouvir Chic Chocolate, o saxofone de Chris Perry e a voz de Lorna Cordeiro; a praia Juhu antes de gente como ele a ter cercado de edifícios; comida chinesa; a bela cidade, a melhor cidade do mundo. Mas não, isso estava errado, a canção que era para a cidade o que "New York, New York" era para outra metrópole sempre alertara que era uma cidade dura, difícil de habitar, e era culpa dessa canção também que os jogadores, os assassinos, os ladrões, os empresários corruptos sobre os quais ela cantava tivessem pulado da letra como os atores que saltavam dos filmes e ali estavam agora, aterrorizando gente decente, gente como a menina ingênua da canção que defendia a cidade grande, *ah, coração, é fácil viver nesta cidade*, mas até ela alertava, *cuidado, você vai colher o que plantar. Vai colher o que plantar.*

(*Sim, era culpa do cinema, era culpa da canção. Sim, culpe a arte, Nero, culpe o entretenimento. Tão mais fácil que culpar seres humanos, os atores reais do drama. Tão mais agradável que culpar a si mesmo.*)

Ele continuou fazendo aquilo, as malas, o *smurfing*, o *flipping*. Concordou até em ser a ponta de uma grande corrente de dinheiro hawala quando o próprio Zamzama lhe "pediu gentilmente" — com uma pequena cascata de *sahibs, janabs* e *jis* — numa noite durante uma festa à beira da piscina no Willindon Club. *Nunca tentaram me extorquir.* Não precisavam. De boa vontade, ele era o peão de Zamzama. Considerava-se um rei na cidade, mas era apenas um soldado de infantaria. Zamzama Alankar era o rei.

E ele não estava contando toda a verdade acerca da extorsão. Admitia isso. A verdade era que nunca tinham tentado extorquir dinheiro vivo dele. O que extorquiam era muito, muito pior.

Zamzama, o Cannon, não era um homem sentimental. Uma vez, segundo a lenda — ele era um homem que dava muita atenção a alimentar seus aspectos legendários —, Little Feet tinha sequestrado um cáften da máfia chamado Musa Mouse que mexera com algumas moças da companhia e o selou dentro de um contêiner de metal nas docas, alugou um barco para levar o contêiner o mais longe possível do porto, onde foi despachado para o fundo do mar. Dois dias depois, a mãe de Mouse estava na televisão chorando como louca. Zamzama disse: "Me arrume o número do celular dela agora", e um minuto depois, *enquanto ela ainda era entrevistada ao vivo pela televisão*, ele ligou para ela. Confusa, ela atendeu o telefone e lá estava a voz de Zamzama em seu ouvido: "Vaca, o seu camundongo agora virou peixe, e se não parar com esse barulho, daqui a pouco você vai ser *kima*. Kabum!". *Kima* é carne moída. "Kabum" era a palavra favorita de Zamzama para dispensar alguém, e quem a ouvia sabia exatamente quem estava falando. A mulher parou de chorar, bum, assim do nada e nunca mais falou com nenhum jornalista.

Ele também não tinha tempo para a romantização do passado, tipo *Bombay-meri-jaan*, a que Nero era propenso. "Essa cidade dos sonhos desapareceu faz tempo", disse para Nero, sem cerimônia. "Você mesmo construiu por cima e em torno dela e esmagou o velho debaixo do novo. Na Bombaim dos seus sonhos tudo era amor, paz, pensamento secular, nenhum comunalismo, *bhai bhai* hindu-muçulmano, todos os homens são irmãos, não é? Muita besteira, você é um homem do mundo, devia saber. Homens são homens, os deuses deles são os deuses deles, essas coisas não mudam e a hostilidade entre as tribos também está sempre lá. Só uma questão do que está na superfície e em qual profundidade está o ódio. Nesta cidade, Mumbai, nós vencemos a guerra das gangues, mas temos uma guerra maior pela frente. Só duas gangues e Mumbai agora. A gangue *gangue*, a máfia, que sou eu. A Z-Company, nós somos só isso. E o que nós somos, noventa e cinco por cento? Muçulmanos. Povo do livro. Mas tem também as gangues políticas, e elas são hindus. A política hindu domina a corporação municipal e os políticos hindus têm as gangues hindus deles. Raman Fielding, conhece o nome? Também conhecido como Mainduck, o Sapo? Você entende? Então entenda o seguinte: primeiro a gente combateu só pelo território. Essa batalha terminou. Agora vem a guerra santa. Kabum."

Sultan Amir "encontrou a religião" no fim da vida, mas a dele era do tipo místico, sufista. Zamzama Alankar, no começo dos anos 1990, tornara-se fiel de uma versão muito mais feroz de sua fé comum. A pessoa responsável por operar essa profunda mudança na visão de mundo e âmbito de interesses de Zamzama foi um pregador demagógico chamado Rahman, fundador e secretário de uma organização militante com base na cidade e que se intitulava Academia Azhar, dedicada a promover o pensamento do ativista indiano do século XIX imame Azhar de Bareilly, a cidade que deu seu nome à seita barelvi da qual o pregador Rahman era o farol guia. A Academia fizera-se conhecida na cidade ao se manifestar contra o partido dominante, manifestações que o partido dominante descreveu como "agitações", mas que manifestavam, no mínimo, que a Academia era capaz de, em curto prazo, pôr na rua uma multidão considerável à solta. Para grande desânimo de Nero, Zamzama começou a papaguear as palavras de Rahman quase *ipsis litteris*. A imoralidade e a decadência. A pérfida hostilidade e degeneração. A necessidade de ser combatida de frente. Os ensinamentos puros e imaculados. A perspectiva correta. A verdadeira glória e esplendor. Nossa responsabilidade de salvar a sociedade. Os benefícios do ensino do gênio. Nossa maior determinação. O nosso é o modo científico de viver no mundo e no além. Este mundo não é nada, apenas a porta para a grandeza do além. Esta vida não é nada, apenas um pigarro antes da canção imortal do além. Se nos for exigido sacrificar a vida, não sacrificamos nada, apenas um pigarro. Se nos for exigido nos levantarmos, nos levantaremos com a chama da justiça nas mãos. Levantaremos a justa mão de Deus e eles sentirão a dura bofetada no rosto.

"Pelo amor de Deus, Zamzama", Nero disse a ele quando se encontraram a bordo do *Kipling*, o veleiro de Zamzama no porto, que era o local preferido do Cannon para discussões confidenciais. "O que deu em você? Você sempre me pareceu um homem de festas, não um louva-a-deus."

"O tempo da conversa mole acabou", o don respondeu, com um novo tom de voz que Nero achou ameaçador. "Agora se aproxima o momento das atitudes duras. E também, *dhobi*, nunca mais use linguagem blasfema na minha presença." Era a primeira vez que Nero se via reduzido de *sahib* a *dhobi*. Ele não gostou nada daquilo.

Não houve mais festas em Dubai. Na casa atrás da porta de aço, havia agora muita oração. Para um homem do temperamento de Nero, aquilo era bizarro. Talvez tivesse chegado a hora, ele pensou, de se afastar um pouco da Z-Company. A separação completa seria impossível por causa da influência da máfia sobre os sindicatos de construção, e ainda mais sobre a força de trabalho "imigrante" não sindicalizada que convergia à cidade vinda de todo o país, sem documentos, nem condição legal. Mas talvez ele tivesse trabalhado no lado do dinheiro por tempo suficiente. Bastava, talvez, de *smurfing*, *flipping* e hawala. Ele era agora um legítimo magnata e devia se despir desses portfólios mais sombrios.

A Zamzama ele disse: "Acho que estou ficando velho e cansado demais para o trabalho com o dinheiro. Talvez eu possa treinar um sucessor para assumir meu lugar".

Zamzama ficou em silêncio todo um minuto. O *Kipling*, ancorado, as velas abaixadas e amarradas, oscilava suavemente na água. O sol tinha se posto e as luzes da baía Back brilhavam em torno deles, um arco de beleza que Nero nunca deixava de admirar. Então o chefão da máfia falou. "Você gosta da banda de rock and roll americano clássico Eagles?", perguntou. "Glenn

Frey, Don Henley, et cetera, et cetera, et cetera?" E sem esperar resposta, continuou: "Welcome to Hotel California". Diante do que, para consternação de Nero, o don começou a cantar, alto, desafinado, de um jeito que despertou medo no coração de Nero.

"You can check out any time you like, but you can never leave."*

Foi o começo da grande escuridão, disse Nero na escuridão de seu escritório na Casa Dourada. Depois dessa discussão eu me vi no inferno. Ou melhor, eu estava no inferno havia longo tempo, mas agora sentia o fogo me queimando a sola dos pés.

Mas, além disso, sabe o engraçado sobre essa música, a do hotel? Nem era verdade. Porque partir, quando, para onde, como, isso passou a ser a questão dele, assim como a minha.

Você está chocada comigo, ele disse. Está horrorizada comigo e ainda nem ouviu a pior parte. Está assustada pelo que eu te contei e só tem uma pergunta na cabeça. Você amava meu filho. Meu pobre e confuso filho. Você amava meu filho e está perguntando, sem palavras está perguntando, vejo nos seus olhos no escuro que está perguntando. O quanto meus filhos sabiam.

Quanto ao seu amado, de tudo o que contei até agora ele está livre de qualquer culpa. Ele não tinha nascido, ou era pequeno. Quanto aos outros, eles cresceram em um certo estrato, o estrato de altos negócios na cidade grande, e sabiam como era. Sem molhar algumas mãos, nada se faz. Eles sabiam do meu Don Corleone, sim. Mas ele era um sujeito querido. Para eles,

---

* "Você pode sair a hora que quiser, mas nunca pode partir." (N. T.)

era tudo normal como para todo mundo. Eles também gostavam de cinema. As estrelas do cinema vinham à nossa casa. A facilidade de estar ao lado de mulheres do primeiro time. Como se eles também tivessem saltado para a tela prateada. Era agradável, e daí que os dons também estavam lá?, era uma coisa sabida. Ninguém se importava. Na época de Sultan Amir ninguém julgava. Mas quando Alankar assumiu, então protegi meus filhos do meu envolvimento. Quanto menos eles soubessem, melhor para todos. Aquele indivíduo era de outro tipo e mantive minha família afastada. Meu negócio era meu negócio, eu aceitava que houvesse críticas, nunca justifiquei nem defendi minhas escolhas e atitudes, só afirmava. O seu namorado estava com sete anos em 1993 e vinte e dois em 2008 quando viemos para Nova York. Devo dizer que dos três, ele foi sempre o mais voltado para si mesmo. A guerra dele era dentro dele mesmo, eu agora vejo claramente. Os canhões voltados contra ele mesmo naquela época até. Até. Então simplifiquei as coisas para ele. As coisas que eu precisava esconder dele, acho que ele não sabia. Meu filho mais velho também, meu filho avariado, Harpo chamavam, a cidade podia ser cruel, sim; para ele também a grande questão da vida estava dentro da cabeça dele, uma pergunta sem resposta. Ele eu absolvo também. Resta a questão de Apu. Apu, que era Groucho na época. Apu, para falar com franqueza, acho que ele sabia. Ele sabia, mas não queria saber, e então, a bebida, as drogas, para ensurdecer e cegar a si mesmo, para ficar inconsciente. Nunca falei com ele sobre o lado escuro. Ele não perguntou. "Se meu pai fosse dentista", ele me disse uma vez, "eu ia querer saber quantas obturações ou canais ele fez hoje, ou em quem? Então, penso em você desse jeito. Você é dentista quando sai para trabalhar, mas em casa você é o pai. É disso que a nossa família precisa de você. Não obturações, mas amor paterno."

Contei muito pouco a ele. Apenas as coisas superficiais que

todo mundo sabia. Propinas, corrupção. Coisa pouca. Mas acho que ele adivinhou as coisas grandes. Acho que essa era a causa dos excessos, da bebida, das mulheres, das drogas.

Em nossa terra, ele não era artista. Tinha o estilo de vida de um artista, mas não a ética do trabalho. Era um boêmio, mas na Boêmia fazem belos vidros. Ele não fazia grande coisa, a não ser fazer amor, e você me perdoe se me achar vulgar, me desculpe, as drogas não fazem de ninguém um amante melhor, a não ser na avaliação da própria pessoa. Então é provável que ele fosse ineficiente nesse departamento também. Quando ele veio para a América, endireitou. (*Um estalar de dedos.*) Assim. Com isso eu fiquei impressionado, ele era um novo homem e então tudo começou a funcionar para ele. Seu talento aflorou e todo mundo viu. Eu vi pela primeira vez. Nunca desconfiei que ele tivesse tanto talento.

Todos os três tiveram essa habilidade: fechar o livro do passado e viver no presente. É uma capacidade afortunada. Eu próprio estou fechando o livro do presente e vivo principalmente no passado.

Mas resta a questão dos murmúrios no ouvido de Apu, das vozes, das visões, às vezes. Ele teve uma longa história com alucinógenos. Podia-se dizer, se assim se entendia as coisas, que isso tornou Apu mais sensível ao que não é visível, que revelou a ele o caminho para o mundo visionário, que abriu, como se diz? As portas da percepção. Ou isso tudo poderia ser bobagem. Podia-se dizer também que ele sofreu alterações. Que também sofreu danos no cérebro, no coração. Três filhos e todos com danos no cérebro, no coração! Não é um destino justo para um pai. Não é justo. No entanto, foi o meu destino. Apu tinha visões e ouvia vozes. Então, ele também era louco.

Então acho que ele sabia o que eu fazia, mas deu um jeito consigo mesmo de des-saber. Por isso é que ele voltou lá com aquela mulher, sem pensar antes. Voltou para casa e morreu. Acho que quando morreu, ele sabia o que e o porquê de sua morte. Ele devia saber que foi a consequência das minhas atitudes. Isso eu entendo também. O recado que ele mandou e que eu recebo. A escuridão aumenta. Não falta muito para o fim. Por isso é que eu falo esta noite. Para que tudo possa ser dito.

São duas coisas que precisam ser ditas e elas aconteceram com um intervalo de quinze anos. 1993, 2008. São essas as datas.

Em dezembro de 1992, Nero estava no *Kipling* com Zamzama Alankar outra vez. A mesquita construída pelo primeiro imperador mughal, Babar, na cidade do norte, Ayodhya, tinha acabado de ser destruída por ativistas hindus que diziam que ela estava no sítio mitológico do nascimento do Senhor Rama, o sétimo avatar ou encarnação de Vishnu. Houve manifestações em Mumbai. Primeiro, os muçulmanos tumultuaram, depois o partido fiel ao extremista hindu Shiv Sena os atacou de volta e a polícia, disse Zamzama, foi abertamente partidária, abertamente pró-Sena e "contra nós". Esses tumultos estavam para acabar, mas a raiva de Zamzama era vulcânica e não conhecia barreiras.

A última gota, ele gritou para Nero. O camelo quebrou as costas e agora o camelo tem de ser morto.

Não é sensato se envolver nesses assuntos. Foco nos seus pontos fortes. Os negócios vão bem.

Não é questão de sensatez. É questão de necessidade. E destruir uma mesquita sagrada por causa da possível localização do ponto de origem de um ser imaginário, isso é *insensato*.

Eles não acham que ele seja fictício.

Eles estão errados.

Alankar tinha entrado em contato com pessoas interessadas de um país vizinho. Os vizinhos estavam convictos de que era preciso agir.

Formularam um plano, disse Alankar. Um grande contingente de armas, munição e explosivos RDX será enviado pelos vizinhos, por mar até o litoral de Konkan na primeira semana de janeiro. O local de desembarque é Dighi. Vai ser preciso você providenciar as malas para a guarda costeira para deixarem um espaço aberto na água para passar o contingente em lanchas a motor.

Eu, Zamzama? Não é meu tipo de negócio. Política? Não, não, não. Não peça isso de mim.

Sim, sim, sim. Sua casa é tão bem protegida, não é? Eu vi, o portão motorizado de metal resistente, os sistemas de alarme, os guardas de segurança. Sua família deve se sentir segura lá. Se sentem seguros? Devem mesmo. Eles saem às vezes? Claro, são de Mumbai, levam uma vida agitada. Uma família feliz. Congratulações.

Somos velhos sócios, você e eu. Isso não é jeito de falar comigo.

Você foi tão bem-sucedido, ficou tão rico, muito bem. Que infelicidade se os seus trabalhadores pararem de trabalhar. Que tragédia se houver um incêndio por acaso.

Então não tenho escolha, senão fazer isso. Muito bem, será feito.

Também vai haver uma segunda remessa umas semanas depois, em Shekhadi. Mesmas providências.

O plano do país vizinho exigia uma sequência precisa de ações. Primeiro, haveria assassinatos. Em Dongri, antigo feudo de Daddy Jyoti que tinha sido expulso da cidade com o espancamento de garrafas de refrigerante, vivia uma comunidade do que se chamava de trabalhadores *mathadi*, isto é, operários que carregavam cargas na cabeça. Eles dormiam nas ruas, de forma que eram fáceis de atingir. Uma porção desses carregadores seria atingida e a ação seria realizada com pequenas facas na garganta para dar a impressão de um ritual religioso. Dongri era uma área de alta sensibilidade comunitária e o país vizinho tinha certeza de que esses assassinatos rituais iam fazer a oposição se erguer com medidas de força. A oposição era altamente organizada e tinha apoio da polícia, mas enfrentaria forte resistência armada. Armas seriam pré-estocadas em zonas de combate. E haveria granadas, haveria bombas. E então as bombas incitariam mais multidões da oposição, e essas multidões iam deparar com rifles automáticos e mais explosivos. E um incêndio seria ateado e se espalharia pelo campo, e os vizinhos ficariam felizes porque os filhos da puta teriam aprendido uma lição.

Se Deus quiser, Zamzama disse, vamos deixar os filhos da puta com o nariz sangrando.

Foi a última vez que Nero pisou a bordo do *Kipling*. Estava quase na hora de voltar para terra, mas o chefe da Z-Company tinha mais uma coisa a dizer. Você e eu, ele falou, talvez nunca nos vejamos de novo. Não será possível para mim permanecer neste país depois dos eventos que vão ocorrer. Para a sua posição é fácil. Eu sempre tive consideração por você e existe, como você sabe, uma longa cadeia de intermediários entre nós, e você tem cem por cento de justificativas, então acho que tudo bem você ficar com sua esposa, família. Mas talvez, só por precaução, também devesse elaborar uma estratégia de fuga.

Zamzama tinha razão. Os dois homens efetivamente nunca mais se encontraram. E estava certo a respeito da estratégia de fuga também.

Os acontecimentos de 12 de março de 1993 foram amplamente noticiados e não será necessário entrar em detalhes. Carros-bomba e vespas-bomba. Bomba no porão da Bolsa de Valores. Três mercados, três hotéis, aeroporto, cinema, departamento de passaportes, banco, kabum, kabum, kabum. Até a colônia de pescadores de Mahim, kabum. Táxi-bomba no Portal da Índia, grande kabum fodido.

Mas os vizinhos devem ter ficado decepcionados. Houve uma considerável perda de vidas, só que a guerra civil esperada não aconteceu. A cidade e a nação não perderam a cabeça. Houve prisões, as coisas se acalmaram, a paz retornou. Zamzama Alankar foi embora com seu tenente Short Fingers, e esses dois foram declarados Inimigos Públicos número um e número dois. Acreditava-se, no geral, que no fim tinham sido acolhidos pelos vizinhos, Zamzama continuou conduzindo a Z-Company por controle remoto. Os vizinhos, porém, afirmavam não ter nenhum conhecimento do paradeiro dos fugitivos.

Nos anos seguintes, houve um grande racha no submundo. Depois dos ataques, a polícia partiu para cima da Z-Company com força sem precedentes, todos os arranjos e entendimentos caíram por terra e todo o edifício chegou muito perto de se desintegrar. Os sistemas de telefones por satélite e comunicações seguras on-line continuaram funcionando, de forma que Zamzama podia mandar instruções e controlar o galinheiro, mas não era um pouco pretensioso demais ele e Short Fingers darem ordens à distância, já que não eram eles que estavam aguentando o tranco? Gradualmente, a distância entre os dois líderes ausentes e os dois *in situ*, Big Head e Little Feet — que tiveram de enfrentar acusações de gangsterismo e terrorismo, e o veredicto de falta de provas que permitiu que continuassem livres levou cinco anos para ser elaborado, foram cinco anos debaixo do martelo da lei —, causou ressentimento. Ao final de cinco anos, a Z-Company ainda era a Z-Company, a lealdade dos participantes ainda estava lá, mas todo mundo sabia da existência de um Z-Dissidente, um grupo que devia lealdade primordial ao anão e ao cara de sapato grande, e embora uma espécie de pacto ainda resistisse entre esses dois e os dois que estavam com os vizinhos, foi acontecendo cada vez mais uma perda de amor.

Nero foi convidado para um encontro com Head e Feet. Isso não se deu num iate de luxo no porto, mas num *basti* no fundo da favela Dharavi, à qual ele foi levado por homens que não falaram com ele e não pareciam a fim de conversa. Dentro da casa da favela, Head acenou com a cabeça e Feet apontou com o pé um tijolo. Sente, Feet falou.

Então, o que a gente sabe de você é o seguinte, disse Head.

Você é o *dhobi*, disse Feet.

O que é sujo, você limpa.

Portanto, difícil acreditar que você não sabia de nada. A *gente* não sabia de nada. É um assunto para resolver com o chefe. Mas você? Não sabia de nada? É abusar da nossa credulidade.

Isso bagunça nossas *dimaags*.

Só que. Nosso *cérebro* também sabe o seguinte, (a) e (b). (A) você não gosta de política.

E (b) você não se envolve com religião.

Então, tem um equilíbrio. Por um lado, por outro lado.

Foi decidido que você vai ter o benefício da dúvida.

É a seguinte a nossa posição. Essa operação prejudicou a Company. De agora em diante, é nossa intenção se desligar dessas operações.

Colocamos isso para o chefe e para o Fingers.

Eles concordam.

Começar do zero. Voltar para o básico. Não desviar da nossa área de máxima habilidade.

Só que nos negócios da Company tem muita questão de confiança. E nossa confiança em você está, como dizer.

Comprometida.

Abalada.

Baqueada.

Uma confiança desconfiada não é confiável.

É uma desconfiança.

Então a gente te deu o benefício da dúvida.

Veja acima.

Por isso a gente pretende simplesmente se desligar de você.
Você continua com a sua vida, nós com a nossa.

Mas se em algum momento vazar qualquer informação sua
a respeito da gente.

Nós vamos cortar seu pênis.

E os pênis dos seus filhos.

E vamos enfiar todos na boca da sua mulher.

E eu vou comer ela por trás.

Enquanto eu corto a garganta dela na frente.

Você é um homem livre. Pode ir.

Vá depressa.

Antes que a gente mude de ideia.

Essa história dos pênis parece uma boa ideia.

Não, não. Ele está só brincando. Adeus, *dhobi*.

Adeus.

Quinze anos se passaram. Quinze anos: um longo tempo,
longo o bastante para esquecer o que se deixou para trás. Os filhos
dele cresceram, a riqueza dele também e a sombra do submundo, a sombra que sobe de baixo, não pairava mais sobre sua casa.
A vida continuava com seus altos e baixos. Ele tinha a sua estratégia de fuga, mas não precisava usá-la, não precisava deixar sua
terra, não precisava rasgar ao meio seu mundo e jogar metade
fora. Quinze anos. Tempo bastante para relaxar.

Então veio 2008. E em agosto de 2008, no aeroporto, quando estava na fila da imigração depois de uma viagem de negócios

a Nova York, Nero viu um fantasma. O fantasma estava na fila de controle de passaporte ao lado da dele, e a marca registrada do cabelo cor de laranja tinha sumido. Agora era preto como o de todo mundo. Mas a não ser pelo cabelo, era obviamente ele. O Inimigo Público número dois. Nero olhou para Short Fingers assombrado. Sem dúvida ele seria capturado a qualquer momento, fuzilado se tentasse resistir? Os olhos dele encontraram os de Fingers, e ele franziu a testa surpresa para o megachefe da Z-Company. Fingers apenas fez para ele o gesto de polegar para cima (diga-se de passagem, um polegar muito curto) e virou o rosto. Aproximaram-se dos guichês de passaporte. Funcionários uniformizados examinavam cuidadosamente os documentos com a maneira superburocrática aperfeiçoada por todos os funcionários menores da Índia. E quando Short Fingers era o segundo da fila, houve uma extraordinária ocorrência casual. Todos os computadores do saguão de imigração se apagaram, bum! Do nada. Todos os monitores pretos. Seguiram-se muitos momentos de consternação enquanto os funcionários tentavam dar reboot nas máquinas e outros funcionários corriam para cá e para lá. O colapso dos computadores era tão total como misterioso. As filas de espera ficaram inquietas. Por fim, veio um sinal de um funcionário-chefe da imigração e as filas continuaram a avançar, todo mundo passou, controle manual apenas, e Fingers foi liberado e sumiu. Dois minutos depois, quando Nero se aproximava do guichê, bum!, os computadores voltaram todos. A Z-Company não tinha perdido o jeito.

Por que Short Fingers assumira o grande risco de voltar? Por que Zamzama o enviara? Essas ideias preocuparam profundamente Nero durante a noite, e às duas da manhã veio a resposta, porque pela primeira vez em uma década e meia, seu celular tocou a sequência codificada que significava problemas. Três toques, silêncio, três toques, silêncio, dois toques, silêncio, atender na quarta vez. Pronto, ele disse. A voz de Short Fingers em seu ouvido como as garras do diabo a sugá-lo para o abismo. Mais uma vez, Fingers disse. Uma última vez.

A Região Oeste da Guarda Costeira Indiana era dividida em cinco DQGs. DQG-2 era o departamento de Mumbai e tinha três estações ao longo do litoral, em Murud Janjira, Ratnagiri e Dahanu. Cada estação tinha a seu dispor um determinado número de barcos de patrulha de longa distância, barcos de curta distância, barcos de patrulha super-rápidos e barcos de interceptação menores e ainda mais rápidos. Além de helicópteros e monitoramento aéreo. Mas o mar era um lugar vasto e com a devida organização era possível deixar zonas específicas sem vigilância. O número de malas exigido para tal operação era grande.

O que é dessa vez.

Não pergunte. Só tome as providências.

E se eu recusar.

Não recuse. O don está mal de saúde. Os vizinhos não são os melhores anfitriões. A situação pessoal dele é precária, as finanças estão se esgotando. Ele acha que tem pouco tempo de vida. Quer fazer uma última grande ação. Não tem escolha. Os vizinhos insistem. Ameaçam com expulsão.

Faz quinze anos. Estou fora do jogo faz muito tempo.

Bem-vindo ao Hotel California.

Não vou fazer isso.

Não recuse. Estou pedindo direito. Estou dizendo por favor. Por favor: não recuse.

Entendo.

Em 23 de novembro de 2008, dez atiradores armados com armas automáticas e granadas de mão partiram de barco do hostil país vizinho. Nas mochilas, levavam munição e narcóticos pe-

sados: cocaína, esteroides, LSD e seringas. Em sua jornada, sequestraram um barco de pesca, abandonaram seu barco original, levaram dois botes para bordo do pesqueiro e disseram ao capitão aonde devia ir. Quando estavam próximos da costa, mataram o capitão e pegaram os botes. Depois, muita gente se perguntou como a guarda costeira não os tinha visto ou tentado interceptá-los. Supunha-se que a costa fosse bem guardada, mas naquela noite deve ter havido alguma falha. Quando os botes atracaram, em 26 de novembro, os atiradores se dividiram em pequenos grupos e se dirigiram a seus alvos escolhidos, uma estação ferroviária, um hospital, um cinema, um centro judaico, um café popular e cinco hotéis cinco estrelas. Um deles era o Taj Mahal Palace and Tower Hotel, onde a esposa de Nero, depois de uma briga com o marido, estava no Sea Lounge comendo sanduíches de pepino e reclamando de seu casamento com as amigas.

Não consigo falar, disse Riya.

Não fale.

Você ajudou os atiradores a entrar na cidade, os que mataram sua esposa.

Não precisa falar.

E aí você fugiu. Você e todos os seus filhos.

Tem um pouco mais a dizer. Depois do que aconteceu, o corpo do gângster Short Fingers foi encontrado jogado na rua em Dongri. Tinha sido morto com cortes curtos na garganta. Seus antigos sócios, Big Head e Little Feet, ficaram zangados com o ataque, que colocava a Companhia e suas operações em risco outra vez. Foi o recado deles para Zamzama Alankar. Depois, Apu também foi vítima da raiva deles. Estavam mandando um recado para mim. O recado dizia, sabemos que você ajudou, e essa é a nossa resposta. São esses os nomes que esse homem, Mastan, vem me dar. Esses nomes que eu já sei.

Então você é responsável pela morte de seu filho além da de sua mulher.

O que eu fiz, fiz para salvar a vida deles. Me arrisquei para proteger todos. Eu sou o rei de minha casa, mas me transformei no criado. O lavador. O *dhobi*. Mas você tem razão. Eu falhei. Você me acusa e eu sou culpado, o destino me puniu levando meus filhos. Um filho morto nas mãos dos meus inimigos, um pelas próprias mãos, um pelas mãos de um louco, mas os três são meu castigo e o fardo que tenho de suportar para sempre, sim, e a mãe deles também. Os corpos mortos de meus filhos e da mãe deles pesa sobre os meus ombros, e o peso deles me põe para baixo. Você me vê esmagado, filha, como uma barata debaixo do calcanhar do destino. Você me vê esmagado. E agora você sabe de tudo.

E o que eu faço agora, agora que sei de tudo?

Você não precisa agir. Amanhã, às nove da manhã pontualmente, o anjo da morte vem tomar chá.

32

O que significaria se o Coringa virasse Rei e a bat-mulher fosse para a cadeia. Fora dos Jardins, os risos ficavam mais altos, soavam mais como guinchos, e eu não sabia se eram gritos de raiva ou de alegria. Eu estava ao mesmo tempo exausto e apavorado. Talvez estivesse errado a respeito de meu país. Talvez uma vida vivida na bolha me tivesse feito acreditar em coisas que não eram assim, ou não eram suficientes para vencer a batalha. O que significaria se o pior acontecesse, se a luminosidade caísse do ar, se as mentiras, as difamações, a feiura, a feiura, se transformassem no rosto da América. O que significaria minha história, minha vida, meu trabalho, as histórias dos americanos jovens e velhos, as famílias do *Mayflower* e americanos orgulhosamente comprometidos bem a tempo de participar do desmascaramento — do desmanche — da América? Por que sequer tentar entender a condição humana se a humanidade se revelava tão grotesca, tão sombria, *que não valia a pena?* Qual o sentido da poesia, do cinema, da arte? Que a bondade secasse na rama. Que se perca o Paraíso. A América que eu amava, o vento levou.

Não dormi bem naquele último fim de semana antes da eleição porque na minha cabeça rolavam pensamentos assim. Riya me telefonou às cinco da manhã e eu estava de olhos abertos, olhando o teto. Você tem de vir, ela disse. Vai acontecer alguma coisa e eu não sei o que é, mas não posso estar sozinha aqui. O velho dormiu na mesa, caiu para a frente na cadeira com a testa na mesa. A noite dela tinha sido tão insone quanto a minha. Mas ela não era um padre católico num filme de Hitchcock e precisava repartir com alguém o fardo do que lhe tinha sido dito, dos segredos que agora eram também dela. O que eu faço?, ela perguntou. O que se pode fazer?, respondi. Mas eu já tinha a resposta porque estava explodindo de excitação criativa; a história havia me resgatado do fundo de meu desespero noturno. Era a peça que me faltava e me fornecia o cerne escuro de meu filme, a grande revelação, o sentido dele. A arte é o que é e artistas são ladrões e prostitutas, mas nós sabemos quando os sucos estão fluindo, quando a musa desconhecida sussurra em nosso ouvido e fala depressa, registre isso, só vou dizer uma vez; e então sabemos a resposta para todos os duvidosos porquês que nos infernizam em nossos terrores noturnos. Pensei em Joseph Fiennes como o jovem Bardo de *Shakespeare apaixonado* que corre para a mesa onde está escrevendo... o quê? *Romeu e Julieta?* — e com uma pequena pirueta secreta diz a si mesmo, sem vaidade, nem vergonha: "Nossa, como eu sou bom".

(O que levanta uma questão interessante: Shakespeare sabia que era Shakespeare? Mas isso fica para outro dia.)

(Não existe musa do cinema, nem da ficção também. Nesse caso, a musa mais provável seria Calíope — se o que eu fazia pudesse ser considerado um épico — ou Talia, se comédia, ou Melpômene, se eu conseguisse atingir os picos exigidos pela tragédia. Não muito importante. Esqueça.)

Deixe rolar, falei. Vamos ver o que o policial aposentado tem a dizer.

O drama sempre ataca de surpresa o dramaturgo. Vai acontecer alguma coisa e não sei o que é, Riya disse, e me telefonou pedindo apoio, mas o que nenhum de nós dois adivinhou foi que a alguma coisa que ia acontecer era eu.

Voltamos para dentro da Casa Dourada e, no grande salão familiar que dava para os Jardins, nos vimos confrontados por Vasilisa levando o jovem filho — meu jovem filho — meu filho! — numa mão e uma arma na outra. Um revólver pequeno, coronha de madrepérola, dourado. A moça da arma dourada. Ela parecia a estrela de um filme italiano, a camisola rosada de seda sobre a qual esvoaçava um penhoar de renda até o chão — Monica Vitti ou Virna Lisi, eu não tinha certeza qual. A arma, porém, era definitivamente um toque de Godard. Pensei na heroína assassina de *Pierrot*, que deixa o anão morto com a tesoura enfiada no pescoço. Não tinha nenhuma vontade de me tornar uma versão daquele anão. De fato, ergui as mãos. Faça a cena, pensei. Riya olhou para mim como se eu estivesse louco.

Bom dia, Vasilisa, Riya disse numa voz normal, não cinematográfica. Baixe essa coisa, por favor.

O que vocês estão fazendo na minha casa? Vasilisa perguntou, sem baixar a arma. (Ela, pelo menos, obedecia ao roteiro.)

Nero me chamou, Riya disse. Ele queria conversar.

Queria conversar com *você*?

Falou durante longo tempo. Vem um homem encontrar com ele daqui a pouco.

Quem vem? Por que eu não fui informada?

Eu vim porque Riya está preocupada, eu disse. Com esse homem.

Vamos todos encontrar esse homem, disse Vasilisa. Esse mistério vai ser resolvido. Ela pôs o revólver de volta na bolsa onde ele morava.

Corte. Então uma sequência de tomadas curtas, fazendo a ponte da passagem de tempo destinada a mostrar a fragilidade de Nero. Ele está instável nos pés, na voz, nos gestos.

Quando ela acordou o marido, Nero não estava nada bem. A lucidez de uma longa noite de oratória havia desaparecido. Ele estava fora de foco, indistinto, como se o esforço de lembrar o tivesse esgotado. Vasilisa o ajudou a ir para o quarto e disse: "Chuveiro". Depois que tomou a ducha, ela disse: "Roupa". Depois que ele se vestiu, ela disse: "Sapatos". A aparência dele era penosa. "Não consigo amarrar." "São mocassins", ela respondeu. "Sapatos." Quando ele estava com os sapatos nos pés, ela estendeu um punhado de comprimidos. "Tome", disse. Quando ele tomou como ela ordenou, "Me diga". Ele sacudiu a cabeça. "Um homem de antigamente", disse.

A única razão por que sei alguma coisa sobre chapéus borsalino é que meus pais costumavam discutir amigavelmente, divertindo-se mais com a discussão que com o resultado, se os celebrados fedoras de feltro deviam ser incluídos em sua coleção de belgas famosos. O fabricante de chapéus borsalino não estava localizado dentro das fronteiras belgas. Encontra-se na cidade de Alessandria, no Piemonte, Itália, que fica na planície de aluvião entre os rios Tanaro e Bormida, a cerca de noventa quilômetros de Turim. Sei três coisas sobre chapéus borsalino: são muito populares entre judeus ortodoxos; entraram na moda quando Alain Delon e Jean-Paul Belmondo os usaram no filme de gângster francês de 1970 intitulado com o nome deles; são chapéus de feltro, e feltro é feito com pelo de coelho belga (aha!).

O homem Mastan, o policial aposentado, sentou na mesma poltrona de espaldar reto da sala da Casa Dourada anteriormente ocupada pelo assassino Kinski, um pouco alarmado por se ver confrontado por uma Vasilisa de cara amarrada, Riya e eu, além de Nero. Era o fim de semana, então muitos funcionários da casa estavam fora. Nada de Blather, nada de Fuss. O faz-tudo Gonzalo estava ausente, assim como o mordomo Michael McNally e Sandro "Cookie" Cucchi, o chef. Eu próprio atendi a porta e fiz entrar o inspetor. Um belo homem! Cabelo grisalho, septuagenário como Nero, talvez não tão avançado nos setenta anos, de perfil ele podia ter sido o modelo para o Memorial Crazy Horse em Dakota do Sul. Só que seu terno cor de creme era saído diretamente de um filme de Peter O'Toole e a gravata com listas diagonais vermelho e ouro era uma gravata que qualquer cavalheiro inglês se orgulharia de usar. (Só descobri depois, com a ajuda de pesquisa, com quanto orgulho. A gravata do Marylebone Cricket Club era uma coisa muito desejada nos círculos de jogadores de críquete.) Ele se sentou muito ereto, muito empertigado, mas muito pouco à vontade, brincava com o chapéu borsalino sobre o joelho. Houve um momento de incômodo silêncio. Então, ele falou.

Vim para os Estados Unidos por três razões, disse. Em primeiro lugar, para visitar minha irmã na Filadélfia. O marido dela é bem-sucedido no ramo de reciclagem de garrafas de plástico. É assim que se faz fortuna na América. Ter uma boa ideia e não desistir dela. O professor Einstein dizia que teve só uma boa ideia. Mas no caso dele foi a natureza do universo.

Nero estava no máximo da abstração, sem foco, os olhos vagos, cantarolando uma cançãozinha particular.

A segunda razão foi visitar o túmulo de P. G. Wodehouse, ele disse.

(Isso me prendeu a atenção. Wodehouse, tão amado por meus pais e por mim. Wodehouse, que também tinha me vindo à mente quando Kinski estava sentado naquela cadeira.) O sr. Wodehouse era muito popular na minha terra, disse Mastan. O túmulo dele é um livro de mármore entalhado com os nomes dos seus personagens. Mas o meu favorito não está lá. A srta. Madeline Bassett, que achava que as estrelas eram a coroa de margaridas de Deus. Mas ela é um personagem menor. Eu mesmo, também. Igual. Meu papel sempre foi estritamente coadjuvante. Meu marido não está bem, Vasilisa falou, dura. Se existe algum objetivo nesta visita, por favor chegue logo a ele.

Ah, o objetivo, madame, claro. Tenha paciência comigo. Existe um objetivo ostensivo e um objetivo de fato. O objetivo ostensivo é o que eu disse a ele por telefone. Uma palavra de alerta. Mas o cavalheiro foi um homem do mundo. Talvez não seja preciso um alerta sobre o que ele já sabe. A comunidade de nosso povo na América cresceu, madame, conta agora com recicladores de garrafas de plástico, madame, também gênios da tecnologia, atores festejados, advogados de campanha, políticos de todo tipo, designers de moda, e também, madame, gangues criminosas. Desculpe dizer, mas na América a palavra *máfia* tem conotações especificamente italianas, então é melhor evitar essa palavra e chamar as gangues da nossa gente por outros nomes. Convenhamos que elas ainda são pequenas, só existe o começo do que os italianos chamam de famílias e nosso povo chama de *gharaney*, irmandades, ou, hoje em dia, *companhias*, um termo atualmente popular na nossa pátria. Porém há muito entusiasmo entre essas companhias americanas, essas novas irmandades, muito potencial de crescimento rápido. Existe também certo grau de contato com a pátria, um interesse em globalização, em atividades comuns. Nosso povo nos EUA está disposto a ajudar o povo na pátria, para facilitar as atividades aqui, em troca de facilidades paralelas lá. As coisas mudam, madame. O tempo passa. As coisas antes impossíveis se tornaram possíveis. Eu gostaria de discutir esses assuntos com o cavalheiro, mas agora que estou face a face com ele vejo que seria redundante. Ele pode ter consciência, ou não. Pode ser uma preocupação para ele, ou não. A inteligência dele pode ter mantido a capacidade de análise de ameaça e risco, ou pode ter perdido essa capacidade. Não é da minha conta. Vejo isso agora.

Então chegamos ao objetivo de fato, madame, com meus agradecimentos por sua paciência. O objetivo de fato era dar uma olhada no cavalheiro e ver como essa olhada me inspiraria. É um homem que escapou do julgamento por muitas coisas erradas. Por seu papel em atos desesperados, madame. É um homem que habilmente encobriu suas pegadas, que usou o intercâmbio comercial e o dinheiro para apagar todos os elos entre ele e muitas coisas que nem se pode dizer. Prometi a ele contar os nomes dos assassinos do filho, mas claro que ele já sabe, durante anos lidou com eles em termos cordiais, até se voltarem contra ele. É possível que as forças de segurança deste grande país pudessem se interessar por essas questões, e talvez eu pudesse fazer com que se interessassem, mas temo que sem provas eu pareceria um homem crédulo e tolo, mesmo tendo sido um dia colega deles numa terra distante. É possível que tendo dado uma olhada neste homem, eu tivesse o desejo de resolver o assunto com minhas próprias mãos, embora sejamos dois velhos. É possível que eu tenha desejado bater na cara desse homem, por absurdo que pareça, uma luta de socos entre dois inúteis. Não está além dos limites da possibilidade eu ter desejado matar esse homem com um tiro. Ainda sou bom atirador, madame, e na América é fácil comprar uma arma. Mas agora que olho para esse homem, um homem que odiei a maior parte de minha vida, esse homem que era um homem forte, vejo que cheguei até ele neste momento de fraqueza e ele não vale a minha bala. Ele que enfrente o Deus dele. Que receba o julgamento quando estiver diante do tribunal. Que o inferno o receba e que queime no fogo do inferno por toda a eternidade. Assim, está cumprido meu objetivo e eu me retiro.

Riya estava com a mão no ombro de Vasilisa, alertando-a, deixe o revólver onde está.

O sr. Mastan se levantou e inclinou a cabeça. Então, quando se voltou para a porta, Nero se ergueu do fundo do sofá onde estava sentado e chocantemente, de um jeito horrível, gritou a plenos pulmões.

Você vem até a minha casa e fala comigo assim na frente da minha esposa?

O policial aposentado estacou, de costas para Nero, o chapéu ainda na mão.

Filho da puta! Nero gritou. Corra! Você é que é um homem morto agora.

33

Quando o detetive entra em cena, a plateia do cinema instintivamente relaxa, espera que depois do crime venha a justiça, o triunfo do que é certo. Mas não é inevitável que o justo conquiste a vitória sobre o injusto. Em outro filme de Hitchcock, *Psicose*, o horror brota do fato de que morrem as pessoas erradas. Janet Leigh é a maior estrela do filme, mas, antes mesmo da metade da projeção, aah!, é assassinada no chuveiro. Então o detetive, Martin Balsam, chega, o simpático, descontraído, seguro Martin Balsam, tão profissional, tão tranquilizador, e nossa tensão relaxa. As coisas estão bem agora. E então, aah! Ele morre também. Nota para si mesmo: é ultra-apavorante quando morrem as pessoas erradas.

O detetive aposentado, inspetor Mastan, antigo funcionário do DIC de Bombaim. Devemos esperar que algo terrível aconteça com ele?

Uma última coisa a respeito do sr. Hitchcock. Sim, ele gostava de fazer pequenas aparições em seus filmes, dizia que isso levava as pessoas a assistirem o filme com mais atenção para ver quando e como ia acontecer, mas também, muitas vezes, ele fazia a participação logo no começo para que a procura por ele não desviasse a atenção. Digo isso porque tenho agora de registrar, como autor desta obra em progresso (para usar termos grandiosos demais, considerando que este é em grande parte um projeto de principiante), que ao assistir, ao participar sem palavras da cena que acabo de descrever, algo incontrolável brotou dentro de mim. Naquele momento de segredos revelados, deixei o meu segredo se revelar.

É: normalmente eu escondo meus sentimentos. Tranco todos eles dentro de mim ou sublimo em referências cinematográficas. Mesmo neste momento crucial da minha narrativa, quando saio das sombras para o foco no centro do palco, tento (e fracasso em) resistir a falar sobre a obra-prima tardia de Akira Kurosawa, *Ran*, na qual, por assim dizer, o rei Lear era casado com Lady Macbeth. A ideia foi precipitada por algo que o inspetor Mastan falou. Ele chamou a si mesmo de *crédulo e tolo* e, soubesse ele ou não, fazia quase uma citação do alquebrado rei de Shakespeare. Por favor, não zombe de mim, Lear pede. Sou um velho muito crédulo e tolo... E para falar francamente, não estou em minha mente perfeita. Lá estava ele sentado no sofá, seu último trono, a gritar seu ódio senil. O Mais Velho dos Dias que tinha destroçado a vida dos filhos e era destruído, não como Lear, pela hostilidade, mas pela própria destruição deles. E ali diante dele, tão monstruosa a meus olhos como a Dama Kaede em *Ran*, a Lady Macbeth de Kurosawa, estava Vasilisa Golden, mãe de seu quarto e único sobrevivente — e apenas pretenso — filho, com um revólver na bolsa e fogo queimando nos olhos. E eu, o bobo, comecei meu solilóquio que revelaria a verdade. Como se eu não entendesse que meu papel era de coadjuvante. Como se, assim como o inspetor Mastan, eu pudesse ser, ao menos nessa única cena, o astro.

Eu passara a desprezar a segunda sra. Golden por sua pose, pela maneira como me descartara como um lenço de papel usado depois de eu ter servido a seu propósito, pela arma em sua bolsa, por sua santarrona veneração a uma imitação de ícone, por sua falsa mãe babushka, pela inegável verdade de que tudo o que fazia, cada gesto, cada inflexão de sua voz, cada beijo, cada abraço, era motivado não por sentimento verdadeiro, mas por frio calculismo. E a abominava e queria fazer mal a ela.

No pronunciamento do inspetor de polícia aposentado indo-britânico, em seu rígido autocontrole, na voz que nunca elevou nem quando amaldiçoava Nero Golden à danação eterna, eu reconhecia algo de mim mesmo. Talvez Suchitra tivesse razão ao dizer que todo mundo em minha história era um aspecto de minha própria natureza. Com certeza ouvi a mim mesmo não apenas na supressão de sentimento do sr. Mastan, mas também, naquele momento, no impotente berro de caduco de Nero. Eu não estava caduco, não ainda, mas sabia algo sobre impotência. Mesmo agora, quando escolhia remover as correntes que Vasilisa colocara em minha boca, eu entendia que a verdade machucaria a mim mais que ninguém. No entanto, eu ia dizê-la. Quando Riya me chamou à Casa Dourada, *vai acontecer alguma coisa*, Riya, em seu próprio estado de angústia e confusão, no qual o luto se misturava agora a um horrível conhecimento, provocou em mim uma onda de sentimento que não entendi de imediato, mas cujo sentido agora, repentinamente, ficara claro.

A eleição era iminente e Suchitra, à sua maneira infatigável de sempre, tinha se oferecido para trabalhar nos telefones, e então, na terça-feira, fazer o trabalho de rua na votação. Ela devia ter sido a primeira com quem eu devia me sentar, com calma, para confessar, explicar, expressar meu amor e implorar seu perdão. Era o mínimo que eu devia a ela, e em vez disso ali estava eu sobre minhas patas traseiras na sala dos Golden, com a boca aberta e as palavras fatídicas tremendo em meus lábios.

Não, não é preciso registrar as palavras em si.

Quase no fim do sublime *A canção da estrada* de Satyajit Ray, encontra-se aquela que eu considero a maior cena isolada da história do cinema. Harihar, o pai do pequeno Apu e de sua irmã mais velha Durga, que os deixou na aldeia com a mãe Sarbajaya, enquanto foi à cidade ganhar dinheiro, volta — tendo se dado bem — com presentes para os filhos, sem saber que em sua ausência a jovem Durga adoeceu e morreu. Ele encontra Sarbajaya sentada na *pyol*, a varanda da casa, silenciada pela tragédia, incapaz de lhe dar boas-vindas ou responder ao que ele lhe diz. Sem entender, ele começa a mostrar a ela os presentes para os filhos. Então, num momento extraordinário, vemos o rosto dele mudar quando Sarbajaya, que está de costas para a câmera, lhe conta sobre Durga. Nesse momento, entendendo a inadequação do diálogo, Ray permite que a música suba e preencha a trilha sonora, a música aguda e penetrante do *tar-shehnai* chorando a dor dos pais com a eloquência que suas vozes jamais teriam.

Não tenho música a oferecer. Ofereço o silêncio em seu lugar.

Quando falei o que tinha de ser falado, Riya atravessou a sala e parou na minha frente. Então, levantou a mão direita e me esbofeteou com toda a força no lado esquerdo de meu rosto. Isto é por Suchitra, ela disse. Então, com as costas da mão me bateu com ainda mais força no lado direito e disse: isto é por você. Fiquei parado, não me mexi.

O que ele disse? Nero, na confusão da manhã, quis saber. Do que ele está falando?

Fui até onde ele estava sentado, me agachei, olhei nos olhos dele e repeti.

Eu sou o pai de seu filho. O Pequeno Vespa. Seu único filho sobrevivente não é seu. É meu.

Vasilisa caiu em cima de mim com fúria byronesca, veio

para cima de mim como o lobo sobre os carneiros, mas antes que me atingisse, vi uma luz brilhar nos olhos do velho, e então ali estava ele, presente de novo, alerta, o homem poderoso que voltava depois de vagar em seu exílio nebuloso e entrava de novo na própria pele.

Traga o menino, ele ordenou à mulher. Ela sacudiu a cabeça. Ele não pode fazer parte disto, ela disse.

Traga imediatamente.

E quando trouxeram o Pequeno Vespa — no colo de Vasilisa, a mãe babushka ao lado dela, os corpos das duas mulheres em parte virados para longe do homem da casa, escudando a criança entre elas —, Nero olhou intensamente o menino, como se fosse a primeira vez, depois para mim, de volta para ele e de volta para mim outra vez, e assim muitas vezes; até a criança, não provocada, mas percebendo a crise como as crianças são capazes de perceber, romper em sonoras lágrimas. Vasilisa fez um gesto de *basta* para a mulher mais velha. O menino foi removido da presença do pai. Não olhou na minha direção nem uma vez.

É, disse Nero. Entendo. Não disse mais nada, mas me pareceu ver, pairando no ar acima de sua cabeça, as palavras terríveis pensadas uma vez por Emma Bovary a respeito de sua filha Berthe. *Estranho como essa criança é feia.*

Você não entende nada, disse Vasilisa, e foi na direção dele.

Nero Golden ergueu a mão para detê-la. Então, baixou a mão, cuspiu no dorso da mão.

Me conte tudo, disse para mim.

Eu contei.

Não tenho de ouvir isso, disse Riya, e foi embora da casa. Eu me recuso a ouvir isso, disse Vasilisa, e continuou na sala, ouvindo.

Quando terminei, ele pensou por um longo tempo. Então

disse, a voz forte e baixa: agora eu e minha mulher temos de falar a sós.

Me virei para sair, mas antes que deixasse a sala, ele disse uma coisa estranha.

Se alguma coisa acontecer conosco, aponto você como guardião do menino. Vou mandar os advogados prepararem a papelada hoje.

Nenhum mal vai nos acontecer, disse Vasilisa. Além disso, é fim de semana.

Vamos falar em particular agora, Nero respondeu a ela. Por favor, acompanhe René.

Ao seguir pela Macdougal na direção da Houston, a adrenalina sumiu de meu corpo e fui dominado pelo medo do futuro. Eu sabia o que tinha de fazer, o que não podia deixar de fazer. Tentei ligar para Suchitra. Caixa postal. Mandei uma mensagem, *precisamos conversar*. Vaguei pela cidade a caminho de casa, pela Sexta Avenida, até Tribeca, cego para as ruas. Na esquina da North Moore com Greenwich recebi a resposta dela. *Volto tarde o q*. Não havia como responder. *Não esquenta, falamos logo mais*. Virei à direita na Chambers e passei na frente da Stuyvesant High School. Eu esperava o pior. O que mais podia acontecer? O que ela podia pensar de mim, do que eu tinha de dizer a ela? Só o pior.

Mas se a natureza humana não fosse um mistério, não precisaríamos de poetas.

34

Mais tarde. Digamos, bem mais tarde. Algum homem sábio uma vez sugeriu que Manhattan abaixo da rua 14 às três da manhã em 28 de novembro era a Gotham City de Batman; Manhattan entre as ruas 14 e 110 no dia mais claro e ensolarado de julho era a Metrópolis do Super-Homem. E o Homem-Aranha, esse parceiro tardio, pendurado de cabeça para baixo no Queens, pensando sobre poder e responsabilidade. Todas essas cidades, as cidades invisíveis imaginárias por cima, em torno e entremeadas com a cidade real: tudo ainda intacto, mesmo que depois da eleição o Coringa — o cabelo verde luminoso de triunfo, a pele branca como o capuz de um membro do Klan, os lábios a gotejar sangue anônimo — agora governava todas elas. O Coringa tinha de fato se tornado um rei e vivia numa Casa Dourada no céu. Os cidadãos recorriam a clichês, lembravam a si mesmos que ainda havia aves nas árvores, o céu não tinha caído e ainda era, muitas vezes, azul. A cidade se mantinha. E no rádio, nos apps de música a tocar nos fones bluetooth dos jovens indiferentes, a batida continuava. Os Yankees ainda se preocupavam com a rotação de seus lances, os Mets ainda rendiam abaixo do esperado e os Knicks ainda carregavam a maldição de serem os Knicks. A internet ainda estava cheia de mentiras e o negócio da verdade estava quebrado. O melhor tinha perdido toda convicção, o pior estava cheio de apaixonada intensidade e a fraqueza do justo era revelada pelo ódio do injusto. Mas a República permanecia mais ou menos intacta. Deixe-me registrar isso porque era uma afirmação feita muitas vezes para consolar aqueles de nós que não são facilmente consoláveis. É uma ficção de certa forma, mas eu a repito. Sei que depois da tempestade, vem outra tempestade e depois outra. Sei que o mau tempo é a previsão para sempre e os dias felizes não estão de volta, a intolerância é o novo preto, o sistema realmente está equipado, só que não do jeito que o palhaço do mal tentou nos fazer acreditar. Às vezes, os maus vencem, e o que fazer quando o mundo em que se acredita se transforma numa lua de papel e um planeta escuro se ergue e diz: não, eu sou o mundo. Como viver entre seus conterrâneos e conterrâneas quando você não sabe qual deles conta entre os sessenta milhões e tanto que levaram o horror ao poder, quando você não consegue dizer quem conta entre os noventa milhões e tanto que deram de ombros e ficaram em casa, ou quando seus compatriotas americanos te dizem que saber coisas é elitista e que detestam elites, e tudo o que você jamais teve é sua mente, foi criado para acreditar que o conhecimento é adorável, não essa bobagem de conhecimento-é-poder, mas *conhecimento é beleza*, e então tudo isso, educação, arte, música, cinema, se torna um motivo para ser abominado e a criatura saída do Spiritus Mundi se ergue e sacoleja até Washington DC, para nascer. O que eu fiz foi me retirar para a vida privada — me agarrar à vida como eu a conhecia, sua cotidianidade e força, e insistir na capacidade do universo moral dos Jardins de sobreviver mesmo ao mais feroz dos assaltos. E agora, portanto, deixe minha pequena história ter seus momentos finais em meio a qualquer lixo macro que esteja em torno enquanto você lê isto aqui, qualquer *manufatuvérsia*, qualquer horror, burrice, feiura ou desgraça. Permita que eu convide o gigante e vitorioso rei de cartum de cabelo verde e sua franquia cinematográfica de um bilhão de dólares para sentar nos fundos e deixar as pessoas de verdade dirigirem o ônibus. Nossas pequenas vidas são talvez tudo o que somos capazes de entender.

Me lembro de ter dito a Apu Golden que chorei na noite da eleição de novembro de 2008. Aquelas foram boas lágrimas. As mesmas e opostas lágrimas de 2016 levaram embora o que havia de bom.

No mundo do real eu tinha aprendido duras lições. Mentiras podem provocar tragédias, tanto em escala pessoal como nacional. Mentiras podem derrotar a verdade. Mas a verdade é perigosa também. Quem conta a verdade pode ser vulgar e ofensivo, como eu fui na Casa Dourada aquele dia. Contar a verdade também pode custar o que você ama.

Não houve muita discussão quando contei a Suchitra sobre o filho de Vasilisa Golden. Ela me ouviu em silêncio, pediu licença, foi para o quarto e fechou a porta. Dez minutos depois, reemergiu, olhos secos, com perfeito domínio de suas emoções. "Acho que você devia se mudar, não acha?", ela perguntou. "E deve ir agora." Mudei de volta para meu antigo quarto na casa do sr. U Lnu Fnu. Quanto a nossas relações de trabalho, ela disse que estava disposta a continuar a apoiar o plano de meu futuro filme, que depois de tantos anos estava perto de receber o sinal verde, mas que fora isso devíamos trabalhar separados no futuro, o que era mais que justo. Além disso, para minha surpresa e grande frustração, ela imediatamente partiu para uma série de breves, mas aparentemente apaixonados casos amorosos com homens importantes, e todos eles foram amplamente compartilhados nas redes sociais e me deixaram chocado, admito. Que profundidade tinha seu sentimento por mim se ela conseguia mergulhar tão depressa no que veio a seguir? Até que ponto tinha sido de verdade? Essas ideias me infernizaram, embora eu soubesse, no fundo do coração, que isso era eu tentando transferir a culpa, e a culpa não podia ser transferida, permanecia firme sobre os meus ombros. — Então não foi um bom momento para mim, mas, sim, consegui realizar meu filme *A Casa Dourada*, meu projeto-obsessão de mais de uma década — por fim um drama, uma ficção de fato, não um falso documentário, o roteiro completamente reescrito desde a minha passagem pelo Sundance Screenwriters Lab — e, sim, as pessoas que eu precisava que gostassem do filme, pareciam gostar e, sim, com a ajuda de um amigo produtor ítalo-americano em Los Angeles, os direitos de distribuição na América do Norte foram adquiridos pela Inertia Pictures. Lá estava na divulgação, *lançamento em salas de exibição e on demand nos primeiros três meses do ano*, Variety *descobriu com exclusividade*, portanto era verdade. *O filme é o longa-metragem de estreia do autor-diretor Unterlinden.* Num momento difícil para filmes independentes, era um contrato excepcional. Estranhamente, quando chegou a boa notícia, não senti absolutamente nada. Sentir o quê? Era apenas trabalho. O maior benefício é que eu agora podia alugar um apartamento próprio.

Mas arrumar esse apartamento seria perder o acesso aos Jardins, e os Jardins eram o lugar onde meu filho brincava todos os dias, mesmo que fosse impossível me aproximar dele. Além disso, eu sentia muito afeto pelo sr. U Lnu Fnu, que tentava, à sua maneira suave, me consolar pela perda do amor de Suchitra. Ele me perguntou em que dia da semana eu tinha nascido, e também Suchitra. Eu não sabia, mas havia websites agora onde você podia colocar a data e saber de que dia você era, e descobri que éramos de domingo (eu) e quarta-feira (ela). Contei para o sr. U Lnu Fnu e ele imediatamente estalou a língua, sacudiu a cabeça. "Sabe, sabe", disse. "Em Myanmar essa combinação é infeliz." Sábado e quinta-feita, sexta e segunda, domingo e quarta, quarta à noite e terça: são pares malfadados. "Melhor encontrar alguém com dia complementar", ele disse. "Para você, filho de domingo, todos os outros dias são bons. Menos quarta-feira! Por que escolher um dia que tem azar? Como garantir uma vida infeliz!" Estranhamente, essa superstição do outro lado do mundo de fato forneceu algum consolo. Mas naqueles dias em que eu tinha perdido tanto minha amante como meu filho, eu estava me afogando e me agarrava a palitos.

Seu trabalho vai bem quando sua vida está terrível. Será uma regra? Solidão e Coração Partido: serão esses os nomes dos portões do Éden?

Minha história agora foi além de meu filme e as divergências são agudas. No filme, o inspetor de polícia aposentado vai visitar o velho filho da puta com intenções assassinas, e de fato tira uma arma, atira e o mata, e é morto em seguida pelo revólver à espera na bolsa da esposa russa do velho.

No que tenho de chamar de vida real, o sr. Mastan morreu vinte e quatro horas depois de deixar a casa da Macdougal Street, empurrado de uma plataforma do metrô para o trilho do trem quando estava a caminho da Penn Station para voltar à casa de sua irmã na Filadélfia. A agressora foi uma mulher de trinta anos, de etnia sul-asiática, do Queens, que foi levada em custódia imediatamente e acusada de assassinato em segundo grau. Ao ser detida, ela disse: "Era um velho intrometido. Interferiu num assunto de família". A notícia no *Times* dizia: "A polícia a descreveu como emocionalmente perturbada e disse que, um mês antes, ela inventara uma história de que empurrara alguém para o trilho". Logo se descobriu que essa primeira declaração era mentirosa. Dessa vez, porém, tinha realmente empurrado. Apesar de sua declaração, não se conseguiu estabelecer nenhuma relação entre ela e o morto, e os investigadores concluíram que não havia nenhuma. Uma mulher emocionalmente perturbada havia empurrado um homem para a morte. Parecia não ser necessária nenhuma outra investigação.

Até mesmo a minha vidinha começara a parecer menos compreensível dia a dia. Eu não entendia nada. Tinha me tornado o que sempre esperara ser, mas sem amor era tudo cinzas. Todo dia pensava em procurar Suchitra, mas lá estava ela no Instagram contando para o mundo sobre novos relacionamentos, que eram como facas no meu coração. E meu crime, meu único filho, estava bem diante da minha janela, crescia a olhos vistos, aprendia palavras, desenvolvia uma personalidade e eu impossibilitado de ser parte disso. Vasilisa tinha deixado claro para mim que se chegasse a cinco metros dele ela iria ao tribunal pedir uma medida restritiva. Então eu ficava à janela do meu mentor birmane e olhava, arrasado, o sangue do meu sangue proibido que se aproximava de seu terceiro aniversário. Talvez fosse melhor para mim deixar os Jardins e começar uma nova vida em algum outro lugar, Greenpoint, por exemplo, ou Madagascar, ou Sichuan, ou Nizhny Novgorod, ou Timbuktu. Às vezes, eu sonhava que era esfolado e caminhava, nu e sem pele, por uma cidade desconhecida que não dava a menor importância a meus sonhos. Sonhava que subia uma escada numa casa conhecida e de repente me dava conta de que no quarto onde estava a ponto de entrar no alto da escada havia um homem à minha espera com uma forca e minha vida estava para terminar. Tudo isso quando eu era, depois de mais de dez anos, um sucesso do dia para a noite, e havia ofertas lucrativas para dirigir vídeos de hip-hop, comerciais de motocicleta, episódios de sessenta minutos de séries dramáticas famosas da televisão e mesmo um segundo longa-metragem. Nada disso fazia sentido. Eu tinha perdido o rumo e ficava lá sentado em minha lata, girando no vazio. Está me ouvindo. Está me ouvindo. Está me ouvindo.

Foi Riya — Riya que tinha me batido tão forte que meus ouvidos ficaram zunindo durante dias — quem me ajudou a dar meus primeiros passos na estrada da vida adulta funcional. Começamos a nos encontrar talvez uma vez por semana, sempre no mesmo bar-restaurante na Bowery, perto do Museu da Identidade, e ela me falou de sua decisão de voltar ao trabalho, que seu patrão Orlando Wolf havia mantido aberto para ela com considerável sensibilidade. Ela o descreveu como uma relação onde o amor tinha morrido, mas restara muito em comum para fazer valer a pena trabalhar. Talvez com algum bom esforço algo como amor pudesse renascer.

Foi assim também que ela recomendou que eu me aproximasse do meu amor rompido. Dê um tempo a Suchitra, ela disse. Deixe ela passar pelo que está fazendo agora, todos esses homens atrevidos, de segunda classe. É a raiva dela em ação. Dê um tempo, eu acho que ela vai voltar a você para ver o que dá para elaborar.

Eu achava difícil de acreditar, mas fez com que me sentisse melhor. Gostei de ver a recuperação de Riya também. O resultado da eleição pareceu energizá-la, ter lhe dado de volta sua antiga força de espírito e a mente incisiva. Manteve-se afastada das políticas de gênero porque, em suas palavras, ainda estava "alquebrada" nessa área, mas trabalhou em novos campos fazendo a crônica e expondo o crescimento da nova extrema direita "identitária", a chegada à América do movimento europeu extremista cujo berço era o movimento jovem francês, a Nouvelle Droite Génération Identitaire, e programou eventos em torno de identidade racial e nacional, uma série que ela chamou de

Crise de Identidade, que tratava em geral de questões raciais e religiosas, mas com o foco, acima de tudo, na convulsão cismática que dominara a América em seguida ao triunfo do risonho narcisista de cartum, a América rasgada em duas, seu mito definidor de excepcional cidade na colina pisoteado na sarjeta da intolerância e da supremacia racial e masculina, a máscara da América arrancada para revelar as faces do Coringa por baixo. Sessenta milhões. Sessenta milhões. E mais de noventa milhões desinteressados demais para votar.

Houve um tempo em que os franceses nos mandaram a estátua do porto, disse ela, agora nos mandam isso.

Identidade era agora um grito neofascista, o Museu foi obrigado a mudar e Riya fez de si mesma a porta-estandarte dessa mudança. Ficamos preguiçosos, disse ela. Durante oito anos nos convencemos de que a América progressista, tolerante, adulta, encarnada no presidente, era o que a América havia se tornado, que simplesmente continuaria a ser assim. E essa América ainda está lá, mas o lado escuro também está, e saiu rugindo de sua jaula e nos engoliu. A identidade secreta da América não era um super-herói. Mostrou ser um supervilão. Estamos no universo Bizarro e temos de nos relacionar com a Bizarro-América para entender sua natureza e aprender como destruí-la toda de novo. Temos de aprender a induzir o sr. Mxyztplk a dizer seu nome de trás para a frente para que ele desapareça na quinta dimensão e o mundo se sinta sadio outra vez. E temos de nos empenhar e entender como nos tornamos tão fodidamente fracos e apáticos, e como recuperar os instrumentos para mergulhar de volta na batalha. Quem somos nós agora? Quem é que sabe isso, porra.

O.k., o.k., eu pensei e perdi a paciência (embora só internamente) com o sermão dela. Sorte sua. Fico contente que esteja recuperada e em ação outra vez, e faça isso, tudo isso, vá em frente. Tudo o que eu queria fazer era tapar os ouvidos e gritar la la la la la. Tudo o que eu queria era que não houvesse notícias na televisão e que a internet entrasse em colapso para sempre e que meus amigos fossem meus amigos e sair para bons jantares e ouvir boa música e que o amor vencesse tudo e que Suchitra, de alguma forma, por mágica, voltasse para mim.

Então, uma noite, em minha cama dolorida, me lembrei do que Nero Golden me dissera quando meus pais morreram. Seja sábio. Aprenda a ser um homem.

Na tarde seguinte, me apresentei à suíte de edição onde Suchitra trabalhava duro. Quando ela me viu, enrijeceu. Estou muito ocupada mesmo, disse. Eu espero, falei. Vou trabalhar até tarde, ela disse. Então espero, falei. Ela virou o rosto e não olhou de novo para mim durante cinco horas e quarenta e três minutos, eu parado imóvel, calado num canto, e não interrompi. Quando ela finalmente começou a encerrar o trabalho do dia era quinze para as onze da noite. Ela girou a cadeira e me encarou.

Você esperou muito pacientemente, ela disse, não sem gentileza. Deve ser importante.

Eu te amo, eu disse, e vi se erguerem todas as barricadas de defesa dela. Ela não respondeu nada. O monitor do computador fez um som e mostrou uma caixa de diálogo dizendo que um dos programas abertos havia cancelado o encerramento. Ela deu um suspiro de irritação e cansaço, saiu do programa e mandou encerrar de novo. Dessa vez funcionou.

Às vezes, in extremis, seres humanos recebem de algum poder interno ou superior — dependendo de seu sistema de crença — o dom das línguas, as palavras certas a dizer na hora certa, a língua que destravará e curará um coração ferido e defendido. Assim foi naquela hora tardia entre as telas de computador apagadas. Não apenas a língua, mas a nudez por trás das palavras. E por trás da nudez a música. As primeiras palavras que saíram de meus lábios não eram minhas. E o que fez com que funcionassem foi que eu, que não era capaz de reproduzir uma melodia, efetivamente tentei cantar, primeiro sem jeito e depois com

432

lágrimas indisfarçadas correndo pelo rosto: "Bird on the Wire", jurando minha fidelidade de traidor nas palavras da canção e prometendo profundas compensações. Antes que eu terminasse ela começou a rir, e estávamos rindo juntos, chorando e rindo, estava tudo bem, ia ficar tudo bem, com nossas vozes rachadas éramos bêbados num coro de meia-noite e tentaríamos à nossa maneira nos libertarmos.

Em algum momento posterior, quando estávamos juntos na cama, acrescentei mais algumas ideias prosaicas à mágica da canção. Fazia mais de um ano que o Coringa conquistara a América e ainda estávamos em choque, passando pelos estágios do luto, mas agora precisávamos ficar juntos, para colocar o amor, a beleza, a solidariedade e a amizade contra as forças monstruosas que nos encaravam. Humanidade era a única resposta ao cartum. Eu não tinha planos, a não ser o amor. Esperava que algum plano pudesse vir à tona com o tempo, mas por enquanto havia apenas nos abraçarmos bem forte, para passar força um para o outro, corpo a corpo, boca a boca, espírito a espírito, de mim para você. Havia apenas as mãos dadas e o lento aprendizado de não ter medo do escuro.

Cale a boca, ela disse, e me puxou para ela.

Aniversários no domingo e na quarta-feira, eu disse a ela. Minha informação de Myanmar é que nós somos enfeitiçados por essa combinação.

Vou te contar um segredo, ela disse. Feitiços birmaneses não têm permissão para entrar nos Estados Unidos. Há uma lista de países cujos feitiços não podem entrar. A maioria deles islâmica, claro, mas Myanmar está na lista também.

Então, enquanto estivermos nos EUA, estamos seguros?

Vamos ter de encontrar algum jeito para tirar férias no exterior, ela disse.

35

O fogo vem lambendo as bordas de minha história ao se aproximar do fim, e fogo é quente, inexorável, e chegará o seu dia.

Naqueles últimos meses, a Casa Dourada era como uma fortaleza sitiada. As forças de sítio eram invisíveis, mas todo mundo na casa as sentia, os anjos ou demônios invisíveis do fim iminente. E um a um os empregados começaram a ir embora.

O filme evocado aqui talvez seja a maior obra-prima do grande Luis Buñuel. O título original, *Os excluídos da rua Providência*, não é explicitamente religioso — "providência" não é necessariamente divina, pode ser nada mais que uma metáfora, assim como seus colegas carma, kismet e destino — então os personagens expulsos pelo destino podem ser não mais que perdedores sem sorte na loteria da vida — mas no momento em que o filme chegou às telas do cinema como *O anjo exterminador*, Buñuel havia esclarecido seu sentido além de qualquer dúvida. Quando vi o filme pela primeira vez no Centro IFC talvez fosse jovem demais para entendê-lo. Há um grande banquete numa mansão de luxo, e enquanto ele ocorre, todos os funcionários da casa encontram desculpas esfarrapadas e desertam de seus postos e deveres, vão embora da casa, restam apenas o mordomo e os convidados para enfrentar o que quer que venha a acontecer. Entendi o filme simplesmente como uma surrealista comédia social. Isso foi antes de eu aprender que existem pessoas capazes de sentir a calamidade iminente, como o gado que prevê terremotos, e essa autopreservação explica seus atos aparentemente irracionais.

Não houve banquete na Casa Dourada e os funcionários não foram embora numa mesma noite. A vida não imita a arte tão generosamente assim. Mas aos poucos, ao longo de um período de semanas, e para crescente consternação da dona da casa, as pessoas começaram a sair. O faz-tudo Gonzalo saiu primeiro, simplesmente não apareceu para trabalhar uma segunda-feira e depois nunca mais foi visto. Na grande casa havia sempre algo que precisava ser arrumado, uma privada entupida, um lustre com lâmpadas queimadas, uma porta ou janela que precisava de ajuste. Vasilisa reagiu ao desaparecimento de Gonzalo com petulante desagrado e algumas observações a respeito dos mexicanos que não mereciam confiança que não foram bem recebidas no andar de baixo. McNally, o mordomo, conseguiu suprir a maior parte das tarefas de Gonzalo, e sabia quem chamar para coisas que não conseguia consertar sozinho, de forma que a ausência não causou ao senhor ou senhora da casa nenhum desconforto sério. Mas as partidas seguintes foram mais perturbadoras para a rotina diária da residência. Vasilisa tinha sido sempre ríspida com as empregadas, reduzindo todas às lágrimas com críticas selvagens a seu trabalho diligente, e tinha havido uma grande rotação de criados de limpeza e arrumação de camas durante seu domínio, de forma que não foi surpresa quando a última jovem irlandesa de Boston foi embora dizendo que não, não queria um aumento, queria apenas deixar o emprego. Na cozinha houve uma demissão. Cucchi, o chef, demitiu seu assistente Gilberto por causa de uma epidemia de pequenos furtos. Quando as facas boas começaram a desaparecer da cozinha, Cucchi confrontou o jovem argentino, que negou tudo e saiu enfurecido. Você não pode sair, Cucchi gritou para ele, porque sou eu que demito você antes. McNally tentou tapar os buracos, ligou para agências de trabalho temporário e pediu a colegas profissionais de outras casas grandiosas que emprestassem pessoal se pudessem dispensar suas habilidades, e assim a casa conseguiu continuar, claudicante. Mas os ratos continuaram a abandonar o navio.

Sob protesto, uma parte de mim ficara impressionada com o rápido e eficiente controle de danos de Vasilisa nos dias que se seguiram à minha revelação de segredos na sala dela. Nero Golden havia sido publicamente humilhado e não era homem que reagisse bem a humilhação. Mas Vasilisa conseguiu não só resgatar seu casamento, como também convenceu Nero a continuar a reconhecer o Pequeno Vespa como seu filho e herdeiro. Esses foram, eu disse a mim mesmo, lances muito hábeis. Lances que a colocaram no panteão eterno de mulheres astutas. Ela sabia como conservar o seu homem.

Não cabe a mim especular sobre o que possa ou não ter acontecido entre eles por trás da porta do quarto. Evitarei essa obscenidade, por mais tentador que seja o espetáculo de Vasilisa em ação. Tempos desesperados, medidas desesperadas, mas na ausência de um vídeo sexual não resta nada a dizer. E para ser franco, não é claro se o quarto foi a base da defesa dela. Pode-se dizer que é muito mais plausível que ela tenha explorado o declínio mental de Nero. Tratava-se de um homem velho e cada vez mais doente, mais e mais esquecido, sua mente muitas vezes um fiozinho d'água tortuoso, mostrando apenas breves relances de seu formidável fluxo anterior. Vasilisa assumiu a função de cuidar dele pessoalmente, dispensou as enfermeiras do dia e da noite que tinha contratado antes para aliviá-la da dificuldade do trabalho. Portanto, mais uma saída de equipe doméstica e Vasilisa passou a desempenhar as funções de cuidadora principal sem reclamar. Ela e só ela estava encarregada dos medicamentos agora. Fuss e Blather foram progressivamente afastadas de seu patrão, até o dia em que Vasilisa, com feroz doçura, disse a elas, estou bem familiarizada com todas as práticas de negócios dele e sou plenamente capaz de ser sua assistente pessoal mais próxima, de forma que agradeço muito seus serviços e vamos discutir o valor da indenização. A casa grande começou a ecoar com as ausências. Vasilisa estava jogando todos os seus trunfos.

O ás de seus trunfos era o Pequeno Vespa. Meu filho não só estava se transformando num cara dos mais fascinantes às vésperas do seu quarto aniversário como, aos olhos leitosos de Nero, ele era o único sobrevivente de uma calamidade. Um homem que perdeu três filhos não renuncia com facilidade ao quarto, e à medida que o declínio de Nero se acelerava, sua memória fraquejava e se apagava, e o menino se sentava em seu joelho e o chamava de papa, era fácil para o velho esquecer os detalhes e se apegar ao único filho vivo como se fosse a reencarnação dos irmãos mortos, além de ser ele mesmo, como se fosse uma arca do tesouro contendo tudo o que seu pai havia perdido.

Quem sobrou? A mãe babushka que podia ou não ser da agência Central Casting, Sibéria. McNally, o mordomo, e Cucchi, o chef. As equipes de empresas de limpeza vinham e iam, cobravam quinhentos dólares por dia. Nenhum visitante. E Nero, invisível, não visto por nenhum de seus vizinhos. Comecei a acreditar na teoria de Vito Tagliabue. Ela devia saber que ele não ia durar muito. E se estava adulterando os remédios dele, quanto menos olhos melhor. Ela devia saber que era um estado de coisas de curta duração. O que os médicos dele diziam a ela? Havia uma doença terminal que não era divulgada? Ou a própria Vasilisa era essa doença. Mentalmente eu a vejo todos os dias ajoelhada na sala de visitas da Casa Dourada, o "salão", como ela dizia, na frente de sua cópia do ícone Feodorovskaya da Mãe de Deus da tsarina Alexandra Románova, rezando. Que seja hoje. Que venha agora.

Baba Yaga, mate seu marido, mas por favor não devore meu filho.

O chef e o mordomo estavam implicando um com o outro e foi "Cookie" quem cedeu. De qualquer forma, o padrão básico do chef era a reclamação, ele era o grande mestre das queixas, sempre desvalorizado e incompreendido, querendo servir banquetes preparados em seu querido estilo extremista, derivado do trabalho dos grandes mestres Adrià e Redzepi, comida como arte da performance, pratos boiando em mares de espuma e pedaços de torradas sobre as quais formigas pretas, ainda vivas, tinham sido assadas sobre finas tiras de carne bovina wagyu. Em vez disso, pediam que preparasse comida infantil para o Pequeno Vespa, hambúrgueres e mais hambúrgueres, e comida de coelho vegana para Vasilisa. O próprio Nero Golden não se importava com o que comia, contanto que contivesse muita carne. Os lamentos de "Cookie" Cucchi caíam em ouvidos moucos. Ele tinha ameaçado ir embora quase todas as semanas, mas ficara por causa do dinheiro. Agora, na casa com redução de funcionários, os ânimos estavam abalados e por fim McNally ordenou que o pretenso gastrônomo calasse a boca e cozinhasse. O chef rasgou o chapéu branco e o avental e agitou um cutelo na direção do mordomo. Então, com um grande ruído, cravou o cutelo na madeira do cepo de corte, deixando-o ali como Excalibur na pedra, e saiu da casa tempestuosamente.

Nero estava letárgico e distraído. (Essa descrição é uma

versão do testemunho prestado depois por Michael McNally à polícia.) Ficava sobretudo em seu quarto, semiadormecido, mas às vezes era visto vagando escada abaixo como um sonâmbulo. Porém era capaz de espocar em súbita e chocante vitalidade. Numa ocasião, ele agarrou McNally pelos ombros e gritou em seu rosto: *Não sabe quem eu sou, seu babaca? Eu construí cidades. Sou um dos senhores do mundo.* Não sei com quem ele imaginava estar falando, disse McNally. Não comigo. Olhava nos meus olhos, mas quem sabe quem ele via. Naqueles dias, talvez visse a si mesmo como o imperador cujo nome adotara. Talvez achasse que estava em Roma. Sinceramente não sei dizer, McNally confessou. Não tenho esse nível de educação.

Ele está sendo envenenado, Vito Tagliabue me chamou para repetir. Não tenho nenhuma dúvida.

Houve uma estranha ocorrência, dois dias antes do incêndio. A Casa Dourada acordou e descobriu que um grande saco de juta com roupa suja havia sido deixado na porta da Macdougal Street. Não havia nenhum bilhete. Quando abriram o saco, descobriram que estava cheio do que McNally descreveu como *roupas estrangeiras.* Poderia ele ser mais específico? Por suas tentativas de descrevê-las, entendi que eram roupas indianas. Kurtas, pijamas, lehngas, veshtis, blusas de sári, anáguas. Não havia instruções e o remetente era desconhecido. Incomodada com o erro, Vasilisa ordenou que fossem deixadas lá fora, com o lixo. Não havia por que informar o senhor da casa. A casa não era uma lavanderia. Algum estrangeiro ignorante tinha cometido o erro de um estrangeiro ignorante.

Havia operários cavando a rua. Algo a ver com reparos vitais na infraestrutura do bairro. Quando Vasilisa enviou McNally para perguntar quanto tempo ia demorar o incômodo, disseram, três meses, talvez, e um dar de ombros. O que podia significar seis, nove ou doze. Não queria dizer nada, apenas que os operários iriam ficar por ali por um período de tempo substancial. Obras de construção eram a nova forma de arte brutalista da cidade, e erigiam suas instalações onde quer que se olhasse. Grandes edifícios caíam e erguiam-se pátios de obras. Canos e cabos subiam e desciam das profundezas ocultas. Linhas telefônicas paravam de funcionar e serviços de água, luz e gás eram suspensos ao acaso. Obras eram a arte de tornar a cidade mais consciente de si mesma como um frágil organismo à mercê de forças contra as quais não havia como apelar. Obras eram a poderosa metrópole recebendo uma lição de vulnerabilidade e desamparo. Operários de obras eram os grandes artistas conceituais de nosso tempo e suas instalações, seus selvagens buracos no solo, inspiravam não apenas ódio — porque a maior parte das pessoas não gostava de arte moderna — mas também assombro. Os capacetes, os blusões cor de laranja, as nádegas, os apitos de lobo, a força. Verdadeiramente era o trans-avant-garde em ação.

Estacionamento suspenso e a canção das britadeiras enchia o ar, radical, atonal, o tipo de percussão urbana que Walt Whitman teria adorado, produzida pelo suor potente de grandes homens indiferentes.

Da entrada coberta de cinza sigo seus movimentos,
as cinturas elásticas junto com os braços maciços,
giram alto os martelos, lentos no alto, tão seguros no alto,
não se apressam, cada homem bate em seu lugar.

Assim foi durante dois dias depois do incidente da roupa suja.

Então veio a explosão.

Alguma coisa com o conduto principal de gás. A culpa mudava de uma entidade para outra, esta checagem de segurança não realizada, aquele erro humano, um vazamento, uma faísca, kabum. Ou podia ser um cínico senhorio fazendo conexões ilegais no porão, um vazamento, uma faísca. Um possível crime, uma linha de gás ilegal escondida dos inspetores da ConEd, possíveis acusações de assassinato, o senhorio que não atende o telefone e não é encontrado em seu endereço registrado. Quem produziu a faísca? Desconhecido. Serão realizadas investigações e um relatório publicado no devido momento. Terrorismo descartado imediatamente. Nenhum operário ferido, felizmente. A explosão estilhaçou janelas e sacudiu paredes, uma bola de fogo subiu e uma casa, pertencente ao sr. Nero Golden, pegou fogo. Quatro adultos e uma criança pequena no local no momento: o proprietário e sua esposa, a mãe dela, o filho pequeno e um funcionário, sr. Michael McNally. Aparentemente, a edificação não tinha passado pela devida manutenção, o sistema de sprinklers interno não foi verificado durante muito tempo e não funcionou. O sr. McNally estava na cozinha, aquecendo azeite de oliva numa panela para preparar o almoço da família. Segundo sua declaração inicial, a explosão arrebentou as janelas da cozinha, o desequilibrou e o deixou tonto. Ele acredita que perdeu a consciência, depois se recuperou e saiu pela porta para os Jardins, entre as ruas Macdougal e Sullivan. Ali perdeu a consciência outra vez. Quando voltou a si, a cozinha estava pegando fogo, as chamas transbordaram da frigideira e se espalharam por todo o primeiro andar. Os outros moradores estavam no andar de cima. Não havia maneira de sair. O corpo de bombeiros compareceu com sua costumeira diligência. Houve certo problema de acesso devido às obras. Mas o fogo foi contido rapidamente, limitado a apenas uma residência. Todas as propriedades em torno ficaram intactas.

Na era do smartphone, era natural que tivessem feito muitas fotos e vídeos. Muitos deles foram depois apresentados à devida autoridade da Polícia de Nova York para serem estudados em detalhe em busca de qualquer outro esclarecimento que pudessem fornecer.

Mas na Casa Dourada, naquele dia, houve gente encurralada pelo fogo. O alto drama do acontecimento se esgotou e terminou numa tripla tragédia e um milagre.

Relatos não confirmados mencionaram que diversos indivíduos ouviram o som de alguém no alto da mansão tocando violino.

Mentalmente, vejo as chamas subindo cada vez mais alto até parecerem lamber o próprio céu, as chamas do inferno como algo saído de Hieronymus Bosch, é difícil me apegar àquela crença no bem à qual eu me dedicava, difícil não sentir o calor do desespero. Elas, as chamas, a mim parecem queimar todo o mundo que eu conhecia, consumir em seu calor alaranjado todas as coisas que me eram caras, que eu tinha sido educado para defender, para amar e lutar por elas. A própria civilização parecia queimar naquele fogo, minhas esperanças, as esperanças das mulheres, nossas esperanças por nosso planeta e pela paz. Lembrei de todos aqueles pensadores queimados na fogueira, todos aqueles que se puseram contra as forças e ortodoxias de seu tempo, e me senti, a mim e a toda a minha espécie privada de direitos, preso agora por fortes correntes e envolto no horrível incêndio, o Ocidente em si em chamas, Roma queimando, os bárbaros não nas portas, mas dentro, nossos próprios bárbaros, alimentados por nós mesmos, afagados e glorificados por nós mesmos, capacitados por nós mesmos, tão nossos como nossos filhos, se erguendo como crianças selvagens para queimar o mundo que os fizera, alegando salvá-lo no momento mesmo em que o punham em chamas. Era o fogo de nossa condenação, e levaria meio século ou mais para reconstruir o que ele destruiu.

Sim, eu sofro de hipérbole, é uma condição preexistente para a qual preciso de tratamento, mas algumas vezes, um homem paranoico está realmente sendo perseguido, assim como às vezes o mundo é mais exaltado, mais exagerado, mais hiperbolicamente infernal do que qualquer hiperbolista-infernalista jamais sonharia mesmo em seus sonhos mais loucos.

Então eu vi as chamas escuras, as chamas negras do inferno, lambendo o espaço sagrado da minha infância, o único lugar do mundo onde eu sempre me senti seguro, sempre em paz, nunca ameaçado, os Jardins encantados, e aprendi a lição final, cujo aprendizado nos separa da inocência. Que não há lugar seguro, que o monstro está sempre no portão, e um pouco do monstro estava dentro de nós também, nós éramos os monstros que sempre tememos, e por mais que a beleza nos envolvesse, por mais sorte que tivéssemos na vida, ou dinheiro, ou família, ou talento, ou amor, no final da estrada o fogo queimava e nos consumiria a todos.

Em *O anjo exterminador*, os convidados do banquete no México se viram encurralados na sala da grande mansão do señor Edmundo Nóbile por uma força invisível. O surrealismo permitiu a seus seguidores as vias indiretas e a estranheza da poesia. A vida real nos Jardins era muito mais prosaica. Nero, Vasilisa, sua babushka e meu filho estavam todos aprisionados na Casa Dourada pela banalidade, pelo letal convencionalismo, pelo mortal realismo de um incêndio.

Se a vida fosse um filme, eu teria ouvido falar do incêndio, corrido para ele veloz como um super-herói, me livrado das mãos que me agarravam, mergulhado nas chamas e retornado, enquanto vigas ardentes caíam sobre mim, com meu filho abrigado em segurança em meus braços. Se a vida fosse um filme ele teria enfiado a cabeça em meu ombro e murmurado: "Papa, eu sabia que você vinha". Se a vida fosse um filme, terminaria com um plano geral do Village com as brasas da Casa Dourada brilhando no centro da tela enquanto eu me afastava com a criança e uma canção famosa crescia na trilha sonora, "Beautiful Boy", de John Lennon, talvez, e os créditos começavam a rolar.

Isso não aconteceu.

Quando Suchitra e eu chegamos à Macdoughal Street estava tudo acabado. Michael NcNally tinha sido atendido no Mount Sinai Beth Israel e seria em seguida interrogado pelos detetives, que o isentaram de responsabilidade pelo incêndio. Os outros adultos morreram antes que a equipe da escada conseguisse chegar até eles, Nero e a babushka, depressa dominados pela fumaça, perderam a consciência, nunca mais acordaram. Houve um momento de emoção operística. A bela sra. Golden, Vasilisa, aparecera na janela do andar de cima com o filho de quase quatro anos nos braços, gritando "Deus, salve meu filho", e antes que qualquer um pudesse chegar até ela, jogou a criança pela janela, para longe do fogo. Um dos bombeiros no local, Mariano "Mo" Vasquez, trinta e nove anos, que era por acaso o receptor de seu time de baseball em Staten Island, lançou-se à frente e pegou o menino coberto de fuligem bem a tempo, "como uma bola", ele disse depois para as câmeras de televisão, e então soprou ar nos pulmões do menino e conseguiu que voltasse a respirar. "Ele deu umas tossidas e aí começou a gritar e chorar. Foi lindo, cara. Um milagre, cara, um milagre, e agora eu fiquei sabendo que amanhã é o aniversário de quatro anos do menino, esse menino tinha um anjo da guarda olhando por ele com certeza. Foi uma boa coisa, muito bonita e dou graças a Deus Todo-Poderoso por eu estar no lugar certo na hora certa."

Depois disso, Vasilisa caiu para trás, para longe da janela, e todas as suas ambições e todas as suas estratégias caíram com ela, ninguém merece um fim desses, não importa o que tenha feito na vida, e poucos instante depois que ela sumiu de vista o fogo irrompeu pela janela aberta, não havia a menor possibilidade de salvá-la. E depois, claro, o fogo foi extinto, os corpos carbonizados etc., não é preciso falar de nada disso. A construção teria de ser demolida e uma nova estrutura erguida em seu lugar. Nenhuma outra casa foi danificada pelo fogo.

Assim termina a história da Casa Dourada. Eles achavam que eram romanos, mas era apenas uma fantasia. Seus jogos romanos que geraram seus nomes romanos: jogos apenas. Eles se achavam um rei e seus príncipes, mas não eram Césares. Um César efetivamente subiu na América, seu reino está em curso, cuidado, César, pensei, o povo o levanta, carrega seu trono pelas ruas em êxtase, o glorifica e depois volta-se contra você, rasga sua roupa e o empurrara sobre sua espada. Ave, César. Cuidado com os Idos de Março. Ave, César. Cuidado com o SPQR, *senatus populusque Romanus*, o Senado e o povo de Roma. Ave, César. Relembre Nero, o último de sua linhagem, que no fim fugiu para a mansão de Phaon fora da cidade e mandou cavarem um túmulo para ele, Nero, que, covarde demais para enfiar a espada no próprio corpo, forçou seu secretário pessoal a fazê-lo no fim. Epafroditos, matador do rei. De fato houve Césares no mundo um dia, e agora na América uma nova encarnação no trono. Mas Nero Golden não era rei, nem teve o fim de um César caído. Apenas o fogo, apenas alguma fortuita chama sem sentido. Como é mesmo que seus parceiros de submundo o chamavam em Bombaim? O lavador, sim. O *dhobi*. Aqui está a roupa suja, *dhobi*. Lave. Nada de rei no trono. Ele era apenas o lavador. O lavador.

A roupa suja na porta. O saco de juta cheio de roupas indianas.

Começo a procurar febrilmente na mídia fotos do incêndio, vídeos de iPhone, tudo, onde quer que possa encontrar, qualquer coisa registrada profissionalmente ou postada pelo público em geral. A multidão de curiosos atrás das barreiras de segurança. Rostos vistos através da fumaça e da água. Nada. Nada de novo. E então, alguma coisa.

Dois homens do sul da Ásia numa fotografia, olhando o fogo queimar, um deles anão. Era impossível ver os pés de seu companheiro, mas eu adivinhei que deviam ser pés excepcionalmente grandes.

O tempo passa. Grandes homens encolhem, pequenos homens crescem. Este homem encolhe na velhice, o alcance daqueles homens fica maior. Eles podem estender os braços e tocar lugares e pessoas que não podiam tocar antes. Há companhias aqui que prestam assistência a companhias de lá, para facilitar viagens, executar estratégias. Palhaços se tornam reis, velhas coroas jazem na sarjeta. As coisas mudam. O mundo é assim.

As notícias do dia seguinte foram unânimes. O proprietário desonesto acusado de assassinato de segundo grau. Uma tragédia. E um assombro o pequeno ter sobrevivido. Caso encerrado.

E uma outra história, não do interesse da mídia americana, que encontrei por acaso em meu computador. A morte num país distante de um antes temido don da máfia do sul da Ásia. Sr. Zamzama Alankar, antigo chefão da poderosa família do crime Z-Company, foi enfrentar seu juízo final. Notícia não confirmada.

36

Há uma névoa do amanhecer sobre o rio, um junco chinês com suas velas marrons nítidas, o sol baixo e prateado e a luz do sol roçando a água como uma pedra. Na mesa de tampo de vidro do canto envidraçado onde duas janelas se encontram, nós sentados com lágrimas de vidro nos olhos, sem saber para onde olhar ou como ver. Abaixo de nós corre na brancura uma mulher de cabelo vermelho desalinhado, uma tiara na cabeça como uma rainha que escapa de um sequestro e corre para se salvar. Suchitra e eu estamos sentados frente a frente e o vapor que sobe das xícaras de café e a fumaça do cigarro dela formam três colunas ondulantes no ar.

Imagine um cubo de ar, talvez trinta centímetros por trinta por trinta, se movendo através dos vastos espaços aéreos do mundo. Isso ou algo semelhante eu ouvi o diretor de cinema canadense David Cronenberg dizer. O cubo é o que a câmera vê, e o modo como o cubo se move é o sentido dele. É isso fazer um filme, movimentar esse cubo através do mundo e ver o que ele capta, o que ele torna bonito e a que ele dá sentido. Essa é a arte do cinema.

Olhe para nós um de frente para o outro, ambos de perfil, em formato tela panorâmica e cor não saturada. Veja a câmera se movimentar entre nós, até o ponto médio entre nós, depois girar em seu eixo, em círculos completos, lentos, muitas vezes, de forma que nossos rostos deslizam de um em um, e entre nossos rostos o rio da cidade e a névoa subindo devagar, a luz subindo com o dia. Na mão dela, uma folha de papel. Esse é o tema. Esse é o sentido da cena.

Cenas que não chegaram ao corte final deste texto: eu na delegacia tentando descobrir o que aconteceu com o Pequeno Vespa, com quem ele está, para onde foi levado, quem está cuidando dele. Eu vagando desconsolado pela rua 4, chutando uma pedrinha, as mãos enfiadas nos bolsos, a cabeça baixa. E, finalmente, eu no escritório de um advogado em Midtown enquanto ele lê um documento para mim, depois me entrega o documento, eu faço que sim com a cabeça, eu comunico ao senhor depois, e saio. Exposição demais. A cena que importa é esta, nós dois e a folha de papel na primeira luz do dia.

Nunca pensei que ele fosse fazer isso, eu digo. E se ele fez, ela podia ter protestado, ter dito que ele não estava mais em juízo perfeito.

A mãe.

É. A mãe, esposa dele. Mas agora não há parente. Apenas este documento. Se algum mal acontecer com nós dois, nomeio como guardião do menino o sr. René Unterlinden.

Você sabe o que está me pedindo, ela pergunta.

Sei.

Primeiro, ela convence o marido a aceitar o filho de outro homem como dele. Agora você quer que eu aceite a mesma criança, filha de outra mulher, como meu filho. E você sabe que filhos não estavam nos meus planos.

Lá abaixo de nós, a cabeleira vermelha com tiara parou.

448

Mãos na cintura, respiração pesada, a cabeça voltada para cima. Como se ela também estivesse à espera de uma resposta. Mas é claro que ela não vê Suchitra nem eu, e não sabe de nada. Estamos no vigésimo primeiro andar.

Você vai pensar a respeito, eu pergunto quando a câmera passa por meu rosto.

Ela fecha os olhos e a câmera para, espera, se aproxima. Então ela abre os olhos e apenas seus olhos preenchem a tela.

Acho que podemos fazer isso, ela diz.

Então um corte rápido. Agora outro par de olhos preenche a tela. Muito lentamente a câmera se afasta para revelar que são os olhos do Pequeno Vespa. Ele olha a câmera sem nenhuma expressão. Na trilha sonora, ouvimos a voz off do advogado. O espólio está sob exame de advogados dos dois países e há muitas irregularidades. Mas, enfim, é um espólio muito grande, não há outros herdeiros e ele tem só quatro anos.

Agora somos três, o Pequeno Vespa, Suchitra e eu, numa sala não especificada, uma sala numa residência do Brooklyn da família adotiva aonde ele foi levado para guarda temporária. A câmera se desloca para o centro do triângulo e começa, muito lentamente, a girar em seu eixo, de forma que nossos rostos passam um por vez. Todos os rostos sem expressão. A câmera começa a rodar mais depressa, e ainda mais depressa. Nossos rostos se borram uns nos outros e então a câmera gira tão rápido que todos os rostos desaparecem e há apenas um borrão, as linhas da velocidade, o movimento. As pessoas — o homem, a mulher, a criança — são secundárias. Existe apenas o turbilhão da vida.

ESTA OBRA FOI COMPOSTA PELO GRUPO DE CRIAÇÃO EM ELECTRA E
IMPRESSA PELA GEOGRÁFICA EM OFSETE SOBRE PAPEL PÓLEN SOFT
DA SUZANO PAPEL E CELULOSE PARA A EDITORA SCHWARCZ
EM AGOSTO DE 2018

A marca FSC® é a garantia de que a madeira utilizada na fabricação do papel deste livro provém de florestas que foram gerenciadas de maneira ambientalmente correta, socialmente justa e economicamente viável, além de outras fontes de origem controlada.